BASTEI
LÜBBE
TASCHENBUCH

Weitere Titel der Autorin:

Fesseln der Freiheit
Mit strenger Hand

Titel in der Regel auch als E-Book erhältlich

Zoe Held

Süße Qual

Erotischer Roman

BASTEI
LÜBBE
TASCHENBUCH

BASTEI LÜBBE TASCHENBUCH
Band 17 411

Dieser Titel ist auch als E-Book erschienen

MIX
Papier aus verantwortungsvollen Quellen
FSC® C083411

Originalausgabe
Dieses Werk wurde vermittelt durch die Literaturagentur
Schmidt & Abrahams
www.schrift-art.net

Umschlaggestaltung: Thomas Krämer
Unter Verwendung eines Motives von shutterstock/yurok
Satz: Urban SatzKonzept, Düsseldorf
Gesetzt aus der Palatino
Druck und Verarbeitung: CPI books GmbH, Leck – Germany
ISBN 978-3-404-17411-9

1 3 5 4 2

Sie finden uns im Internet unter
www.luebbe.de
Bitte beachten Sie auch: www.lesejury.de

Kapitel 1

Norina nahm einen vorsichtigen Schluck von ihrem Ale und atmete tief durch. Im Grunde genommen war das ganze Vorhaben der pure Wahnsinn. Nüchtern betrachtet war es einfach nur verrückt, hier zu sein.

Das *Violetts* galt als elitär und edel, und so wirkte die Einrichtung auch: Edel, zurückhaltend und teuer. Niemand hier war nur auf billigen Sex aus. Bis jetzt sah es allerdings nicht gerade gut aus für ihr Unterfangen. Keiner der Männer hier im Raum hatte auch nur versucht, sie anzusprechen, dabei gab sie sich alle Mühe, interessiert und offen zu wirken. Einige von ihnen hatten ihre Partnerinnen dabei, andere wiederum nahmen nicht den dominanten Part für sich in Anspruch.

Ob sie irgendeinen Fehler bei ihrer Kleidung gemacht hatte? Dabei hatte sie sich sogar ein schlichtes Lederhalsband mit Ring vorne besorgt, um klarzumachen, was sie wollte. Sie hatte zu High Heels und Nylonstrümpfen gegriffen und dazu ein eng anliegendes Kleid mit einem tiefen Rückenausschnitt gewählt. Nicht zu aufreizend – vielleicht war das der Fehler?

»Kein Glück heute?« Es war der sexy Kobold hinter der Bar, der sich zu ihr beugte und sie aus ihren Betrachtungen riss. Im Gegensatz zu den Gästen trug er keinerlei Fetisch-Kleidung, sondern ein schlichtes weißes Hemd und gut sitzende Jeans. Wahrscheinlich arbeitete er nur hier, um sich etwas Geld dazuzuverdienen. Ein Student? Dazu wirkte er etwas zu alt, auch wenn er in dem schummerigen Licht schwer zu schätzen war. Jünger als sie mit ihren sechsunddreißig Jahren jedenfalls, vermutete sie, etwas über dreißig vielleicht.

Norina lächelte nichtssagend und trank noch einen Schluck. »Oh, ich fühle mich ganz wohl so, danke«, antwortete sie und spürte den Blick aus seinen grünen Augen beinahe unangenehm intensiv.

»In einer Stunde habe ich Dienstschluss. Wenn du dich noch so lange gedulden kannst, kann sich das mit dem fehlenden Glück schnell ändern.« Sein breites Grinsen war ansteckend. Sommersprossen auf seiner Nase gaben ihm etwas verwegenes. Sein Akzent war eindeutig irisch.

»Du ... du spielst auch?« Norina hoffte inständig, dass sie die richtige Ausdrucksweise gefunden hatte. Sie wollte nicht wie ein blutiger Anfänger erscheinen. Dann würde sich erst recht niemand mehr für sie interessieren.

Er zuckte mit den Schultern. »Sehe ich so aus?« Ein Funkeln trat in seine grünen Augen. »Eigentlich nicht, jedenfalls nicht im Vergleich zu den meisten hier. Aber wenn du es unbedingt brauchst, bin ich ein paar Fesseln hier und ein paar Schlägen dort nicht abgeneigt.«

Sein ironischer Unterton entlockte ihr ein Lachen. Er zwinkerte ihr kurz zu, beugte sich dann zu einem anderen Gast und begann schließlich damit, einen Cocktail zu mischen. Seine Bewegungen waren elegant und kraftvoll. Er legte anscheinend Wert auf sein Äußeres und schien viel Sport zu treiben und auch ein wenig Krafttraining zu machen. Breite Schultern, schmale Hüften und dazu diese verwegen aufgegelten, roten Haare – und er versprach vollkommen normalen Sex. Nicht das, was sie wollte. Nicht das, was sie brauchte, um die Fantasien in ihrem Kopf loszuwerden.

Das letzte Mal, als sie es mit normalem Sex probiert hatte, war nichts daraus geworden. Norina beobachtete ihn, während er den Cocktail in ein Glas füllte, eine Ananasscheibe und einige aufgespießte Weintrauben am Glasrand befestigte und den Drink an den Gast weitergab. Endlich galt seine Aufmerksamkeit wieder ihr.

»Danke, aber ich brauche kein Mitleid«, stellte sie klar. Sein Lächeln blieb trotz ihrer Abfuhr.

»Oh, das hast du falsch verstanden, Süße. Ich bin nicht der Typ für Mitleidsficks. Wenn ich mit einer Frau schlafen will, dann weil sie mich interessiert.«

Obwohl sie noch nicht einmal seinen Namen kannte, vermittelte er ihr doch das Gefühl, ihm alles anvertrauen zu können. Kein Wunder, wenn er öfter an der Bar stand. Wahrscheinlich war er für alle Besucher eine Mischung aus Kummerbox und Datingbörse. Das musste sie ausnutzen.

»Außerdem bin ich eigentlich auf der Suche nach einem ganz bestimmten Mann. Fergus nennt er sich.« Nervös schlug sie die Beine übereinander. Ihr linker Fuß wippte vor sich hin, eine Angewohnheit, die sie sich nie hatte abgewöhnen können.

Jetzt verschwand sein Lächeln und machte einem dunklen Ausdruck Platz. »Lord Fergus, wenn schon«, verbesserte er schließlich. »Sicher, dass du das willst?«

»Würde ich es sonst sagen?«

»Lord Fergus ... Süße, du hast keine Ahnung, worauf du dich einlässt. Jemand wie er verspeist eine Anfängerin wie dich zum Frühstück. Lord Fergus hat den Ruf, unerbittlich zu sein. Keine Zärtlichkeit, keine Schmuseeinheiten, nichts. Keine Beziehungen, sondern nur Sex. Er verlangt die absolute Unterwerfung. Und er gilt als Sadist jenseits aller Grenzen.«

Genau das wollte sie auch. Möglichst viel auf einmal, um

ihrem Körper deutlich zu machen, wie falsch diese Fantasien waren. Gerade darum war sie bei ihren Recherchen im Vorfeld bei diesem Kerl namens Lord Fergus hängen geblieben. Norina lachte auf. »Genau danach suche ich ja auch.«

»Das solltest du dir noch mal überlegen. Sieh mal, ich gehe nicht davon aus, dass du irgendeine Ahnung davon hast, worauf du dich hier einlässt ...«

»Ich habe mehr als genug darüber gelesen. Ich weiß, was ein Safeword ist und dass man Absprachen haben sollte. Außerdem habe ich ein Pfefferspray dabei, habe nicht zu unterschätzende Kenntnisse in Wing-Tsun und meine beste Freundin weiß, wo ich bin und wann ich mich zurückmelden will«, unterbrach sie ihn. Sie hasste es, dass er ihr die Anfängerin ansah. Überhaupt hasste sie es, zugeben zu müssen, irgendetwas nicht zu können. So etwas gab es in ihrer Welt einfach nicht.

Sein Lachen war wirklich ansteckend. Er nickte in gespielter Anerkennung. »Wow, das ist wirklich beeindruckend. Kann es sein, dass du ein kleiner Sicherheitsfreak bist?«

»Höchstens ein bisschen paranoid«, gab Norina zu. Aber vor Gericht kam sie oft genug mit Straftätern in Kontakt, um zu wissen, wie sie sich ihre Opfer aussuchten. Ein leichtes Opfer würde sie bestimmt nicht sein. Sie hatte getan, was in ihrer Macht stand, um die Risiken zu minimieren. Das, was sie vorhatte, war verrückt genug.

»Lord Fergus oder keiner. Ich habe meine Quellen, und was ich über ihn gehört habe, ist genau das, was ich will.«

Seine Mundwinkel zuckten nach oben. »Oh, wirklich?« Er beugte sich etwas nach vorne. »Dann muss ich dich enttäuschen, Süße. Lord Fergus ist bestenfalls ein Mythos, eine Legende. Ich jedenfalls habe ihn nie getroffen und ich bin nun doch schon ein paar Jahre in der Londoner Szene unterwegs.

Ich kenne niemanden, der ihn je persönlich getroffen hat. Wer auch immer deine Quellen sind, sie reden von purer Fantasie. So viel zu deinem Wissen.«

Die Selbstsicherheit, mit der er sie gerade herunterputzte, war überwältigend. Norina verzog das Gesicht und griff nach ihrem Getränk. »Wie schade. Ich war mir ziemlich sicher, dass es nicht nur Hirngespinste sind. Aber dann bin ich hier wohl falsch.«

»Vielleicht.« Er nickte einem anderen Gast zu und hob kurz die Hand zum Gruß. »Pass auf, Süße, in diesem Klub wird nach allgemein anerkannten Regeln gespielt. Safe, sane, consensual. Was man sich über diesen angeblichen Lord erzählt, ist weder das eine noch das andere. Du wirst hier garantiert niemanden finden, der gutheißen würde, was man in diesen Geschichten so erzählt. Aber wenn du es unbedingt auf die harte Tour brauchst, kann ich dich gerne ein paar Jungs vorstellen. In welche Richtung soll es denn gehen? Schmerzen? Pure Unterwerfung? Eher die psychische Komponente? Vergewaltigungsspiele?«

Wenn er glaubte, sie damit nervös machen zu können, lag er ziemlich falsch. Norina rutschte auf ihrem Barhocker nach hinten und ignorierte das Ziehen in ihrem Unterleib. Diese Art von Spielen kannte sie zur Genüge aus dem Gerichtssaal. »Alles«, entgegnete sie kalt.

Er kicherte amüsiert. Überhaupt, er hatte etwas an sich. Diese Art von unbekümmertem Lachen, die Unbeschwertheit, schlicht und ergreifend das Funkeln in seinen Augen. Aber wenn er über ein paar Fesseln nicht hinauskam beim Sex, schied er von Anfang an aus. Sie musste diese Fantasien endlich in den Griff bekommen, und ein verständnisvoller, sanfter Kerl würde da nicht helfen.

»Ich sage doch, dass du keine Ahnung hast. Aber warte, ich stelle dich jemandem vor, der dir gefallen könnte.« Er winkte quer durch den Raum. »George, komm mal eben rüber. Ich habe hier was für dich, das genau nach deinem Geschmack sein könnte.«

Ein Mann mittleren Alters reagierte auf seinen Zuruf. Er wirkte freundlich und elegant, trug einen gut sitzenden Anzug mit perlmuttfarbenen Manschettenknöpfen. Seine Schuhe waren blank poliert und ebenfalls vom Feinsten. Ein Mann, wie er ihr im Büro tausendfach über den Weg lief. Norina kniff die Augen zusammen. Ob sie ihn sogar schon kannte? Das Gesicht kam ihr vage bekannt vor, auch wenn sie ihn gerade nicht mit einem bestimmten Fall in Verbindung bringen konnte.

»Die junge Dame hier ist auf der Suche. So wie es aussieht, ist sie für alles zu haben.« Immer noch zuckte dieses amüsierte Halblachen um die Mundwinkel des Barkeepers, als müsste er sich wirklich zurückhalten, um nicht laut loszulachen. »Ich musste an dich denken.«

Norina zwang sich dazu, ruhig sitzen zu bleiben. Der Mann im Anzug musterte sie und schien jedenfalls ihr Aussehen zufriedenstellend zu finden, denn er nickte anerkennend. Sie bemerkte den Siegelring an seiner linken Hand.

»George, angenehm«, stellte er sich schließlich vor und hielt ihr eine Hand hin. Verwirrt erwiderte Norina den Gruß. Sie hätte nicht damit gerechnet, dass er sie begrüßte wie eine Gleichgestellte.

»Norina«, murmelte sie und hatte zum ersten Mal in ihrem Leben das Gefühl, dass es ihr die Sprache verschlug. Ob dieser George daran schuld war? Oder nur die Aussicht darauf, dass ihre Fantasien bald real wurden?

»Hübscher Name.« George musterte sie immer noch. Was

er wohl in ihr sah? Eine gut aussehende Frau? Eine Sub? Ein geeignetes Spielzeug? Norina wäre zu gerne in seinen Kopf geklettert, um es herauszufinden. Sie bemühte sich darum, den Blick nicht zu erwidern und jedes Einschätzen zu lassen.

Sie war nicht hier, um ihr Gegenüber zu analysieren, sondern um zu genießen.

»Dann komm mal mit.« George reichte ihr die Hand und half ihr vom Barhocker. »Dort drüben können wir ungestört reden. Du erzählst mir, was dich hierher führt, ich erzähle dir von mir, und dann sehen wir, wie es weitergeht. Was hältst du davon?«

Das klang mehr nach einem Handel als nach Sex. Genau das hatte sie gehofft, bei diesem sogenannten Lord Fergus nicht zu finden: Sie wollte keine Absprachen, sie wollte kein Gefühl von Sicherheit mehr. Sie wollte sich selbst klarmachen, wie schlecht diese Fantasien waren.

Ihr Plan war gut durchdacht, zumindest hatte sie zu Hause keinen Fehler mehr darin finden können. Sie brauchte einen Mann, der ihr die Fantasien aus dem Kopf vertrieb, ehe sie daran erstickte. Seit sie denken konnte, hatten ihre Traumbilder immer in genau eine Richtung gedeutet, sobald sie erregt war. Es hatte harmlos angefangen, damals, als sie noch ein Teenager gewesen war, mit dem großen Unbekannten, der sie einfach nahm. Die Träume waren immer wilder und irrealer geworden.

Wenn das so weiterging, konnte sie sich gleich selbst einliefern. Es gab nur eines, das helfen konnte: Der Kontakt mit der Wirklichkeit, die reale Erfahrung, dass ihre Fantasien falsch und schlecht waren.

Und das konnte sie nur, wenn sie die Kontrolle darüber abgab, was mit ihr geschah.

George schob ihr den Ledersessel zurecht und gab ganz den wohlerzogenen britischen Gentleman. Sein Auftreten ließ darauf schließen, dass er vermögend war. Gutes Elternhaus? Sein Englisch war feinstes Oxford, und die Manschettenknöpfe sahen aus wie Erbstücke.

Norina lächelte unverbindlich. George griff nach der Getränkekarte und sah sie über den Rand hinweg an. Ein leises Lächeln huschte über seine schmalen Lippen.

»Du bist noch nicht allzu lange dabei, oder?«, stellte er dann fest und senkte die Karte wieder. »Das war gerade ein Ale, richtig? Dann gibt es jetzt keinen Alkohol mehr für dich. Nicht dass du bei der ersten Session deines Lebens gleich nichts mehr spürst.«

Als ob zwei Gläser Ale sie betrunken machten! Norina wollte protestieren, ließ es dann jedoch lieber. So etwas stand ihr bestimmt nicht zu. Oder wie auch immer man nun als gute Sub zu reagieren hatte! George studierte in aller Seelenruhe die Karte und seufzte dann leise auf.

»In Ordnung, Norina, Brian hat mich nicht ohne Grund auf dich aufmerksam gemacht. Es stimmt, ich bin auf der Suche nach einer Partnerin. Vorzugsweise ohne Erfahrung. Ich möchte sie formen, sie genau so haben, wie ich es will, ohne die Spuren eines vorherigen Masters an ihr zu sehen. Keine Prägungen und keine Erwartungen. Das scheinst du ja schon einmal zu erfüllen.«

Es klang nach einer Checkliste.

Sie war also nicht die Einzige, die sich im Vorfeld Gedanken gemacht hatte. Ob es mit diesem George doch etwas werden konnte? Er sah nicht schlecht aus. Nicht so gut wie der Kobold hinter der Theke, nicht halb so sportlich und durchtrainiert, das war richtig. Aber auf seine Art agil und lebhaft.

»Da du keine Erfahrungen hast, kannst du mir kaum etwas über deine Tabus sagen oder über deine Grenzen. Und auch nicht über deine Vorlieben, nehme ich an.« George strich sich nachdenklich über sein etwas zu spitzes Kinn. »Wie wäre es damit: Du schilderst mir deine Fantasien. Ich versuche herauszuhören, in welche Richtung wir uns bewegen können. Und dann sehe ich, ob ich damit klarkomme.«

Ihm ihre Fantasien schildern? Wahrscheinlich würde er sie dann als hochgradig gestört in irgendeine Anstalt einweisen!

Er musste diese Gedanken an ihrem Mienenspiel erkannt haben, denn er lächelte milde. »Okay, auch kein guter Weg? Dann frage ich einfach ab, was ich gerne mache. Du sagst mir, ob du es dir vorstellen könntest, ob du wenigstens weißt, was man darunter versteht, oder ob du irgendetwas auf keinen Fall ausprobieren möchtest. Einverstanden?«

So hatte sie es sich nun wirklich nicht vorgestellt. Auch die erotisch aufgeladene Atmosphäre des Klubs konnte nichts mehr daran ändern, dass sie dieses Gespräch empfand wie ein nüchternes Verkaufsgespräch. Ihre Lust auf eine Affäre verschwand genauso schnell, wie sie entstanden war.

»Bitte«, sagte sie schließlich und bemühte sich darum, keine allzu patzige Antwort zu geben. Das gehörte sich mit Sicherheit nicht!

»Lass uns mit den praktischen Dingen anfangen: Du verhütest, nehme ich an?« Er sprach so unwahrscheinlich nüchtern darüber, dass Norina beinahe angefangen hätte, laut loszulachen. Stattdessen nickte sie nur. »Gut. Für mich gehört Sex dazu. Und Sicherheit ebenso. Also keine Sorge, dass irgendetwas ohne Kondome laufen könnte.«

Norina verlor langsam die Geduld mit ihm. Das war nicht

das, was sie wollte. Sie wollte einen Mann, der nicht lange fragte, sondern sich einfach nahm, was er wollte.

»Anal? Oral?« George schien seine imaginäre Checkliste weiter abzuarbeiten. »Vaginal?«

»Sicher doch. Sex ist doch der beste Teil am Spiel.« Es fiel ihr schwer, es auszusprechen. Sex war für sie eigentlich nichts, das man einfach so haben sollte. Sex gehörte zu einer Beziehung, und zu einer Beziehung gehörten Liebe und Treue und das Versprechen, für immer zusammen zu bleiben.

Aber solange sie diese idiotischen Fantasien in ihrem Kopf nicht loswurde, würde sie mit keinem normalen Mann der Welt glücklich werden.

»Ich frage nur. Ab und zu haben die Damen dann doch einen Freund zu Hause sitzen und wollen ihn nicht betrügen. Oder jedenfalls nicht vollkommen betrügen.« Ein verschmitztes Lächeln spielte über sein Gesicht und nahm ihm für einen Augenblick die Strenge. »Ich frage lieber jetzt, ehe wir später vor einem riesigen Missverständnis stehen.«

Das einzige Missverständnis war, dass der Kobold hinter der Theke sie vollkommen falsch eingeschätzt hatte. Sie brauchte keinen verständnisvollen Mann, der auch noch auf den Freund daheim Rücksicht nahm!

»Fesseln? Augenbinde? Knebel?« George setzte seine Befragung eiskalt fort. Norina nickte. Sie würde bei allem nicken, das hatte sie sich vorgenommen.

»Ich nehme an, du hast mit Schmerz noch keine Erfahrungen. Also, kannst du dir Folgendes vorstellen ...«

Eine ermüdende Liste irgendwelcher Peitschen, Flogger, Gerten und Klemmen folgte, jedes Mal mit einer kurzen Beschreibung, wie sie sich anfühlen würden. Nein, sie wollte es nicht wissen. Sie wollte es einfach nur spüren!

Kapitel 2

Der gestrige Abend saß ihr immer noch in den Knochen. Norina starrte gelangweilt auf den Computer und war im ersten Moment versucht, gar nicht abzuheben, als das Telefon läutete. Dann tat sie es doch und konnte sich ein Seufzen nicht verkneifen.

»Norina, sorry, dass ich störe, aber wir haben einen Notfall. Ein Mandat für dich, sollte ganz nach deinem Geschmack sein. Honorar ist kein Thema. Er hat ausdrücklich nach dir verlangt, weil du die Beste bist. Steuerhinterziehung, Insidergeschäfte, vielleicht auch Insolvenzstraftaten, so genau ging es am Telefon nicht. Die Staatsanwaltschaft durchsucht gerade das Büro, und der Mandant bräuchte dringend Hilfe«, informierte Pete sie, ehe sie etwas sagen konnte. »Na, Interesse?«

»Ich bin unterwegs.« Sie griff nach ihrem Handy und ihrer Handtasche. »Schick mir die Details aufs Handy. Ich hole eben Yannek und Anne.«

Das Adrenalin schoss durch ihre Adern. Es fühlte sich gut an. Das hier war ihre Welt, repräsentative Flure, Bücher in den Regalen und staubtrockene Akten, die vor allem Durchhaltevermögen verlangten. Nicht irgendwelche noch so edlen Sexklubs.

»Sind schon unterwegs. Da zählt jede Minute. Taxi wartet unten.« Pete legte auf, ehe sie sich verabschieden konnte. Norina ließ ihren Computer einfach laufen, schaltete nur die

Rufumleitung aktiv und machte sich dann auf den Weg nach unten, wo der Rest ihres Teams bereits wartete. Das waren die Augenblicke, die sie an ihrem Job wirklich liebte, die Ungewissheit darüber, was genau sie erwartete, worum es ging und was sie tun konnte.

Pete hatte wirklich nicht mehr Informationen, denn seine Mail war äußerst dürftig. Es klang, als würden dem Mandanten die üblichen Vorwürfe zur Last gelegt, die eben vorkamen in einem Banker-Leben. Sie scrollte über den Lebenslauf, den Pete wohl von der Homepage der Bank gezogen und ihr geschickt hatte. Bisher hatte der Mandant eine beeindruckende Karriere hingelegt, wenn man den Angaben Glauben schenken durfte.

Endlich erreichten sie einen gläsernen Zweckbau in der Innenstadt und wurden von der Empfangsdame sofort nach oben weitergeschickt. Norina konnte nur hoffen, dass ihr Mandant irgendwann einmal in seiner Karriere eine Schulung genossen hatte, was in solchen Fällen zu tun war.

Eine junge blonde Dame, vielleicht eine Assistentin oder Sekretärin, holte sie am Aufzug ab und führte sie durch Gänge, die aussahen wie in jedem anderen Büro auch. Ein bisschen auf Hochglanz polierter Marmor, eine verkümmernde Palme, moderne Kunst an den Wänden. Die Blondine öffnete ihnen eine Tür, und dahinter brach das Chaos über sie herein.

Offenbar waren die Vorwürfe gravierender, als es in Petes Mail geklungen hatte. Jedenfalls war die Staatsanwaltschaft mit vier Mann vor Ort. Norina nickte dem leitenden Staatsanwalt knapp zu und er erwiderte ihren Gruß. Sie kannten sich gut genug, um zu wissen, was nun folgen würde. Ein kleines Machtspielchen, ein kurzes Ringen um den ersten Vorteil, ehe alles seinen Gang ging.

Ihr neuer Mandant stand am Fenster, die Hände scheinbar lässig in den Hosentaschen. Sie kannte diese Gesten gut genug, um darin doch Angst lesen zu können, Angst, dass er diesmal nicht davonkommen würde.

»Mister Cunningham, Norina Thompson, Strafverteidigerin«, begann sie und streckte ihm ihre Hand entgegen. Er erwiderte ihren Gruß fest und nickte knapp. Er war erstaunlich jung für jemanden in seiner Position. Das versprach, spannend zu werden.

Tiefe Falten tauchten auf seinem Gesicht auf. »Danke, dass Sie so schnell Zeit für mich haben.«

»Das gehört zum Job.« Dass ihre Mandanten sich so früh schon bedankten, kam selten vor. Er hatte also gute Manieren. Oder er war wirklich verzweifelt. »Seit wann wissen Sie von den Vorwürfen?«

»Eine Stunde.« Er verschränkte die Arme vor der Brust, als der Staatsanwalt zu ihnen trat.

»Wir reden gleich, Mister Cunningham. Jetzt zeigst du mir erst einmal den Durchsuchungsbefehl, William.«

»Das übliche Spielchen, Norina? Langsam solltest du doch wissen, dass uns bei solchen Fällen keine Fehler mehr unterlaufen«, stichelte er zurück und zog genüsslich ein Schriftstück aus seiner Mappe. »Durchsuchungsbefehl für das Büro und die Privatwohnung. Haftbefehl. Hat alles seine Richtigkeit.«

Sie überflog das Dokument und reichte es an Yannek weiter. »Kopieren«, sagte sie nur und hob energisch die Hand, als ihr Mandant sich einmischen wollte. »Wir stellen eine Kaution. Wie viel willst du?«

»Keine Kaution, Norina, diesmal nicht.« William war anzuhören, wie zufriedenstellend er das fand. »Ich habe es Mister

Cunningham bereits erläutert. Es gibt keine familiären Bindungen zu England. Der größte Teil seines Vermögens liegt im Ausland, ohne Zugriff für unsere Behörden. Die Vorwürfe sind nicht gerade unbedeutend. Da ist keine Kaution mehr drin. Fluchtgefahr.« Das letzte Wort betonte er ganz besonders und sah sie herausfordernd an.

»Das werden wir noch sehen. Anne, du bleibst hier und passt auf, dass alles seine Richtigkeit hat. Mister Cunningham, wo können wir uns in Ruhe besprechen?« Um das Problem der Kaution konnte sie sich später kümmern. Erst einmal musste sie zusehen, dass sie ihn aus der Schusslinie bekam, ehe er zu viel plauderte. »Wie lange gibst du uns, William?«

»Solange du brauchst, Norina.« Er zwinkerte ihr zu und trat zur Seite. »Himmel, ich habe dich vermisst.«

»Ich dich auch.« Sie kannten sich schon ewig, und mindestens genauso lange schon standen sie auf verschiedenen Seiten. Sie mochte ihn vor allem, weil er Ahnung hatte von dem, was er da tat. Und weil er selten genug Fehler machte. William hatte mit seiner Herkunft und seiner schwarzen Hautfarbe wahrscheinlich genug zu kämpfen, also wollte er fachlich brillant sein. Das machte es umso spannender für sie.

* * *

Sobald sie in einem modern eingerichteten Arbeitszimmer allein waren, fiel die kühle Fassade ihres Mandanten in sich zusammen. Unruhig tigerte er auf und ab. Norina setzte sich an den kleinen Konferenztisch in der Ecke des Zimmers und holte ihren Block und einen Bleistift aus ihrer Handtasche.

»Soweit ich es am Telefon richtig verstanden habe, geht es

um einen Insiderdeal?«, fragte sie schließlich und deutete energisch auf einen Stuhl. Cunningham lehnte mit einem Kopfschütteln ab. Er sah wirklich gut aus in seinem Maßanzug. Wahrscheinlich trieb er viel Sport, und obwohl er gerade sehr unsicher wirkte, strahlte er doch Stärke aus. So wie dieser George, nur selbstverständlicher. Norina rutschte auf ihrem Stuhl nach vorne und rief sich zur Ruhe.

»Um die MacMillan-Transaktion, ja.« Er wartete ab, bis sie zustimmend nickte. Die Geschichte war ihr immer noch ein Begriff, nicht nur, weil er mit seiner Unterstützung eines der Traditionsunternehmen schlechthin gerettet hatte – sondern auch, weil es damals im Nachklang einiges an Klatsch gegeben hatte über die Firmenchefin und ihren Ehemann. Norina erinnerte sich düster an einen sitzen gelassenen Verlobten und Berichte über SM-Sex. Angeblich hatte ihr jetziger Ehemann seine Frau im Urlaub verführt und mit Sexspielchen gefügig gemacht, um an ihr Geld zu kommen. Das war jedenfalls die Interpretation der Boulevardpresse gewesen.

Und als Bilder aufgetaucht waren, war Tony Miller ziemlich offen an die Sache herangegangen, hatte die Medien über SM aufgeklärt und damit das Heft des Handelns wieder an sich gerissen. Solche Geschichten waren eindeutig nicht das, was sie jetzt brauchte.

»Ich nehme an, Sie haben noch nichts gesagt?

»Kein Wort«, bestätigte er und zuckte mit den Schultern. Ein zorniges Funkeln tauchte in seinen dunklen Augen auf. Norina hatte alle Mühe, unter seinem Blick nicht zusammenzuzucken. »Und ich habe selten so einen Quatsch gehört wie von diesem Staatsanwalt! Ich habe keine Informationen ausgenutzt, wie er es nennt. Ich kann nur Bilanzen lesen, verdammt.«

»Das bleibt auch in Zukunft so. Was auch immer Sie gefragt werden, Sie werden nichts sagen, das nicht mit mir abgesprochen ist.« Was genau an den Vorwürfen dran war, das konnte sie jetzt noch lange nicht sagen. Nur wirkte er nicht wirklich so, als würde er diese Antwort akzeptieren. »Können Sie sich vorstellen, wie genau die Behörden auf diese Idee gekommen sind?«

»Sagt Ihnen Mikael Wertinger etwas? Tonys Ehemann?«

Langsam schwirrte ihr der Kopf. Die Hektik der letzten halben Stunde forderte ihren Tribut, aber so war es immer. Natürlich sagte der Name ihr etwas. Norina versuchte es trotzdem mit einer vorsichtigen Formulierung. »Sicher. Ging durch die Presse. Er war damals Ingenieur in ihrer Firma, korrekt? Und ich glaube mich an ein paar skandalträchtige Berichte zu erinnern, weil sie ihren Verlobten für ihn verlassen hatte. Richtig?«

Cunningham nickte knapp. »Mika ist ein alter Freund von mir, seit Studienzeiten.« Er verschränkte abwehrend die Arme vor der Brust und blickte an ihr vorbei. »Wir haben ab und zu telefoniert. In privaten Angelegenheiten.«

»Sie verstehen hoffentlich, dass das für die Behörden komisch klingt?« Sie drückte mit den Zeigefingern gegen ihre pochenden Schläfen. Fragte sich nur, wie genau der Staatsanwalt nach über zwei Jahren auf die Idee gekommen war, gerade in dieser Geschichte zu wühlen. Vermutlich war Cunningham irgendjemandem in seinem Büro zu sehr auf die Füße getreten. Solche Fälle hatte sie immer wieder, wenn Neider auf diese Weise einen Konkurrenten aus dem Weg schaffen wollten. »Ich werde es mir ansehen, sobald ich die Akten habe. Gibt es sonst irgendetwas, das ich wissen sollte? Die Pressearbeit ist mindestens ebenso wichtig wie der

Prozess selbst, aber ich nehme an, dass Ihnen das bewusst ist.«

»Mein Leben ist ziemlich unspektakulär.«

Er log. Seine Antwort war viel zu selbstsicher und vor allem zu kalt für jemanden, der wirklich nichts zu verbergen hatte. »Drogen?«, vermutete sie, weil es bei den meisten ihrer Fälle zutraf.

»Koks? Das letzte Mal mit sechsundzwanzig. Und das sollte lange genug her sein«, gab er zurück und schaffte es sogar, ihr zuzuzwinkern. Wenn man nicht ganz genau hinsah, wirkte es wirklich lässig.

Nur die angespannten Fältchen um seine Augen und seine Mundwinkel verrieten, wie es in ihm aussah. »Ihre Familie? Wenn Sie den Haftbefehl aus der Welt bekommen wollen, Mister Cunningham, dann muss ich den Behörden ein bisschen was liefern.«

»Ich habe eine Tochter, die hier in London zur Schule geht. Ich werde sie wohl kaum allein lassen wegen diesem Unsinn hier.« Er bemühte sich darum, verächtlich zu klingen, und doch hörte sie in diesem Moment die Angst hinter seinen Worten heraus. »Und eine Verlobte, Sarah Forsythe. Britin durch und durch. Aber davon weiß diese grandiose Staatsanwaltschaft anscheinend nichts.«

»Seit wann sind Sie verlobt? Gäbe es dafür Zeugen?«

Er verzog das Gesicht und ließ ein tiefes Grollen hören. Er war es also nicht gewohnt, dass man ihm in die Quere kam oder dass man ihm sagte, was gut für ihn war und was nicht. »Seit Weihnachten. Und ja, es gibt Zeugen. Auch wenn wir es nicht an die große Glocke hängen. Ich behalte mein Privatleben lieber für mich.«

»Hat Ihre Verlobte eine engere Bindung zu London?«

Norina notierte sich den Namen und betrachtete ihren neuen Mandanten eingehend. Da war etwas in seinen Augen, eine Angst, die weit tiefer reichte als nur vor diesem Verfahren. Er blockte viel zu offensichtlich ab, sobald sie Fragen stellte.

»Sarah ist Steuerfahnderin, hier in London. Ihre Eltern haben einen Landsitz in Northumberland. Ihr Vater ist ein Earl. Meinen Sie wirklich, dass jemand mit dieser Herkunft bei Nacht und Nebel durchbrennen würde?« Der zynische Unterton in seiner Stimme gefiel ihr gar nicht. Er hob halb den Mundwinkel zu einem Lächeln und schüttelte dann den Kopf. »Also sehen Sie zu, dass Sie diesen Mist aus der Welt schaffen.«

»Steuerfahnderin?«, hakte sie nach. »Dann haben Sie sich beruflich kennengelernt?«

»Kennengelernt, exakt.« Er fixierte sie mit einem durchdringenden Blick. »Sarah hat hier letztes Jahr die Außenprüfung durchgeführt.«

Norina nickte nur und ignorierte das Grummeln in ihrem Magen. Das klang verdächtig nach einer kleinen Affäre am Arbeitsplatz. »Ihre Verlobte kann sich auf ihr Schweigerecht berufen. Wir brauchen diese Geschichte also nicht weiter zu vertiefen.«

»Das sehe ich genauso.« Unruhig ging er an das schmale Fenster, um in das Londoner Grau hinaus zu starren und schließlich mit der Faust gegen das Glas zu schlagen. Norina ließ ihm die Zeit, die er jetzt brauchte. Er würde reden, das sagte ihr ihr Bauchgefühl. Er musste nur noch die passenden Worte finden.

»Miss Thompson, ich habe Sie nicht ohne Grund ausgesucht. Sie haben einen sehr guten Ruf, vor allem, was die Medienarbeit angeht. Halten Sie mir also die Medien raus und sorgen Sie dafür, dass sich das alles geräuschlos klärt. Ich lebe von meinem Ruf. Die Bank sieht es nicht gern, wenn Privatgeschichten an die Öffentlichkeit kommen. Von Strafverfahren wollen wir gar nicht erst reden.«

»Nach meiner Erfahrung wird die Staatsanwaltschaft uns beizeiten noch ein gutes Angebot machen. Sie kommen dann natürlich nicht ohne Strafe davon, aber wenn Sie es absolut unter dem Teppich halten wollen, wäre ein Deal vielleicht das Beste?«, schlug sie vor.

Er legte nun beide Handflächen gegen das Fensterglas und starrte weiter aus dem Fenster. »Kommt nicht infrage. Ich habe nichts getan, das verboten gewesen wäre. Was auch immer die sich einbilden, aber alles, was ich bisher getan habe, war sauber. Immer.«

»Beides werden Sie kaum bekommen, Mister Cunningham. Wenn Sie unschuldig aus der Nummer herauskommen wollen, brauchen wir einen Prozess. Und der ist öffentlich.« Sie bemühte sich um einen beruhigenden Tonfall. Cunningham war nur ein normal schwieriger Mandant, der nicht einsehen wollte, dass er diesmal nicht die Zügel in der Hand halten würde. Das kannte sie zur Genüge.

»Ich bezahle Sie sehr gut dafür, also sehen Sie zu, dass Sie das genau so hinbekommen, wie ich es haben will«, erwiderte er trotzig.

»Aber ich kann nicht zaubern, Mister Cunningham.« Dafür, dass er sich selbst für unschuldig hielt, wirkte er viel zu angespannt. »Lassen Sie mich das besser gleich klarstellen, Mister Cunningham: Sie bezahlen mich, aber wenn Sie wollen, dass ich meinen Job erledige, sollten Sie mir vertrauen. Ich werde tun, was in meiner Macht steht, um den Ball flach zu halten, wenn das Ihr Wunsch ist. Aber ich kann und werde keine

Wunder wirken. Und ich kann Sie nur angemessen vertreten, wenn Sie mir verraten, was sonst noch dahintersteckt.«

Für einen Augenblick kreuzten sich ihre Blicke. Ein dunkles Funkeln lag in seinen Augen. Ein kalter Schauder lief ihr über den Rücken bei diesem Blick. Norina beschränkte sich auf ein vielsagendes Räuspern. Das hier war ihr Job, und so schnell machte ihr keiner etwas vor.

Schließlich gab er nach. Er atmete hörbar durch und griff in sein Sakko. Mit energischen Schritten kam er zu ihr an den Tisch. Ihm war die Wut deutlich anzumerken. Er warf ein zerknülltes Foto vor sie.

Norina griff wortlos danach und faltete es auf. Cunningham blieb neben ihr stehen und blickte über ihre Schulter. Sie setzte sich auf, um ihm keinesfalls zu zeigen, wie nervös sie dieses Verhalten machte. Und stockte, als sie das Motiv auf dem Foto erfasste. Es war eindeutig Cunningham, der darauf zu sehen war, zusammen mit einer kurvigen Frau in halterlosen Strümpfen, deren Körper mit Seilen zu einem wahren Kunstwerk geschnürt war. Cunningham hielt eine Gerte in der Hand und war offensichtlich gerade im Begriff, die hübsche Dame auf dem Bild zu schlagen.

»Was hat das mit der Sache hier zu tun?«, fragte sie schließlich möglichst kühl und gefasst, auch wenn es in ihrem Inneren ganz anders aussah. Sie bemühte sich darum, das, was sie dort gerade sah, einfach nur zu betrachten und nichts dabei zu fühlen. So schwer es auch war.

»Das ist der Grund, warum das alles hier möglichst geräuschlos über die Bühne gehen wird«, erklärte er und vergrub seine Hände wieder in seinen Anzugtaschen.

»Würden Sie mir das erklären?« Sie beschränkte sich darauf, die angebrachten Fragen zu stellen. Norina war Anwältin, eine gute noch dazu, und sie würde sich niemals von einem Foto derart aus der Bahn werfen lassen.

Egal wie sehr es das traf, was sie sich sehnsüchtig wünschte. Mühsam ignorierte sie das höchst unpassende Pochen in ihrem Unterleib bei dem Gedanken daran, dass sie genau das haben wollte.

»Sarah hat es gestern im Briefkasten gefunden. Ich habe keine Ahnung, ob und was es mit der Sache hier zu tun hat. Aber meinen Sie wirklich, dass das Zufall ist? Sarah und ich tun nichts Verbotenes, Miss Thompson, aber ich bevorzuge es, wenn es geheim bleibt.« Er wischte sich müde über das Gesicht. »Wenn das herauskommt, bin ich auch ohne jedes Urteil erledigt. Eine Beziehung, wie Sarah und ich sie führen, ist noch lange nicht gesellschaftsfähig.«

Stumm rief Norina sich zur Ruhe. Himmel, sie war beruflich hier! Der gestrige Abend hatte offenbar mehr in ihr durcheinandergebracht, als sie gedacht hatte. Wieso ließ sie sich auf einmal so sehr von Gedanken an Sex und Machtspielchen beeindrucken?

»Ich werde tun, was ich kann, das verspreche ich Ihnen. Ich spreche mit William darüber. Er ist normalerweise recht vernünftig. Aber Sie sollten sich darauf einstellen, dass es herauskommt. Die haben auch einen Durchsuchungsbefehl für Ihr Wohnhaus, Mister Cunningham. Falls es dort irgendwelche Hinweise auf Ihre Beziehung gibt, werden wir es erklären müssen.« Norina konnte sich wirklich gut vorstellen, was in ihm vorgehen musste. Die Vorstellung, man würde ihr Privatleben so ans Licht zerren, war erschreckend.

»Hinweise sind gut«, murmelte er und wurde noch blasser.

»Ich verstehe Ihre Bedenken, Mister Cunningham, das tue

ich wirklich. Aber noch wissen wir ja nicht, ob das eine wirklich etwas mit dem anderen zu tun hat«, versicherte sie ihm und behielt das freundlich-nichtssagende Lächeln bei. Sie beherrschte das Pokerface, das sagte Pete immer wieder. Sie konzentrierte sich besser auf das, was wirklich auf dem Tisch lag. »Können Sie sich vorstellen, wer ein Interesse daran haben könnte, Ihren Ruf zu schädigen?«

»In meiner Position hat man genug Feinde.« Er zuckte mit den Schultern und blickte wieder aus dem Fenster. »Jeder meiner Kollegen hier käme infrage, auch wenn ich nicht wüsste, woher Sie das Bild haben sollten. Sarah und ich sind normalerweise sehr vorsichtig. Eigentlich wissen nur eine Hand voll Menschen von unserer Beziehung. Das Bild stammt aus dem *Violetts*. Dort haben Sie eigentlich ein sehr striktes Fotografierverbot.«

Das *Violetts*, ausgerechnet. Norinas Magen krampfte sich kalt zusammen. Konnte es einen noch dümmeren Zufall geben? »Immer noch sicher, dass Sie keinen Deal wollen, Mister Cunningham?«

»Schätzen Sie die Lage so schlecht ein?«

»Das werde ich Ihnen sagen, sobald ich die Akten habe. Sie nehmen jetzt erst einmal Urlaub.« Norina stand auf und stopfte ihre Notizzettel in ihre Handtasche. »Das mit der fehlenden familiären Bindung zu England hat sich ja soeben erledigt. Damit sollten wir wenigstens den Haftbefehl aus der Welt bekommen. Ich werde den Staatsanwalt auf Ihre Verlobung hinweisen. Wie viele Barmittel können Sie stellen, Mister Cunningham?«

»Was auch immer Sie brauchen. Aber sorgen Sie dafür, dass dieser Haftbefehl aus der Welt kommt.«

Er wollte wohl stark klingen, doch im Grunde genommen

klang es einfach nur verzweifelt. Und er hatte allen Grund dazu – denn wenn er erst einmal in Untersuchungshaft saß, dann war er für die öffentliche Meinung so gut wie verurteilt.

Das war die erste Schlacht, die sie gewinnen musste, wenn sie den Krieg um seinen Ruf nicht verlieren wollte. Ein Schritt nach dem anderen. Pete hatte vollkommen recht, das war ein Fall nach ihrem Geschmack. Sie war jetzt schon gespannt auf die Akten und die Beweise, die angeblich vorlagen. Allzu viel konnte es nicht sein, und dann würde das Pokern beginnen.

Kapitel 3

Brian scrollte zum Abschluss des Tages noch einmal über die aktuellen Nachrichten, dann fuhr er seinen Computer herunter und stellte den Laptop zur Seite. Seine Recherche hatte nichts gebracht, wie auch, wenn er nicht einmal ihren Namen wusste? Er hätte ihr Gespräch mit George doch belauschen sollen, auch wenn sich das nicht gehörte. Er hatte sich stundenlang wild durch Bankenhomepages, Anwaltskanzleien und Beratungsfirmenpages geklickt, in der Hoffnung, irgendwo ihr Bild zu finden. Er verschätzte sich selten genug in den Berufen derjenigen, die bei ihm an der Bar landeten.

Natürlich hatte es nichts gebracht. Also musste er wohl oder übel doch George anrufen und zugeben, dass er Interesse an ihr hatte. Wieso auch hatte John im unpassendsten Moment nach einem Bier gerufen und ihn davon abgehalten, dem Gespräch zwischen George und der niedlichen Kleinen weiter zu lauschen? Er griff nach seinem Handy und wählte Georges Nummer.

»Die Kleine letztens, die ich dir vorgestellt habe …«, begann er und biss die Lippen zusammen, als George amüsiert auflachte. Sie war wirklich faszinierend gewesen, fest entschlossen, einen Mann zu finden, der den Ruf hatte, absolut hart zu spielen, und zugleich verunsichert von der Umgebung. Es war ihr erstes Mal in einem Klub, darauf würde er wetten.

»Norina, meinst du wohl«, warf sein Gesprächspartner ein. »Ziemlich naiv, die Gute. Aber eine Sahneschnitte.«

»Ja, genau, Norina.« Das war ein Anfang, immerhin. Der Name war ungewöhnlich genug, um mehr über sie zu erfahren. »Lief da was zwischen euch?«

»Sag bloß, du hast Interesse? Das hättest du einfacher haben können, Junge, so wie sie dich angehimmelt hat.«

Brian warf sich auf sein Bett und streckte sich aus. Weit hatte er es dorthin nicht, die paar Quadratmeter seines Zimmers waren vollgestopft bis zum Rand. »Nicht ich. Der Lord. Er will sie unbedingt«, erwiderte er und hörte, wie sein Gesprächspartner die Luft einzog.

»Das kannst du nicht machen, Brian. Sie ist absolut unerfahren. Sie hat keine Ahnung, was sie da macht, und schon gar keine Ahnung davon, was passieren kann. Der Lord nimmt sie auseinander, das ist alles.«

»Aber er hätte sie gerne, George. Natürlich nur, falls du keinen Anspruch auf sie erhebst.« Er starrte an die niedrige Decke seines Zimmers, auf den ehemals weißen Anstrich, der eigentlich dringend erneuert werden musste. Wieder schob sich Norinas Bild vor sein inneres Auge. Ihre Figur war großartig. Er stand auf weibliche Figuren so wie ihre. Ihre rötlichblonden Haare trug sie zu einem kurzen Bob geschnitten, was erstaunlich gut zu ihrer Art passte. Energievoll, zielstrebig. Sie hielt sich sicher nicht mit unwichtigen Dingen auf, sondern konzentrierte sich auf das, was anstand.

»Wusste noch gar nicht, dass du Kontakt zum großen Lord hast«, erwiderte George und seufzte leise auf. »Brian, bitte, die Kleine ist heiß, aber auch naiv und verletzlich. Auf so jemanden muss man aufpassen. Jetzt erklär mir doch erst einmal, was du mit dem Lord zu schaffen hast, wenn ich bitten darf.

Ich dachte immer, es wäre allgemein üblich, ihn zu ignorieren nach der Geschichte mit diesem Mädchen und dem Selbstmord. Oder so etwas in der Art, für Klatsch habe ich mich noch nie interessiert.«

»Richtig, die Geschichte mit dem bösen Lord und dem kleinen Mädchen.« Brian schloss die Augen und verdrängte das Schwindelgefühl, das in ihm aufstieg. »Vielleicht auch nur die Geschichten, die irgendein Neider in die Welt gesetzt hat? Wir werden es nie erfahren, George. Aber Fakt ist: Die süße Kleine hat sich in den Kopf gesetzt, den Lord haben zu wollen. Und zufälligerweise findet er sie auch anziehend. Wir sind die Letzten, die darüber urteilen dürften, nicht wahr?«

»Und du spielst den Kuppler? Nur wegen dieser niedlichen Norina? Behalte sie für dich, wenn sie dir gefällt. Du hast doch nicht ernsthaft vor, sie an diesen Freak weiterzugeben, oder?«

Brian hatte bemerkt, dass sein Lächeln bei Norina Wirkung gezeigt hatte. Aber ob sie sich auch mit ihm einlassen würde? Wenn er ihre Kleidung richtig einschätzte, hatte sie Geld. Geld und Erfolg. Solche Frauen standen nicht auf Kerle wie ihn, die mit Mitte dreißig noch in einer WG herumhingen, keinen ordentlichen Job zu bieten hatten und noch nicht einmal ein abgeschlossenes Studium aufwiesen.

Da half es auch nichts, dass er ziemlich glücklich war mit dem, was er hatte, und dass er es nicht ändern würde, selbst wenn er das Geld dazu hätte. Es gab tausend sinnvollere Dinge, die man mit Geld anfangen konnte. Doreens Lesepatenprogramm unterstützen, zum Beispiel, oder Moes Boxcenter, der Jungen aus Einwandererfamilien das Training umsonst anbot und hoffte, sie damit vor der Straße zu bewahren. Es waren nur Kleinigkeiten und keiner von ihnen würde im Alleingang die Welt retten, aber er brauchte keinen unnötigen Luxus, solange es Menschen in der Welt gab, die bedeutend schlechter dran waren als er. Diese Norina sah jedoch nicht danach aus, als würde sie das verstehen können.

»Sie will den Lord, also bekommt sie den Lord, das ist alles, was ich dazu zu sagen habe, George.«

George lachte amüsiert auf. »Du hast nicht das vor, was ich denke, oder? Mach keinen Quatsch, Brian. Die Kleine ist spitz auf dich. Vergiss dieses Phantom. Schnapp sie dir. Du musst dich nicht verstecken, Junge. Du bist verdammt sexy und beim Rest hast du es auch drauf, wenn ich das so sagen darf.«

»Manchmal habe ich fast den Eindruck, du versuchst, mit mir zu flirten, George. Eifersüchtig auf die Kleine?« Brian hatte längst seine Vermutungen darüber, dass George in seinen Spielbeziehungen nur den Anschein aufrecht erhielt, nicht schwul zu sein. Auch wenn er für das Gegenteil keine Beweise jenseits seines Gefühls hatte.

George schnaubte auf. »Mit dir flirten? Du überschätzt dich gewaltig, Brian. Ich flirte vielleicht mit der süßen kleinen Norina, aber nicht mit dir.«

»Mir musst du nichts vormachen.« Dank des Barjobs kannte er so ziemlich jeden, der im Klub Stammgast war, und von den meisten wusste er auch viel zu viel über ihr Privatleben. Nur George schwieg sich trefflich aus über alles, was jenseits der Stadtgrenzen von London passierte. »Geht mich ja auch nichts an. Ich wollte dir nur sagen, dass du mit mir wirklich nicht flirten musst. Wenn es eines gibt, auf das ich so überhaupt nicht stehe, dann sind das andere Männer, sorry. Das hat mich noch nie angezogen. Sonst bin ich ja für alles zu haben, aber da ist bei mir wirklich Schluss.«

George wirkte für einen Augenblick beinahe beleidigt, ehe

er sich seiner Rolle besann. Das war fast schon ein Beweis dafür, wohin sich seine Sehnsüchte eigentlich richteten. »Dann eben nicht, Brian. Und nein, ich habe kein Interesse an Norina. Ich lasse die Finger von Frauen, die meinen, keine Grenze zu kennen. Das endet böse.«

»Das mag sein, ja. Vor allem, wenn sie an den falschen Mann geraten.« Brian schob seine Bettdecke zur Seite und fand darunter endlich das Buch wieder, nach dem er heute den ganzen Tag über gesucht hatte. Er war sich zwar sicher gewesen, auch im Bett nachgesehen zu haben, nur offenbar hatte er nicht gründlich genug nachgesehen.

»Das meine ich. Sie soll die Finger von diesem Lord lassen. Wenn du ihn kennst, Brian, dann weißt du sicher mehr über diese Geschichte mit ihm und dem Mädchen?«

»Ich kenne nahezu jeden verdammten Klubgänger in der Stadt, George, das bringt der Job mit sich. Lord Fergus ist nur einer von vielen. Vollkommen harmlos, da bin ich mir ziemlich sicher. Er hat eben einmal einen Fehler gemacht, aber wer hat das nicht?«

»Also stimmt die Geschichte?«

»Das habe ich nicht gesagt.« Brian warf einen Blick auf seine Armbanduhr und verdrehte die Augen. »George, sorry, wenn ich jetzt aufhören muss, aber in einer Stunde hab ich Dienstbeginn. Ich sollte mich noch in Schale werfen und selbst dann wird es knapp.«

»Geht klar, Junge. Pass mir auf diese Norina auf, hast du verstanden? Die Kleine bringt sich noch ins Grab, wenn sie so weiter macht.«

»Ihre Telefonnummer hast du nicht zufällig?« Er wollte ja auf sie aufpassen, darum ließ er sich überhaupt darauf ein. Genau das war Sinn und Zweck der Sache.

»Nein, so weit sind wir nicht gekommen. Wir haben schnell festgestellt, dass wir doch nicht zusammenpassen. Aber ich halte dich nicht länger auf, Brian, nicht dass du zu spät kommst und meinetwegen den Job verlierst, das wäre zu schade. Du mischst die besten Cocktails in ganz London, ungelogen.« Georges sanftes Lachen klang durch die Leitung.

»Danke, Lob höre ich nicht allzu oft.« Brian schwang sich aus dem Bett und klappte doch noch einmal seinen Laptop auf. Sein Styling konnte warten, zuerst musste er sehen, ob er mehr über Norina herausfinden konnte.

Mit diesem Vornamen musste sie doch zu finden sein, oder? Er brauchte wirklich nur ein paar Versuche, um sie auf der Seite einer renommierten Wirtschaftskanzlei wiederzufinden. Sie sah auf dem Schwarz-Weiß-Foto ein wenig anders aus als am Abend in der Bar, selbstsicherer und sehr viel härter. Ihr Lebenslauf las sich beeindruckend und deutete darauf hin, dass ihr im Leben bisher alles zugeflogen war. Studium in Rekordzeit, Siegerin in irgendwelchen Aufsatzwettbewerben, drei Fremdsprachen fließend.

Entmutigt klappte er den Laptop zu und verbuchte sie unter der Kategorien Frauen, die er besser auf Abstand halten sollte. Er hatte sich einmal zu oft die Finger verbrannt an Frauen wie ihr. Spielen, ja, das war eine Sache. Er wollte sich einfach keinen Illusionen hingeben, die nur enttäuscht werden konnten.

***

Norina wusste selbst nicht ganz, was sie wieder in den Klub geführt hatte. Den Lord hatte sie nicht gefunden, George war der absolute Reinfall gewesen und abgesehen von dem sympathischen Kobold hinter der Theke waren die Männer nicht an ihr interessiert gewesen. Doch nach diesem Tag brauchte sie Ablenkung, da kam ein Abstecher auf dem Weg nach Hause gerade recht – und vielleicht konnte sie bei Gelegenheit herausfinden, ob es mit den Fotos im *Violetts* wirklich so streng gehandhabt wurde, wie Cunningham behauptet hatte. Obwohl es mitten unter der Woche war, war doch einiges los. Sie fühlte sich nicht mehr ganz so fremd wie gestern, zog sich einen Barhocker heran und hatte ein Ale vor sich stehen, ehe sie danach fragen konnte.

»Du siehst so aus, als ob du es brauchen könntest«, begrüßte der Kobold sie und schenkte ihr ein charmantes Grinsen. »Du bist ja doch wieder da. Ich dachte, du wärest hier falsch. Kein Lord und so.«

Norina zuckte mit den Schultern und musterte ihn eingehend. Das eng geschnittene Hemd betonte das Spiel seiner Muskeln. Sport kam bei ihr selbst schon des Längeren zu kurz. Wenn sie einen freien Abend hatte, verbrachte sie die Zeit lieber auf der Couch, als sich in irgendeinem Fitnessstudio zu quälen. Sie trank gern ein Gläschen Wein und gönnte sich viel zu sahnehaltiges Essen als Ausgleich zu all dem Stress, der jeden Tag im Büro auf sie einströmte. »Wusste sonst nicht groß etwas mit mir anzufangen. Und es lag auf dem Weg.«

»Ich habe gute Nachrichten für dich: Ich habe mit dem Lord gesprochen. Er findet dich interessant, jedenfalls interessant genug, um mit dir zu spielen.« Der Kobold lehnte sich auf die Theke und beugte sich zu ihr. Sie nahm seinen Duft wahr, der auf einmal zu ihr hinüberwehte. Ein Hauch von Meer und Gras.

»Ich dachte, du kennst ihn nicht?«, gab sie zurück und deutete einen Toast an, ehe sie den ersten Schluck trank. Sie hoffte, dass sie ihre Aufregung gut genug verbarg vor ihm.

»Das war gelogen, Kleines. Ich wollte sehen, wie ernst es dir ist. Oder ob du nur mal sehen wolltest, wie es in so einem Klub zugeht.« Er zuckte mit den Schultern. Ob er jetzt gerade log? Eigentlich hatte sie nie Probleme, es jemandem anzusehen, das brachte der Job mit sich. »Weißt du, Kleines, der Lord hat genau zwei Regeln. Nummer eins: Absoluter Gehorsam. Das kannst du ihm zeigen, indem du aufstehst, deinen Rock anhebst und dich dann mit nacktem Hintern auf den Stuhl setzt. Trägst du Unterwäsche? Wenn ja, zieh sie aus.«

Dann war er hier? Irgendwo hier unter den Gästen? Norina warf einen nervösen Blick über die Schulter. Der Blick des Kobolds wurde intensiver und dunkler, als schien er ihre Zweifel zu merken.

»Sofort, sonst nimmst du dir selbst jede Chance darauf, ihm zu gefallen. Absoluter Gehorsam, nicht mehr und nicht weniger.«

Norina ignorierte das Pochen hinter ihren Schläfen und griff unter ihren Rock. Der dünne Tanga war schnell ausgezogen und ebenso schnell war der Augenblick vorbei, in dem irgendwer etwas hätte sehen können. Sie fühlte den Stoff ihres Rocks auf ihrer nackten Haut und atmete tief durch, ehe sie sich wieder setzte.

»Nicht ganz«, kommentierte er mit einem Augenzwinkern und trieb ihr damit die Röte in die Wangen. »Mir kann das ja egal sein, aber ich fürchte, dein Lord besteht darauf, dass seine Befehle genau ausgeführt werden.«

Ihr wurde gleichzeitig heiß und kalt. »Ist das nicht schrecklich unhygienisch?«, murmelte sie die erste Entschuldigung, die ihr einfiel.

Der Barkeeper lachte hell auf und zuckte dann mit den Schultern. »Das ist dann wohl das Problem deines Lords, nicht deines, Süße. Regel Nummer zwei: Der Lord spielt nur exklusiv. 24/7. Keine Safewords. Du wirst nie erfahren, wer er ist. Sobald du sein Haus betrittst, wirst du eine Augenbinde tragen oder eine Maske. Keine Namen. Er ist der Lord, du nur sein Spielzeug.«

Ja, das klang ziemlich genau nach den Fantasien, die sie quälten. Norina schluckte und ignorierte das sehnsuchtsvolle Ziehen in ihrem Körper. Sie war nicht hier für einen simplen One-Night-Stand mit dem netten Barkeeper, sondern weil sie den Besten wollte. Den Einzigen, der sie von diesen Fantasien heilen konnte. Eine einzige Nacht, das war der Plan. »Du findest das nicht gut?«

»Nein.« Er biss die Lippen zusammen und stieß sich von der Theke ab. Mit einem Kopfnicken nahm er eine weitere Bestellung entgegen und schüttelte den Cocktail dann etwas zu heftig. »Nein, ich finde das gar nicht gut. Es ist unverantwortlich. Es kann dich zerstören.«

»Und trotzdem hast du für mich bei ihm nachgefragt?« Das klang seltsam. Es passte nicht ganz zusammen. Wenn er sich Sorgen um sie machte, wieso stellte er sich dann in die Dienste dieses seltsamen Lords?

»Man tut, was man kann, um den Gästen was Gutes zu tun.« Mit einem Mal wirkte er vollkommen ernst. »Du solltest wirklich vorsichtig sein, worauf du dich da einlässt. Man erzählt sich, dass der Lord schon mehr als eine Frau gebrochen hat. Und angeblich hat er sogar mal ein Mädchen in den Selbstmord getrieben.«

Aufregung lief ihren Rücken hinunter. Ja, das war genau der richtige Typ Mann, um sich davon zu überzeugen, wie pervers und unnormal ihr Kopfkino war. Wenn das nicht half, was dann? »Mach dir um mich keine Sorgen. Ich kann mit den bösen Jungs umgehen, wirklich. Ich bin Anwältin.«

Sofort biss sie sich auf die Lippen. So viel hatte sie eigentlich nie über sich selbst preisgeben wollen.

»Hab ich mir schon fast gedacht. Das oder Bankerin«, erwiderte er ungerührt. »In welchem Bereich?«

»Wirtschaftsstrafrecht.«

Er kniff missmutig die Augen zusammen. »Ich hoffe doch, auf der richtigen Seite.«

»Auf der Seite, die bezahlt, edlere Motive gibt es da nicht. In der Regel Banker, Berater, Investoren, Unternehmer, die mit der Steuer aneinandergeraten sind. Keine Blut-und-Sperma-Geschichten.« Es war seltsam, mit ihm zu sprechen. Einerseits fühlte es sich vollkommen normal an, andererseits saß sie gerade in einem SM-Klub und hatte tatsächlich den Befehlen irgendeines Lords gehorcht, den sie noch nicht einmal kannte. Schwindel packte sie.

»Blut und Sperma?«

»Sorry, so nennen wir das ganz normale Verbrechen da draußen. Ich mache nur Wirtschaftsdelikte. Ab und zu übernehme ich für gute Kunden Mandate im privaten Bereich, aber meistens bleibt es bei allem, was mit Geld zusammenhängt. Betrug, Steuern, Korruption, Kartellverstöße, so etwas eben.« Norina winkte ab. »Eigentlich wollte ich jetzt nicht davon reden. Ich habe einen verdammt anstrengenden Tag hinter mir und morgen geht es genauso stressig weiter. Ich bin übrigens Norina.«

»Brian.« Er zwinkerte ihr zu, ehe er sich um andere Gäste kümmerte und ihr einen Augenblick gab, um zu verschnaufen. Unauffällig sah sie sich um. Welcher der Gäste konnte es wohl sein? Brian selbst? Sie verwarf den Gedanken sofort wieder. Wieso sollte er den Umweg gehen? Dann schon eher George, auch wenn sie ihn heute nicht unter den Gästen ausmachen konnte. Das würde eher passen. George, der sich gestern einen Überblick verschafft hatte und der heute abwartete, wie sie sich verhielt. Das war eine ziemlich wahrscheinliche Möglichkeit.

Oder irgendein ganz anderer Mann? Von den Anwesenden fiel ihr keiner besonders auf, und außerdem hatten die meisten eine Partnerin dabei. Oder einen Partner, stellte sie rasch fest.

»Du siehst müde aus.« Er riss einen Zettel aus einem Notizblock und kritzelte etwas darauf. »Meine Nummer, nur falls was ist. Du willst das also wirklich durchziehen? Wirklich wirklich?«

Seine Sorge war einfach nur süß. Norina schob den Zettel in ihre Handtasche und holte ihrerseits ihre Visitenkarte aus einem silbrigen Etui. »Hier, auf der Nummer bin ich eigentlich immer zu erreichen.«

»Kann ich mir vorstellen.« Er schob die Visitenkarte in seine Hosentasche und lehnte sich wieder auf die Theke. Viel hatte er heute wohl nicht zu tun. »Könnte ich nicht, jeden Tag arbeiten und so.«

Sie lachte auf und strich sich eine Strähne zurück hinter ihr Ohr. »Man gewöhnt sich dran. Aber sag schon, Brian, wie soll ich den Lord treffen?«

Er schüttelte den Kopf. »Du bist wirklich ungeduldig, was? Der Lord wird sich schon bei dir melden, falls er meint, dass du seiner Aufmerksamkeit würdig bist. So einfach ist die Sache.«

Kapitel 4

»Du kommst voran?« Pete lehnte sich gegen ihren Schreibtisch und reichte ihr eine Tasse Kaffee. Norina nickte ihm dankbar zu und deutete dann auf ihren Bildschirm.

»Kaution habe ich bekommen, ja, wenn auch gerade so. Das war ein harter Kampf. Ich bin gerade dabei, mir einen Überblick über die Akten zu verschaffen.« Pete wollte offenbar über den Sachstand informiert werden, ohne gleich offiziell in der Sache drinzuhängen. »Die Steuerhinterziehung wird uns keine Probleme machen, denke ich. Eher schon die anderen Vorwürfe.«

Pete schüttelte gedankenverloren den Kopf. »Ich bin ausnahmsweise davon überzeugt, dass unser Mandant nichts getan hat. Ist nur so ein Gefühl, aber ich kann doch schon auf ein paar Jahre Erfahrung zurückblicken.«

Ein paar Jahre waren bei Pete sicher eine Untertreibung. Als einer der Kanzleigründer und als die Instanz in Sachen Strafverteidigung in London war er mehr als ein paar Jahre im Geschäft. »Ich wäre mir da nicht so sicher. Er hatte Kontakt mit dem Ehemann von Miss MacMillan. Die beiden sind alte Freunde.«

»Und genau darum glaube ich, dass alles sauber lief. Cunningham und Tony wurden für diesen Deal gefeiert, weißt du noch? Sie haben das wirklich gut ausgetüftelt, und entweder ist irgendwer im Finanzministerium sauer, weil sie es geschafft haben, die Steuern zu minimieren, oder Cunningham hat sich irgendeinen Feind gemacht. Ein Wort nach draußen, und er ist geliefert. Der Wert eines Investmentbankers steht und fällt mit seinem Ruf.«

»Ah, ich habe mich schon gefragt, wie wir an das Mandat gekommen sind. Du bist mit Tony MacMillan bekannt?«, folgerte sie und machte noch eine weitere Notiz auf ihre imaginäre *Komplikationen*-Liste. Wenn Anwalt und Mandant befreundet waren, lief das früher oder später oft auf Streit hinaus.

»Tonys Dad und ich kennen uns schon ewig. Ich habe die Kleine im Sandkasten spielen sehen.« Petes Lächeln wurde beinahe milde. »Klasse Frau, wenn ich das sagen darf.«

»Dann bist du voreingenommen.« Norina atmete tief durch. »Du weißt, dass der Fall heikel ist? Nicht nur wegen der Vorwürfe. Auch sonst. Cunningham und seine Verlobte führen eine etwas ungewöhnliche Beziehung.«

»SM, um genau zu sein.« Pete grinste sie breit an. »Ich habe es mir gedacht, als Tony mich um Hilfe gebeten hat. Sie hat mir schon gesteckt, dass ihr Mann und Cunningham alte Freunde sind.«

»Könntest du mir in Zukunft dann die wesentlichen Informationen nicht verschweigen?« Norina verdrehte die Augen und hoffte, dass er ihr nicht ansah, wie chaotisch es in ihr aussah.

»Ich wusste, dass du es rausfindest. Wie lange hast du gebraucht? Zwanzig Minuten höchstens, nehme ich an?« Pete hob den Daumen. »Hast du damit ein Problem? Du weißt, dass du ein Händchen für den Umgang mit den Medien hast, und genau das brauchen wir in diesem Fall.«

»Nein, natürlich nicht«, versicherte sie sofort und spürte

Petes prüfenden Blick. Sie atmete tief durch. »Nein, ich habe damit kein Problem. Aber Cunningham wird eines haben, wenn davon irgendetwas bekannt wird. Irgendjemand hat die Staatsanwaltschaft auf ihn angesetzt. Und wenn dieser Jemand ihn zerstören will, würde ein Bericht in den Medien reichen. Das könnte eine echte Schlammschlacht werden.«

Pete lachte aus ganzem Herzen auf. »Du alte Schwarzseherin. Langsam solltest du doch darin vertrauen, dass wir es hinbekommen, oder? Du wirst das Kind schon schaukeln.«

Zu ihrem Glück läutete in diesem Moment ihr Handy. Entschuldigend lächelte sie Pete zu und griff danach, in der festen Erwartung, Cunningham an der Leitung zu haben.

Doch die Nachricht, die ihr entgegenblinkte, ließ ihr Blut in den Adern gefrieren.

Heute, 21 Uhr, exakt. 14 Upper Phillimore Gardens. Ich freue mich auf dich, kleine Sub. F.

***

Sie war nervös. Und wie! Vor keiner Prüfung ihres Studiums hatte sie sich unruhiger gefühlt. Norina huschte durch den Vorgarten zu dem Ehrfurcht gebietenden Eingang und schob die nur angelehnte Tür auf. Das Haus wirkte gepflegt und renoviert. Natürlich, jemand wie der Lord kannte sicher auch die richtigen Leute, sonst würde er niemals so unbehelligt bleiben. Und das bedeutete, dass er Geld und Einfluss hatte. Ob er deshalb darauf bestand, nicht erkannt zu werden?

Was ziemlich unfair war. In ihrem Magen bildete sich ein kalter Klumpen. Unmittelbar hinter der Eingangstür lagen ein Seidenschal und ein Brief auf dem Steinfußboden. Der Brief war mit einem stilechten Wachssiegel verschlossen, nur leider ohne Wappen. Hastig öffnete sie ihn. Das Papier fühlte sich teuer und hochwertig an.

Willkommen, kleine Sub. Bereit zu spielen? Wenn ja, gibt es kein Zurück für dich. Ich werde mit dir spielen, solange es mir gefällt, wo es mir gefällt, wie es mir gefällt. Ich werde dir keinen Ausweg lassen, und du wirst nicht mehr zurückkönnen, solange ich dich nicht entlasse. Das ist deine letzte Chance, kleines Spielzeug.

Wann immer du dieses Haus betrittst, wirst du dich entkleiden, es sei denn, ich lege dir etwas bereit, das du tragen solltest. Verbinde deine Augen. Knie dich hin und warte. Und denk daran: Die einzige richtige Antwort auf meine Befehle wird Ja, Herr *sein. F.*

Das klang verdammt gut. Norina legte den Brief vorsichtig in ihre Handtasche und deponierte alles am Rand des Ganges. Ob er sie beobachtete? Sie fühlte sich jedenfalls beobachtet, obwohl das Haus still und scheinbar verlassen dalag. Eine Gänsehaut lief über ihren Körper. Sie schlüpfte aus dem Rock, zog ihre Bluse aus und trennte sich schließlich auch von ihrer Unterwäsche. Ob er Strümpfe mit einbezog in sein Verlangen, dass sie nackt sein sollte? Sie hatte sich extra neue Nylonstrümpfe gekauft, mit einer roten Naht, sündhaft teuer. Und die neuen High Heels erst. Sie konnte im Büro herzlich wenig damit anfangen, dazu war das Schleifchen am Fußriemen zu auffällig. Aber gut, wenn er nackt schrieb, meinte er wohl genau das.

Heute Abend. Und morgen würde sie die Erfahrung abhaken und sich endlich frei fühlen für andere Dinge, für vollkommen normalen Sex zum Beispiel. Sie beeilte sich damit, seinen Forderungen nachzukommen, um ja keine Zeit zum Nachdenken zu haben, verband sich selbst die Augen. Dunkelheit hüllte sie ein. Der Steinboden war hart unter ihren Knien. Kälte strich über ihre nackten Schultern.

Die absolute Stille um sie herum trieb ihre Anspannung auf die Spitze. Wie lange er sie wohl warten lassen würde? Ihre Finger zitterten. Sie wagte es kaum noch zu atmen, um diese perfekte Stille nicht zu zerstören. Endlich hörte Norina leise Schritte, Ledersohlen auf Stein. Was das Haus schon vermuten ließ, war jetzt endgültig klar. Wer auch immer der Lord war, er gehörte nicht zum ärmeren Teil der Bevölkerung.

»Sieh an, sieh an, mein kleines Spielzeug ist also wirklich gekommen. Du warst etwas zu früh, kleine Sub. An deiner Geduld müssen wir eindeutig noch arbeiten.« Sie versuchte, den Kopf zu ihm zu drehen, aber seine Stimme hallte in dem Flur. Wieder hörte sie Schritte, und unwillkürlich keuchte sie auf.

»Viel zu schnell, Süße, viel zu schnell.« Sein Lachen kroch ihre Wirbelsäule hinab. »Keine Bewegung. Ich möchte dich ansehen!«

Ob ihm gefiel, was er sah? Er hatte sie sicher schon im Klub genauer angesehen, und mit Sicherheit gefiel sie ihm irgendwie, sonst würde sie jetzt nicht hier sein. Norina bemühte sich um einen ruhigen Atem. Ihr Herz schlug wie wild. Sie fühlte seinen Blick, ein sanftes Streicheln auf ihrer nackten Haut.

»Ich mag kurvige Frauen. Du bist wirklich niedlich.«

Niedlich? So hatte sie noch keiner genannt. Norina verbiss sich ein Lachen und hoffte, dass niedlich für ihn nicht gleichbedeutend war mit unsexy.

»Ein Herzchengesicht und eine Stupsnase. Und Brüste, die dazu einladen, mit ihnen zu spielen.« Plötzlich zog er an dem Knoten, den sie in den Seidenschal gemacht hatte, und rückte die Augenbinde noch etwas zurecht. »Sehr schön, das hast du gut hinbekommen. Steh auf!«

Unsicher kam sie nach oben. Nichts zu sehen schränkte viel

mehr ein, als sie geglaubt hatte. Er hielt weit genug Abstand von ihr, damit sie nicht spüren konnte, wo er sich befand.

»Streck deine Arme nach vorne.« Er klang sanft und ein wenig bittend, als wollte er ihr noch einmal die Chance geben, doch einen Rückzieher zu machen. Norina gehorchte, ohne weiter darüber nachzudenken. Weiches Leder schmiegte sich um ihre Handgelenke, sie hörte ein Klacken, als ein Verschluss einrastete.

»Ein Halsband hast du dir noch nicht verdient, aber da kommen wir schon noch hin, keine Sorge. Falls du dich heute gut anstellst. Ich will sehen, ob du wenigstens halbwegs meinen Ansprüchen genügst.«

Eine Kette klirrte. Norina hätte zu gerne gewusst, was er vorhatte oder wie es um sie herum aussah. Er zog an ihren Fesseln, und sie verstand auch ohne Worte. Vorsichtig setzte sie einen Schritt vor den anderen, um nicht aus Versehen gegen irgendeine Kante zu stoßen oder zu stolpern. Jeder Schritt ließ sie unsicherer werden. Sie hatte die Adresse weitergegeben und ihrer besten Freundin gesagt, dass sie sich melden würde – aber genügte das wirklich als Absicherung?

Adrenalin schoss durch ihre Adern und schärfte ihre Sinne. Seine Schritte klangen leise vor ihr, überdeckt vom Klirren der Kette, das sie mit ihm verband. Sie bekam kaum noch Luft, und dummerweise fing gerade jetzt ihr Kopfkino an, wie wild zu laufen.

Sie zwang sich dazu, die Bilder zu ignorieren und sich einfach nur auf das zu konzentrieren, was er ihr gab. Hoffentlich zu viel, um ihr ein für allemal klarzumachen, wie wenig diese Fantasien ihr guttaten.

»Stehen bleiben.« Sein Kommando kam kalt und vollkommen emotionslos. Was es ihm wohl gab? Im Grunde genommen konnte es ihr egal sein, solange sie mit diesem Abend ihre Ziele erreichte. Dennoch stieg Neugier in ihr auf. Er klang weder sonderlich erregt noch begeistert, sondern eher, als wäre es eine lästige Pflicht.

»Die Beine schulterbreit auseinander.« Er zog ihre Arme nach oben und befestigte die Kette. Mit einem gleichmäßigen Zug spannte er die Leine und zwang sie dazu, sich auf ihre Zehenspitzen zu stellen. Nur diese kleine Verbindung zum Boden blieb ihr, und es schmerzte jetzt schon in ihren Schultern. Sie biss die Lippen zusammen.

»Du gefällst mir wirklich. Du bist nachgiebig und weich und gehorsam. Fast ein wenig zu gehorsam.« Seine Stimme kam ihr bekannt vor, doch es war, als würde die Augenbinde auch ihre anderen Empfindungen und Sinneseindrücke verfälschen. Es war irischer Akzent, ohne Zweifel. Also schied George so gut wie aus.

»Nachdem du dich ausdrücklich nach mir erkundigt hast, gehe ich davon aus, dass du weißt, worauf du dich einlässt?«

»Ja, Herr«, antwortete sie. Ein heißer Schauder lief über ihren Körper, als sie es endlich aussprach. Diese wenigen Worte gaben ihm mehr Macht über sie als alles andere. Und ihr gaben sie das Gefühl von Geborgenheit. Wenn es wirklich Brian war, dann konnte sie ihm vertrauen.

»Ich akzeptiere kein Safeword. Ich akzeptiere keine Tabus. Ich spiele nicht safe, sane, consensual, sondern nur zu meinem eigenen Vergnügen.« Er schien wieder um sie herumzugehen. Norina war kurz davor, ihn anzuflehen, sie endlich zu berühren und auf irgendeine Weise diese unbändige Lust zum Schweigen zu bringen, die ihren Körper beherrschte.

»Viele in der Szene finden mich deshalb verantwortungslos und meiden mich. Wie kommt es, dass du gerade danach suchst?«

Ja, Herr passte wohl kaum als Antwort. Ob sie mit ihm sprechen durfte? Sie hatte mehr als einmal gelesen, dass manche Herren ihren Subs Sprechverbote auferlegten und dann mit Fangfragen doch den Fehler provozierten. Unsicher biss Norina die Lippen aufeinander.

»Da hat sich jemand schlau gemacht, was? Wenn ich eine Frage stelle, darfst du im Normalfall antworten, Süße. Außer ich habe dir vorher ausdrücklich die Aufgabe gegeben zu schweigen. Aber normalerweise habe ich es ganz gern, wenn meine Subs mit mir reden.«

Er klang amüsiert. Wie Brian, wenn er ihr zuzwinkerte, mit diesem ganz besonderen Schalk in den grünen Augen.

»Erklär mir, was du suchst. Und warum du gerade jemanden suchst, der alles von dir verlangen wird, das du geben kannst. Und vielleicht noch ein bisschen mehr.«

Die Wahrheit konnte sie ihm kaum sagen, denn dann würde er sie mit Sicherheit hochkant hinauswerfen. Dass sie nur einen Abend von ihm wollte, um sich selbst davon zu überzeugen, wie falsch ihr Kopfkino war, das war bestimmt keine gute Antwort.

»Wenn ich mich unterwerfe, dann ganz. Es hat keinen Sinn, wenn ich mit einem Safeword doch wieder aus der Situation hinaus kann. Oder wenn ich ihm die Wege vorgebe, die er zu gehen hat«, antwortete sie stattdessen und hoffte darauf, den richtigen Tonfall getroffen zu haben.

»Du weißt, was du sagen musst, nicht wahr?« Wenn er sie nur endlich berühren würde! Norina zappelte herum, aber auch das entlockte ihm keinerlei Reaktion. »Mein Interesse hast du damit jedenfalls geweckt, das kann ich dir offen und ehrlich sagen. Was genau dich hierher gebracht hat, werde ich früher oder später sowieso erfahren.«

Wieder legte sich Stille über sie. Er musste ruhig stehen, denn nicht einmal mehr seine Schritte waren zu hören. Norina sehnte sich nach nichts mehr als nach einer Berührung.

»Ich schenke mir eben einen Drink ein. Dann sehen wir weiter.« Sie hörte tatsächlich das leise Gluckern einer Flüssigkeit. Whisky? Ob er Whisky trank? Es würde zu ihm passen. Etwas knarzte. Ein Ledersessel? Das Bild war zu gut. Brian, der sich in seinen schweren Ledersessel vor dem Kamin setzte, ein Glas Whisky in der Hand, und sie einfach nur betrachtete.

Wie lange noch wollte er sie warten lassen? Ihre Arme waren dabei, leicht taub zu werden. Ihre Zehenspitzen schmerzten. Und außerdem wurde ihr kalt. Langsam verlor dieses Spiel seinen Reiz, und sie wurde zunehmend unruhig. Er schwieg einfach nur und sah sie an. Hoffentlich.

Plötzlich klang seine Stimme hinter ihr. »Du wirst von heute an keinen Orgasmus mehr haben, den ich dir nicht erlaube. Solltest du in meiner Abwesenheit auf die Idee kommen, dich selbst befriedigen zu müssen, wirst du mich vorher um Erlaubnis fragen. Ich will wissen, wann du es wo mit wem treibst, und falls ich dir einen Orgasmus verbiete, erwarte ich Gehorsam.«

Wie wollte er das kontrollieren? Er klang herrlich selbstsicher bei dieser Forderung, aber letztlich war es doch mehr als kindisch. Norina konnte sich ein Lächeln nicht verkneifen.

»Und glaub ja nicht, dass du mich hintergehen kannst, kleine Sub. Das haben schon ganz andere versucht, und über kurz oder lang ist es immer herausgekommen«, fügte er dazu, als hätte er ihre Gedanken gelesen. »Sobald du hierher kommst, wirst du nur noch mir gehören.«

Erwartete er eine Antwort? Er sollte endlich aufhören mit diesem Vorgeplänkel und sie nach seinem Gutdünken benutzen, so wie man es angeblich tat.

»Süße, ich glaube ja immer noch, dass du keine Ahnung hast, worauf du dich hier gerade eingelassen hast. Ich wiederhole es gern noch einmal für dich. Kein Safeword, kein Winseln, kein Jammern, nichts. Nichts davon wird mich dazu bringen, nicht genau das mit dir zu tun, was ich möchte. Ist es wirklich das, was du willst?«

»Ja, Herr.« Doppelte Absicherung, wie nett von ihm. Ob er immer so vorsichtig war? Letztlich würde es ihm dennoch nichts helfen, falls irgendeine seiner Subs auf die Idee kam, ihn anzuzeigen. Ob er seine eigenen Risiken dadurch minimierte, indem er sich nicht zeigte? Aber sie hatte seine Adresse und seine Handynummer, da war ein fehlendes Gesicht nicht unbedingt das Hindernis, wenn man wirklich an ihn herankommen wollte. Außerdem war sein Akzent so gut wie unverkennbar.

»Du bist nicht ganz bei mir.« Plötzlich strich etwas Raues über ihre Haut, ein schmaler Streifen, der ihren ganzen Körper in Flammen setzte. Wie war er so schnell zu ihr gekommen? »Ich möchte nicht, dass du an irgendetwas anderes denkst als daran, wie du mir dienen kannst, wenn du bei mir bist.«

»Ja, Herr. Bitte ...« Ihre Stimme brach. Dieses raue Ding streichelte weiter über ihre Haut, fuhr über ihre Brüste, umkreiste ihre Brustwarzen und wanderte langsam über ihren Bauch nach unten. Es schickte Schauder durch ihren Körper, die ihre Lust nur noch mehr anfachten. »Bitte, berühren Sie mich.«

»Es steht dir nicht zu, irgendetwas zu verlangen oder auch nur um irgendetwas zu bitten. Ich gebe dir das, was ich dir geben will, zu dem Zeitpunkt, in dem ich es dir geben will. Und ehe du dich ungerecht behandelt fühlst, nein, ich nehme keinerlei Rücksicht auf dich, weil du noch keine Ahnung hast, wie das Spiel hier läuft.«

Ohne jede Vorwarnung spürte sie eine warme Hand zwischen ihren Beinen. Sie legte sich sanft auf ihren Schamhügel, tat sonst aber nichts. Norina unterdrückte ein Stöhnen und das Verlangen, sich daran zu reiben.

»Gut, du bist ein klein wenig feucht, das ist ein Anfang, aber das bedeutet nicht, dass du bereit für mich bist. Den Unterschied wirst du schon noch lernen, keine Sorge, Süße.« Nur sein Daumen bewegte sich jetzt hin und her, langsam und prüfend. »Ich fühle Stoppeln, das ist nicht gut. Du rasierst?«

Scham stieg in ihr auf, als er auf einmal derartig intime Dinge von ihr wissen wollte. Sie verdrängte den Gedanken sofort. Es war lächerlich, deswegen jetzt auf einmal Schamgefühle zu entwickeln. »Ja, Herr.«

»Hör auf damit. Ich mag Frauen, die wie Frauen aussehen, nicht kleine Mädchen. Wir können uns später überlegen, wie genau ich dich sehen will. Außerdem will ich, dass du, wenn überhaupt, wachst. Keine Stoppeln, das ist einfach unschön«, beschloss er und nahm seine Hand wieder weg. Norina folgte ihm nach, so weit ihre Fesselung es zuließ.

»Stillhalten!«, fuhr er sie an. »Ich will sehen, wie lange du durchhältst. Bleib einfach stehen, bis ich etwas anderes von dir will!«

Norina hielt den Atem an und suchte wieder nach festem Halt auf dem Boden.

»Einfach nur stillhalten, das kann doch nicht so schwer sein.« Sie hatte das untrügliche Gefühl, dass er gerade breit grinste. Dieses amüsierte Grinsen mit dem Funkeln in den grünen Augen. So viel also zu seiner Behauptung, dass er Lord Fergus nicht kannte!

»Erst wenn ich beschließe, dass du genug hast, dann wenden wir uns dem nächsten Punkt zu. Ich werde heute noch sehen, wie viel du wirklich aushältst. Beginnen wir doch mit ein paar wunderschönen Klemmen für deine Nippel, was meinst du? Könnte sein, dass es ein bisschen wehtut, aber ich bin sicher, du schaffst das.«

Dieses falsche Verständnis in seiner Stimme ließ die Lust geradewegs durch ihren Körper jagen. Norina stellte sich auf das Schlimmste ein und biss die Lippen zusammen. Er berührte sie nur kurz, streichelte einmal über ihre Brüste, und einen Augenblick später schnappte etwas Kaltes zu. Ein stechender Schmerz schoss durch sie hindurch, der nur langsam zu einem Pochen wurde.

»Hübsch.« Er behandelte ihre andere Brust auf dieselbe Weise und schnalzte dann zufrieden mit der Zunge. »Und jetzt wollen wir sehen, wie lange du still stehen kannst.«

Kapitel 5

Jede Sekunde, die verstrich, ließ ihren Kopf leerer werden, bis nur noch der Lord darin verblieb. Perfektion hatte schon immer eine große Rolle gespielt in ihrem Leben, und wenn sie etwas anfing, dann zog sie es durch.

Norinas Fußballen brannten. Die Klemmen an ihren Brüsten zogen und schmerzten. Und ihre Arme waren endgültig taub. Norina blinzelte wütend gegen die Tränen an, die sich in ihren Augen sammelten. Sie würde nicht jetzt schon aufgeben, das kam nicht infrage. Zumal sie noch gar nicht richtig angefangen hatten. Er tat überhaupt nichts, sondern schien sie einfach nur zu beobachten.

»Findest du nicht auch, dass einfach nur nichts zu tun unwahrscheinlich spannend sein kann?« Seine Stimme riss sie aus der wohligen Leere.

»Nein, Nichtstun ist langweilig, Sir.« Die Antwort kam schneller, als ihr Verstand einschreiten konnte. Sein hämisches Lachen lief ihre Wirbelsäule hinab.

»Das war ein Fehler, kleine Sub. Aber du bist erstaunlich«, flüsterte er auf einmal in ihr Ohr. Sein Atem strich über ihren Hals. »Wirklich erstaunlich, kleine Sub. Du würdest alles in Kauf nehmen, nur um mir zu gefallen, nicht wahr? Deine Arme müssen doch längst taub sein.«

Wie zum Beweis strich er zärtlich über ihre Arme. Es kitzelte, und Norina vermutete, dass es eine Feder oder etwas

Ähnliches war. Liebevoll fuhr er die Linien ihrer Adern nach. Ein Kribbeln ging durch sie hindurch und brachte für einen Augenblick das Leben in ihre Arme zurück.

Mit einem lauten Schnappen löste er den Verschluss, der ihre gefesselten Hände weit über dem Kopf hielt. Sie brach zusammen, direkt in seine starken Arme, fiel an seine Brust. Er zog sie an sich und streichelte durch ihre Haare. Eine Hand legte sich schwer in ihren Nacken, während er sie geborgen hielt.

Sein Herz schlug mindestens genauso schnell wie ihres. Norina atmete tief ein. Er roch nach einem sonnigen Sommertag, auf eine seltsame Weise herb und zugleich schwer nach Lust. Sie spürte seinen durchtrainierten Körper nah an ihrem und seufzte sehnsüchtig auf, während er ihre tauben Arme massierte und sie festhielt. Spätestens jetzt war sie sich vollkommen sicher, dass Brian hinter diesem Spiel steckte. Seinen Duft würde sie so schnell nicht mehr vergessen.

»So gefällt mir das. Arme, kleine, hilflose Mädchen, die sich an mich schmiegen.« Er drückte einen hastigen Kuss auf ihre Stirn und zog dann die Kette enger an sich, die immer noch an ihren Handfesseln eingehakt war. »Aber ich hatte dir ja etwas anderes versprochen. Komm mit!«

Er zog sie mit sich, hielt sie dabei immer noch im Arm und schenkte ihr Geborgenheit. Wieder blinzelte Norina gegen die Tränen an und versuchte, die Gefühle zu unterdrücken, die in ihr hochkamen. Sie hatte keine Ahnung, wann sie sich das letzte Mal so verstanden und geborgen gefühlt hatte wie jetzt.

Die Hand in ihrem Nacken dirigierte sie in die richtige Richtung. Norina stieß gegen etwas Hartes. Holz, vermutete sie. Er zog ihre Arme nach vorne und drückte ihren Oberkörper weit nach unten. Ihre Brüste hingen frei, was das Ziehen der Klemmen noch verstärke. Wieder hakte er die Kette ein und verhinderte damit, dass sie sich wieder aufrichten konnte.

»Was machen die Arme? Immer noch taub?«, fragte er schließlich und streichelte mit seinen Fingernägeln ihre Wirbelsäule entlang nach unten. Ein Schauder durchlief ihren Körper.

»Kribbeln, Herr«, antwortete sie wahrheitsgemäß und atmete tief durch. Sie wollte wissen, was er vorhatte! Wie konnte er sie nur so auf die Folter spannen?

»Lass uns ein Spiel spielen, kleine Sklavin. Ich will austesten, wie viel Schmerz zu erträgst. Falls du es schaffst, durchzuhalten, schenke ich dir später einen Orgasmus. Wenn du aber um Gnade bettelst, ehe ich denke, dass es genug ist, gehst du ohne nach Hause.«

Das war ein Spiel, bei dem sie nur verlieren konnte. Angst nahm ihren Körper in Besitz. Er ließ sich auch diesmal wieder Zeit. Ob er gerade das passende Schlaginstrument aussuchte? Sie stellte sich vor, dass er vor einer kleinen Auswahl stand. Eine Reitgerte, vielleicht, oder auch ein Rohrstock. Oder einen Flogger. Bilder, in denen der Mann einen Flogger hielt und damit seine Dominanz zur Geltung brachte, hatte sie immer besonders anziehend gefunden.

Der erste Schlag traf sie vollkommen unvermittelt. Er schlug mit der flachen Hand. Ein lautes Klatschen hallte durch den Raum. Wärme breitete sich auf ihrer Haut aus, und er ließ ihr gerade genug Zeit, um kurz Luft zu holen, ehe er weitere Schläge folgen ließ. Ihr Hintern erwärmte sich zunehmend, und das Brennen fraß sich immer tiefer in ihre Muskeln. Norina unterdrückte ein Schluchzen und bemühte sich darum, ruhig weiter zu atmen.

»Du denkst zu viel, kleine Sub. Und du solltest aufhören,

Erwartungen zu haben. Ich spiele, wie es mir gefällt.« Er löste die Handfesseln und zog sie grob nach oben. Eine Hand legte sich warm um ihre linke Brust. Sein Daumen schnipste gegen die Klemme und schickte einen stechenden Schmerz durch ihren Körper. Norina wimmerte auf. Ohne jede Ankündigung öffnete er die beiden Klemmen zeitgleich. Die Pein schoss durch ihren Körper, als das Blut zurück in das empfindliche Gewebe floss. Norina konnte die Tränen nicht mehr zurückhalten.

»Nun, das ist ein Anfang«, stellte er fest und ließ sie mit ihrem Schmerz allein. Norina schluchzte und verkniff sich im letzten Moment die Bitte nach mehr.

Er wollte kein Bitten hören, das hatte er deutlich gemacht. Stattdessen richtete sie sich auf und nahm eine möglichst stolze Haltung ein, in der Hoffnung, dass ihm das gefiel.

»Ich will deine Schreie hören, Subbie. Deine Schreie sind Musik in meinen Ohren.« Er ging im Raum herum. Norina hielt still und unterdrückte die Neugier. Sie würde schon früh genug erfahren, was er mit ihr vorhatte. Wortlos griff er nach ihrem Handgelenk und zog sie durch den Raum. Er drückte sie rücklings auf eine weiche Unterlage und spreizte ihre Beine. »Halt still, Süße.«

Sie ahnte, was kommen musste. Norina spürte seinen gierigen Blick zwischen ihren Beinen und hätte sich ihm am liebsten sofort entzogen. Es war ein seltsames Gefühl, sich ihm so offen und zugänglich zu zeigen.

Als der erste Schlag genau auf ihren Kitzler traf, schrie sie auf und ließ alle anderen Gedanken ziehen. Es gab nur noch diesen alles durchdringenden Schmerz, der ihren ganzen Körper in Beschlag nahm und alles andere vertrieb.

***

Vier Schläge später hielt er inne. Sie hörte seinen schnellen Atem. Ein Zeichen seiner Sehnsucht nach ihr? Norina konnte kaum noch klar denken. Der Schmerz vertrieb alles andere, inklusive der Lust, die vorher aufgekommen war. Das war es, was sie sich erhofft hatte. Schmerz, weit jenseits der Grenze des eigentlich Erträglichen, einen Mann, der auf sie herabsah, das Wissen, dass das, was sie hier tat, weder gut noch richtig war.

Hoffentlich erinnerte sie sich morgen auch noch daran.

Sanft tanzten Lederschnüre über die Innenseiten ihrer Oberschenkel und betäubten den Schmerz mit einem leichten Kitzeln. Das Kitzeln wanderte über ihren Bauch nach oben zu ihren Brüsten. In einem ersten Reflex wollte sie ihre Arme zusammenziehen, um sich vor ihm zu schützen, doch gerade rechtzeitig erinnerte sie sich daran, was er von ihr verlangte.

Gehorsam. Und mehr als das, er verlangte einfach alles. Die Schnüre glitten über ihre Haut, ohne dass er zuschlug. Einfach nur der Gedanke daran, dass er es tun könnte, war faszinierend schön. Norina genoss seine Aufmerksamkeit, die Lust, die langsam zurückkehrte. Sie spürte seinen Blick zwischen ihren Beinen, als könnte er es kaum abwarten, sie zu nehmen.

»Für den Anfang ganz gut, Subbie.« Er klang mehr als zufrieden, er klang zutiefst erregt. Norina lächelte und hielt die Luft an, als er ausholte. Wie um seine Worte zu unterstreichen, ließ er den Flogger noch einmal auf ihre Brüste sausen. Das sanfte Stechen war viel erträglicher als die Schläge zuvor auf ihren Kitzler, es war mehr ein Streicheln, das ihre Lust zu unterstützen schien.

Weitere, ebenso sanfte Schläge folgten und beflügelten ihre Lust. Das Pulsieren in ihrem Unterleib wurde kräftiger, sie spürte die Feuchtigkeit zwischen ihren Beinen. Ein warmes

Brennen zog sich über ihre Haut und wurde mit jedem Schlag stärker.

Er hielt inne und bewegte sich wieder durch das Zimmer. Sie hätte zu gerne eine Vorstellung davon, wie es hier aussah. Ob er eher auf klassische Möbel stand? Sie konnte es sich irgendwie nur schwer vorstellen, dass er traditionell eingerichtet war, aber andererseits passte lockere Moderne auch nicht wirklich zu ihm.

»Nun, dann hätten wir also den Beweis dafür, dass du hinreichend masochistisch veranlagt bist für meinen Geschmack.« Seine Stimme klang weit entfernt, als stünde er am anderen Ende des Raumes, und noch dazu so, als würde er von ihr weggedreht stehen. »Den Rest hebe ich mir auf für das nächste Mal.«

Sie hatte sich sehr viel mehr erhofft von diesem Abend. Er enttäuschte alle ihre Erwartungen, indem er immer genau dann aufhörte, wenn es zu viel zu werden begann. Kurzerhand stand sie auf und machte einige unbeholfene Schritte in seine Richtung.

Sie musste ihn dazu bringen, die Beherrschung zu verlieren und zu weit zu gehen. Ihre Initiative zeigte die erhoffte Wirkung. Hart griff er nach ihrem Oberarm und riss sie zur Seite.

»Du wagst es, Subbie?«, fuhr er sie an und streichelte über ihre Wange. Die Zärtlichkeit seiner Berührung verwirrte sie, stand in absolutem Gegensatz zu der Härte in seinen Worten, als wollte er sie beruhigen. »Du möchtest wohl, dass ich weitergehe? Dass ich deine Sehnsüchte erfülle? Aber das kannst du dir abschminken, Süße. Ich lasse mich nicht von dir für deine Zwecke einspannen. Ich habe doch gesagt, dass ich nur zu meinem eigenen Vergnügen spiele.«

Er zog sie zurück zu der weichen Matratze und warf sie unsanft darauf. Norina spürte seine Hand auf ihrem Arm.

»Strafe muss bekanntlich sein. Leg dich auf den Rücken!« Seine Schritte klangen sehr zielstrebig, also musste er vorher wenigstens einen Plan für eine solche Situation gehabt haben. Norina streckte sich aus und lauschte auf seine Schritte. Brian klang wirklich wütend darüber, dass sie sich gegen ihn aufgelehnt hatte. Falls er die Wut nur spielte, machte er das jedenfalls sehr gut.

»Mund auf!« Hart griff er unter ihr Kinn und hielt ihren Kopf fest. Die Demütigung, dass er so mit ihr sprach, floss durch ihre Adern und trieb ihre Lust weiter an. Am liebsten hätte sie sich jetzt an ihn geschmiegt, ihn dazu gebracht, sich endlich der Stelle zwischen ihren Beinen zu widmen und in sie einzudringen. Unsanft schob er etwas zwischen ihre Lippen, das sich glatt und kalt anfühlte.

»Wenn du wüsstest, wie gut du aussiehst.« Sein Finger fuhr die Linie ihrer Wangenknochen nach. »Das ist eine Kerze, süße kleine Sub. Eine brennende Kerze. Du solltest dich besser nicht bewegen.« Der teuflische Unterton in seiner Stimme gefiel ihr gar nicht. Als dann noch ein leises Summen ertönte, wusste sie wieso. »Ich habe gesagt, dass du einen Orgasmus bekommst, wenn du durchhältst. Ich halte meine Versprechen. Immer.«

Er stieß den Vibrator rücksichtslos in sie. Norina hob ihm die Hüften entgegen, ehe sie seine Worte voll und ganz begriff. Er lachte auf, hatte wohl bemerkt, dass sie verstanden hatte. Wenn das wirklich eine Kerze war und diese Kerze brannte, dann gab es dort auch heißes Wachs. Panik breitete sich in ihr aus und trieb ihren Herzschlag weiter nach oben. Das harte Vibrieren rückte für einen Augenblick in den Hintergrund, ehe Lust und Panik und Schmerz sich verbanden und sie unaufhaltsam in Richtung Orgasmus trieben.

Verzweifelt hielt sie still, was die Lust nur noch verstärkte. Ihr ganzes Empfinden richtete sich auf diesen Punkt zwischen ihren Beinen aus, an dem der Vibrator gerade hervorragende Arbeit leistete. Er traf genau die richtige Stärke, um sie in den Wahnsinn zu treiben. Ihr Denken verengte sich darauf, sich bloß nicht zu bewegen, während ihr Körper nur noch die Lust zu kennen schien, die er ihr schenkte. Immer wieder veränderte er die Stärke der Vibrationen, spielte auf ihr, als wäre sie sein Instrument, genoss ihre Lust und schenkte ihr immer stärkere Empfindungen. Schmerzen und Sehnsucht gingen ineinander über, und bald wusste sie überhaupt nicht mehr, was um sie herum geschah. Sie wusste nur noch, dass es sich unwahrscheinlich schön anfühlte.

»Umdrehen«, knurrte er und nahm die Kerze aus ihrem Mund. Mit einem lauten Knall landeten Vibrator und Kerze auf dem Boden. Sie roch keinen Rauch, und musste hysterisch auflachen, als ihr klar wurde, was das bedeutete. Die Kerze war nie an gewesen. Doch die Bilder in ihrem Kopf hatten ausgereicht, um ihr Verlangen anzuheizen.

»Ich will dich auf allen vieren, kleine Sub.«

Brians Hand in ihrem Nacken drückte ihren Kopf unsanft auf die Matratze. Mit der anderen Hand stützte er ihre Hüfte von unten und hob sie leicht an, damit er bequemer in sie eindringen konnte.

Jetzt hatte er es auf einmal sehr eilig. Die Ruhe, mit der er zuvor an ihr gespielt hatte, war vollkommen verschwunden. Er drang in sie, nahm sich, was er wollte, ohne jede Rücksicht darauf, ob sie es noch einmal mit ihm zusammen bis zum Höhepunkt schaffte.

Norina schmeckte Salz auf ihren Lippen. Er nahm sie nicht nur, er fickte sie, er tat genau das, was sie sich in ihrer Fantasie immer gewünscht hatte. Wie konnte sich etwas so Schlechtes so verdammt gut anfühlen? Es war, als wäre genau dieser Augenblick der ganze Sinn ihres Lebens. Dieser Augenblick, in dem der Rest der Welt hinter einem Nebel aus Lust verschwand.

Tränen liefen über ihre Wangen, als er sie endlich in seine Arme zog. Er hielt sie, bis sie sich beruhigt hatte, flüsterte sanfte, beinahe liebevolle Worte in ihr Ohr. Seine Hände streichelten über ihre Haut, verteilten eine kühlende Creme darauf und schenkten ihr wohlige Schauder. Fürsorglich massierte er ihre schmerzenden Schultern, schmiegte sich an sie und half ihr dabei, den Weg zurück in die Wirklichkeit zu finden.

Und führte sie dann doch hinaus in den Hausflur. Wenn sie gehofft hatte, dass er sich zu erkennen geben oder sie sogar die Nacht zusammen verbringen würden, dann hatte sie sich getäuscht. Er ließ sie einfach in der Kälte des Hausflures stehen, verabschiedete sich mit zwei leichten, kaum spürbaren Schlägen auf ihre Wangen und schloss dann die Tür zum Wohnbereich hinter sich.

Wo zuvor Geborgenheit gewesen war, fühlte sie sich jetzt nur noch einsam. Erschöpft streifte Norina den Schal ab und machte sich daran, sich wieder anzuziehen. Sie wusste jetzt schon, dass sie auch das nächste Mal hierher kommen würde, wenn er ihr eine Nachricht schrieb, ganz egal, was sie sich vorgenommen hatte. Die Sehnsucht in ihr war viel zu groß, um dieses Spiel jetzt schon aufzugeben. Und sie wollte wissen, warum Brian ein derartiges Geheimnis darum machte, dass er es war. Hielt er sie wirklich für dumm genug, sein Spiel nicht zu durchschauen?

Norina huschte aus dem Haus und warf einen Blick zurück nach oben zu den dunklen Fenstern. Er musste sich im rückwärtigen Teil des Gebäudes aufhalten, denn außer im Flur brannte nirgends Licht. Sie hielt am schmiedeeisernen Tor zur Straße kurz inne.

G. W. Harris, stand dort in goldenen, geschwungenen Lettern. Nicht Brian. Unsicherheit stieg in ihr auf. Alles deutete auf ihn hin. Die Stimme, der Akzent, der Duft, sogar der schelmische Unterton in seinen Worten, der zu Brian passen wollte, aber nicht zu George.

Oder lag sie so sehr daneben mit ihrer Einschätzung?

Kapitel 6

Ihre Haut brannte noch immer, überall wo er sie getroffen hatte. Sie vermied jeden Blick in den Spiegel, ehe sie ganz angezogen war. Norina wollte nicht daran erinnert werden, was sie getan hatte, und auch nicht daran, wie gut es sich angefühlt hatte. Jeder seiner Schläge hatte ihre Lust angefacht, und selbst die Erinnerung genügte, um sie wieder feucht werden zu lassen.

So hatte sie sich das nicht vorgestellt. Energisch schlang sie noch einen Schal um ihren Hals und machte sich auf den Weg ins Büro. In ihrem Kopf formten sich schon erste Strategien, wie sie vorgehen sollte, und das war bedeutend einfacher, als sich Gedanken über ihre seltsamen Neigungen zu machen.

»Yannek, besorg mir sämtliche Meldungen, die MacMillan damals rausgegeben hat«, gab sie Anweisungen, noch ehe sie ihre erste Tasse Kaffee aus der Maschine gezogen hatte. »Alles, jedes noch so kleine Fitzelchen. Ich muss wissen, wer sonst noch an der Firma dran war. Du solltest mit Tony Miller telefonieren. Bis heute Mittag, wenn es geht.«

Yannek nickte nur und zog sich sofort an seinen Arbeitsplatz zurück. Sie mochte es, wenn alles lief wie am Schnürchen und ihre Anweisungen nicht hinterfragt wurden. Norina arbeitete zuerst die Mails ab, die sich über Nacht angehäuft hatten, und beschäftigte sich mit den kleineren Anliegen, die andere Fälle noch mit sich brachten. Pete hatte sich bereits darangemacht, ihre anderen Mandate in der Kanzlei umzuverteilen, damit sie sich für ein paar Tage voll und ganz auf diesen Fall konzentrieren konnte. Während sie noch an ihrem Kaffee nippte, griff sie zum Telefonhörer und ließ sich zu William durchstellen. Er war ebenfalls bereits im Büro, was kein gutes Zeichen war. Normalerweise kam William erst weit nach zehn auf die Arbeit.

»Neuigkeiten, von denen ich wissen sollte?«, grüßte sie ihn und öffnete nebenbei schon das erste Dokument. Sich durch zehn Jahre Steuererklärungen zu arbeiten, war eindeutig eine Aufgabe.

»Du gehst ganz schön ran, Norina. Könntest du nachher mal rüberkommen, ein paar Termine abstimmen? Ich nehme an, du willst bei allen Zeugenbefragungen dabei sein?«

»Selbstverständlich will ich das.« Sie seufzte leise auf. »Was meinst du, wie lange wird uns das Ding hier beschäftigen, William?«

***

Ihr Weg am Abend führte sie wie automatisch in den Klub. Brian war da und innerhalb von Augenblicken hatte sie ihr Ale vor sich stehen.

»Du schon wieder«, begrüßte er sie. »Na, was macht das Projekt Lord Fergus?«

»Nichts«, log sie und spielte an ihrem Bier herum. Es war ihr seltsam unangenehm, ihm davon zu erzählen. »Sag mal, Brian, was würde eigentlich passieren, wenn hier jemand fotografieren würde?«

»Du lenkst ab.« Er grinste sie breit an. »Angst, dass man rausfindet, dass du hier warst? Baby, du würdest dich wundern, wer hier alles ein und aus geht.«

Sie verzog das Gesicht und hielt seinem fragenden Blick stand. »Ein wenig, ja. Ich habe einen Ruf zu verlieren.«

»Ich glaube, Sunny würde jeden, der es wagt, hier ein Foto zu machen, zu Kleinholz verarbeiten. Das hat sich noch niemand getraut.«

Und doch gab es die Bilder von Cunningham und seiner Verlobten, die genau hier in diesem Klub entstanden waren. Sie konnte Brian kaum danach fragen, dann würde sie verraten, dass sie Cunningham vertrat. Und solange es nicht offiziell war, würde sie besser schweigen, egal wie vertrauenswürdig Brian auf sie wirkte.

»Baby, komm schon, du hast Feierabend!« In seine Augen trat ein dunkler Schimmer. »Sag mir lieber, wie es mit dir und dem Lord läuft.«

»Da gibt es nichts Besonderes zu erzählen, wirklich.«

Er lachte hell auf und schenkte sich selbst ein Glas Wasser aus dem Hahn ein. Heute trug er wieder ein weißes Hemd, das halb offen stand und einen verführerischen Blick auf seine Brust freigab. Die enge Jeans saß dazu tief auf seinen Hüften.

»Du bist cool. Hast du ihn schon getroffen?«

»Hm«, antwortete sie ausweichend und trank einen Schluck. Brians durchdringender Blick traf sie, dann zuckte er die Schultern.

»Geht mich ja nichts an, aber wenn du ein Treffen mit Lord Fergus als nichts Besonderes abtust, hast du echt Nerven, Kleine. Dafür würden andere töten.« Er zwinkerte ihr zu und machte sich daran, Früchte aufzuschneiden. Die Muskeln an seinen Unterarmen zogen ihren Blick auf sich. Er musste nicht nur Sport machen, sondern mit Sicherheit auch ganz gezieltes Krafttraining. Jemand, der so viel Wert auf sein Aussehen legte, hatte sicherlich kein Interesse an ihr, oder?

Gestern war sie sich sehr sicher gewesen, dass Brian hinter dem Unbekannten steckte. Aber bei Tageslicht betrachtet war das unwahrscheinlich. Warum sollte er sich hinter einem solchen Spiel verstecken? Und warum sollte er sich ausgerechnet für sie interessieren?

Norina seufzte leise auf. »Es war nicht ganz das, was ich haben wollte.«

»Oh, wieso?« Er hielt kurz inne und strich sich eine Haarsträhne aus dem Gesicht, die ihm in die Stirn gefallen war. »Zu hart? Ich hab dir doch gesagt, dass das nichts für eine Anfängerin wie dich ist.«

Sie spürte die Hitze in ihren Wangen. »Nein, das nicht. Eher zu weich. Er hat viel zu oft um Erlaubnis gefragt.«

Wieder lachte er auf, herzlich und keinesfalls herablassend. »Baby, so einen Quatsch habe ich noch nie gehört, wirklich. Du willst ernsthaft behaupten, der Lord wäre dir zu weich gewesen?«

»Jepp, genau das.« Sie nahm einen großen Schluck und fragte sich, ob sie ihm von ihren Plänen erzählen konnte. Norina versuchte, in seinem Mienenspiel irgendetwas zu lesen, doch er behielt einfach nur dieses freche Grinsen bei.

Früher oder später würde er sich sicherlich verraten, wenn sie es richtig anging. »Woher kommt der Name eigentlich? Lord Fergus? Ist das nicht reichlich albern?«

»Irische Sage«, antwortete er sofort, ohne erkennen zu lassen, ob ihn ihr Urteil berührte. »Mädchen, ich dachte wirklich, du weißt so etwas.«

»Woher denn?« Er beschäftigte sich auf einmal so intensiv mit seinen Dekorationsfrüchten, als bräuchte er Zeit für eine Antwort. »Ich kenne mich nicht so aus in irischer Geschichte. Hat mich nie interessiert.«

Seine Bewegungen blieben lässig, doch darunter erkannte sie eine gewisse Anspannung. Weil er Angst hatte, dass sie die Verbindung zwischen ihm und dem Lord herstellte? Weil er immer noch der Meinung war, dass sie besser die Finger von dem großen Unbekannten lassen sollte? Er nahm eine frische Ananas aus dem Kühlfach unter dem Tresen und schlug mit einer raschen Bewegung den oberen Teil ab.

»Typisch Unionist«, sagte er schließlich und klang dabei ein klein wenig bitter. »Dafür kennst du aber die gesamte englische Geschichte bis ins kleinste Detail?«

Normalerweise brauchten die Menschen eine Zeit, um ihr ihre Herkunft anzusehen. Nur Pete hatte es ihr auf den Kopf zugesagt, im Vorstellungsgespräch, und das hatte für sie den Ausschlag gegeben, in seiner Kanzlei anzufangen und nicht bei der Konkurrenz. »Wie kommst du auf die Idee?«, fragte sie dennoch zurück und legte ihre Hände neben ihrem Getränk auf dem Tresen ab. Ihre Finger zitterten leicht.

Ungerührt zerkleinerte er die Ananas weiter. »Dein Akzent. Man hört es kaum, aber wenn man es kennt, dann weiß man, dass das nur Belfast sein kann.«

»Cairnshill«, bestätigte sie und nickte ihm anerkennend zu. Er war ein guter Beobachter, das musste sie ihm lassen.

»Nahezu kein hörbarer Akzent, also Privatschule. Mittelklasse, aber definitiv keine Eltern aus der Arbeiterklasse. Du bist stolz darauf, keine irischen Sagen zu kennen, also treue Untertanin des Königreichs. Protestanten und Loyalisten«, fuhr er ungerührt fort und streifte die klein geschnittene Ananas in einen Behälter. Zielsicher warf er die Abfälle in den Mülleimer und blickte dann zu ihr auf. »Ich schätze mal, dein Vater ist irgendetwas in Richtung Stadtverwaltung.«

»Polizei. Royal Ulster Constabulary«, verbesserte sie ihn

kühl und biss sich dann auf die Unterlippe. Er klang nicht unbedingt begeistert. »Und du? Lass mich raten: Ich tippe auf Limerick, hast aber eine Zeit lang in Dublin gelebt.«

»Falsch.« Er schüttelte den Kopf und hob herausfordernd das Kinn. »Noch ein Versuch.«

»Dublin stimmt«, grummelte sie und trank einen Schluck, um Zeit zu gewinnen. »Galway?«

»Wieder falsch. Du bist echt schlecht im Raten.«

»Cork?« Sie war sich ziemlich sicher, dass er irgendwo aus dem Westteil der Insel kam. »Komm schon, ich kann nicht jedes Dorf aufzählen. Hauptsache, die Richtung stimmt!«

Er schnaubte herablassend auf und nahm eine Bestellung entgegen, ehe er sich wieder ihr widmete. »Ennis. Limerick war gar nicht so falsch, aber dann doch knapp daneben.«

Norina schmunzelte. »Aber für eine protestantische Nordirin doch gar nicht so schlecht, musst du zugeben.«

»Nein, das nicht.« Er schenkte noch zwei Gläser Coke aus. »Sonst noch etwas, das du unbedingt wissen willst?«

»Die Story von Lord Fergus«, erklärte sie. »Und nachdem du jetzt weißt, was meine Eltern sind, wüsste ich auch ganz gern, was deine so machen.«

Ob das zu intim war? Oder flirtete sie tatsächlich mit ihm? Norinas Hände waren schweißnass. Ihr war es gerade vollkommen egal, was um sie herum vorging, dazu war er viel zu faszinierend.

»Mum war daheim. Ein bisschen Landwirtschaft, aber ich würde das eher als Hobby bezeichnen. Dad war in der IRA. Als es sie noch gab, natürlich. Aber er hat das Ende der IRA auch gar nicht erlebt.« Auf einmal verschwand das Lächeln aus seiner Miene. Er widmete sich einem Cocktail, und Norina wagte es nicht, näher nachzufragen. »Auch egal. Auf jeden

Fall bin ich jetzt schon seit fast zehn Jahren hier in London, nachdem ich in Dublin studiert hatte. Damit hattest du jedenfalls recht«, sagte er schließlich und zuckte mit den Schultern. »Also, kommen wir doch zurück zu Lord Fergus.«

Er goss den Cocktail in ein Glas mit buntem Zuckerrand, garnierte das Ganze mit Ananas und einer Kirsche und schob es ihr zu.

»Geht auf's Haus«, fügte er dazu. »Sag mir nur, was du davon hältst, habe ich mir selber ausgedacht.«

Norina nickte und spielte gedankenverloren mit dem Strohhalm. »Also, Lord Fergus. Irische Sage. Weiter?«

»Ein Krieger aus Ulster, so stark wie siebenhundert Mann und der Ziehvater von Cu Chulainn. Was dir wahrscheinlich auch nichts sagt, aber er war ein großer Krieger. Auf jeden Fall ist Fergus der Inbegriff von männlicher Potenz. In der Sage heißt es, dass sein Glied sieben Zoll lang ist. Was dann doch beachtlich ist.« Er blieb dabei todernst, während Norina sich ein Lachen nicht verkneifen konnte.

»Sieben Zoll? Meine Güte, da übertreibt der gute Lord aber ziemlich, wenn er sich das als Vorbild nimmt«, stieß sie dann unter Lachen hervor und hielt seinem leicht irritierten Blick stand. »Also ist Lord Fergus auch Ire?«

»Vielleicht.« Brian deutete auf den Cocktail. »Trink lieber, statt dir darüber den Kopf zu zerbrechen, Baby. Die irische Sagenwelt kann ziemlich verwirrend sein.«

Sie wollte nicht darüber diskutieren, daher sog sie an dem Strohhalm und wurde von einem leicht bitteren Geschmack überrascht. Obwohl der Cocktail sahnig und cremig aussah, schmeckte er erstaunlich fruchtig. »Zu viel Sahne. Etwas weniger, und es könnte hinkommen. So ist er mir zu cremig dafür, dass er so herb ist. Das nimmt die Frische raus.«

»Hab ich mir auch schon gedacht.« Er wirkte nicht beleidigt, weil sie seine Kreation kritisierte, sondern eher zufrieden darüber, dass sie ihm ehrlich ihre Meinung sagte. »Wenn du morgen wieder hierher kommst, bekommst du die nächste Testvariante, was meinst du?«

»War das eine Einladung zu einem Date?«, konterte sie und stupste mit ihrer Zunge gegen die Strohhalmspitze. Sie war niemals wirklich gut im Flirten gewesen, dazu hatten Männer sie nie genug interessiert. Sie hatte immer ihre Ziele vor Augen gehabt und ihr Studium, ihre Arbeit und ihre Freunde. Ein Mann hatte da nicht hineingepasst. Tom, ihr Ex, war einfach so da gewesen, so kam es ihr im Nachhinein vor. Und genauso unauffällig war er aus ihrem Leben verschwunden.

»Ich glaube nicht, dass ich die Frau daten sollte, die der große Lord sich ausgesucht hat. Also nein, kein Date. Ich finde dich nur amüsant. Du sprichst wenigstens mit mir, statt dich gleich in ein Spielzimmer zurückzuziehen. Ist mal eine nette Abwechslung, wenn man jeden Abend hier an der Bar steht«, gab er mit einem Lachen in seinen Augen zurück.

»Und sonst? Hast du heute nach Dienstschluss noch etwas vor? Ich finde Cocktails trinken zwar ganz nett, aber es war heute wirklich stressig auf der Arbeit, da könnte ich etwas Abwechslung brauchen.« Sie hielt unwillkürlich die Luft an, nachdem sie es ausgesprochen hatte. Alles in ihr zog sich kalt zusammen. Sie saß nicht nur in einem Sexklub und flirtete mit irgendeinem Mann, den sie kaum kannte, sie machte ihm auch noch ein unmissverständliches Angebot. Irgendetwas lief in der letzten Zeit eindeutig falsch in ihrem Leben. Das Treffen mit dem Lord hätte sie eigentlich von dieser Sehnsucht kurieren sollen. Stattdessen fühlte sie sich auf einmal so, als ob alles, das sie jetzt brauchte, guter Sex war.

»Du hast Nerven, Süße. Habe ich dir nicht gesagt, dass er Exklusivität fordert? Er hat es dir sicher auch noch mal gesagt, nehme ich an?«

Also wollte er dieses Versteckspiel weiter durchziehen? Sie war sich beinahe sicher, dass er dahintersteckte, auch wenn der Name am Klingelschild nicht dazu gepasst hatte. Aber da war etwas Vertrautes in der Stimme des Unbekannten gewesen. Der Akzent stimmte. Sein Geruch hatte sie an ihn erinnert. »Er muss es ja nicht wissen, oder?«

Brians grüne Augen funkelten amüsiert. »Ich weiß nicht, ob ich die Einstellung gut finden sollte oder nicht.«

»Ich auch nicht«, gab sie zu und fragte sich ernsthaft, was genau in sie gefahren war. Sie machte sich sonst nie etwas aus Sex. »Ich meine, tut mir leid ... ich bin sicher nicht so dein Typ, richtig?«

Er lachte lauthals auf. »Oh, ganz im Gegenteil. Ich finde dich verdammt sexy, Baby. Wenn du unbedingt meinst, sage ich natürlich nicht Nein. Auf dein Risiko. Zu dir?«

So etwas Verrücktes hatte sie seit Jahren nicht mehr getan. Sie wollte gar nicht wissen, wie sie morgen früh aus dem Bett kommen sollte nach diesem Cocktail, einer Nacht mit dem Barkeeper und dann wahrscheinlich auch noch viel zu wenig Schlaf. Aber darüber konnte sie sich morgen auch noch Gedanken machen.

Dass er darauf bestand, unbedingt zu ihr zu gehen, passte wieder sehr gut ins Bild. Er wollte also nicht, dass sie noch einmal das Haus betrat. Oder jedenfalls dann nicht, wenn er sich nicht hinter seinem Lord Fergus verstecken konnte.

»Einverstanden. Wann kannst du Schluss machen?«

Kapitel 7

Brian erwies sich als absoluter Gentleman. Er half ihr aus dem Taxi, führte sie die Treppen hinauf und nahm ihr den Mantel ab, sobald sie im Flur ihrer Wohnung standen. Nun fühlte sie doch so etwas wie Unsicherheit in sich aufsteigen und hängte eilig ihre Handtasche an einen der Wandhaken.

»Geradeaus ist das Wohnzimmer. Du findest dort alles für einen guten Drink. Mixt du uns etwas, während ich dusche?«, sprudelte es aus ihr heraus. Er fasste mit seinen Händen an ihre Schultern und schmiegte sich von hinten an sie.

»Duschen? Du willst jetzt duschen?« Seine Lippen glitten über ihren Hals. »Außerdem bekommst du keinen Drink mehr von mir. Du hattest schon genug, jedenfalls dafür, dass du unter Stress stehst.«

Norina schnaubte verächtlich auf und versuchte einen Schritt nach rechts, um seiner Umarmung zu entkommen. Er hielt sie jedoch einfach fest und biss zärtlich in ihr linkes Ohrläppchen.

»Nicht duschen, Süße. Das kannst du nachher. Jetzt will ich dich erst einmal schmecken.« Er schob sie einfach nach vorne, ohne zu fragen, wo ihr Schlafzimmer war. Norina wollte nach dem Lichtschalter tasten, doch auch das verhinderte er, indem er sie einfach weiterschob. Er hatte auch recht damit – durch die Fenster fiel genug Licht herein, um den Raum in ein dunkles Zwielicht zu tauchen. Das war eben London, wirklich dunkel wurde es hier nie.

Ohne groß zu fragen, drückte er sie auf das weiße Ledersofa und öffnete den Knopf ihrer Anzughose. Obwohl er nun vor ihr kniete, kam es ihr doch so vor, als würde er die ganze Kontrolle in Händen halten. Langsam zog er ihre Hose nach unten. Sie half ihm, indem sie kurz ihre Hüften nach oben hob. Er streifte Schuhe und Seidensöckchen in einem einzigen Zug ab und streichelte dann ihre nackten Beine wieder hinauf. Warmes Kribbeln breitete sich auf ihrer Haut aus. Norina seufzte auf und legte ihren Kopf in den Nacken. Genießerisch schloss sie ihre Augen. Seine Fingerspitzen malten kleine Kreise auf ihrer Haut und näherten sich langsam ihrem Slip. Seine Lippen drückten Küsse auf ihre Unterschenkel, auf die Unterseiten ihrer Knie, auf die Innenseiten ihrer Oberschenkel.

Sie wünschte sich beinahe, er würde jetzt in diese andere Spielart schalten, einfach zu dem großen und gefährlichen Lord Fergus werden und sich nehmen, was er wollte. Er ließ sich jedoch Zeit, verwöhnte ihre Beine, massierte sanft ihre schmerzenden Zehen, küsste ihre Haut, als könnte er nicht genug davon bekommen. Langsam wich die Anspannung eines viel zu langen Arbeitstages aus ihrem Körper. Er arbeitete sich nach oben vor, nur um zu ihren Knien zurückzukehren und sich dann wieder mit absoluter Hingabe ihren Füßen zu widmen.

»Möchtest du dir deinen Blazer ausziehen? Nur den Blazer?«, schlug er schließlich atemlos vor. Norina antwortete gar nicht erst, sondern schlüpfte aus dem Blazer und warf das teure Teil hinter sich auf den Boden, ohne ihm weiter Beachtung zu schenken.

Brians Hände glitten nach oben unter ihre Bluse. Er bemerkte, dass sie unter dem weißen Stoff noch ein Unterhemd trug, und verzog kurz das Gesicht. Norina setzte sich halb auf. Ihre Blicke trafen sich.

»Gott, Norina, wie viel hast du noch an?«, flüsterte er heiser und zwinkerte ihr zu.

»Wenigstens keinen Schal«, gab sie zurück und versuchte sich daran zu erinnern, wo sie ihren Schal heute wieder gelassen hatte. Meistens griff sie morgens zu einem Schal, um dem Dresscode im Büro Genüge zu tun, und ließ das gute Stück im Laufe des Tages irgendwo in der Kanzlei zurück. Zum Glück wussten die meisten ihrer Kollegen von ihrer Angewohnheit und brachten ihr die Halstücher früher oder später zurück. »Sonst wäre die Bluse nicht blickdicht, so einfach ist das.«

Er lachte leise auf. »Das stelle ich mir sehr sexy vor. Oder nur BH und Blazer. Und dann zum High Tea ins Savoy.« Er schnalzte anerkennend mit der Zunge. »Baby, du wärest der Blickfang von ganz London.«

Anerkennend streichelte er über die kleinen Röllchen an ihrer Taille, die sie einfach nicht mehr verhindern konnte. Was hatte er gesagt? Oder besser Lord Fergus? Dass er Frauen mochte, die auch wie Frauen aussahen? Nun, damit konnte sie wohl oder übel dienen. Norina lief ein warmes Schaudern über den Rücken. Er ließ sich Zeit damit, ihre Bluse aufzuknöpfen, und als er den dünnen Stoff endlich von ihren Schultern strich, glaubte sie, unter seinen Berührungen zu vergehen.

»Brian, bitte, lass mich kurz duschen«, murmelte sie verlegen und kämpfte gegen dieses alles überwältigende Gefühl in ihrem Magen an. Am liebsten hätte sie ihn darum gebeten, einfach nur von ihm genommen zu werden. Energisch griff sie in sein dichtes, weiches Haar und versuchte, ihn von sich wegzuschieben. Sie brauchte Zeit, um sich selbst wieder zu beruhigen.

»Nein, Kleines. Du bleibst hier«, widersprach er sanft, aber bestimmt und befreite sich aus ihrem Griff. »Wieso solltest du gerade jetzt duschen? Du duftest wunderbar. Nach dir.«

Wie zum Beweis seiner Worte fuhr er mit seiner Nasenspitze über ihren Bauch entlang nach oben und leckte über ihren Hals. Sein ganzes Gewicht lag auf einmal auf ihr und hielt sie fest. Diese falsche Sehnsucht in ihr wurde immer stärker. Wie oft hatte sie sich nicht schon vorgestellt, von einem Mann einfach nur genommen zu werden? Egal ob es gerade passte, ob sie gerade perfekt aussah oder nicht, sondern einfach nur, weil er es wollte?

»Ich rieche einen Hauch von Chanel Nr. 5. Hätte ich dir gar nicht zugetraut, so ein klassisches Parfüm. Ich hätte eher auf etwas sportlich Frisches getippt«, flüsterte er und knöpfte dabei ihre Bluse auf. Zielstrebig schob er den Stoff von ihrem Körper. »Darunter ... du selbst. Rosen, Salz, ein Hauch Meerwasser. Ich fände es einfach nur schade, wenn du diesen wunderbaren Geruch mit irgendeinem Duschgel überdecken würdest.«

Musste er so deutlich davon sprechen? Norinas Wangen glühten, und am liebsten wäre sie mitsamt der Couch im Boden versunken. Es gehörte sich nicht, was er tat, und es gehörte sich noch weniger, davon zu reden.

»So, und was mache ich jetzt mit diesem schicken Unterhemd?« Sein koboldhaftes Grinsen kehrte zurück. Er strich über die dünnen Träger des weißen Hemdchens und legte den Kopf leicht schief. »Baby, wenn du mir gehören würdest, ich würde dich so nicht auf die Straße lassen. Das ist viel zu unpraktisch.«

Es gelang ihm trotzdem, ihren BH zu öffnen und unter dem Hemd nach oben zu ziehen. Norina ließ zu, dass er ihr den BH abstreifte, ohne zuvor das Hemd auszuziehen, und keuchte unwillkürlich auf, als er dabei über ihre Brüste streichelte. Sofort reagierten ihre Nippel auf seine Berührung. Er zog den dünnen Stoff einfach nur ein Stück nach unten, bis ihre Brüste vorwitzig heraussprangen. Die Träger waren bis zum Zerreißen gespannt. »So gefällt mir das schon viel besser.«

Er machte keine Anstalten, sie zu berühren, was die Sehnsucht in ihr noch größer werden ließ. Sosehr sie es auch versuchte, es gelang ihr einfach nicht, unbeteiligt zu bleiben. Norina bewegte ihre Hüften ein Stück nach oben und hoffte, dass er endlich, endlich weiterging.

»Das ist ziemlich unfair, Brian«, murmelte sie schließlich heiser und griff an sein weißes Hemd. »Du bist immer noch angezogen.«

»Sehr richtig.« Er wirkte äußerst zufrieden mit dieser Erkenntnis. »Du doch auch. Du trägst einen Slip und ein Hemdchen, das ist angezogen. Und widersprich nicht. Wenn du an den Strand gehst, hast du doch sicher weniger an, würdest es aber immer noch als angezogen bezeichnen, oder?«

Unwillkürlich musste sie auflachen. Dass er selbst jetzt noch Witze machen konnte, war faszinierend. Ob er in seiner Rolle als Lord Fergus überhaupt jemals lachte? Sie wollte so sehr, dass Brian hinter diesem Versteckspiel steckte.

Diese Erkenntnis war erschreckend.

»Aber das können wir ändern. Bei dir, meine ich.« Mit diesen Worten zog er den schlichten Baumwollslip von ihren Hüften und warf ihn zur Seite. Das Leder war kalt auf ihrer Haut, und die Nachtluft schickte ihr einen weiteren Schauder. Er rutschte zurück nach unten zwischen ihre Knie und spreizte ihre Beine. Sanft küsste er die Innenseiten ihrer Oberschenkel und arbeitete sich weiter nach oben vor.

»Brian, lass das!« Norina hielt die Luft an, als ihr klar wurde, was er vorhatte.

»Oh, Süße … du bist feucht, aber noch lange nicht geil.« Er sprach es mit absoluter Selbstverständlichkeit aus. »Sag bloß, es hat dir noch niemand den Unterschied beigebracht? Dann wird es aber Zeit, Baby.«

Seine Lippen glitten über ihre Scham. Seine Zunge stieß vorwitzig dazwischen vor, seine Finger streichelten weiter ihre Haut. Alles an ihr schien zu brennen. Auf die Schnelle fand sie keinen vernünftigen Grund, weshalb er es nicht tun sollte. Und die Lust, die in ihr aufkam, wollte auch nicht unbedingt einen Grund dafür finden. Norina konnte sich gegen diese Empfindungen einfach nicht mehr wehren.

»Nein, Brian, bitte …« Sie biss die Lippen aufeinander. Ein ziemlich lauter Teil in ihr wollte unbedingt, dass er weitermachte. »Lass es, Brian, bitte!«

»Du schmeckst aber gut.« Er hielt nicht inne, sondern ließ seine Zunge weiter die unglaublichsten Dinge dort unten tun. Norina stöhnte auf, krallte ihre Hände in seine Haare und spürte Tränen auf ihren Wangen. Seine Zunge umkreiste ihren Kitzler, bohrte sich sanft in sie, zog sich zurück und neckte sie, bis sie glaubte zu vergehen.

Er hauchte zärtlich über ihre feuchte Scham und brachte etwas Abkühlung. »Soll ich dich lieber mit meiner Zunge zum Ende bringen oder möchtest du mich vorher spüren?«

Wahrscheinlich würde er sowieso das tun, wonach ihm war, egal was sie sagte. »Hör einfach auf.« Sie wusste nicht, was sie sonst sagen sollte. Es war zu viel auf einmal, und vor allem fühlte es sich viel zu gut an für etwas, das doch so verboten war. »Brian, bitte …«

»Nein, Süße. Du bettelst ja förmlich darum«, beschloss er

und setzte sein Werk fort. Lust jagte durch sie hindurch, bis ihr ganzer Körper zu vibrieren schien. Ob es ihm nicht unangenehm war? Sie spürte ihre eigene Feuchtigkeit, roch ihren eigenen Geruch viel zu stark und zu deutlich. Doch als sie sich ihm entziehen wollte, hielt er sie einfach fest und machte weiter. Gegen seine Kunstfertigkeit hatte sie keine Chance, und aller Gegenwehr zum Trotz brach der Höhepunkt sich seine Bahn.

Brian zog sie in seinen Arm und küsste liebevoll ihre Stirn. »Ich sehe Tränen, Kleines. Was ist los?«

»Nichts.« Sie versuchte sich an einem Lächeln und schüttelte dann den Kopf. Wie sollte sie ihm auch sagen, dass das, was er gerade getan hatte, einfach nur fantastisch gewesen war?

»Sag bloß, dich hat noch nie ein Kerl mit der Zunge zum Orgasmus gebracht? Was für Idioten!«

Woher wollte er das wissen? War es ihr so deutlich anzusehen, dass das für sie eine neue Erfahrung gewesen war? Er griff unter ihr Kinn und drückte einen Kuss auf ihre Lippen, ehe sie sich wehren konnte. Seine Zunge suchte sich gewaltsam den Weg zwischen ihren Lippen hindurch. Norina glaubte, sich selbst immer noch darauf zu schmecken, und schaffte es einfach nicht, seine Zärtlichkeit zu erwidern.

»Ich liebe es, eine Frau auf diese Art zu verwöhnen. Ich finde eine Frau selten schöner als in dem Moment, in dem sich ihr Körper vor Lust verkrampft und sich dann alle Anspannung löst.« Seine starken Arme boten ihr den Halt, den sie jetzt dringend brauchte. »Und zu wissen, dass ich es bin, der daran schuld ist, ist gleich noch besser.«

Norina hob müde ihre Hand und streichelte über seine geschwungenen Lippen. Schon wieder lag dieses Lächeln darauf, dieses ironische, noch nicht einmal sich selbst ernst nehmende Lächeln, das er so gerne zeigte. Sie fuhr die feinen Linien in seinem Gesicht nach, die Lachfältchen in seinen Augenwinkeln und die Falten auf der Stirn.

»Süße, wenn dir nur nach kuscheln ist, sag es ehrlich.« Er machte keine Anstalten, aus der Umarmung zu fliehen oder sie jetzt schon allein zu lassen. »Du siehst fertig aus, und ich habe wirklich nichts von dir, wenn du dich zu etwas zwingst, das du jetzt nicht möchtest.«

Sein verständnisvoller Ton schnürte ihr die Luft ab. Wie war sie sich gestern nur so sicher gewesen, dass Brian hinter dem Fremden steckte? Der Lord würde nie, niemals im Leben, so auf sie Rücksicht nehmen. »Das wäre unfair dir gegenüber«, widersprach sie kaum hörbar.

»Meinst du, ein Mann stirbt, wenn er an einem Abend keinen Orgasmus hat? Wir können uns für morgen verabreden.«

»Nicht morgen. Und auch nicht übermorgen.« Adrenalin rauschte durch ihre Adern. Sie hatte soeben einen Orgasmus gehabt, ohne den Lord zuvor gefragt zu haben. Ob sie es ihm beichten sollte? Oder einfach für sich behalten? Brian würde kaum zugeben können, dass er davon wusste, sonst hätte er sich so gut wie verraten.

»Dein Lord?«

Sie schüttelte den Kopf. »Morgen Abend habe ich ein Geschäftsessen mit einem meiner Dauerkunden. Übermorgen wird es an sich spät, weil ich ein paar Dinge mit der amerikanischen Börsenaufsicht klären muss. Und dann ... keine Ahnung, Brian. Ich habe gerade einen Fall auf dem Tisch, der jederzeit meine Aufmerksamkeit fordern könnte. Ich weiß nicht, wann ich es aus dem Büro schaffe.«

»Du magst deinen Job, nicht wahr?« Er hielt sie immer noch

fest. Sein ruhiger Atem beruhigte nun endlich auch ihre flatternden Nerven. »Magst du mir verraten, woran du gerade arbeitest? Vielleicht hilft das gegen den Stress?«

»Lieber nicht. Mandatsgeheimnis. Aber wenn du unbedingt wissen willst, woran ich sitze, lies in den nächsten Tagen Zeitung. Wir versuchen zwar alles, um keine Aufmerksamkeit darauf zu lenken, aber es wird uns sicher nicht ewig gelingen.« Obwohl es sich so schön anfühlte, setzte sie sich nun doch auf und zog wenigstens das Unterhemd wieder zurecht. Brian kam ebenfalls hoch und reichte ihr wortlos ihre Bluse vom Boden nach oben.

»Wichtiger Mandant?«

»Gut zahlender Mandant.« Sie zuckte mit den Schultern. Auf einmal fehlten ihr die Worte. »Brian, ich weiß nicht, morgen muss ich wirklich früh aufstehen ...«, begann sie unsicher und senkte den Kopf.

»Ist okay, Baby, ich kann das verstehen.« Wieder griff er unter ihr Kinn und streichelte sanft mit dem Daumen über ihre Lippen. »Alles gut, Süße. Wir müssen ja nichts überstürzen, und mal abgesehen davon, morgen ist auch noch ein Tag. Und übermorgen auch. Meldest du dich, wenn du Zeit hast, versprichst du mir das?«

»Auf jeden Fall.« Sie lächelte ihm zu und seufzte erleichtert auf, als er wirklich aufstand und in Richtung Flur verschwand.

Am liebsten hätte sie ihn zurückgehalten und ihn gebeten, den ganzen Rest der Nacht neben ihr zu liegen und sie einfach nur im Arm zu halten. Aber das würde ihr nicht dabei helfen, endlich diese Fantasien aus ihrem Kopf zu bekommen.

Kapitel 8

Die Aufregung wurde zu einem kalten Klumpen in seinem Magen. Brian schob es auf die Umgebung, auf die sauberen Flure mit den dunklen, schweren Holztüren und dem Boden, der verdächtig nach echtem Granit aussah. Normalerweise bewegte er sich in ganz anderen Häusern. Seine Freunde waren Studenten oder Doktoranden, Sozialarbeiter und Träumer, die sich so ein Appartement niemals würden leisten können. Nicht in London.

Keinesfalls war Norina daran schuld, redete er sich ein. Sie öffnete, kaum dass er vor ihrer Tür stand, und strahlte ihn mit glänzenden Augen an. Sie musste direkt aus der Arbeit heimgekommen sein, denn sie trug einen gut geschnittenen Hosenanzug, der ihre weibliche Figur unterstrich, ohne zu aufdringlich zu wirken. Das dezente Blau betonte ihre helle Haut und den Blondton ihrer Haare.

»Danke, dass du gekommen bist«, begrüßte sie ihn und trat zur Seite. Ein unsicheres Lächeln huschte über ihr Gesicht. »Ich bin gerade hereingeschlüpft. Hat doch länger gedauert als gedacht.«

Es klang beinahe wie eine Entschuldigung für ihr Aussehen. Brian verkniff sich eine Bemerkung darüber, dass er gerade das so faszinierend an ihr fand, diesen offensichtlichen Widerspruch aus ihrem braven Äußeren und dem, was tief in ihr steckte. Sie führte ihn durch einen kleinen

Flur in ihr Wohnzimmer. Fiebriger Glanz lag auf ihrem Gesicht.

»So sieht es bei dir also aus«, sagte er schließlich und drehte sich einmal um sich selbst. »Ganz schön schick, keine Frage. Hab ich das letzte Mal gar nicht so wahrgenommen.«

»Danke.« Sie deutete in Richtung des Esstischs, als würde sie das Lob für ihre Wohnung irgendwie verlegen machen. Röte stieg in ihre Wangen. »Ich wohne auch noch nicht allzu lange hier. Das war mein Geschenk an mich, als ich Partnerin in der Kanzlei wurde.«

Die halb offene Küche bildete den eigentlichen Blickfang des Raumes. Während alles sonst in Weiß und Grau gehalten war, strahlten die Fronten der Küche in klarem Rot und schwarzem Granit. Die Kochinsel trennte Küche und Wohnbereich ab. Um den Herd herum standen viele kleine Töpfe, in denen Kräuter um ihr Überleben kämpften. Einen grünen Daumen hatte sie also nicht, denn außer diesen teilweise wirklich elend aussehenden Kräutern sah er keine Pflanzen. Dafür hatte sie eine Öl- und Essigsammlung, die wahrscheinlich ihresgleichen suchte. Im Wohnzimmer stand ein Fernseher auf einem Sideboard, alles andere war hinter weißen Schranktüren verstaut. Zu gerne hätte er die Schränke geöffnet, um herauszufinden, ob sie eher ordentlich war oder dahinter nur ihr Chaos versteckte. Die Bilder an den Wänden waren ebenfalls schwarz-weiß, Landschaftsaufnahmen ohne großartige künstlerische Qualität.

Und sie hatte einen Balkon mit Themseblick. Brian suchte nach den passenden Worten, während in seinem Kopf die Zahlen nur so ratterten.

»War auch gar nicht so teuer, wie es aussieht«, murmelte sie unsicher, als hätte sie seine Gedanken gelesen. Ihre Finger verkrampften sich in ihrem Oberteil. »Wapping ist nicht so hip. Ich habe vorher gespart. Ich hatte das Glück, dass Toms Eltern ein Appartement hatten, in das wir ziehen konnten. Mein Ex, meine ich ...«

Sie verhaspelte sich in ihren Worten und brach hilflos ab. Brian winkte ab, als wäre es überhaupt nicht von Bedeutung. Die Million hatte sie mit dieser Wohnung auf jeden Fall gesprengt. Das war weit mehr, als er in seinem gesamten Leben sehen würde.

»Hätte ich jetzt nicht von dir vermutet.« Mit einem Kopfnicken deutete er auf ein schwarzes Holzkreuz, das unauffällig zwischen den Bildern hing und sich so gut in die Einrichtung fügte, dass man es wirklich gut hätte übersehen können.

»Alte Gewohnheit.« Immer noch klang sie entschuldigend. »Bin ich so von zu Hause gewöhnt.«

»Ist doch nichts Schlechtes. Solange man es nicht übertreibt damit.« Beruhigend zwinkerte er ihr zu. »Du kochst gern? Ziemliche Ölsammlung, die du da hast.«

»Am Wochenende, wenn ich Zeit habe. Heute musst du dich mit gekauftem Essen zufriedengeben. Cornish Pastys und Salat, ich hoffe, das ist in Ordnung? Setz dich doch schon. Ich richte das Essen eben her. Was möchtest du trinken? Ich habe Rotwein da, Sekt, ein paar Bier und Cola.«

Ihrer Stimme war deutlich anzuhören, dass sie genauso aufgeregt war wie er auch. Brian kniff die Lippen zusammen und verdrängte das aufkeimende Gefühl in seinem Inneren sofort. Er musste wirklich aufpassen, dass nicht mehr daraus wurde, ehe noch einmal alles schiefging. Das eine Mal in seinem Leben, in dem Gefühle eine Rolle gespielt hatten, reichte. Definitiv.

»Bier wäre wunderbar.« Er ließ sich auf einen Stuhl sinken, legte sein Kinn in die linke Hand und beobachtete sie dabei, wie sie das Essen aus den Plastiktüten holte und auf Tellern anrichtete.

»Senfdressing? Honigdressing? Essig-Öl?«, fragte sie und betrachtete ihre Essig- und Öl-Sammlung nachdenklich. »Kürbiskernöl? Himbeeressig? Wonach ist dir denn?«

»Zauber einfach etwas. Ich bin mir sicher, es wird grandios schmecken.«

Sie schenkte ihm über die Schulter ein Lächeln und entschied sich dann für den Mangoessig und ein schlichtes Olivenöl. Sie nahm wenig Zucker, dafür umso mehr Kräuter. Brian lächelte in sich hinein, weil sie offenbar aus seinem Cocktailgeschmack auf seine Vorliebe für herbe Dressings geschlossen hatte. Keine fünf Minuten später saßen sie vor ihren Tellern, jeder eine Flasche Bier vor sich.

»Cheers. Sogar Guiness? Ich bin begeistert.« Brian grinste schelmisch. »Du weißt aber schon, dass das eigentlich nur Ausländer trinken?«

»Das habe ich noch nie gehört, Brian.« Sie schüttelte lachend den Kopf. »Ich bin in Belfast geboren. Also darf ich das. Ich bin Ausländerin.«

Ihre Augen glitzerten fröhlich. Er spürte das unbändige Verlangen, sie in den Arm zu nehmen, aber das würde zu viel Nähe bedeuten. Viel zu viel. Er war derjenige hier, der die Verantwortung trug und Erfahrung hatte. Also war es auch sein Job, dafür zu sorgen, dass Norina sich nicht in ihren Gefühlen verlor. »Ich würde das anders sehen. Belfast gehört zu Irland, Kleines. Hast du dich denn inzwischen etwas mehr mit der irischen Sagenwelt beschäftigt?«

»Wenn du darauf anspielst, wie es mit Lord Fergus läuft,

nun ja, ich weiß es nicht. Wir haben uns für Samstag verabredet.« Sie hielt inne und blickte ihn verloren an. Ihre Augen wurden groß. Verlegen strich sie sich durch ihre kurzen Haare und brachte die akkurate Frisur durcheinander.

Hitze breitete sich auf ihrem Gesicht aus. Norina zog an ihrer Bluse, als würde allein der Gedanke an ihren Liebhaber sie warm werden lassen. Brian gab sich alle Mühe, so zu tun, als ginge ihn das alles nichts an. Er trank einen Schluck, um Zeit für eine Antwort zu gewinnen.

»Dann willst du das wirklich durchziehen?«

»Ich weiß nicht. Es ist doch nicht normal, oder? Dass ich das mag?« Ihre Worte kamen leise, als würde sie sich für ihre Gedanken schämen. »Das ist krank, Brian. Ich sehne mich danach, dass er es wieder tut. Dass er mir Schmerzen zufügt. Dass er mich behandelt wie irgendein Ding.«

»Solange es dir gefällt, ist alles in Ordnung. Du bist weder gestört noch krank noch sonst etwas. Etwas adrenalinsüchtig, vielleicht, das ist jedenfalls meine These, warum manche Leute auf harten Sex stehen und andere auf Bungeejumping. Und wieder andere mit beidem nichts anfangen können.« Er schob den Salat auf seinem Teller zusammen und spießte noch die letzten Reste auf die Gabel. »Super Dressing, übrigens.«

»Danke.« Ihre Antwort kam ganz automatisch. »Brian, ich weiß nicht recht. Ich habe Angst, dass ich mich in etwas verstricke, aus dem ich nicht mehr herauskomme. Ich ertappe mich immer wieder dabei, wie ich an ihn denke. Ich träume von ihm. Das macht mich noch verrückt!«

Zu gerne hätte er sie gefragt, was er dann für sie war, wenn sie von Lord Fergus träumte. Jemand, dem sie vertrauen konnte? Ein guter Freund? Oder doch mehr? »Du hast Angst, dass du immer weiter gehst? Dass du deine eigenen Grenzen missachtest?«

»Dass ich keine Grenzen kenne. Dass ich in mein Verderben taumle und es auch noch genieße.« Sie senkte den Blick und atmete hörbar durch. Ihr Teller war gänzlich unberührt.

»Baby, glaub mir, du wirst deine Grenzen schon noch finden. Ich bin mir sicher, dass du ihm Einhalt gebieten wirst. Du bist stark genug dafür.« Und genau das war es, was ihn an ihr faszinierte. Sie war wirklich stark und eigensinnig, auf ihre Weise. Sie war anschmiegsam und voller Vertrauen. Sie war alles das, was er sich gewünscht hätte – aber eine Beziehung kam einfach nicht infrage. Auch wenn es auf gewisse Art und Weise bedeutete, dass Riccarda immer noch Macht über ihn ausübte.

Sie stocherte in ihrem Essen herum und biss sich auf die Unterlippe. »Brian? Kennst du ihn wirklich?«

»Ich kenne fast jeden in der Szene«, gab er zurück und grinste sie frech an. »Zumindest diejenigen, die sich in den Klubs bewegen.« Ihre Wangen nahmen jetzt eine tiefrote Farbe an. Sie war wirklich niedlich. Brian räusperte sich und trank noch einen Schluck, um sein Herz zu beruhigen. Bisher hatte es immer funktioniert, in den Frauen, mit denen er spielte, nur gute Freundinnen zu sehen. Maximal. Meistens beschränkte er sich auf Spielbeziehungen mit Frauen, die anderweitig vergeben waren. Nur bei Norina gelang es ihm nicht ganz, in ihr einfach nur eine gute Freundin zu sehen. Auch wenn er das schleunigst tun sollte, schließlich hatte sie bisher noch mit keinem Wort durchblicken lassen, dass er mehr für sie sein könnte. Und wenn er schon wieder einer Frau hinterher hing, die in ihm nur ein Spielzeug für begrenzte Zeit sah, dann würde es mit Sicherheit nicht gut ausgehen.

»Was weißt du sonst so über ihn?«

»Der Lord spielt hardcore, das muss dir klar sein. Wenn du Grenzen finden willst, bist du bei ihm richtig.« Er schnitt ihr eine Grimasse und freute sich zugleich darüber, ihr Gründe bieten zu können, warum sie besser nicht zu viel in ihre Beziehung hineininterpretierte. »Nicht mein Stil, wenn du es genau wissen willst. Ich halte wenig davon, immer an den Grenzen des Machbaren herumzutanzen. Da kann viel zu viel schiefgehen.«

Sie lächelte versonnen und begegnete seinem Blick offen. Er konnte alles in ihren Augen sehen, ihre Zweifel, ihre Unsicherheit, ihre Sehnsucht. »Und sonst?«

»Du hast wirklich einen Narren an ihm gefressen, was? Sonst wenig. Der Lord geht nicht gerne in Klubs. Ab und zu, um seine Eroberungen vorzuführen. Er gibt seine Subs zur Benutzung frei. Je härter, desto besser.«

Ihre Augen wurden noch größer. Ihre glänzenden Lippen standen halb offen, was in ihm die Sehnsucht weckte, sie dort zu berühren. Ihre Lippen auf seinem Schwanz zu spüren. Sie so lange hinzuhalten, bis sie ihn anflehte und vor Lust verging. Der Glanz in ihren Augen sagte alles. Diese Vorstellung gefiel ihr, ganz eindeutig.

Und ihm auch, wenn er ehrlich war. Brian hob seine Flasche an und trank mit großen Schlucken aus. Er musste eindeutig verrückt geworden sein, dass er auf einmal so viel für sie empfand. Sie war aufregend, ja, weil sie keine Ahnung von der Szene hatte und so herrlich naiv und unverdorben war. Mehr aber auch nicht. »Okay, ich sehe schon, du bist etwas für ihn. Sorry, Norina, aber so einen Quatsch mache ich nicht mit. Ich bin ein sehr, sehr großer Freund der Vernunft. Fesseln, ja, Schläge, meinetwegen, aber nichts, das wirklich Schäden verursacht. Und schon gar keine anderen Männer, wenn du mich fragst.«

Sie schob ihren halb vollen Teller von sich, ohne diesen dabei aus den Augen zu lassen. »Gut«, flüsterte sie mit belegter Stimme. »Dann ist er genau der Richtige für mich. Und langsam musst du zugeben, dass es nicht normal ist, wenn ich mich danach sehne, oder?«

Er zuckte mit den Schultern. »Mach langsam, Baby. Du stehst noch ganz am Anfang. Glaub mir, es ist besser, wenn du nichts überstürzt.«

Sie schüttelte den Kopf und widmete sich ihrer Bierflasche. »Ich weiß schon, was ich tue, Brian. Aber danke, dass du hergekommen bist. Ich weiß nicht, mit wem ich sonst darüber sprechen könnte.«

»Träume sind nichts Schlechtes, Norina. Träume und Fantasien sind immer okay, egal was sie in der Realität bedeuten würden. Nur wenn wir sie umsetzen, dann sollten wir vorher doch noch einmal nachdenken. Und ich kann dir versichern, dass es sich meistens doch anders anfühlt.« Er hob leicht das Kinn an. »Also, sag es mir. Wovon träumst du, Baby?«

Er wollte es wirklich zu gern wissen, all ihre Träume und Fantasien, er wollte wissen, wie er sie glücklich machen konnte – was ein vollkommen absurder Gedanke war. Bei anderen Frauen legte er natürlich auch Wert darauf, dass sie auf ihre Kosten kamen, beruhigte er sich selbst. Und bei Norina eben ein bisschen mehr, weil sie so niedlich war und in ihm das Gefühl weckte, sie unbedingt beschützen zu müssen.

»Nein, Brian, das ist mir zu persönlich. Ich bin mir unsicher, ob ich das wirklich brauche, harten Sex und all das. Ich bin gerade erst dabei, mich auszuprobieren.«

»Du willst dich ausprobieren?« Er lächelte zufrieden und

drehte nachdenklich die Gabel zwischen seinen Fingern. »Ab ins Schlafzimmer mit dir, Norina. Dann wollen wir mal sehen, ob du wirklich deinen Lord brauchst, was meinst du?«

»Yes, Sir«, antwortete sie und konnte sich ein glückliches Kichern nicht verkneifen.

»Der Tonfall gefällt mir.« Er stand auf, und seine Bewegungen ließen keinen Zweifel daran, dass er sie notfalls zwingen würde. Norina war schneller als er, befreite sich noch im Laufen von ihrem Blazer und lachte auf, als er sie einfing. Von hinten umarmte er sie, küsste gierig ihren Hals. Er presste sich an sie. Ihr Duft stieg in seine Nase und machte ihn betrunken. Sie roch nach Blumen und Salz und Sommer.

»Brian ...«, murmelte sie und warf den Kopf in den Nacken. »O Gott, Brian, fick mich.«

»Nichts anderes hatte ich vor, Baby.«

***

Brian warf sie auf das Bett und entledigte sich eilig seiner Kleidung. Norina starrte andächtig auf die deutlich sichtbaren Muskeln, die unter seiner Haut spielten. Über seinen rechten Oberarm zog sich eine Tätowierung. Ihr Blick glitt über seinen gut durchtrainierten Bauch nach unten. Kaum sichtbare Härchen bildeten eine Linie, die hinunter führte, geradewegs zwischen seine Beine. Röte schoss in ihre Wangen. Ihr wurde klar, dass sie gerade wirklich einen Mann anstarrte. Dass sie ihn nicht einfach nur anstarrte, sondern ziemlich unverhohlen sein erigiertes Glied ansah.

»Nicht, Baby. Nicht wegsehen.« Er hatte es also bemerkt. Herausfordernd hob er die Arme über den Kopf und schob seine Hüften ein wenig nach vorne. Mit dieser Haltung ließ er ihr keine große Wahl. Die Spitze seines Gliedes glänzte rötlich. Tom hätte so etwas höchstens albern gefunden, und davor hatte sie keine Beziehung gehabt. Norina schluckte und senkte den Kopf.

»Nein.« Sein Tonfall ließ keinen Widerspruch zu. Dennoch schaffte sie es nicht, den Kopf zu heben. »Sieh mich an! Ich will die Gier in deinen Augen sehen!«

Er stand jetzt, die Beine hüftbreit auseinander, und ließ seine rechte Hand langsam über seinen Bauch nach unten gleiten. Zielstrebig umfassten seine Finger sein Glied. Ein glänzender Tropfen erschien an der Spitze. Norina konnte kaum noch atmen.

»Weißt du, wie geil du mich machst?« Er klang heiser. »Zieh dich aus, Baby.«

Ihre Bewegungen waren fahrig und hastig. Sie versuchte, sich aus ihren Kleidern zu winden, gleichzeitig nicht zu offen und deutlich zu ihm hinüberzublicken und gegen das immer stärker werdende Gefühl der Scham anzukämpfen. Sie war neugierig, zugegeben, neugierig darauf, wie es aussah, wenn er kam. Wie faszinierend ein hartes Glied doch sein konnte! Sie wusste, dass es sich nicht gehörte, darauf zu starren. Lüstern zu sein. Nach ihm zu verlangen.

Endlich nestelte sie auch noch den BH von ihrem Körper und warf ihn einfach auf den Boden. Ganz von allein spreizte sie einladend die Beine.

»Nein, Baby, so einfach bekommst du es nicht. Streichle dich.« Diesmal griff er zu einem sanfteren Ton. Er hatte sich selbst losgelassen und stand einfach nur am Fußende des Bettes. »Ich will die Nässe zwischen deinen Beinen sehen. Deine Schamlippen sollen pulsieren, ehe ich dich nehme.«

Allein der Gedanke genügte schon, um es ihr heiß werden

zu lassen. Wie oft hatte sie es sich schon vorgestellt, dass irgendein Mann sie dazu zwingen würde, egal wie sehr sie sich schämte!

»Komm schon. Du kannst es.« Er lächelte ihr aufmunternd zu.

Nein, Brian würde sie nie zwingen. Der Lord hätte diese Bedenken wahrscheinlich nicht. Er würde sie notfalls dazu prügeln, sie all die Schranken vergessen lassen, die ihre Erziehung ihr auferlegt hatte. Brian dagegen bat nur, und er ließ ihr die Wahl.

Und sie wollte ihn nicht enttäuschen. Unsicher legte sie ihre Hände auf die Innenseiten ihrer Oberschenkel. Ihre eigene Wärme zu spüren war befremdlich. Sie rutschte nach oben und streichelte hastig über ihre Schamlippen. Sie spürte die weichen Härchen, die gewachsen waren, weil sie sich an die Anweisungen des Lords hielt. Was Brian dazu wohl sagte? Ihre Bewegungen waren viel zu wenig zielgerichtet, um irgendetwas zu bewirken. Sie hatte es bisher auch nur selten versucht, sich mit der Hand zu befriedigen. Wenn sie Sehnsucht hatte, dann genügten ihr schon ihre Fantasien, um das wohlige Gefühl eines Orgasmus zu erzeugen. Oder etwas, das ganz entfernt daran hinkam.

Jedenfalls hatte sie das bisher geglaubt. Aber Brians Zunge hatte sie das letzte Mal eines Besseren belehrt.

Wahrscheinlich fand Brian sie einfach nur lächerlich. Dennoch versuchte sie es weiter und sank dabei tiefer in ihre Fantasien darüber, wie der Lord sie zwang, genau das hier zu tun.

»Wenn du wüsstest, wie geil du mich damit machst«, sagte er atemlos. »Rutsch etwas nach unten. Und leg das Kissen unter deine Hüfte.«

Er schien zu wissen, was er da von ihr verlangte, also tat sie es. Sie kam sich noch entblößter vor. Ihre Beine öffneten sich automatisch etwas mehr. Sie schloss die Augen, um den Gefühlen zu entkommen, die nun über sie hinwegschwappten.

»Sehr, sehr schön, Baby.« Er lächelte zufrieden und schaute offen und ehrlich auf sie hinab. Seine Augen glänzten. »Ich liebe es, wenn Frauen wissen, was sie wollen, meine Süße. Sag mir, was ich mit dir tun soll.«

Er wusste genau, wie schwer ihr das fiel. Dennoch lag nicht sein übliches Grinsen auf seinen Lippen, sondern einfach nur Interesse und ein Hauch von Spannung, ob sie es wirklich tun würde.

»Nimm mich.« Es war kaum mehr als ein Flüstern. Es fühlte sich absolut verboten an, verdorben bis in die letzte Silbe.

»Das heißt: *Fick mich fest und hart*.« Er bewegte sich immer noch nicht. Sein klarer Blick raubte ihr den Atem. »Denn genau das werde ich tun. Dich richtig durchficken.«

Ihr Kopf glühte, genau wie ihr Unterleib. Ihr Herz schlug ihr bis zum Hals. Norina wäre am liebsten im Boden versunken. Er kletterte auf das Bett. Raubtiergleich bewegte er sich nach vorne, bis er über ihr kniete. Obwohl er sie dabei nicht berührte, schien ihre Haut in Flammen zu stehen. Sein frischer Geruch hüllte sie ein, dieser Hauch von Meeresfrische, der jetzt untersetzt war mit herber Lust.

Seine Nasenspitze strich sanft über ihre Wange. »Du bist Zucker, weißt du das?«

Seine Worte beruhigten sie ein wenig. Er stützte sich auf seinen linken Arm. Die rechte Hand glitt zwischen sie und legte sich auf ihren Kitzler. Einen Augenblick später drang er in sie ein. Quälend langsam eroberte er sie, genoss dabei jeden Zentimeter. Norina keuchte unterdrückt auf.

Die Finger an ihrem Kitzler nahmen leichte Kreisbewegungen auf. Überrascht biss Norina die Lippen zusammen. Es schien ihr mehr als verrucht, dass er seine Hand dort unten hatte. Ob es ihn nicht störte, dass er dabei auch sein eigenes Glied spürte?

Er bedeckte ihre Haut mit Küssen, hinterließ feuchte Spuren, wo seine Zunge das Salz von ihr leckte. Die Finger blieben, wo sie waren, drangen ab und zu ebenfalls in sie ein, spielten an ihrem Kitzler und schickten sie unweigerlich in Richtung Orgasmus. Er vertrieb damit ihre Zweifel und überwand ihre Scham. Sie konnte gar nicht anders, als sich in sein Spiel fallen zu lassen und zu genießen.

Es waren sanftere Wellen als das letzte Mal, aber nicht weniger intensiv. Er kam nahezu zeitgleich, hielt sich dabei jedoch erkennbar zurück. Wie er wohl aussah, wenn er nicht auf ihre Lust Rücksicht nahm, sondern genau das tat, was er tun wollte? Wenn er sich nahm, was er begehrte?

»Siehst du, es geht doch. Möchtest du immer noch behaupten, dass du deinen Lord brauchst, um zu kommen?« Liebevoll streichelte er über ihre verschwitzten Haare. Er zog sich vorsichtig aus ihr zurück und rollte sich neben sie auf die Matratze.

»Nein. Doch. Ich meine, ich bin gekommen, ja.« Ihr steckte ein Frosch im Hals. Sie brachte keinen Ton mehr heraus.

»Sagte ich doch. Du brauchst keinen Lord. Nicht ausschließlich, jedenfalls. Du brauchst nur einen Lover, der weiß, was er tut.« Er grinste selbstbewusst und lehnte sich an das gepolsterte Kopfteil ihres Bettes. »Und ein klein wenig Übung.«

»Aber auf Dauer würde mir trotzdem etwas fehlen. Das ging schon bei meiner letzten Beziehung nicht gut, Brian.« Norinas Widerspruch kam langsam und zögernd. Stimmte es wirklich? Im Grunde genommen hatte sie keine Ahnung, worauf sie sich eingelassen hatte. Sie wusste nur, dass ihre Fantasien ausnahmslos immer um Gewalt und Unterwerfung kreisten und dass das nicht gut sein konnte.

»Irgendetwas läuft bei euch Upperclass-Mädchen einfach schief.« Brians freches Grinsen entlockte nun auch Norina ein Lächeln. »Da werdet ihr euer halbes Leben lang auf Händen getragen, nur um euch dann schlagen zu lassen. Wenn mir irgendwer mal erklärt, wieso das so ist, wäre ich wirklich dankbar.«

Das klang ganz danach, als ob er mehr Frauen kannte. Norina verdrängte die Eifersucht. Wieso sollte sie auch eifersüchtig sein? Es lief nichts zwischen Brian und ihr. »Von wem sprichst du?«

»Oh, nur von einer Freundin von mir. Alter englischer Adel und genauso adrenalinsüchtig wie du.« Sein wohliges Seufzen war ansteckend. Norina ließ ihre Finger über sein Sixpack gleiten und fragte sich einmal mehr, ob der Lord auch nur annähernd an ihn herankam. »Aber das ist schon okay so, Süße. Du musst eben deine Grenzen finden, habe ich recht?«

»Ein Psychologe?« Sie grinste ihn breit an. »Ich kenne meine Grenzen, danke. Ich bin in eine protestantische Privatschule gegangen, meine Eltern waren jeden Sonntag mit mir in der Kirche, das erste Mal ausgehen durfte ich, als ich schon erwachsen war. Grenzen zur Genüge, siehst du?«

Er lachte leise auf. »Baby, das klingt schrecklich. Aber dafür, dass du so aufgewachsen bist, bist du echt gut im Bett. Nachholbedarf?«

»Offensichtlich.« Er hatte ja keine Ahnung, wie nah er der Wahrheit damit kam. Sie gähnte herzhaft. Beiläufig strich sie über seinen rechten Oberarm und versuchte, die Schrift zu entziffern. »Was bedeutet das da?«, fragte sie schließlich.

Brian verdrehte die Augen, auch wenn sie das Gefühl hatte, dass er damit nur seine Unsicherheit überspielen wollte. »Du kannst wirklich nicht ein Wort Gälisch, was?«

»Woher denn?«

»Meine Eltern haben zu Hause nur gälisch gesprochen. Meistens jedenfalls.« Er beugte sich etwas nach vorne und drehte sich leicht zur Seite, sodass sie einen freien Blick auf seinen Rücken bekam. Auf der rechten Schulter zog die Tätowierung sich weiter. Eine Harfe, erkannte sie, in die etliche Buchstaben eingebettet waren. »*Tiocfaidh ár lá*. Unsere Zeit wird kommen«, erklärte er dann und deutete auf seinen Oberarm. »Wahlspruch der irischen Republikaner. Und erzähle mir bitte nicht, dass Gewalt keine Lösung ist. Das weiß ich. Der Sache nach haben sie trotzdem recht.«

Norina streichelte weiter über die Buchstaben unter der Haut. »Und in der Harfe?«

»*Unbesiegt*. Das war Dad immer besonders wichtig. Dass die Engländer uns nie besiegt haben. Ich habe es zur Erinnerung an ihn stechen lassen.«

Obwohl er dabei so unbekümmert klang, hatte Norina doch das Gefühl, dass mehr dahintersteckte. »Was ist mit deinem Dad passiert?«

»Er wurde erschossen. Im Sommer 1989.« Brian wandte hastig den Blick ab. »Mum behauptet, es wären die Engländer gewesen. Kann aber genauso gut sein, dass es irgendjemand anderes war. Soweit ich weiß, haben sie damals auch mit Drogen gedealt, um an Geld zu kommen, und Waffen geschoben und was weiß ich noch alles. Mein Dad war kein Waisenknabe, Norina, er war eher ein ganz gewöhnlicher Krimineller. Aber er war trotzdem mein Dad. Der Mann, der mir schießen und fischen beigebracht hat, der meine Mutter zum Lachen brachte und sich um uns gekümmert hat.«

»Ich war immer wieder froh, wenn mein Dad vom Dienst heimkam, ohne dass etwas passiert war. Und ich glaube, wir haben das Karfreitagsabkommen zu Hause gefeiert wie Weihnachten und Ostern zusammen. Hier in London kommt es mir fern und unwirklich vor.«

»Und letzten Endes unsinnig. Ich jedenfalls würde nicht wollen, dass meine Kinder sich wegen einem Stück Land den Kopf einschlagen. Allem Patriotismus zum Trotz.« Brian verzog das Gesicht und streichelte sanft durch ihre Haare. »Am Ende sind wir alle nur Menschen.«

»Ich gebe offen zu, dass mich dieser politische Quatsch nie berührt hat. Ich wollte einfach raus aus Belfast. An spannendere Orte.« Norina rollte ein kleines Stück von ihm weg. Ihre Finger fuhren immer noch die Buchstaben auf seinem Arm nach. »Himmel, bin ich müde, Brian. Morgen muss ich auf Gericht, in einer anderen Sache. Geht ja nicht, dass ich nur wegen einem Mandat alle meine anderen Verpflichtungen ignoriere.«

Brian atmete tief durch, wirkte dabei geradezu erleichtert. »Noch ein kleines Bierchen für uns zwei, ehe ich abhaue?«

»Du kannst gerne bleiben.« Es rutschte ihr einfach so heraus. Hoffnungsvoll blickte sie zu ihm auf. Wann hatte das letzte Mal jemand in ihrem Bett übernachtet? Die Beziehung mit Tom schien Jahrzehnte her und nicht erst ein knappes Jahr.

»Nein, Baby, ich glaube, es ist besser, wenn ich gehe. Ich würde dir sowieso nur den Schlaf rauben.« Ein trauriges Lächeln huschte über seine Lippen. Sie konnte dieses Lächeln nicht wirklich interpretieren. Er hatte garantiert freie Wahl bei den Frauen. Die Chance, dass er sich wirklich für sie interessierte, die noch nicht einmal Ahnung von gutem Sex hatte, war verschwindend gering. »Schlaf gut, meine Süße.« Liebevoll streichelte er über ihre verschwitzten Haare. »Hast du am Samstagabend Zeit? Ich hab keinen Dienst dieses Wochenende. Wir könnten zusammen kochen. Bei mir, wenn du willst.«

Mit Brian war alles herrlich unkompliziert. Während sie jetzt schon vor dem nächsten Treffen mit dem Lord zitterte, konnte sie das Zusammensein mit ihm einfach nur genießen. »Tut mir leid, aber da bin ich verabredet.«

»Mit dem Lord, richtig. Sorry, hatte ich vergessen.« Brian zog die Augenbrauen hoch und schüttelte dann den Kopf. »Süße, übertreib es nicht, okay?«

»Brian, es tut mir leid, aber ...«

»Ich weiß schon, Kleines«, unterbrach er sie. »Du brauchst das.«

»Es macht dir wirklich nichts aus?« Unsicher tastete sie nach seiner Hand. »Ich kann auch absagen, wirklich.«

»Ist schon okay«, erklärte er ruhig. Norina blinzelte, um die Tränen zu vertreiben, die plötzlich in ihren Augen erschienen. Ob sie ihm wirklich so wenig bedeutete, dass er keinerlei Eifersucht spürte? Oder warum konnte er nicht einfach zugeben, dass er es war, der hinter dem Unbekannten steckte? »Tu, was du nicht lassen kannst, Norina. Du brauchst das, um glücklich zu sein, also kriegst du es. Unter der Woche geht nicht, nehme ich an, weil du zu viel zu tun hast?«

Sie nickte nur. »Und in zwei Wochen muss ich am Samstag mit Pete zum Fußball. Er nimmt mich immer mit, wenn er mit Begleitung eingeladen ist, weil er doch keine Frau hat.«

»Pete?« Jetzt klang er doch erstaunlich schneidend. »Was hast du denn mit ihm zu schaffen? Privat, meine ich.«

»Brian, bitte, er ist doppelt so alt wie ich!« Norina schmunzelte und zwinkerte ihm zu. »Er ist mehr so was wie ein Vaterersatz für mich. Ich nutze die Gelegenheiten, die er mir auftut. Das ist gut für die Karriere, weißt du?«

»Davon verstehe ich nichts«, wehrte er ab und biss auf seiner Unterlippe herum. »Mein nächster freier Samstag ist in vier Wochen. Wir wechseln die Schicht alle vier Wochen durch. Freitag und Samstag sind die besten Tage im Klub.«

Allein schon weil sie sich so wenig sahen, war das hier keine Beziehung. »Dann in vier Wochen? Ich bin wahrscheinlich vorher im Büro, da hilft alles nichts. Aber so gegen sieben sollte ich es schaffen.«

»Ich gebe dir die Adresse durch. Ein kleiner irischer Abend?« Er stand unter Seufzen auf. »Du bist so süß, weißt du das?«

Sie erwiderte nichts auf dieses Kompliment, sondern schloss einfach nur die Augen. Brian war gut, keine Frage, aber er stillte einfach nicht diese Sehnsucht in ihr. Darum sollte sie lieber nicht zu sehr an dieser Beziehung hängen. Früher oder später würde es sowieso auseinandergehen, so wie mit Tom. Sie war einfach nicht dafür geschaffen, ein ganz normales Leben zu leben.

Kapitel 9

Sein Schweigen hüllte sie ein und ließ den Alltag endgültig von ihr abgleiten. Das Haus lag still da wie das letzte Mal auch, eine Welt, abgeschieden vom hektischen Lärm dort draußen. Norina konzentrierte sich ganz darauf, ruhig zu atmen.

Er sollte nicht merken, wie sehr ihr eigenes Verhalten sie verwirrte. Sie sollte nicht hier sein. Sie sollte nichts empfinden. Schon gar keine Lust.

»Knie dich hin.« Er legte eine Hand auf ihre Schulter und führte sie an den Platz, an dem er sie haben wollte. Dann drückte er sie nach unten. Ein weiches Kissen lag für sie bereit. Norina seufzte erleichtert auf. »Schön aufrecht.«

Er ließ sie los. Sie vernahm das Rücken eines Stuhls und war versucht, sich nach vorne zu lehnen in der Hoffnung, dass er wirklich nur ein paar Handbreit von ihr entfernt saß. Sie hörte ein Gluckern, als ein Getränk eingeschenkt wurde, und das Kratzen von Besteck auf einem Teller.

»Ich hoffe, du magst Irish Stew. Selbst gekocht.« Es roch jedenfalls gut, das musste sie ihm lassen. Offenbar aß er einige Bissen. Unsicher schwieg sie.

»Komm etwas näher.« Seine Hand legte sich sanft unter ihr Kinn und hielt ihren Kopf fest. »Mund auf, Süße.«

Sie fühlte einen metallenen Gegenstand an ihren Lippen, ein wenig heiß an der Grenze zum Unangenehmen. Sofort öffnete sie ihren Mund und ließ sich von ihm füttern.

»Das soll Irish Stew sein?«, entfuhr es ihr. Sofort bereute sie diese Bemerkung. Er hatte gesagt, dass er es selbst gekocht hatte. Wie würde er reagieren?

»Ah, so bringt man dich also zum Reden.« Er lachte amüsiert auf und aß etwas. »Die katholische Variante, kleine Sub. Nicht das, was ihr da oben im Norden so kocht und als irisch bezeichnet. Und es ist Irish Stew, kein Dublin Stew, darum nicht so stark gewürzt.«

Ein unangenehmes Gefühl kroch ihren Rücken hinunter. »Viel zu wenig gewürzt«, ging sie in die Offensive. »Da gehören Thymian rein und Rosmarin und definitiv mehr Lamm. Etwas mehr Worcestersoße und weniger Salz.«

Er aß schweigend weiter, fütterte sie noch fünfmal mit einem Löffel voll Eintopf und ließ ihre Bemerkung einfach im Raum stehen. Inzwischen war das Knien unangenehm, und dass er sie ignorierte, machte es nicht besser. Norina widerstand nur schwer der Versuchung, ihm noch deutlicher zu erklären, was an diesem Irish Stew alles nicht passte.

»Mund auf!« Nur eine Sekunde später spürte sie seine Lippen auf ihren. Sein Kuss war intensiv, und während seine Zunge über ihre Unterlippe strich, ließ er den Wein aus seinem Mund in ihren fließen. Im ersten Moment überraschte der trockene Weingeschmack sie, dann schaffte sie es zu schlucken, ehe sie sich selbst bekleckerte.

Er zog sich von ihr zurück und lachte leise auf. Seine Hand streichelte liebevoll über ihren Kopf. »Das gefällt dir, nicht wahr, mein Kleines?«

Dass er mit keinem Wort auf ihre Kritik einging, sondern unbeirrt weiter aß und sie fütterte, verwirrte sie nur noch mehr. Norina schaffte es nicht einmal, ihm zu antworten. Verwirrung und Sehnsucht mischten sich in ihr zu einem unsäglich starken Verlangen, von ihm berührt zu werden und endlich seine Aufmerksamkeit zu bekommen.

»Du bist sehr still heute«, stellte er fest und fütterte sie weiter. »Irgendetwas nicht so gelaufen, wie es sollte?«

»Nein, Herr.« Ihre Arbeit ging ihn nichts an. »Ich bin nur verwirrt. Es ist alles so neu für mich.«

Wieder griff er unter ihr Kinn und zog sie zu sich heran. Diesmal war sie auf den Wein vorbereitet und schaffte es sogar, kurz mit ihrer Zunge über seine Lippe zu streichen, ehe er sich von ihr löste.

»Du bist ziemlich frech, Kleines. Wir müssen an deiner Erziehung arbeiten, scheint mir. An deiner Geduld, vor allem.« Er wirkte äußerst zufrieden bei dieser Erkenntnis. Sie hörte, dass er den Stuhl zurückschob und aufstand. Kälte strich über ihre nackte Haut. Die Erwartung ließ ihr beinahe schwindelig werden. Sie wollte nicht länger darauf warten, dass er irgendetwas tat. Sie wollte von ihm berührt werden, egal wie.

»Gibt es einen Grund dafür, dass deine hübschen Nippel so hart sind?«, fragte er plötzlich. Sie hörte seine Schritte und hielt die Luft an. Unsicher schüttelte sie den Kopf und erntete von ihm dafür ein Räuspern.

»Nein, Herr, kein Grund.« Ihre Antwort kam viel zu gepresst, um glaubhaft zu sein. »Mir ist kalt.«

»Kalt?« Er lachte amüsiert auf. »Nun, das lässt sich ändern.«

Weiche Seide streichelte über ihre Schultern. Norina seufzte auf und ließ sich von ihm führen. Er zog ihre Arme nach vorne, band sie vor dem Bauch zusammen. Ein weiteres Seidenseil fesselte ihre Fußgelenke aneinander. Sanft bedeutete er ihr, sich auf den Boden zu legen. Das Parkett drückte gegen ihren Rücken. Er zog ihre Arme nach oben und legte sie ebenfalls auf dem Boden ab. Aufregung jagte durch ihre Adern. In aller Ruhe setzte er sein Werk fort. Kalt und weich legte sich die Seide um ihre Beine, um ihren Hals, um ihre Arme. Ihre Haut brannte, wo die Seile sie berührten. Ob er ein Muster damit wob? Sie versuchte, den Empfindungen nachzuspüren, doch es war zu viel auf einmal. Das Gefühl, ihm ausgeliefert zu sein. Das Gefühl, ihm zu vertrauen. Das Gefühl, von ihm benutzt zu werden.

Er stellte ihre Beine auf. Norina hoffte, er würde sie zwischen den Oberschenkeln berühren, aber den Gefallen tat er ihr nicht. Stattdessen verband er nun ihre aneinandergefesselten Oberschenkel mit dem Seil, das um ihren Hals führte. Wieder vernahm sie seine Schritte. Kurz darauf fühlte sie drei kleine, runde Stäbchen, die ihren Bauch berührten.

»So gefällt mir das besser, kleine Sub. Mit Kerzen hast du ja bereits Erfahrung. Drei Kerzen, brennend natürlich. Je mehr du dich bewegst, umso mehr Wachs wirst du spüren.« Er setzte sich wieder und trank einen Schluck Wein. Sie stellte sich vor, wie Brian dort saß, genießerisch die Augen halb geschlossen und das Glas elegant zwischen den Fingern. Er betrachtete sie, genoss ihren Anblick ebenso wie den Wein in seinem Glas. Ob er schon erregt war?

Ein Zittern lief durch ihren gefesselten Körper. Zwar dämpften die Seile es etwas, aber dennoch reichte bereits das leichte Muskelzittern, um die Kerzen in Bewegung zu versetzen. Kleine Wachstropfen flogen auf ihre Haut. Es brannte tatsächlich, wenn auch nicht so stark, wie sie vermutet hatte. Es war sehr gut auszuhalten.

Noch jedenfalls. Norina bemühte sich darum, still zu halten, doch mit jedem Atemzug bewegte sich unweigerlich auch ihre Bauchdecke. Und damit die Kerzen. Hatte er genau das beabsichtigt?

»Du bist mit dem Kopf nicht ganz bei mir«, stellte er fest und atmete hörbar durch. »Ich gebe dir die Zeit, die du brauchst. Bis du vollkommen leer bist und nur noch ich deine Gedanken erfülle.«

* * *

Inzwischen verstand sie, was er mit *vollkommen leer* gemeint hatte. In ihrem Kopf war nichts mehr, absolut gar nichts. Abgesehen von der Stille um sie herum und dem leichten Schmerz, wenn Wachs von den Kerzen auf ihre Haut tropfte. Brian beobachtete sie, das fühlte sie, und sie war sich ziemlich sicher, dass ihm ihr Anblick gefiel.

Das war ein gutes Gefühl. Norina genoss die Leere und die Ruhe, die sie immer mehr erfasste.

»Zeit, weiter zu gehen, süße kleine Sub.« Er sprach sanft und leise, wie, um sie nicht aus der wunderbaren Ruhe zu reißen, die sie umgab. Ebenso leise bewegte er sich auch. Erst das charakteristische Klacken eines Auslösers riss sie aus der Stille. Es klang tatsächlich wie eine altmodische Polaroidkamera. Panik schwappte über sie. Daran hatte sie bisher noch gar nicht gedacht. Dass er Fotos machen könnte. Dass er sie damit in der Hand hatte.

Kurz darauf nahm er die erste Kerze von ihrem Bauch. Die Panik ließ ihr Herz schneller schlagen. Ob man sie trotz der Augenbinde erkennen würde? Heißes Wachs, das auf ihre rechte Brust tropfte, riss sie aus diesem Gedanken. Es fühlte sich ganz anders an als die kleinen Tropfen auf ihrem Bauch. Heiß, brennend, drängend. Sie schrie auf. Sie roch Rauch. Offenbar hatte er die Kerze gelöscht. Er gönnte ihr keine Pause, nahm die nächste Kerze, verfuhr ebenso mit ihrer linken Brust. Der Schmerz wurde schnell zu einem sanften Pochen, das ihre Panik überspielte.

»Und jetzt … ahnst du, was kommt?« Sie stellte sich vor, dass er sich genüsslich über die Lippen leckte. Er nahm die letzte Kerze und streichelte einmal anerkennend über ihren wachsbedeckten Bauch.

Nein, sie wollte es nicht ahnen. Norina keuchte auf und hielt die Luft an. Die Richtung, in die sich seine Hand bewegte, ließ wenig Zweifel. Seine Finger teilten ihre Schamlippen. Sekunden später tropfte das heiße Wachs auf ihren Kitzler. Sie spürte die Hitze der Flamme, weiteres Wachs, das auf ihre empfindliche Haut tropfte. Nur die Fesseln verhinderten, dass sie sich vor Schmerz krümmte. Sie schrie, spürte Tränen auf ihren Wangen, verlor für einen Augenblick jeden Bezug zur Welt um sich herum.

»Ich mag es nicht, wenn du mir nicht antwortest.« Er begann damit, Stück für Stück ihre Fesseln zu lösen und ihre steifen Glieder zu bewegen. Fürsorglich half er ihr hoch.

»Heute will ich sehen, wie erregbar du bist.« Er führte sie durch den Raum, bedeutete ihr stehen zu bleiben und hob dann ihre Arme nach oben. »Du wirst dich an dieser Stange festhalten und dich nicht bewegen. Spreiz die Beine.« Widerstandslos gehorchte sie ihm. Er schob ihre Schenkel noch etwas weiter auseinander. Etwas kaltes, metallenes streichelte über ihre Schamlippen. Sie fühlte seinen warmen Atem auf ihrem Bauch. Ob er vor ihr kniete? Sie betrachtete? Das Wachs auf ihrer Haut begutachtete? Beinahe andächtig streichelten seine Fingerspitzen sie, fuhren die Linien ihrer Hüftknochen nach, kehrten zu ihren Schamlippen zurück. Er schob dieses Metallding in sie hinein. Es musste eine kleine Kugel sein, gefolgt von zwei weiteren, ebenso kleinen Kugeln.

»Verliere sie nicht. Ich möchte sehen, wie gut trainiert deine Muskeln sind.« Die schmalen Kugeln rutschten jetzt schon nach unten. Norina spannte sich an, so gut es eben ging, konzentrierte sich auf diese Aufgabe.

»Und nicht die Beine zusammennehmen, dass wir uns da richtig verstehen. Für jedes Mal, dass sie dir zu Boden fallen, bekommst du einen Schlag mit dem Rohrstock.« Diese Ankündigung entlockte ihr ein heiseres Keuchen. Das klang zu gut, um wahr zu sein. »Halt einfach nur still, Kleines.«

Zärtlich berührten seine Hände sie überall. Er streichelte über ihre Achselhöhlen, ihre Unterarme, ihre Handflächen. Er küsste ihren Hals, liebkoste ihre Nippel und leckte mit der Zunge über ihre Schultern. Er hinterließ heiße Spuren auf ihrem Bauch, berührte ihre Pobacken, ließ seine Fingerspitzen über die Innenseiten ihrer Oberschenkel tanzen. Nichts war vor ihm sicher, und mit absoluter Zielstrebigkeit fand er die Stellen, an denen sie besonders leicht erregbar war. Ihre Nippel. Die Rückseiten ihrer Oberschenkel. Ihre Unterarme. Brian verstand es, ihren Körper zu lesen und darauf zu spielen wie auf einem Instrument.

Norina stöhnte unterdrückt. Die Kugeln in ihr drängten nach unten, unaufhaltsam. Sie spannte sich an, kämpfte gegen die Lust, die sie dazu zwang loszulassen. Brian schien auch das zu merken, denn er stimulierte ihren Kitzler, bis erste Wellen durch ihren Körper liefen. Sie schaffte es einfach nicht mehr, genug Spannung aufzubauen. Die erste Kugel entglitt ihr, und egal wie fest sie sich nun anspannte, sie zog die anderen unweigerlich nach unten. Brian lachte leise und zufrieden, ehe er das Spielzeug aufhob und wieder zurück an seinen Platz schob.

Seine Zunge glitt über ihren Kitzler. Sein hartes Spiel entlockte ihr ein Stöhnen, ehe sie verstand, dass er weitermachen würde. Er würde nicht aufgeben, bis sie genug Schläge angesammelt hatte, um seinem Sadismus zu genügen.

***

Die Wirklichkeit um sie herum hatte sich unter seinen sanften Berührungen längst aufgelöst. Ihre Schamlippen pochten verlangend. Die Feuchtigkeit machte es noch schwerer, die Metallkugeln festzuhalten. Ihre Nippel waren überreizt, schrien geradezu danach, dass er irgendetwas mit ihnen anstellte. Wieder entglitt ihr das Spielzeug, ohne dass sie etwas dagegen tun konnte. Verzweifelt schluchzte Norina auf.

»Fünf Mal«, stellte er fest und ließ die metallischen Kugeln über ihre Haut gleiten. »Wenn du dich gut hältst, bleibt es dabei. Wenn du versuchst, mir auszuweichen, werde ich verdoppeln.«

Seine Hände griffen unter ihre Oberarme. Er führte sie wieder durch den Raum und beugte sie dann vornüber über einen Tisch. Norinas Knie waren mehr als nur wackelig. Alleine hätte sie keinen einzigen Schritt geschafft. Ihr Körper war überhitzt, voller unerfüllter Lust. Ob er sie endlich nehmen würde?

Zärtlich traf seine Handfläche auf ihren Hintern. »Heute nehme ich noch Rücksicht darauf, wie unerfahren du bist. Ich wärme deine Haut vor. Wenn du meinst, dass du bereit bist, wirst du mich um deine Strafe bitten.«

Tränen kullerten über ihre Wangen. »Danke, Herr«, flüsterte sie und seufzte auf. Er streichelte zufrieden über ihren Rücken, bearbeitete dabei weiter ihre Pobacken, bis das Brennen ihren ganzen Körper durchzog.

»Bitte, Herr, bitte bestrafen Sie mich«, schluchzte sie und wollte es in diesem Moment wirklich. Ihre ganze Seele verzehrte sich danach, von ihm für ihre Fehler bestraft zu werden.

»Zu gerne, Kleines.« Nur Augenblicke später durchfuhr sie ein stechender, alles überlagernder Schmerz. Sie konzentrierte sich darauf, ihm nicht auszuweichen, es anzunehmen, es willkommen zu heißen.

»Atme, Kleines«, erinnerte er sie. »Ruhig und gleichmäßig. Atme.«

Er klang abgehackt und heiser dabei. Mit Sicherheit erregte ihn ihr Anblick, und ihr Schmerz erst recht. Sie gehorchte ihm, atmete, und der nächste Schlag durchfuhr sie zwar schmerzhaft, aber nicht mehr ganz so stechend. Es war beinahe zu viel, aber nur beinahe. Ihr ganzes Denken löste sich auf.

»Himmel, wie geil du aussiehst«, lobte er nach den fünf Schlägen und gönnte ihr keine Erholung. Noch ehe sie realisierte, dass es vorbei war, drang er in sie ein. »Du darfst kommen, wann immer du willst.«

Sie hätte auch keine Sekunde länger ausgehalten. Die Art, wie er seine Erregung an ihr befriedigte, einfach nur seine Lust stillte, war der letzte Funke, den sie noch brauchte, ehe alles um sie herum in bunten Farben verging.

Norina fand nur schwer aus ihrem Höhepunkt zurück in die Wirklichkeit. Stille umgab sie. Er hielt sie in seinen Armen, viel zu zärtlich für jemanden, der den Ruf hatte, keine Zärtlichkeiten auszutauschen. Doch dieser Augenblick war genauso schnell vorbei, wie er gekommen war.

»Auf die Knie«, befahl er und ließ sie los. Ihre Beine hätten sie sowieso nicht getragen. Norina sank nach unten auf den Boden. »Den Rücken aufrecht. Die Pobacken auf die Fersen. Die Arme hinter den Kopf.«

Seine Anweisungen hallten laut durch den Raum. Norina bemühte sich darum, ihm zu gefallen. Ihre Nippel reckten sich immer noch frech nach vorne. Zwischen ihren Beinen spürte sie seinen Samen, der an ihr herab rann. Eiskalt überfiel sie dieser Gedanke: Er hatte kein Kondom benutzt. Das war nicht nur leichtsinnig, das war hochgradig dumm von ihr. Sie wusste nichts von ihm. Und Gott allein wusste, welche Krankheiten er mit sich herumtrug.

»Ich ficke nur ohne. Zumindest bei kleinen, niedlichen Subs wie dir, die ganz sicher nicht wild durch die Gegend vögeln, ist die Gefahr für mich ja doch überschaubar.« Er schien ihre Gedanken gelesen zu haben. Etwas Raues streichelte über ihre Wange und blieb unter ihrem Kinn liegen. Die Reitgerte, die sie bereits kannte? »Ich sagte dir doch, dass ich nur mein Vergnügen im Sinn habe, oder? Und so macht es mir eindeutig mehr Spaß.«

Die Tränen liefen jetzt ungehindert über ihre Wangen. Norina verlor zunehmend den Halt. Nur noch die raue Spitze der Reitgerte unter ihrem Kinn hielt sie aufrecht. Sie schluchzte auf.

»Sag mir … was wäre dir lieber? Dein hübscher Arsch ist wie geschaffen für eine Zeichnung. Eine Tätowierung oder ein Brandzeichen?« Die raue Gerte verließ ihr Kinn und strich über ihre Brust nach unten. »Und hier, was meinst du? Hier könnten wir dir ein hübsches Zeichen eingravieren. *Sklavin*, wäre das etwas für dich?« Er zeichnete eine Linie knapp über ihrer Scham. »Damit die Welt sieht, wem du gehörst.«

»Nein, bitte nicht, Herr«, brachte sie unter Schluchzen hervor. »Nein, das möchte ich nicht.« Sie verlegte sich auf ein Betteln und war sich doch sicher, dass es nichts bringen würde. Er hatte sie in seiner Gewalt, wenn er das tun würde, würde er es tun.

»Wieso sollte ich es denn nicht tun? Ich habe gehört, dass du im Klub warst. Du hast geflirtet. Du bist mit jemandem nach Hause gegangen. Wenn ich dir nicht vertrauen kann, muss ich meinen Besitzanspruch doch anders zeigen, findest du nicht?« Die Reitgerte bahnte sich den Weg zwischen ihre Schamlippen. Er streichelte hart über ihren Kitzler. »Oder gibt es dafür eine Entschuldigung?«

»Nein, Herr, nein, das stimmt nicht.« Er wusste genauso gut wie sie, dass sie gerade log. Am liebsten hätte sie ihn angeschrien, dass sie ihn längst durchschaut hatte, dass er sich nicht mehr verstecken brauchte, dass sie wusste, dass er und Brian dieselbe Person waren. »Ich habe nicht geflirtet. Das würde mir nie einfallen.«

»Dann lügen meine Quellen also?« Er verlor hörbar die Geduld mit ihr. Norina biss die Lippen aufeinander. Die Striemen auf ihrem Hintern brannten wie Feuer. Ihre Lust war noch lange nicht gestillt, ganz im Gegenteil. Sie hätte sich ihm zu Füßen geworfen für einen weiteren Orgasmus.

»Herr, bitte, nein. Ich möchte keine Tätowierung. Keine dauerhafte Zeichnung. Bitte, Herr.« Stille schlug ihr entgegen. Allein der Gedanke an so etwas ließ ihr eiskalt werden. In ihren Fantasien, da klang es sehr einfach, einem Mann voll und ganz zu gehorchen und zu tun, was er wollte. Die Männer in ihren Gedanken verlangten auch nie Dinge von ihr, die sie niemals im Leben tun würde.

»Bitte, Herr, ich gebe es zu. Ich habe geflirtet. Ein wenig. Es hat sich ergeben. Ich weiß auch nicht, was geschehen ist«, gestand sie in der Hoffnung, dass ihn das milder stimmte.

»Du hast dich also von einem fremden Mann ficken lassen, nur weil die Lust mit dir durchgegangen ist?«

Sie konnte seinen Tonfall überhaupt nicht einschätzen. Unsicher sank sie in sich zusammen.

»Aufrecht!«, befahl er sofort und schlug hart gegen ihren Kitzler. »Also, hast du dich ficken lassen?«

Sie korrigierte ihre Haltung und fühlte sich noch entblößter als zuvor. »Nein, Herr, das nicht. Wirklich nicht. Aber er hat mich ... zum Orgasmus gebracht, Herr. Mit der Zunge.«

»Und du konntest natürlich gar nichts dafür? Außerdem solltest du mich nicht anlügen, Kleines.«

»Nein, Herr, bitte, das alles hier verwirrt mich. Ich weiß auch nicht, was mit mir los ist. Ich habe noch nie so viel Sehnsucht verspürt wie in den letzten Tagen.«

»Geiles Miststück«, kommentierte er und nahm die Gerte von ihrem Körper. »Aber wenn ich dich so sehe, kann ich schon verstehen, warum ein Mann seine Finger nicht von dir lassen kann. Was nichts daran ändert, dass du lernen solltest, dich zu beherrschen.«

Hoffentlich war damit wenigstens diese Tätowierung aus der Welt. Norina hob ihren Kopf in seine Richtung. »Bitte, Herr, ich habe eine Strafe verdient dafür.«

»Noch eine? Nein, Kleines, das hast du dir nicht verdient. Ich gebe dir etwas viel Besseres.« Unsanft riss er sie hoch und warf sie zurück auf den Tisch. Seine Hand legte sich schwer in ihren Nacken. Mit der anderen schob er ihre Pobacken auseinander. Norina erschauerte. Er hielt sie eine Weile einfach nur fest, machte ihr damit klar, dass sie sich nicht bewegen sollte.

»Ich würde dich zu gerne ficken, das ist dir hoffentlich klar?«, fragte er grob und ließ sie los. Ein kalter Schauder lief über ihren Rücken. »Aber so wie du dich anstellst, hast du dir das wirklich nicht verdient. Kaum lässt man dich aus den

Augen, vögelst du irgendwelche Kerle. Hat man dir nicht beigebracht, dass kleine Mädchen anständig sein müssen?«

»Doch, Herr«, flüsterte sie und wurde von ihrem eigenen Schamgefühl überrollt. Er hatte ja recht, mit allem, was er sagte. Er hatte von Anfang an klargemacht, dass für ihn Exklusivität wichtig war.

Ob sie es sich jetzt schon verbaut hatte? Vielleicht wollte Brian sie einfach nur testen? »Es tut mir leid, Herr.«

»Das ist ein bisschen wenig, findest du nicht?« Etwas Warmes tropfte auf ihre Wirbelsäule, dann noch ein Tropfen etwas weiter unten und noch einer. Er zog eine gerade Linie bis zwischen ihre Pobacken. Die Hitze war gerade genug abgeklungen, dass es nur leicht wehtat und nicht brannte. Norina hielt unsicher die Luft an.

Die Tropfen näherten sich ihrem Anus. Sie fühlte die Finger des Lords, die ihre Pobacken auseinanderhielten, und schnappte überrascht nach Luft, als die ersten Tropfen die empfindsame Haut dort trafen. Die Hitze wurde immer größer, als würde er irgendetwas Brennendes in der Hand halten. Die warme Flüssigkeit lief zwischen ihren Beinen hindurch nach vorne.

»Ich liebe deinen Arsch, Kleines«, flüsterte er in ihr Ohr und stellte irgendein gläsernes Gefäß neben ihr auf dem Tisch ab. »Jetzt lass mich sehen, wie lange du aushältst, ohne zu kommen. Und glaub nur nicht, dass ich dich für deine Lüsternheit nicht doch noch bestrafen würde. Ich sammle deine Verfehlungen, Kleines. Du wirst nicht wissen, wann ich sie bestrafen werde. Aber die Strafe wird kommen, darauf kannst du vertrauen. Je länger du jetzt durchhältst, umso milder wird sie ausfallen.«

»Danke, Herr.« Erleichterung schwappte über sie, weil es zumindest für heute Sicherheit bedeutete.

Seine Finger glitten über ihre Haut. Sein Daumen streichelte hart über ihren Kitzler und lockte die Lust innerhalb weniger Augenblicke hervor. Ein anderer Finger fuhr provozierend über ihre Rosette. Spielerisch drang er in sie ein, ohne sich um ihren leise gemurmelten Protest zu kümmern. Er nahm sich, was er wollte. Norina beschränkte sich darauf, still zu halten und möglichst ruhig zu atmen. Und möglichst nicht zu schnell zu kommen.

»Du bist wirklich eine lüsterne kleine Sub.« Er klang ein wenig heiser bei dieser Erkenntnis und absolut bewundernd. Seine Finger spielten weiter mit aller Kunst an ihr. Zwei Finger schoben sich in ihren Hintern und verstärkten das ungewohnte Gefühl dort. Norina biss die Lippen aufeinander. Nein, sie würde nicht zu schnell klein beigeben, sicher nicht.

»Kaum fasst man dich an, bist du feucht und willig. Kein Wunder, dass du dich von irgendwelchen Typen ficken lassen musst.« Er schien den Gedanken nicht halb so abstoßend zu finden wie sie selbst. »Süße, du bist ein geiles Miststück. Absolut.«

Er brauchte nicht lange, um sie auf einen Orgasmus zutaumeln zu lassen. Seine Finger stießen in sie, trieben sie weiter, sein Daumen kreiste über ihrem Kitzler, ein anderer Finger drang immer wieder in ihren Hintern ein. Norina wurde von den vielen Empfindungen und Berührungen, die er ihr schenkte, geradezu überrollt. Sie spürte Tränen auf ihren Wangen, während er einfach nur mit absoluter Präzision ihren Körper zu einem gewaltvollen Höhepunkt zwang.

Norina schnappte hilflos nach Luft. Sanft streichelte er über ihren verschwitzten Körper. Ebenso sanft half er ihr auf und brachte sie hinaus in den Hausflur. Diesmal krönte er die beiden Schläge auf ihre Wangen mit einem heißen Kuss. Mit einem Kuss, aus dem sie ihn am liebsten nicht gehen lassen wollte, doch er entzog sich ihr einfach und schloss hörbar eine Tür.

Die Sehnsucht war viel zu stark, um ihm zu widerstehen. Norina wischte die Tränen von ihren Wangen, schob die Augenbinde beiseite und ließ sie zu Boden fallen. Auf ihren Kleidern fand sie ein einzelnes Polaroid. War die Frau darauf tatsächlich sie? Es kam ihr vor wie eine Fremde. Eine verdammt sinnliche Fremde, die mit einem verzückten Lächeln auf dem Boden lag. Seile umschlangen ihren Körper, und auf ihrem Bauch standen in einer geraden Reihe drei Kerzen, ebenfalls gehalten von den Seilen.

Du bist grandios. Danke, Kleines. F.

Seine geschwungene Schrift deutete auf Selbstvertrauen hin. Brian? War es tatsächlich Brian? Sie hoffte es jedenfalls. Bei ihm hatte sie das unbegründete, aber absolut feste Gefühl, ihm vertrauen zu können.

Kapitel 10

Verärgert schüttelte Norina den Regen aus ihren Haaren und versuchte, mit den Fingern wenigstens halbwegs eine Frisur zurecht zu zaubern. Dass es auch gerade dann einen Sturzregen geben musste, wenn sie auf dem Weg von der U-Bahn-Station hierher war! Und natürlich hatte sie heute keinen Schirm dabeigehabt.

»Norina, wir haben ein Problem.« Yannek wartete nicht einmal ab, bis sie es aus ihrem Mantel geschafft hatte.

»Houston wird's schon richten«, grummelte sie und fing einen verwunderten Blick von ihm auf. Ja, sie hatte schlechte Laune heute, konnte er ihr das nicht gönnen? Regen, die Sehnsucht nach dem Lord, der Wunsch, Brian wiederzusehen, das war wirklich mehr als genug. Sie hatte sich selbst auferlegt, die ganze Woche weder an Brian noch den Lord zu denken und einen weiten Bogen um den Klub zu machen. Das war sie sich selbst schuldig. Sie hatte nicht einmal auf die Nachrichten reagiert, die der Lord ihr geschickt hatte. »Schieß los.«

»Eine kurze Meldung in einer Börsenzeitung darüber, dass es Ermittlungen gab und Cunningham vorübergehend beurlaubt ist.«

»Kein Beinbruch, das musste kommen. Wir konnten es ja nicht ewig geheim halten.« Norina ließ sich die Zeitung geben und überflog die Randnotiz, die wirklich knapp ausgefallen war. Offenbar stand seine Bank noch hinter ihm und hielt ihre

Hand über die Sache, sonst wäre der Bericht sicher ganz anders ausgefallen. »Und sonst noch?«

»Das hier.« Er hielt ihr ein Boulevardblatt unter die Nase und seufzte auf. »Genau das, was du prophezeit hattest. Und genau das, was eigentlich nicht hatte passieren dürfen.«

Auf das Titelblatt hatte er es nicht geschafft, dazu war ein Banker glücklicherweise nicht glamourös genug. Dafür hatte er fast eine ganze Seite bekommen, garniert mit einem Bild von ihm auf irgendeiner Wohltätigkeitsveranstaltung und mit dem obligatorischen Verweis darauf, dass er die MacMillan-Transaktion eingefädelt hatte.

»Ich habe damit gerechnet. Keine Gegendarstellung, nichts.« Sie waren immer noch glimpflich davongekommen. Norina hatte weder Yannek noch Anne Details darüber erzählt, was Cunningham ihr noch alles offenbart hatte. Sie brauchten auch nicht alles wissen. »Ruf Cunningham an, sag ihm ... nein, das mache ich selber. Danke, Yannek.«

Sie faltete die Zeitung zusammen und fuhr ihren Computer hoch, wählte dabei schon seine Nummer. Er ging erstaunlich schnell an das Telefon, als hätte er auf ihren Anruf gewartet.

»Mister Cunningham? Wir haben die ersten Medienberichte, noch nichts Dramatisches«, eröffnete sie ihm und öffnete ihr Mailprogramm. »Das war zu erwarten. Die ganze Bank hat mitbekommen, dass Ihr Büro durchsucht wurde. Langsam sollte auch dem Letzten aufgefallen sein, dass Sie vorübergehend beurlaubt sind. Ist nicht allzu schwer, eins und eins zusammenzuzählen.«

»Nein, das ist es nicht.«

Er klang angespannt. Kein Wunder, die Sache zog sich jetzt auch schon über Wochen, ohne dass sie nennenswert weiter gekommen wären. Die Staatsanwaltschaft schien auf Zeit zu spielen, um sie doch noch zu einem Deal zu bewegen, jedenfalls kam es Norina so vor. »Machen Sie sich keine Sorgen, Mister Cunningham. Ich bin an der Sache dran.«

»Funktioniert das normalerweise? Bei mir können Sie sich das gerne sparen. So etwas beruhigt mich nicht im Mindesten.« Die Anspannung in seiner Stimme war geradezu greifbar. »Was meinen Sie, wie lange dauert es noch, bis die einsehen, dass da nichts dran ist?«

Ihr Mailfach quoll schon wieder über. Auch andere Fälle erforderten ihre Aufmerksamkeit, egal ob Pete es wahrhaben wollte oder nicht. Norina öffnete die erste Mail und überflog den Inhalt.

»Nach meiner Erfahrung können wir mit einem Jahr etwa rechnen, bis es zu einem Prozess kommt. Wenn Sie es schneller wollen, müssen wir einen Deal eingehen. Aber unschuldig kommen Sie dann nicht mehr aus der Sache heraus.« Sie bemühte sich um einen ruhigen Tonfall. »Und ja, ich weiß, es gewinnt besonders deshalb an Brisanz, weil Sie der Compliance Manager sind. Ihr Job ist es, dafür zu sorgen, dass jeder in der Firma sich an Recht und Gesetz hält. Was Sie bei einem schwebenden Verfahren nicht weiter können.«

Das war nicht nur Kategorie *Regentag*, sondern Kategorie *Absoluter Scheißtag*. Norina verdrehte die Augen und warf einen Blick auf ihr Handy. Seit zwei Tagen hatte der Lord aufgegeben, sie zu kontaktieren. Ob es daran lag, dass sie so gereizt war? Oder eher daran, dass der letzte Sex mit ihm schon eine gute Woche her war?

Sie zeigte eindeutig Suchtverhalten, und das war nun keinen Deut besser als die Träumereien, von denen sie sich eigentlich hatte kurieren wollen.

»Nett ausgedrückt.« Er seufzte auf. »Hören Sie, Miss Thompson, ich drehe hier noch durch. Ich bin das nicht gewohnt, einfach nichts zu tun.«

»Haben Sie Geduld, Mister Cunnigham, bitte.« Das war leichter gesagt als getan, vor allem weil er nicht unbedingt der Typ für Geduld war. Er hatte gern die Kontrolle, in jeder Hinsicht, und er war es einfach nicht gewöhnt, auf irgendetwas warten zu müssen. Ein ganz normal schwieriger Mandant eben.

»Norina?« Yannek steckte seinen Kopf durch die Tür und zog die Augenbrauen nach oben. Sie legte die Hand über den Telefonhörer und nickte ihm zu. »Der Empfang hat gerade einen Brief für dich reingebracht. Kam per Kurier, ohne Absender, in der Sache Cunningham.«

Sie nickte ihm zu und nahm den Brief entgegen. Es sah nach einem ganz gewöhnlichen Umschlag aus. Sie drehte ihn unschlüssig in ihren Händen und riss ihn schließlich energisch auf. Ob irgendein Zeuge sich melden wollte, den sie übersehen hatte? Jemand aus der Bank?

Ein computergeschriebener Brief flatterte ihr entgegen.

Sehr geehrte Miss Thompson,

ich nehme an, dass Sie die Nachrichten des Tages gerade erhalten haben, gewissenhaft und gründlich wie Sie sind. So ehrenhaft es ist, dass Sie Ihre Aufgaben als Verteidigerin wahrnehmen – ich rate Ihnen, diesen Fall nicht zu ernst zu nehmen. Ich kann Ihnen versichern, dass Cunningham über diese kleine Affäre stolpern wird. Sie haben auch einen Ruf zu verlieren, nicht wahr?

Halten Sie sich zurück, oder Sie werden über kurz oder lang Details in den Medien finden, die weder Sie noch Ihr Mandant dort finden wollen. Noch ist es nur ein kleiner Insiderdeal. Aber viel-

leicht wird es bald eine Sex-Affäre, die selbst die Regenbogenpresse erfreuen wird?

Grüßen Sie unseren gemeinsamen Freund Lord F., wenn Sie ihn im Violetts sehen.

Ein wohlmeinender Verehrer.

Ihr Herzschlag beschleunigte sich. Sie nahm die Hand wieder vom Hörer. »Mister Cunningham, bitte, ich versuche gerade, den Worst Case zu verhindern. Die Medien sind jetzt dran an der Geschichte, und ich möchte ein paar Dinge heraushalten, wenn es recht ist.«

Das war vielleicht nicht unbedingt der angebrachte Tonfall, aber sie schaffte es einfach nicht, die Maske absoluter Freundlichkeit aufrechtzuerhalten. Sehr zu ihrem Erstaunen nahm er es einfach hin und bedankte sich sogar noch in aller Höflichkeit für den Anruf.

Offenbar hatte die Schlacht begonnen. Jetzt kam es auf jedes Wort an, wenn sie nicht seinen Ruf verspielen und damit seiner Karriere mehr schaden wollte, als es jedes Strafverfahren konnte.

Auf irgendeine Weise war der Lord in diese Sache verwickelt. Irgendjemand wusste von dem Lord und ihr, und dieser Jemand war dieselbe Person, die Cunningham fallen sehen wollte.

Es gab nicht viele, auf die beides zutraf.

***

Brian nahm den Champagner mit einem knappen Nicken entgegen und warf Norina einen düsteren Blick zu. Sie grinste nur und zuckte mit den Schultern.

»Du hast nicht gesagt, dass es so förmlich wird«, beschwerte er sich leise und beugte sich zu ihr. Ihr herrlicher Duft stieg ihm in die Nase, eine betörende Mischung aus Blumen und Salz und Lust. Ihre Lippen glänzten feucht von diesem verdammten Lippenstift, der nicht kussecht war, wie sie ihm im Taxi erklärt hatte. Es war pure Folter, sie anzusehen und nicht küssen zu dürfen.

»Stell dich nicht an wie ein kleines Kind. Brian, bitte, du hast doch freiwillig zugesagt«, widersprach sie. Ein freches Funkeln trat in ihre Augen.

»Weil du gesagt hast, dass du eine Begleitung brauchst, ja. Und weil du behauptet hast, dass es in diesem Monat unsere einzige Chance auf ein Treffen wäre, weil du so viel zu tun hast.« Er räusperte sich vielsagend und sah sich um. Die dicken Teppiche auf dem Boden verschluckten die Geräusche. Blank polierter Marmor spiegelte das Licht aus Kronleuchtern. Die Mischung aus viktorianischem Prunk und moderner Nüchternheit war vor allem eines: offensichtlich teuer. »Was wollen wir eigentlich hier?«

»Ich will Kontakte pflegen. Was du hier willst, kann ich dir nicht sagen.« Sie schnitt ihm eine Grimasse und prostete ihm zu. »Komm schon, es gibt Champagner, Wein und ein Fünf-Gänge-Menü umsonst. Ist das kein Grund, um hier zu sein?«

Wider Willen musste er doch lachen. »Du bist ein Grund, um hier zu sein, Baby.«

Ihr Blick sagte alles. Nur einen Augenblick lang, dann wandte sie sich ab und straffte die Schultern. Zu gerne hätte er sie jetzt an sich gezogen und ihren verführerischen Nacken geküsst, aber das würde eindeutig zu weit gehen. Sie trug heute keines ihrer schlichten Businesskostüme, sondern ein niedliches Cocktailkleid aus hellblauem Taft, das ihre Taille betonte. Und ihre Brüste. Brian trank hastig einen großen Schluck Champagner und griff dann energisch nach ihrem Ellenbogen. »Und als was genau bin ich hier?«

»Mein Begleiter, sagte ich doch.« Sie verdrehte die Augen und hob ihr Glas zu einem Toast über den Raum hinweg an. Brian konnte nicht ganz ausmachen, wen sie damit meinte. »Es gehört sich so, dass Frau hier einen Mann mitbringt. Machen die Männer doch nicht anders.«

»Sonst hattest du niemanden für den Job?«, erwiderte er und hakte sich bei ihr unter. Er wusste genau, dass er nach den paar Treffen nicht mehr erwarten konnte, also brauchte er sich auch nicht angegriffen zu fühlen.

»Exakt. Bisher war immer Tom dabei. Aber nachdem wir uns letztes Jahr getrennt haben ...« Sie zog ihn mit sich quer durch den Raum und blieb neben einer älteren Dame stehen, deren Begleiter genauso genervt aus seinem steifen Anzug blickte, wie Brian sich gerade fühlte. »Lady Staventon«, grüßte Norina und wurde aus seinem Arm in eine stürmische Umarmung gezogen.

»Gut siehst du aus, Mädchen! Und nenn mich endlich Clariss, das haben wir doch schon geklärt.« Zwei Küsschen auf jede Wange und einen kritischen Blick später stand diese Lady Staventon wieder ebenso steif da wie zuvor. Norinas rote Wangen und das aufgeregte Funkeln in ihren Augen sagten ihm, wie sehr sie diesen Abend genoss. »Sag, wer ist der hübsche junge Mann an deiner Seite?«

Selten hatte er sich so begutachtet gefühlt wie jetzt. Norina kicherte leise. »Das ist Brian Flaherty«, stellte sie vor. Eine knöcherne Hand in weißen Handschuhen streckte sich ihm entgegen. Brian deutete eine knappe Verbeugung aus der Hüfte an und erwiderte den Gruß. »Er war so nett, mich zu begleiten.«

»Mister Flaherty, angenehm. Sagen Sie einfach Clariss zu mir, einverstanden?« Das jugendliche Grinsen in ihrem Gesicht passte nicht recht zu den vielen Falten um ihre Augen und ihre Mundwinkel. »Darf ich fragen, was Sie machen? Und wie Sie sich meine kleine Norina geschnappt haben?«

»Ich bin Barkeeper. Norina saß eines Abends bei mir am Tresen, wir kamen ins Reden und haben festgestellt, dass wir beide irische Wurzeln haben.« Brian bemühte sich um einen möglichst ruhigen Tonfall. In dieser Umgebung war es schwer, sich nicht dafür zu verstecken, dass er nur an einer Bar arbeitete und sonst nichts hatte.

»Norina, Liebes, du hast ein Händchen dafür, dir Männer mit unmöglichen Berufen auszusuchen. Erst ein Philosoph mit einem Hang zum Landleben und jetzt ein Barkeeper?« Lady Staventon lachte amüsiert auf. »So ein Job an der Bar ist sicher spannend, Mister Flaherty. Ich nehme an, Sie wissen eine ganze Menge über Menschen?«

Obwohl Lady Staventon steif und elitär dastand, klang sie überhaupt nicht so, sondern eher, als würde sie sich wirklich für ihn interessieren. »Geht so. Ich wusste jedenfalls auf Anhieb, dass Norina hier mehr der Typ für ein Ale ist und sich nicht allzu viel aus Cocktails macht.«

»Da haben Sie recht. Tom, dieser Idiot, wirklich. Jemanden wie dich noch mal wieder gehen zu lassen, statt dich direkt in die Kirche zu entführen.« Lady Staventon seufzte auf und zog ihren Begleiter zu sich. »Nun, der Krug ist zerbrochen, nehme ich an. Dein Brian ist aber auch nicht zu verachten. Du hast einen exzellenten Geschmack, Norina. Himmel, was gäbe ich darum, noch einmal in deinem Alter zu sein!«

Lady Staventon musterte ihn mit kaum verhohlener Anerkennung. Er fühlte die Hitze in seinen Wangen.

»Brian ist nur ein Freund, Lady Staventon.« Norina strich sich verlegen durch ihre kurzen Haare und zog dann ihre Stola zurecht. Brian hielt mühsam sein Lächeln aufrecht.

»Dann kann ich mir doch noch Hoffnung machen, dass du diesen Idioten Tom zurücknimmst?« Lady Staventon griff nach Norinas freier Hand und tätschelte sie. »Sag bloß, er hat sich noch nicht bei dir gemeldet?«

»Nein, und das wird so schnell auch nicht passieren. Wir haben nicht so wirklich gut zusammengepasst.« Norina trank ihren Champagner aus und winkte ab. »War besser so.«

»Oh, diese Phase hatten Sean und ich auch, nicht wahr, Sean?« Sie zwinkerte ihrem Begleiter verführerisch zu. Ein schelmisches Grinsen zog über ihr Gesicht. »Aber du wirst schon wissen, was du tust, Norina. Was macht die Arbeit?«

»Dasselbe wie immer.«

»Pete hat schon gesagt, dass du einen ziemlich heiklen Fall hast zur Zeit. Ich bin beeindruckt.« Lady Staventon kicherte zufrieden. »Zu meiner Zeit hieß es noch, ich wäre seltsam, weil ich studieren wollte und nicht heiraten.«

»Zum Glück haben sich die Zeiten da geändert.« Norina hakte sich wieder bei ihm unter. »So, und weil ich nicht zum Spaß da bin, muss ich wieder weiter. Ich wollte sehen, ob ich Miss Miller erwische. Sie müsste doch auch da sein?«

»Immer mit dem Kopf bei der Arbeit, was?« Lady Staventon hob mahnend einen Zeigefinger. »Such dir lieber einen jungen Liebhaber, Mädchen, das lenkt ab.«

»Mache ich. Bei Gelegenheit, versprochen.« Norina besaß tatsächlich die Frechheit, nicht einmal rot zu werden. Brian schnürte es zunehmend die Luft ab. Wieso fragte sie ihn, ob er sie auf eine Wohltätigkeitsveranstaltung begleiten wollte, wenn er ihr doch offensichtlich nicht allzu viel bedeutete?

Er wurde einfach nicht schlau aus ihr. Sie verabschiedete sich von ihrer älteren Freundin und zog ihn dann wieder mit sich durch den Raum, wo sie alle paar Schritte von irgendjemandem begrüßt wurde.

»Wer war das gerade?« Brian griff fester an ihren Oberarm, als er beabsichtigt hatte. Er war kurz davor zu explodieren, das wusste er. Norina verzog schmerzverzerrt das Gesicht und schüttelte ihn ab.

»Clariss Staventon? Petes Schwester und eine brillante Ärztin. Sie war in ihrer Jugend in Afrika, eine richtige Abenteuerin, wenn du mich fragst.« Norina lächelte entschuldigend. »Manchmal ist sie etwas zu frei heraus. Nimm es ihr nicht übel, aber wenn man allein mit einer Propellermaschine über die Savanne geflogen ist und die Quellen des Nils gesehen hat, wird man wohl so.«

»Wenn du mich das nächste Mal auf eine Wohltätigkeitsveranstaltung mitschleppen willst, Norina, dann kannst du das vergessen. Ich habe mich selten so vorgeführt gefühlt wie heute«, flüsterte er ihr ins Ohr. »Ich fühle mich wie ein ausgestopfter Pinguin, verdammt noch mal.«

Sie lachte nur auf und tippte mit dem Zeigefinger gegen seine Brust. »Siehst auch aus wie einer in diesem Anzug, Brian. Aber das ist ausgleichende Gerechtigkeit. Frauen machen das seit Jahrhunderten mit, lassen sich herumzeigen und sehen einfach nur gut aus. Du wirst nicht daran sterben. Und ich bin dir wirklich dankbar dafür, dass du mitgekommen bist. Sonst hätte ich Yannek fragen müssen und er ist einfach nur ein Langweiler.«

»Na, Gott sei Dank bin ich besser als dein Yannek.« Brian biss sich auf die Zunge, ehe ihm zu viel herausrutschte. Sie hatte noch mit keiner Silbe durchblicken lassen, dass sie mehr von ihm wollte als nur Sex. War es das, was ihn so aggressiv machte, dass er nicht wusste, woran er bei ihr war? »Wie oft musst du denn auf solche Veranstaltungen?«

»Beim Business Ladies Club? Zweimal im Jahr, einmal vor Weihnachten und einmal im Sommer zu den großen Charity-Bällen, so wie heute eben. Ab und an auch zu den monatlichen Treffen, wenn ich es zeitlich hinbekomme. Aber die sind nur für Frauen, keine Sorge.« Sie deutete auf die großen Türen zu dem prachtvollen Ballsaal, die jetzt weit offen standen. »Sieh mal, es scheint, als würde es endlich das Abendessen geben. Und danach Tanz. Kannst du eigentlich tanzen?«

»Das hättest du besser vorher fragen sollen, Süße.« Er nickte nur knapp. »Sollte schon reichen, damit ich dich nicht blamiere.«

»Spiel nicht den Beleidigten, Brian, bitte. Genieß es einfach. Trink dir einen an und erfreu dich am Essen. Das ist wirklich gut hier«, schlug sie versöhnlich vor. Ihre Zunge leckte über ihre glänzenden Lippen.

Viel lieber hätte er sie jetzt gepackt, aus dem Raum getragen und ihr gezeigt, was passierte, wenn man ihn zum Narren hielt.

Kapitel 11

Norina schlüpfte unter dem Tisch aus ihren hohen Schuhen und ließ die Stola auf die Stuhllehne gleiten. Ihr war sowieso viel zu warm, dafür sorgten schon die vielen Menschen und das Geplauder und der Champagner. Sie warf einen verstohlenen Blick zu Brian, der nach außen freundlich wirkte, lächelte und tat, als würde ihn das alles hier nichts angehen.

An seinen Augen jedoch merkte sie, wie viel ihm gerade nicht passte. Gut, zugegeben, es war nicht unbedingt nett gewesen, ihn so unvorbereitet in diesen Raum zu werfen, aber sie hatte wirklich nicht gewusst, wen sie sonst hätte fragen sollen. Die letzten Jahre hatte immer Tom sie begleitet, und mit Yannek wäre ihr wirklich langweilig geworden. Und außerdem fühlte es sich seltsam gut an, ihn an ihrer Seite zu haben. Sie aß den letzten Löffel der Mousse au Chocolat und lehnte sich zufrieden zurück. Dabei warf sie einen Blick über die Schulter und stellte fest, dass ein paar Tische weiter alle außer einem einzelnen Paar zum Tanzen aufgestanden waren.

»Bin gleich wieder da«, murmelte sie, zog ihre Schuhe doch wieder an und verkniff sich ein schmerzverzerrtes Stöhnen. Sie hasste High Heels. »Lauf mir nicht weg, Brian.« Mit einem Nicken in die Runde entschuldigte sie sich und schlenderte möglichst gelassen hinüber. Es sollte ja nicht wirklich nach Arbeit aussehen.

»Miss Miller?«, fragte sie leise.

»Ich habe mich schon gefragt, wann Sie endlich auf mich zukommen.« Ein fröhliches Funkeln aus braunen Augen begrüßte sie. »Setzen Sie sich doch einen Augenblick, Miss Thompson. Mein Ehemann, Mikael Wertinger«, stellte sie vor und wartete, bis sie einander die Hand gegeben und Norina sich einen Stuhl herangezogen hatte.

»Wir sind nicht zum Arbeiten da, Schatz«, mahnte ihr Mann freundlich und bestimmt zugleich. Ein klarer Blick aus eisblauen Augen traf sie. Norina hatte alle Mühe, nicht sofort selbst den Blick zu senken. Das Wissen, dass Tony Millers Ehemann selbst spielte, machte es nicht gerade einfacher, die kalte Fassade aufrecht zu erhalten.

»Das ist keine Arbeit, nicht wahr, Miss Thompson?« Tony Miller zwinkerte ihr verschwörerisch zu und strich sich über den deutlich gerundeten Bauch. »Ich nehme an, Sie wollen mir ein paar Fragen stellen, ganz zufällig.«

»Nun, die Fragen stelle ich Ihnen lieber ganz offiziell dann, wenn der Staatsanwalt auch dabei ist. Ich will mir nicht nachsagen lassen, ich hätte Zeugen beeinflusst.« Norina hob abwehrend die Hand. »Aber es gibt ein paar Dinge, bei denen ich die Ohren der Staatsanwaltschaft nicht brauchen kann. Sagt Ihnen das *Violetts* etwas?«

Tony Miller tauschte einen raschen Blick mit ihrem Ehemann. Eine tiefe Falte tauchte auf ihrer Stirn auf. »Wie kommen Sie da drauf?«

»Ich nehme an, Sie wissen schon, worum es geht?«, tastete sie sich vorsichtig vor.

»Danny hat uns angerufen, ja, und die Staatsanwaltschaft war auch schon da. Wenn Sie mich fragen, habe ich selten so einen Unsinn gehört. Wir wussten, dass der Deal heikel war, also lief alles sauber. Ich habe es dem Staatsanwalt schon gesagt. Mein Mann weiß heute noch nicht alles, was die finanzielle Lage der Firma angeht, darauf würde ich schwören. Auch wenn es mir natürlich keiner abnimmt bei unserer Vorgeschichte. Wahrscheinlich glaubt er, mein Mann würde es aus mir herausprügeln, wenn ich nicht freiwillig rede.« Tony Miller seufzte auf und verdrehte die Augen. »Aber was hat das *Violetts* damit zu tun?«

»Das wüsste ich auch zu gern. Hinter der Sache steckt mehr, als es auf den ersten Blick aussieht.«

»Politisch?«, vermutete Tony Miller und griff nach ihrem Wasserglas.

»Vielleicht. Aber ich vermute, dass es eher etwas Persönliches ist.« Norina atmete tief durch. »So weit ich es verstanden habe, sind Sie eng mit Daniel Cunningham befreundet?«

»Wir beide, ja.« Tony Miller griff nach der Hand ihres Mannes. »Mein Mann noch etwas mehr als ich.«

»Dann können Sie mir vielleicht sagen, wer ein Interesse daran haben könnte, ihm zu schaden. Und wer genau wissen könnte, dass er ab und zu im *Violetts* zu Gast ist. Mein Mandant war sich sehr sicher, dass er immer vorsichtig war und niemand außer ihnen beiden und noch einigen wenigen Freunden davon wusste.«

»Ich hab dir doch gesagt, dass er in der letzten Zeit komisch war«, warf Tony Millers Ehemann ein und legte seine Hand um sein Bierglas, als würde er daran Halt suchen. »Und dass er immer noch alles mit sich selbst ausmachen muss, dieser alte Idiot.«

»Du hattest recht, wie immer, großer Meister. Was wollen Sie damit andeuten, Miss Thompson?«

»Dass jemand gerade alles daransetzt, seinen Ruf zu zerstören, das will ich damit sagen. Ich muss schneller sein als dieser Jemand.«

»Jon?«, vermutete ihr Ehemann sofort und erntete dafür ein Schnauben von Tony Miller.

»Der Idiot würde niemals die alten Geschichten wieder hochholen wollen, glaub mir. Wir reden von Jon Leister, meinem Ex-Verlobten«, erklärte sie und winkte ab. Sie streichelte weiter gedankenverloren über ihren Bauch, als müsste sie sich selbst und das Kind beruhigen. »Wir standen damals schon in engen Verhandlungen mit einem Investor mit Sitz in Hongkong und Dublin. Das beste Angebot, das wir bekommen konnten. Mein damaliger Verlobter hat die Verhandlungen für uns geführt. Er war ziemlich sauer, als Danny ihm den Deal vor der Nase weggeschnappt hat. Sie sollten ihn kennen, denke ich?«

»In der Tat. Wir hatten mal ein Projekt zusammen, vor vier Jahren ungefähr. Ich werde ihn vielleicht dazu befragen und die Staatsanwaltschaft ein wenig auf diesen Zusammenhang stoßen.«

»Danny hat gesagt, es gäbe Fotos von ihm und Sarah.« Tony beugte sich leicht nach vorne und griff nach ihrem Wasserglas. »Ich hatte wirklich die Hoffnung, dass die Medien das Interesse an hartem Sex verloren haben. Ist doch auch nichts Besonderes mehr heutzutage, oder? Gott, ich kann mir vorstellen, wie es Danny gehen muss. Er legt alles darauf an, dass diese Sache geheim bleibt. Das würde seinen Ruf ein für allemal zerstören, wenn das bekannt wird.«

»Ich werde tun, was ich kann, um genau das zu verhindern, Miss Miller, das können Sie mir glauben. Ich kann mir zu gut vorstellen, wie unangenehm es ist, wenn diese Dinge in die Öffentlichkeit gezerrt werden.«

Ihr Gegenüber legte den Kopf leicht schief und kniff die Augen zusammen. Das fröhliche Funkeln in den Augen passte gar nicht zu dem strengen Zug um ihren Mund. »Gehe ich zu weit, wenn ich frage, wie Sie zu der Ansicht kommen? Ich kann mich nicht erinnern, Sie jemals in der Szene gesehen zu haben.«

»Gott bewahre.« Es rutschte ihr heraus, ehe sie darüber nachgedacht hatte. Norina spürte Röte auf ihren Wangen. »Ich würde nur auch nicht wollen, dass die Medien sich darüber auslassen, was ich im Bett mache und was nicht.«

Und wie sie Cunningham verstehen konnte! Wenn sie sich nur vorstellte, ein Hauch dessen, was sie mit dem Lord tat – oder besser er mit ihr –, würde bekannt werden, sie würde augenblicklich im Boden versinken. Wer würde sie dann noch ernst nehmen? Eine Frau, die ganz offenkundig von Sex besessen war und nicht einmal ihre eigenen Gefühle im Griff hatte?

Ein wissender Blick aus tiefblauen Augen ließ ihren Mund trocken werden. Sie wünschte sich sehnlichst ein Glas Wasser. Natürlich war es dumm, davon auszugehen, dass Mikael Wertiger ihr ansah, was sie in ihrer Freizeit trieb. Trotzdem schnürte ihr die Vorstellung die Luft ab. Dann wanderte dieser klare Blick langsam und bedeutungsvoll hinüber an ihren Tisch und zu Brian. Wertingers rechter Mundwinkel zuckte amüsiert nach oben, und Tony Miller grinste breit.

»Ich wünschte, ich könnte Ihnen irgendwie weiterhelfen, aber ich weiß beim besten Willen nicht, wer Danny irgendetwas Böses wollen könnte«, erklärte Tony Miller schließlich noch einmal und tauschte einen verschwörerischen Blick mit ihrem Mann. »Aber ich bin sehr froh darüber, dass Sie die Sache übernommen haben, wirklich. Pete war überzeugt davon, dass Sie die Richtige für diese Angelegenheit sind. Langsam verstehe ich, wieso.«

Wieder wanderte ihr Blick bedeutungsvoll in Richtung Brian. Norina schnürte es beinahe die Luft ab. Mehr sagte Tony jedoch nicht, sondern wartete wohl darauf, dass sie selbst in irgendeiner Form bekundete, vom Job ihres Begleiters zu wissen. Was sehr taktvoll war und zugleich unwahrscheinlich unangenehm. Norina tat einfach, als würde sie den Blick nicht bemerken, und konzentrierte sich auf die Musiker am anderen Ende des Raums.

»Wir beide gehen nicht allzu oft ins *Violetts*. Das ist eher Sarahs Lieblingsladen«, fügte ihr Mann hinzu und klang dabei so, als würde er sich das Lachen nur schwer verkneifen. »Aber wir melden uns, wenn uns etwas einfällt, versprochen. In der Zwischenzeit sollten Sie sich vielleicht besser an Ihren Begleiter halten.«

»Was ist mit mir?« Seine tiefe Stimme ließ Norina zusammenschrecken. Tony und ihr Mann konnten nun beide nicht mehr an sich halten und lachten offen los. Norina hob ihr Kinn an. Eine Hand legte sich in ihren Nacken und spielte mit ihren kurzen Haaren. »Hab ich dich erschreckt, Süße?«

»Ein wenig.« Sie strafte Tonys Mann mit einem bösen Blick, weil er gesehen haben musste, dass Brian sich ihnen näherte – und wurde mit einem kühlen Blitzen in seinen Augen belohnt, das nur zu deutlich sagte, was er sich gerade vorstellte. Norina hielt die Luft an und rief sich zur Ruhe. Das hier war eine offizielle Veranstaltung, kein Klub und schon gar kein Ort, um an Sex überhaupt nur zu denken.

»Tony, du siehst blendend aus. Die Schwangerschaft steht dir echt gut.« Brian griff über ihre Schulter hinweg nach Tonys Hand und führte sie an seine Lippen zu einem angedeuteten

Handkuss. »Und dass man dich auch mal sieht, Mika. Du warst ewig nicht mehr im Klub.«

»Brian, dich hätte ich am wenigsten hier vermutet.« Wertinger übernahm wie selbstverständlich das Gespräch und deutete auf einen leeren Stuhl, den Brian dankend ablehnte. »Noch dazu in dem Aufzug, alter Kommunist.«

»Wenn ich gewusst hätte, was das hier wird, wäre ich nie mitgekommen«, brummte er und griff fester in ihren Nacken, so stark, dass sie seine Fingernägel beinahe schmerzhaft spüren konnte. »Aber keine Sorge, ich weiß schon, wie ich sie dafür zahlen lasse.«

Norina wand sich auf dem Stuhl und wäre am liebsten unter dem Tisch verschwunden. Musste er noch deutlicher werden?

»Was tut man nicht alles für die Frauen, richtig? Wenn ich nicht aufpassen müsste, dass meine Süße sich nicht überarbeitet, würde ich dich ja glatt an die Bar einladen und bei ein paar Drinks mit dir zusammen abstürzen. Aber unter diesen Umständen …« Beschützend legte er seine Hand auf den Bauch seiner Frau. Die Geste hatte etwas derart Sanftes, dass sie Norina bis ins Herz traf. Ob Brian sich auch so um sie kümmern würde?

Sie verdrängte den Gedanken sofort wieder. Was auch immer zwischen Brian und ihr lief, von einer Beziehung wie Tony Miller und ihr Mann sie hatten, waren sie weit, weit weg.

»Dann will ich deine Süße mal vor meiner neugierigen Herzensdame retten.« Brian zog sie nach oben, ehe sie widersprechen konnte, und gab sie nicht einmal frei, um ihr eine ordentliche Verabschiedung zu erlauben.

An diesem Fall hingen eindeutig viel zu viele Gefühle für

ihren Geschmack. Norina ließ sich willenlos von ihm über die Tanzfläche aus dem großen Ballsaal führen und widersprach auch nicht, als er einen Gang ansteuerte, der weg von der Musik und den anderen Gästen führte.

»Die beiden sind wirklich süß zusammen«, versuchte sie schließlich, irgendein unverfängliches Thema aufzubringen. In seinen Augen funkelte Wut. Der harte Zug um seinen verführerischen Mund betonte die markante Linie seines Kinns. Auf eine seltsam verdrehte Weise gefiel er ihr wütend sogar noch besser als sonst.

»Du hast sie nie spielen sehen«, erwiderte er kühl. »Mika ist ein Meister mit der Peitsche, aber auch ein echter Sadist. Und Tony liebt den Schmerz. Sie kommen ab und zu in den Klub, um die richtig harten Dinge durchzuziehen. Er will Zuschauer als Sicherheit für sich. Damit er nicht doch zu weit geht, weil sie es schon gar nicht mehr merkt und er ihren Schmerz zu sehr liebt.«

Seine Worte reichten, um aus der unterdrückten Sehnsucht in ihr ein laut pochendes Verlangen zu machen. War sie eigentlich ganz verrückt geworden? Sie war hier, um zu arbeiten, nicht, um sich von ihrem Begleiter verführen zu lassen! Norina biss die Lippen aufeinander und versuchte, ihm ihren Arm zu entziehen.

Brian griff noch fester zu. Die Musik wurde zu einem fernen Hintergrundgeräusch. Er schob sie in eine Sitzecke, die halb hinter einer Säule versteckt war. Ein bodentiefes Fenster zeigte wohl hinaus auf einen kleinen Hinterhof, der jetzt aber genauso im Dunkeln lag wie die Sitzecke selbst.

»Was soll das, Brian?« Kälte kroch über ihre bloßen Schultern. »Das ist weder der richtige Ort noch die richtige Zeit.«

»Kann mich nicht erinnern, dich nach deiner Meinung

gefragt zu haben!« Er hatte keinerlei Mühe damit, sie in seinen Armen zu drehen und mit dem Rücken gegen die Wand zu drängen. Aufregung schoss durch ihren Körper. Die Wut in seinen Augen machte ihr Angst. Sein fester Griff an ihren Oberarmen sprach eine ganz andere Seite in ihr an, sein herrlicher Duft machte ihr das Denken unmöglich.

»Hast du schon mal darüber nachgedacht, wie pervers das hier ist? Da sitzen diese feinen Herrschaften bei Champagner und Hummer und sammeln Spenden für Kinder aus armen Familien! Himmel, das ist abartig!«

»Besser, als wenn gar nichts geschehen würde.«

»Ich habe dich bisher nicht für oberflächlich gehalten, Norina, aber sag mir, dass du das nicht wirklich gut findest!« Der schwere Vorhang neben dem Fenster schützte ihre Haut vor der Wand und strahlte etwas Wärme aus. Brians schwerer Körper hielt sie an die Wand gedrückt. »Und die Gespräche erst! Etwas anderes als Geld scheinen die nicht zu kennen, oder?«

»Entschuldigung«, murmelt sie und drehte ihren Kopf zur Seite, als er sie küssen wollte. »Ich wollte doch nur dich sehen, Brian, wirklich. Ich hatte Sehnsucht nach dir.«

»Wolltest du das?« Seine Hand griff an ihr Kinn und zwang sie dazu, ihn anzusehen. Immer noch glomm die Wut in ihren Augen. »Scheiße, Norina, das bei uns am Tisch eben, das war das idiotischste Gespräch in meinem ganzen Leben. Millionen hier, Rennpferde da, und das Problem des Tages ist ein nicht rechtzeitig geliefertes Abendkleid!«

»Brian, mein Dad ist nur ein Polizist. Meine Mum arbeitet stundenweise bei einem drittklassigen Anwalt als Schreibhilfe. Glaub mir, ich weiß, wie du dich fühlst. Aber sie sind nicht alle so. Viele, aber nicht alle.« Sie atmete tief durch, was ihr seinen Duft zu Kopf steigen und sie schwindeln ließ. »Nur noch eine Stunde, okay?«

»Das kostet dich was«, versprach er düster. Seine linke Hand streichelte über ihren bloßen Arm hinauf zu ihren Schultern und dann tiefer zu ihren Brüsten.

»Nicht hier«, widersprach sie noch einmal. Wenn er sie nicht mit seinem ganzen Gewicht gegen die Wand drücken würde, sie würde hilflos nach unten sinken, weil ihre Knie schwach und weich wurden.

»Oh doch, Kleines. Genau hier und jetzt.« Er hob sie an, als wäre sie leicht wie eine Feder, und schob ihr Kleid nach oben. Die kalte Luft strich über ihren Oberschenkel. »Du trägst ja halterlose Strümpfe«, stellte er fest und streichelte über nackte Haut zwischen den Strümpfen und ihrer Hüfte.

»Brian, nein!« Die Stimme der Vernunft in ihr wurde immer leiser. Zu gerne hätte sie ihn darum angebettelt, genau das jetzt zu machen, schnell und schmutzig und verrucht.

»Du glaubst doch nicht ernsthaft, dass du in einem sexy Kleid wie diesem vor meiner Nase herumspazieren kannst und ich die Finger von dir lasse? Ich mag, wie es deine Brüste betont, Kleines.« Seine Fingerspitzen tanzten über ihren Oberschenkel. Mit seinem anderen Arm stützte er ihre Hüfte von unten. Er zog sie an sich, und sie konnte durch den Stoff hindurch seine Erregung fühlen. »Sei ein braves Mädchen. Je netter du zu mir bist, umso schneller geht es. Und umso kleiner ist die Chance, erwischt zu werden.«

***

Für einen kurzen Augenblick ließ er sie noch einmal nach unten. Er packte ihren Slip, ging vor ihr in die Hocke und zog den Stoff nach unten. Mit einem schelmischen Grinsen steckte er den dünnen Seidenstoff in seine Hosentasche.

»Ich kann riechen, wie geil du bist, Kleines. Da tut sie so spröde und beschäftigt und will doch eigentlich nur gefickt werden, habe ich recht?« Er schob ihren Rock hoch und betrachtete ziemlich unverhohlen die Stelle zwischen ihren Beinen.

»Brian, bitte nicht!«, flüsterte sie hilflos und krallte ihre Finger in seine Haare. Verwirrung stieg in ihr auf. Sie wusste nicht mehr, was sie wollte. Der Gedanke, dass Brian einfach alle Regeln des Anstands beiseiteschieben würde, war faszinierend. Dass er sich einfach nehmen würde, was er wollte. Norina biss die Lippen zusammen und kämpfte gegen das Verlangen an, ihn genau darum anzuflehen.

Er sagte nichts dazu, sondern kam einfach nach oben, öffnete seine Hose und hob Norina wieder hoch. »Du bist einfach nur geil, Kleines. Für dich ertrage ich sogar solche Dinge hier.«

Norina schloss die Augen. Er hielt sich nicht mit einem langen Vorspiel auf, sondern drang einfach in sie ein, gewaltvoll, rücksichtslos, und zeigte ihr damit all seine Gefühle. Er war wütend und verletzt, und er kam sich unzulänglich vor neben ihr. Tränen stiegen ihr in die Augen, als sie spürte, wie wenig sie eigentlich gemein hatten außer dem Sex.

»Gefällt dir das, Baby?« Seine Hände schoben ihre Oberschenkel noch weiter auseinander, bis die Spannung beinahe schmerzhaft wurde. Norina legte ihre Arme um seine Schultern und hielt sich an ihm fest, während er weiter in sie stieß mit all seiner Kraft.

»Brian«, wimmerte sie nur. Sein Daumen legte sich auf ihren Kitzler und ließ mit seinen kreisenden Bewegungen ihre

Lust anwachsen, bis es beinahe schmerzhaft wurde. Seine harten Stöße spürte sie in ihrem ganzen Körper. Er zwang sie erbarmungslos auf den Höhepunkt zu, schnell und machtvoll, ohne auch nur eine Sekunde auf unnötige Zärtlichkeiten zu verwenden.

Norina sank in das herrliche Gefühl, von ihm benutzt zu werden und nur seiner Lust zu dienen. Sie verlor den Halt, ließ sich von ihm mitreißen und schrie leise auf, als der Höhepunkt sie überrollte. Nur einen Wimpernschlag später spürte sie seine Lust, seine Sehnsucht nach ihr.

Hastig zog er sich aus ihr zurück, ließ sie zu Boden sinken und trat einen halben Schritt zurück. Wortlos strich sie ihren Rock zurecht und vermied seinen Blick. Er atmete genauso schwer wie sie und seufzte leise auf.

»Tut mir leid, Baby«, flüsterte er schließlich und strich durch seine verwuschelten Haare. »Aber ich packe das hier einfach nicht.«

»Ich weiß. Mein Fehler, Brian. Ich hätte dich nie hierher mitnehmen dürfen«, erwiderte sie und zuckte mit den Schultern. Leere breitete sich zwischen ihnen aus. An ihren Oberschenkeln fühlte sie die Spuren seiner Lust. Unsicher lächelte sie ihm zu und griff an seine Tasche, um ihren Slip zurückzubekommen.

»Nein.« Er fing ihr Handgelenk ein. »Eine kleine Strafe muss doch sein, Süße. Du kannst froh sein, dass ich dir erlaube, dich frisch zu machen, ehe ich dich zurück in den Ballsaal führe und jeder sehen kann, was wir gerade getan haben.«

Die Hitze hatte nun ihren ganzen Körper erfasst. Schweiß lag auf ihrer nackten Haut. Scham überrollte sie. Er wollte wirklich, dass sie ohne Slip herumlief? Norina atmete tief durch und hob ihr Kinn an. Nein, sie würde ihm nicht die Genugtuung geben und ihm zeigen, wie sehr ihr das naheging!

Sie wollte in Richtung des Ballsaales laufen, doch er hielt sie mit einem festen Griff an ihren Oberarm ab und schob sie in die andere Richtung. »Da hinten sind auch Toiletten. Mach dich dort frisch, Kleines. So kannst du wirklich nicht vor Leuten herumlaufen.«

Erleichterung erfasste sie, weil er doch so viel Rücksicht auf sie nahm.

»Danke, Brian.« Sie senkte ganz automatisch den Blick und wartete, bis er sie mit einem knappen Nicken freigab. »Ich beeile mich, okay?«

»Will ich hoffen, Süße.«

Kapitel 12

Als sie den Klub betrat, sah sie weder Brian noch George. Oder sonst einen Mann, der ihr auch nur vage bekannt vorkam. Die letzten zwei Wochen waren hart gewesen, mit viel zu viel Arbeit und viel zu wenig Abwechslung. Mit Brian hatte sie nur ein paar nichtssagende SMS getauscht. Sie konnte nicht wirklich einordnen, ob er immer noch beleidigt war wegen des Charity-Balls oder er schlicht zu viel zu tun hatte oder er auf sie und ihre Arbeit Rücksicht nahm. Mit seiner Art, sie immer wieder von sich zu stoßen, sobald sie glaubte, hinter sein fröhliches, koboldhaftes Grinsen gesehen zu haben, machte er sie schlichtweg verrückt.

Der Lord hatte sich gar nicht gemeldet. Bis gestern, mit der Einladung in den Klub für heute. Norinas Hände waren schweißnass. Hinter der Theke stand eine kleine, wohl indischstämmige Dunkelhaarige, die mit ihrer quirligen Art gar nicht recht in die gediegene Atmosphäre des Klubs passen wollte.

Wenn sie pünktlich sein wollte, musste sie wohl oder übel über ihren Schatten springen. Norina lehnte sich über die Theke zu der Barkeeperin und drängte den Neid auf die großen Mandelaugen und die schlanke Figur der anderen Frau zurück. Brian mochte sie so, wie sie war, und der Lord offenbar auch. »Ich hätte eine Verabredung mit Lord Fergus. Hat er zufällig gesagt, in welchem Raum er wartet?«

Es klang nicht halb so selbstsicher, wie sie es sich gewünscht hätte. Norina glaubte, gleich umzufallen, und zog sich vorsichtshalber einen Hocker heran.

»Du bist das also?« Die Barkeeperin musterte sie neugierig und grinste dann breit. »Hat er, und er hat gesagt, ich soll dich gleich weiterschicken in den Folterkeller.«

Folterkeller? Das mit dem Hocker war eindeutig eine gute Idee gewesen. Die Inderin hinter der Theke lachte hell auf.

»Nein, Quatsch, war nur ein Scherz. Der Folterkeller ist wirklich nicht sein Stil, da brauchst du keine Angst zu haben. Im ersten Stock Raum Nummer zwei. Du sollst dir dort einfach nur die Augen verbinden. Nichts weiter.«

Die Barkeeperin schob ihr einen Drink über die Theke. »Mit einer Empfehlung von Brian. Er sagt, du sollst es bloß nicht übertreiben. Und er findet es nicht sehr nett von dir, ausgerechnet hier im Klub mit deinem Lord zu spielen. Mir kam es vor, als wäre Brian eifersüchtig. Läuft da was zwischen euch?«

Norina warf einen raschen Blick auf ihr Handy und schob es dann zurück in ihre Handtasche. Ein paar Minuten hatte sie noch. Sie nippte zuerst an dem Getränk und genoss die herbe Frische. Es war noch immer kein Beweis, kein handfester jedenfalls. Brian wusste sicherlich alles, was im Klub passierte. Dass er nicht zugeben wollte, hinter dem Unbekannten zu stecken, machte sie zunehmend verrückt. »Danke. Richte ihm Grüße von mir aus, okay? Ich melde mich bei ihm, sobald ich Zeit habe.«

Die Inderin grinste sie breit an und leckte sich dann allzu deutlich über ihre Lippen. »Du bist wirklich süß. Genau die Richtige für Brian, das sehe ich auf den ersten Blick. Ich rate dir, lass die Finger von diesem Lord und bleib bei Brian, der ist besser für dich.«

Norina schüttelte energisch den Kopf und schlürfte ihren Cocktail aus. »Danke, aber ich weiß schon, was ich tue.«

»Glaube ich nicht, schönes Täubchen.« Die angenehme, dunkle Stimme überraschte sie. Jemand trat seitlich an sie heran. George. Er nickte der Barkeeperin zu und bestellte sich einen Gin Tonic. »Schön, dich wieder zu sehen. Dann hast du gefunden, wonach du gesucht hast?«

George roch unauffällig nach Tabak und Holz. Alles an ihm war gepflegt und durch und durch Gentleman. »Danke, ja«, antwortete Norina unsicher.

»Den Lord?« Ein Lächeln spielte um seine Lippen. »Habe ich schon gehört. Solche Geschichten machen schnell die Runde. Pass einfach auf, Norina. Das als Ratschlag von einem Mann, der schon lange genug in der Szene unterwegs ist. Hier gibt es auch einen ganzen Haufen Verrückter und Psychopathen, für die SM nur ein Deckmantel ist.«

»Hier im Klub wird ja wohl kaum etwas passieren, oder?«

»Vermutlich nicht. Auch wenn er schon das letzte Mal angeblich nur in Klubs gespielt hat.« George winkte ab und beugte sich leicht zu ihr. »Eine seiner Subs hat sich umgebracht, weil sie es nicht mehr ausgehalten hat und er sie nicht gehen lassen wollte. Erzählt man sich.«

»Ich komme klar, danke.« Tat sie das wirklich? Aufregung klumpte sich in ihrem Magen zusammen. Sie stellte das Glas ab, warf nochmals einen Blick auf ihr Handy und atmete dann tief durch. Es war Zeit für das Treffen mit dem Lord, und allein die Ungewissheit darüber, was er heute tun würde, ließ ihr heiß und kalt gleichzeitig werden.

Sie verabschiedete sich mit einem Kopfnicken von der Barkeeperin und George und machte sich auf den Weg in den ersten Stock. Raum Nummer zwei, hatte sie gesagt. Das klang erstaunlich harmlos dafür, dass wahrscheinlich gleich wieder ihre ganze Welt kopfstehen würde. Norina schob die schwere Tür auf und blinzelte gegen das helle Licht, das nach der gedimmten Atmosphäre im Klub geradezu in den Augen schmerzte. Der ganze Raum war ausgeleuchtet. Die Neonröhren an der Decke verströmten ihr kaltes Licht unerbittlich in jeden Winkel.

Sofort kroch die Unsicherheit über ihre Haut. Er würde jedes Kilo zu viel an ihr sehen können, jeden Makel an ihrer Haut, alles. Ob er ihr dann sagen würde, dass sie seinem Anspruch doch nicht genügte? Ihr Blick fiel auf das Kissen, das genau in der Raummitte lag. Sie ignorierte die anderen Möbel und stakste hinüber. Die Augenbinde lag für sie bereit, darauf wieder ein kleiner Zettel. Eine Reitgerte lag vor dem Kissen.

Zieh dich aus und knie dich hin. Erwarte mich, wie eine gute Sub es tut. F.

Norina biss die Lippen aufeinander und senkte den Kopf. Mit zittrigen Fingern öffnete sie den Reißverschluss ihres hautengen Sommerkleides, ließ den BH zu Boden fallen und schlüpfte zu guter Letzt aus ihrem Spitzenhöschen. Sie hatte gehofft, ihn endlich zu Gesicht zu bekommen, wenn er schon mit ihr in den Klub gehen wollte. Was er wohl mit seiner Notiz meinte? Sie kniete sich auf das Kissen und legte sich die Augenbinde an. Automatisch tastete sie nach der Reitgerte und nahm sie in die Hände. Er hätte sie ihr nicht hingelegt, wenn er nicht irgendetwas damit vorhatte.

Er ließ sich Zeit, und mit jeder Sekunde schlug ihr Herz etwas ruhiger. Die Ruhe um sie herum sickerte in ihren Körper ein und vertrieb die anderen Gedanken. Endlich hörte sie eine Tür und seine vertrauten Schritte.

»Danke, dass du gekommen bist, kleine Sub.« Er sprach unwahrscheinlich sanft und entlockte ihr damit ein Lächeln. Die Anspannung wich und machte einer freudigen Erwartung Platz. Er mochte hart spielen, das stimmte, aber allein seine Anerkennung zu bekommen wog alles andere mehr als nur auf. »Du erstaunst mich immer wieder. Ich freue mich immer wieder, wenn ich dich sehe.«

Dafür, dass der Lord angeblich kein großer Freund von Zärtlichkeiten war, fiel Brian gerade gewaltig aus der Rolle. Wenn es denn Brian war, doch Norina war sich ziemlich sicher, dass er dahintersteckte.

»Wir werden heute nicht allein bleiben, meine Hübsche. Ich bin mir noch nicht sicher, ob wir wirklich dieselben Sehnsüchte teilen. Um das herauszufinden, werde ich dich heute weitergeben«, kündigte er an und ging langsam um sie herum. Sie spürte seinen Blick, prüfend und durchdringend.

»Wie bitte?« Ihr Magen zog sich kalt zusammen. Gewissermaßen würde er damit ihre Fantasien endlich zum Leben erwecken. Diese Träume davon, dass irgendwelche Männer sich an ihr zu schaffen machten, egal ob sie wollte oder nicht. Andererseits wollte sie diese herrliche Vertrautheit nicht aufgeben, die zwischen ihnen herrschte.

»Du willst widersprechen, kleines Spielzeug? Meinst du das ernst?« Geradezu amüsiert lachte er auf und streichelte mit dem Daumen über ihre Lippen. Ein Kribbeln ging durch ihren Körper, geradewegs zwischen ihre Beine, wo es augenblicklich zu Lust wurde. »Sag mir, was beschämt dich am meisten? Wenn ich dich vögle, wenn ich deinen hübschen Arsch nehme oder wenn ich mich an deinem Mund bediene?«

Seine derbe Ausdrucksweise verschlug ihr den Atem. Das traute sie Brian nicht zu. Brian war gebildet, höflich und rücksichtsvoll. Im Leben nicht würde der Brian, den sie kannte, solche Dinge sagen.

»Mund«, brachte sie hervor und ärgerte sich selbst über ihre zittrige Stimme. Was war schon dabei? Im Grunde genommen nichts. Es ging um Sex, nichts weiter. Und trotzdem jagte die Scham über sie hinweg und riss sie beinahe von ihren Füßen.

»Nun, das habe ich mir schon fast gedacht. Wieso magst du es nicht?« Sein Zeigefinger streichelte über ihre Wange und blieb unter ihrem Kinn liegen. Er hob ihr Gesicht an. Trotz des Tuches über ihren Augen kam es ihr vor, als würden sich ihre Blicken treffen.

Seine Frage trieb ihr die Röte in die Wangen. Norina schluckte und versuchte ein leichtes Lächeln. »Ich mag es einfach nicht.«

»Keine gute Antwort.« Sanft schlug er gegen ihre rechte Wange und erinnerte sie daran, wie er mit Lügen umgehen würde. »Noch einmal. Wieso magst du es nicht?«

»Weil es sich nicht gehört, Herr.« Ihre Stimme brach. War es nicht idiotisch, sich jetzt noch darüber Gedanken zu machen? Sie hatte in den letzten Wochen so viele Dinge getan, die sich nicht gehörten, da kam es darauf wirklich nicht mehr an.

»Und wieso gehört es sich nicht?«

Er legte es bewusst darauf an, sie in eine Zwickmühle zu treiben. »Weil ... weil ... weil es sich eben nicht gehört. Ich schäme mich.« Norina suchte verzweifelt nach Worten für all die Dinge, die in ihrem Herz vorgingen, sobald er sie alleine ließ. Scham, das traf es am besten, Scham und Reue, wenn sie darüber nachdachte, wie verkehrt das alles war.

»Du wirst dieses Gefühl ablegen.« Der Unterton in seiner Stimme gefiel ihr gar nicht. »Ich will nicht, dass meine Sub sich für irgendetwas schämt, das mir und anderen Spaß bereitet. Du tust nichts Falsches, ganz im Gegenteil. Du solltest nichts bereuen, nichts, das ich dir befehle jedenfalls.«

»Ich will es versuchen«, versprach sie sofort und hatte das untrügliche Gefühl, dass ihm das nicht genügen würde. Seine Finger unter ihrem Kinn gaben ihr Halt und Wärme, und mit einem Daumen begann er provozierend über ihre weichen Lippen zu streicheln.

»Außerdem hast du gelogen, kleine Sub. Du willst mir doch nicht ernsthaft erzählen, dass es dich weniger beschämen würde, wenn ich deinen hübschen kleinen Arsch ficke?« Er streichelte weiter über ihre Lippen und brachte damit ihren ganzen Körper zum Brennen. »Ist es nicht vielmehr so, dass dir das noch ferner liegt? Dass du so etwas noch nicht einmal in deinen Träumen tun würdest?«

Dass er sie so gut durchschaute, schnürte ihr die Luft ab. Norina kämpfte gegen die Tränen an, die plötzlich in ihre Augen traten. Sie wollte ihn nicht enttäuschen, und schon gar nicht wollte sie ihn anlügen. »Bitte, Herr«, flüsterte sie und schaffte es einfach nicht, all die Gefühle in Worte zu fassen.

Er verstand es auch so, das fühlte sie.

»Du willst bestimmt wissen, was jetzt passiert, mein Kleines. Nun, zuerst werde ich die Aufgabe angehen, dir dieses unsinnige Reuegefühl abzuerziehen. Und dann … du hast gelogen, Süße. Kannst du dir vorstellen, was ich dann mit dir mache?«

Die Reitgerte wog auf einmal schwer in ihren Händen. Sie hob sie leicht an. Es war nur logisch, dass er das tun würde. Er hatte schon von Anfang an damit gerechnet. Egal wie sehr er sein eigenes Vergnügen verfolgte, er wusste doch auch, was sie brauchte. »Bestraft mich, Herr. Bitte.«

Sein zufriedenes Lachen schickte Gänsehaut über ihren Rücken. »Sehr richtig. Ich weiß nur noch nicht genau, ob heute oder bei unserem nächsten Treffen. Eine kleine Pause kann dir ja sicher nicht schaden. Dann erträgst du mehr.«

Allein die Tatsache, dass er sie wiedersehen wollte, ließ ihr Herz schneller schlagen. Norina senkte dankbar den Kopf. »Danke, Herr.«

»So ist es gut, Baby.« Er ließ sie los, nahm ihr die Gerte aus der Hand und ging durch den Raum. Die Ruhe ließ seine Schritte noch lauter wirken. Die Anspannung kehrte zurück. Norina kämpfte gegen das pochende Verlangen in ihrem Körper an. Er würde tun, was er für richtig hielt, und sie würde gehorchen. Ganz einfach.

»Mund auf.« Die Zärtlichkeit war aus seiner Stimme verschwunden. Unsicher tat sie, was er verlangte, und keuchte erstaunt auf, als sie statt seiner Finger Metall spürte. Er zwängte unsanft ihre Lippen auseinander und verschloss dann etwas an ihrem Hinterkopf.

»So gefällt mir das, mein Kleines. Ein hübscher Ringknebel, damit du nicht auf die Idee kommst, dich mir zu entziehen.« Er streichelte anerkennend und beruhigend zugleich über ihren Kopf. In einem ersten Reflex wollte Norina ihre Lippen zusammenbeißen, nur um festzustellen, dass das nicht mehr ging. Mit der Zunge ertastete sie kaltes Metall, in dessen Mitte sich ein ziemlich großes Loch befand.

»Und damit jeder weiß, was mit dir zu tun ist, schreibe ich es hier hin. Ich denke, es werden sich genug Männer finden, die mit dir spielen wollen, nicht wahr?« Etwas leicht Feuchtes berührte die Haut an ihrer rechten Brust. Norina zuckte zusammen. Panik machte sich in ihrem Körper breit, als sie verstand, was er vorhatte. »Ich halte es einfach, Süße.« Seine

Hand legte sich warm unter ihre rechte Brust. »*Benutz mich.* Das sagt doch alles, oder?«

Der Stift kratzte über ihre Haut. Norina glaubte beinahe, das Bewusstsein zu verlieren. Das konnte nicht wirklich sein Ernst sein? Tränen liefen nun ungehindert über ihre Wangen. In ihren Fantasien hatte sie genau davon schon immer geträumt. Doch in der Realität war es einfach nur beschämend.

»Nun, meine kleine Hure, wollen wir mal sehen, wie viele Männer dein hübscher Mund befriedigen kann, was meinst du?« Er schnalzte zufrieden mit der Zunge und ließ sie mit ihren aufsteigenden Gefühlen allein. »Ja, heul ruhig. Das macht dich nur noch anziehender.«

Norina schniefte und versuchte verzweifelt, die Gefühle unter Kontrolle zu bekommen, die sich auf einmal in ihr ausbreiteten. Angst. Sehnsucht. Scham. Und viel zu viel Lust, die die danach schrie, von ihm befriedigt zu werden.

***

Die Schritte, die sich ihr näherten, klangen anders als seine. Offenbar verständigten der Lord und ihr Gast sich ohne Worte. Norina spürte das raue Ende einer Reitgerte auf ihrer Wirbelsäule, die ihr stumm bedeutete, sich wieder mehr aufzurichten.

Seltsamerweise gab diese Verbindung zu ihm ihr den Halt, den sie unbedingt brauchte. Er war bei ihr, und gleich, was auch geschah – er kümmerte sich um sie. Er behielt die Fäden in der Hand, selbst dann, wenn er sie anderen überließ.

Eine Hand krallte sich in ihre Haare und zog ihren Kopf etwas nach vorne. Unsanft drang der Fremde in sie ein. Sie schmeckte Gummi und stellte dankbar fest, dass er wenigstens bei Unbekannten Rücksicht auf ihre Gesundheit nahm. Wenigstens das.

Mehr aber auch nicht. Als hätte er ihre geheimsten Fantasien erahnt, kümmerte der Fremde sich überhaupt nicht um ihre Gefühle. Er bediente sich an ihr, stieß in sie und wurde nicht einmal langsamer, als der Würgereiz in ihrer Kehle nach oben stieg. Ganz genau so hatte sie es sich vorgestellt. Einem Mann zu dienen, ohne dass sie je erfahren würde, wer es war. Nur noch seinem Willen zu gehorchen und weiter nichts tun zu dürfen. Nichts tun zu können.

Die Wirklichkeit verschwamm vor ihren Gefühlen. Nur ganz am Rande bemerkte sie, dass der Fremde sich aus ihr zurückzog, spürte klebrige Feuchtigkeit auf ihren Brüsten, hörte Schritte und schmeckte wieder Gummi auf ihrer Zunge. Unablässig streichelte Brian mit der Reitgerte über ihren Rücken, als wüsste er, dass sie den Halt brauchte, die Erinnerung daran, dass es sein Wille war, der sie dies hier tun ließ. Scham und Angst verschwanden hinter der Erregung, die sich in ihrem Körper aufbaute, und das Glücksgefühl darüber, ihm dienen zu dürfen, wurde stärker als alles andere. Tränen liefen über ihre Wangen und benetzten ihre Lippen, ohne dass es irgendjemanden davon abhielt, sich weiter an ihr zu bedienen.

Norina verlor jegliches Zeitgefühl. Ihr Körper vibrierte vor Lust, doch weder Brian noch seine Gäste schienen diese Lust stillen zu wollen. Allein er würde über den Zeitpunkt bestimmen, und allein er würde beschließen, wann sie genug hatte. Irgendwann hörte sie das Klicken seiner Polaroid. Mehrfach. Ihr lief es eiskalt den Rücken hinunter, wenn sie daran dachte, wie das Bild aussehen musste.

»Du bist fantastisch, Baby.« Seine Stimme zog sie sanft aus

dem tranceartigen Zustand, in dem sie sich gefangen geglaubt hatte. Der Raum lag wieder still da, und von einem Fremden war nichts mehr zu hören. Er legte sanft seinen Arm um ihre Schultern und zog sie an sich. Schnell entfernte er den Knebel aus ihrem Mund. Sie spürte ein Glas an ihren Lippen und wollte gierige Schlucke nehmen, doch er ließ genau das nicht zu.

»Hier, trink. Langsam, Süße, langsam«, mahnte er zärtlich. »Du warst wunderbar. Ich bin stolz auf dich, mein Kleines.«

Das Wasser erfrischte sie und brachte die Lebensgeister zurück. Hatte sie das wirklich gerade getan? Oder besser – hatte er sie wirklich dazu gezwungen? Die Erkenntnis drang nur langsam in den Nebel vor, der ihren Verstand gefangen hielt, und brachte unweigerlich das Gefühl von Scham mit sich.

Zärtlich glitt sein Daumen über ihre Lippen und wischte ein paar verirrte Wassertropfen fort. »Nein, Kleines. Nicht schämen. Das erlaube ich dir nicht. Du warst wunderbar. Und du hast es genossen. Vertrau mir.«

Unsicher versuchte sie, sich aus seiner Umarmung zu winden, doch er hielt sie fest, streichelte sie und kümmerte sich nicht um die klebrige Flüssigkeit auf ihrer Haut. Dass er so gar keine Hemmungen hatte, verwirrte sie noch mehr.

»Ganz ruhig, Kleines.« Er hauchte zärtliche Küsse auf ihren Haaransatz. »Du warst wunderbar. Du hast mich stolz gemacht. Deine Hingabe ist ein Geschenk, und ich danke dir dafür.«

Seine Stimme beruhigte den Aufruhr in ihrem Inneren und lullte sie zugleich ein. Norina versuchte alles, um nicht daran zu denken, was sie gerade getan hatte. Allein der Gedanke, dass sie wirklich würde genießen können, was er verlangte, war schon verboten und schlecht. Zugleich sehnte sie sich nach nichts mehr als danach, dass er endlich die Lust in ihr stillte.

»Darf ich ...« Norina hielt inne, erinnerte sich daran, wie er ihr gesagt hatte, dass ihr nicht einmal Bitten zustanden. Seine Finger strichen über ihre Wangen und bedeuteten ihr stumm weiterzusprechen. »Darf ich Sie ... auch ...«

Sie brachte es einfach nicht über die Lippen. Seine Hand legte sich besitzergreifend um ihren Hals und drückte leicht zu. Aufregung schoss durch ihren Körper. Was auch immer er vorhatte, sie würde ihm sowieso nichts entgegenzusetzen haben.

»Was? Mir einen blasen?« Er lachte amüsiert auf. »Das wolltest du doch hoffentlich sagen, oder, kleine Sub?«

Sie nickte und schluckte, um die Trockenheit aus ihrem Mund zu vertreiben. Hitze stieg in ihre Wangen.

»Dann sag es. Laut und deutlich, Kleines.« Seine Hand glitt über ihre Brüste nach unten. Zielstrebig schob er ihre Oberschenkel noch etwas auseinander. Norina schob sich ihm ungeduldig entgegen. Das pochende Verlangen in ihrem Unterleib war immer noch unverändert stark. Seine Hand legte sich warm auf ihre Schamlippen, doch er machte keinerlei Anstalten, sie in irgendeiner Weise mehr zu stimulieren.

Er wartete, das spürte sie.

Wieso wollte er, dass sie ihn darum bat? Warum nahm er sich nicht einfach, was ihm zustand?

»Oder soll ich dich mit meinen Fingern zum Höhepunkt bringen?«, schlug er schließlich belustigt vor. »Ich tue es gerne. Unten im Barraum gibt es eine kleine Bühne. Du würdest dich gut darauf machen.«

Norina keuchte auf und biss die Lippen zusammen, um

sich ja nicht zu verraten. Er würde es garantiert tun, und ihr Herz schlug schon schneller allein von dieser Vorstellung.

»Ah, sieh an, mein Spielzeug wird feucht bei diesem Gedanken. Du bist ein Luder, Kleines, gib es ruhig zu. Also, was soll ich tun?« Kälte schlich sich in seine Stimme und erinnerte sie daran, dass sie immer noch Herr und Sklavin waren. Dass er wahrscheinlich nicht mehr lange geduldig sein würde.

»Darf ich Ihnen einen blasen?« Ihre Stimme war brüchig, und sie brachte es nur leise und hektisch hervor. Es erschien ihr immer noch die bessere Alternative.

»Möchtest du das wirklich?« Seine Lippen glitten über ihren Hals, während er sprach. Seine Körperwärme hüllte sie ein und gab ihr Geborgenheit. Es fühlte sich an, als würde er wirklich alles Unheil dieser Welt von ihr abhalten können allein durch seine Umarmung. »Noch einmal, Baby. Ich kann warten. Wir üben das jetzt so lange, bis du es schaffst, mich ohne rot zu werden um meinen Schwanz zu bitten. Du hast gerade drei Männer zum Höhepunkt gebracht, da wird das doch nicht so schwer sein.«

Norina konzentrierte sich auf ihre Atmung. Ihr drohte es, die Luft abzuschnüren. Jedes seiner Worte fachte die Scham noch mehr an, dieses Gefühl von Reue und Verdorbenheit, das wie eine unüberwindbare Mauer zwischen ihr und dem lustvollen Pochen in ihrem Unterleib stand.

»Nein, gar nichts?« Spielerisch leicht begannen seine Finger damit, über ihre Schamlippen zu streicheln und ihre Feuchtigkeit zwischen ihren Beinen zu verteilen. »Nur noch einmal. Für mich, Baby.«

Ohne jede Vorwarnung veränderte sich seine Berührung. Aus dem sanften Streicheln wurde ein forderndes Spiel an ihrem Kitzler, das die Lust größer werden ließ. Norina zitterte am ganzen Körper und hielt sich mühsam aufrecht.

Sie wollte nichts mehr als ihm gefallen. »Wenn Sie erlauben, Herr, würde ich gern ... ich würde Ihnen gern einen blasen«, versuchte sie es noch einmal und dachte dabei einfach nicht daran, was sie gerade sagte.

»Sehr, sehr gut, Subbie.« Er entließ sie aus der schützenden Umarmung und stand wohl auf, wenn sie die Geräusche richtig deutete. Sie hörte einen Reißverschluss und spürte nur einen Wimpernschlag später seine Eichel gegen ihre Lippen stoßen.

Er trug kein Kondom. Schwindel packte sie bei dieser Erkenntnis. Unsicher öffnete sie ihre Lippen. Sie hatte es noch nie ohne Kondom getan, das vorher – das war etwas ganz anderes gewesen. Vorher hatte er ihr jede Möglichkeit geraubt, irgendetwas zu tun. Diesmal erwartete er wohl mehr von ihr, als einfach nur dazusitzen und zu erdulden.

Eine Hand legte sich in ihren Nacken, mit der anderen streichelte er liebevoll über ihre Haare. »Lass deine Hände weg«, befahl er schließlich und dirigierte zugleich die Bewegungen ihres Kopfes. »Einfach nur lecken, Baby, keine Angst. Wie Eis schlecken. Ist wirklich nicht schwer, Süße.«

Das war ein mehr als absurder Vergleich. Norina versuchte, mit ihrer Zungenspitze über ihn zu streicheln. Er drang langsam in sie ein, als würde er jeden Zentimeter genießen, den er gerade eroberte. Solange er nichts anderes sagte, gefiel es ihm hoffentlich. Norina erkundete vorsichtig sein Glied mit ihrer Zunge, spürte die feinen Äderchen, benetzte ihn, um es ihm zu erleichtern, zwischen ihren Lippen auf und ab zu gleiten.

Er stieß in sie, zuerst sanft und vorsichtig. Norina beruhigte sich mit dem Gedanken, dass die Männer vorher keinerlei

Rücksicht genommen und sie es trotzdem hatte ertragen können. Sie bemühte sich um eine ruhige Atmung. Ihre Zungenspitze huschte weiter über die warme, samtige Haut an seinem Glied. Sie versuchte, ihre Lippen zusammenzupressen und damit den Druck zu erhöhen.

»Ganz genau so, Baby. Du bist ein Naturtalent«, kommentierte er abgehakt und zog ihren Kopf noch etwas weiter in den Nacken. »Nur dazu geschaffen, von mir benutzt zu werden, kleine Schlampe.«

Offenbar gefiel ihm dieser Gedanke wirklich. Dankbarkeit stieg in ihr auf, weil er sie nicht zurückstieß wegen ihrer Ahnungslosigkeit, sondern ihr trotzdem erlaubte, ihm zu dienen.

»Schlucken!«, kam es knapp von ihm. Sein gepresster Atem zeugte von seiner Erregung. Sie verdrängte die Abscheu, sperrte alle anderen Gedanken aus ihrem Kopf aus. Seine Stöße wurden zu einem schnellen Pumpen. Ein herber Geschmack breitete sich in ihrem Mund aus. Er zog sich aus ihr zurück, und sie schluckte, ehe ihr Verstand einschreiten konnte.

»Danke, Kleines.« Zärtlich streichelte er noch einmal über ihren Kopf. Dann hörte sie seine Schritte, die sich in Richtung Tür entfernten. »Du darfst gehen, wann immer du willst. Ich brauche dich heute nicht mehr.«

»Herr?« Das Wort wollte gar nicht über ihre Lippen kommen. Sollte es das schon gewesen sein für heute? »Bitte, ich würde gern … ich sehne mich nach Ihnen, Herr.«

»Mehr gibt es heute nicht, Baby, ganz richtig. Du hast mich zwar nach allen Regeln der Kunst verwöhnt. Aber ich werde dich erst ficken, wenn du mich darum bittest, ohne rot zu werden. Erst dann werde ich dich zum Orgasmus bringen, hast du das verstanden?«

»Bitte, Herr.« Das konnte er doch nicht tun, sie einfach hier sitzen lassen, ohne die Lust auch nur annähernd zu stillen? Unsicher sank sie in sich selbst zusammen. Was er von ihr verlangte, war schlichtweg unmöglich. Ob sie doch versagt hatte? Sie hatte gerade eben ihr Bestes gegeben, aber anscheinend war das nicht gut genug für ihn.

»Mach es dir eben selbst, wenn du daheim bist. Kann doch nicht so schwer sein«, erwiderte er kühl. Seine Schritte entfernten sich noch weiter. »Du hast heute schon einen Wunsch erfüllt bekommen, Kleines. Du durftest meinen Schwanz in deinem Mund spüren, das war Gnade genug.«

Damit fiel die Tür hinter ihm ins Schloss. Tränen der Demütigung liefen über ihre Wangen. Sie streifte den Seidenschal von ihren Augen. Angewidert blickte sie an sich hinab, auf die Spuren dessen, was sie getan hatte. Mit schwungvollen, schwarzen Buchstaben stand dort wirklich dieser Satz quer über ihre rechte Brust, bedeckt von eingetrocknetem Samen irgendwelcher Fremden.

Sie war nichts weiter als eine wertlose Hure, die nicht einmal ihre eigene Lust im Griff hatte. Wollte er ihr das mit seinem Verhalten sagen? Dass sie nicht gut genug für ihn war? Sie sollte darauf hören und ihn vergessen.

Und zugleich wusste sie ganz genau, dass sie nicht die Finger würde von ihm lassen können. Dazu war das lustvolle Pochen viel zu stark, und die Sehnsucht nach ihm ebenfalls.

Sie war ihm schlichtweg verfallen.

Kapitel 13

Mit einer herrischen Geste gebot Norina ihrem Mandanten, den Mund zu halten. Er konnte sich nur um Kopf und Kragen reden, ganz egal, was er sagte. Cunningham verzog leicht die Lippen, fügte sich jedoch. Sie spürte, wie schwer es ihm fiel, ihr die Kontrolle zu überlassen.

»Solange das Strafverfahren nicht abgeschlossen ist, haben Sie keine Handhabe, das sollte Ihnen klar sein.« Norina legte die Fingerspitzen aneinander und lehnte sich kämpferisch nach vorne. Es hatte ja über kurz oder lang dazu kommen müssen, dass der Bankvorstand sich dafür interessierte. Das heutige Meeting mit dem Personalvorstand der Bank und seinen Anwälten war nur ein Vorgeplänkel, das wusste sie aus Erfahrung. Während sie nur Yannek mitgebracht hatte, stand ihrem Gegenüber ein ganzes Team amerikanischer Anwälte zur Seite. Auch das gehörte dazu und war bestenfalls eine Drohgebärde. Aber keine, die bei ihr zog, dazu war sie zu lange im Geschäft. »Wir sollten eine Lösung finden, mit der jeder leben kann. Langsam machen Gerüchte die Runde, was dahinterstecken könnte. Wir wissen alle, wie brisant das ist. Und sicher nicht im Interesse der Bank.«

»Nein, in der Tat. Das ist es nicht. Wir wissen ziemlich genau, was Daniel für uns geleistet hat.«

Dass der Personalvorstand eigens aus New York eingeflogen war, war Zeichen genug. Die Bank nahm die Angelegenheit mehr als ernst. Norina verkniff sich ein müdes Seufzen. Sie traten auf der Stelle. Langsam übertrug die Nervosität ihres Mandanten sich auch auf sie. Dass über Wochen einfach gar nichts geschah, war nicht ungewöhnlich. Aber trotzdem immer wieder nervenzehrend.

»Ich hätte gern mit Daniel allein darüber gesprochen, Miss Thompson. Wir müssen eine Lösung finden, die uns alle vor zu viel Schäden bewahrt.«

Angesichts der gespielt mitleidigen Miene des Personalvorstands fiel es ihr schwer, einen ruhigen Tonfall beizubehalten. »Mister Walcott, ich habe Ihnen doch bereits erklärt, dass mein Mandat sich bis auf Weiteres nicht äußern wird, weder Ihnen gegenüber noch gegenüber den Medien oder der Staatsanwaltschaft. Ich halte es für das Beste, die Angelegenheit auf sich beruhen zu lassen, bis das Verfahren abgeschlossen ist.«

Ein prüfender Blick traf sie und warf sie für einen Moment aus der Bahn. Himmel, sie musste sich konzentrieren, auch wenn ihre Gedanken rasten wie wild. Sie konnte nur hoffen, dass die Bluse blickdicht genug war. Auch fast eine Woche nach ihrem letzten Treffen war die schwarze Schrift auf ihrer rechten Brust nicht verblasst und erinnerte sie bei jedem Blick in den Spiegel daran, was sie getan hatte. Was er mit ihr getan hatte. Er meldete sich nicht, wie üblich, aber er hatte dafür gesorgt, dass sie ständig an ihn dachte. Selbst wenn sie eigentlich mit anderem beschäftigt war und in ihrer Arbeit aufging.

»Miss Thompson, bitte. Sie wissen doch genau, wie grenzwertig dieses Geschäft war. Machen wir uns nichts vor.« Walcott legte die Fingerspitzen aneinander und drehte sich in seinem Stuhl leicht zur Seite.

Norina lächelte knapp. »Aber ein gutes Geschäft für die Bank war es allemal.«

»Wir haben bislang an diesem Geschäft verdient, Miss Thompson, keine Frage.«

Aber wenn es hart auf hart kam, würde man lieber Cunningham fallen lassen, als den Ruf der Bank in Mitleidenschaft zu ziehen. Loyalität war eine hübsche Sache, nur nicht in dieser Branche. Cunningham verstand das Signal genauso wie sie, denn er schüttelte resignierend den Kopf.

»Aber wir können es uns einfach nicht leisten, auch nur in Verdacht zu geraten, nicht bei der derzeitigen politischen Stimmung. Wir können auch nicht abwarten, bis wir in den Medien auftauchen und in den Dreck gezogen werden.« Walcott schnitt eine Grimasse und blickte dann väterlich auf sie hinab. »Miss Thompson, bitte, lassen Sie uns für einen Augenblick mit Daniel alleine sprechen. Wir haben dasselbe Interesse, das kann ich Ihnen versichern. Die Sache muss vom Tisch, still und leise und schnell.«

»Wenn das Angebot so gut ist, wie Sie sagen, gibt es keinen Grund, warum ich nicht hier sein sollte.« Norina hob herausfordernd das Kinn. Von Alphatierchen hatte sie sich nie beeindrucken lassen. Jedenfalls nicht in ihrem Job.

Im Rest ihres Lebens sah die Sache anders aus.

»Miss Thompson ...« Der Tonfall ihres Gegenübers veränderte sich von verständnisvoll auf leicht säuerlich. »Das geht Sie schlicht und ergreifend nichts an. Es handelt sich um eine rein bankinterne Angelegenheit, das müssen Sie verstehen. Daniel kann seinen derzeitigen Aufgabenbereich kaum wahrnehmen. Ebenso wenig können wir es uns leisten, über ein Jahr lang ohne Compliance Manager zu handeln.«

»Ich verstehe Ihre Zwickmühle, danke. Nachdem ich jedoch von der Unschuld meines Mandanten überzeugt bin, werden wir uns auf gar nichts einlassen.« Norina kniff die

Augen zusammen und hielt seinem durchdringenden Blick stand. Cunningham dagegen wirkte immer nervöser, dazu brauchte es nicht viel Menschenkenntnis. Er stand unter Druck, und wahrscheinlich war dieses offizielle Treffen nur ein Kanal von vielen, auf denen die Bank Druck ausübte. »Oder zumindest auf nichts, das in irgendeiner Form als Schuldeingeständnis meines Mandanten gewertet werden könnte. Das Geschäft war absolut sauber, und über kurz oder lang werden die zuständigen Behörden das einsehen.«

Walcott beugte sich nun kampfeslustig nach vorne. »Miss Thompson, Sie verkennen die Lage. Diese Angelegenheit hat uns eine Durchsuchung beschert, nicht nur hier, sondern auch in den USA. Noch ist nichts nach draußen gedrungen, aber das ist nur eine Frage der Zeit. Man wird uns fragen, was wir getan haben. Wir können nicht darauf antworten, dass wir abwarten.«

»Ich fürchte, so kommen wir nicht weiter, Mister Walcott. Ich verstehe, dass Sie sich um den Ruf Ihrer Bank sorgen, das tut mein Mandant auch. Aber ich finde es nicht richtig, dieses Problem auf dem Rücken eines verdienten Mitarbeiters auszutragen. Sie etwa?«

Er funkelte sie verärgert an. »Nein, selbstverständlich nicht. Wir wollen eine Lösung finden, mit der alle leben können.«

»Und jetzt sagen Sie bitte nicht, dass Sie anderweitig gezwungen sind, eine Kündigung auszusprechen.« Das war der richtige Augenblick, um die Frauenkarte zu spielen. Norina setzte ein freundliches Lächeln auf und legte den Kopf leicht schief. Walcott zuckte irritiert zusammen. »Einen Prozess dagegen würden wir auf jeden Fall gewinnen, und das würde Ihre Bank noch dümmer dastehen lassen. Nur, falls Ihnen das nicht bewusst gewesen sein sollte.«

Er schnappte nach Luft, schien nicht ganz zu wissen, wie er es einordnen sollte, dass sie so nachgiebig wirkte und gleichzeitig nicht zurückgewichen war. Ihr Handy blinkte auf. Norina strich über den Bildschirm und hielt die Luft an, sobald sie den Absender der Nachricht gesehen hatte.

Stress, Kleines? Geh auf die Toilette und mach es dir selbst. Und schick mir ein Foto von deiner feuchten Möse, wenn du gekommen bist. Ich erwarte es innerhalb von einer Stunde. Und am Sonntagnachmittag erwarte ich dich im Klub. Punkt 14 Uhr. F.

Das war absolut bescheuert. Und noch bescheuerter war, dass ihre Schamlippen anfingen zu pulsieren und ihr Herzschlag sich beschleunigte.

Sie warf einen demonstrativen Blick auf die Uhr. »Ich bräuchte eben eine Pause. Wie wäre es, wenn wir uns in einer Stunde wiedersehen? Dann haben wir alle einen klareren Kopf. In der Zwischenzeit könnten Sie sich überlegen, wie Sie wirklich mit der Situation umgehen wollen, Mister Walcott.«

Verwunderte Blicke trafen sie. Sie konnte sich nicht erinnern, jemals in ihrer Karriere eine Pause vorgeschlagen zu haben. Norina registrierte erleichtert, dass die anderen nur nickten.

»Dann in einer Stunde? Mister Cunningham, wenn Sie unten auf mich warten würden? Ich komme gleich nach, ich muss noch eben telefonieren. Dann können wir eine Runde um den Block gehen und die neuen Erkenntnisse besprechen, was halten Sie davon?«

Und sogar der absolut selbstbewusste, dominante Mister Cunningham hatte keinerlei Einwände. Sie hatte sich selten so erleichtert gefühlt wie jetzt.

***

Die Waschräume der Bank waren großzügig, edel und zum Glück penibel sauber. Norina schloss eilig die Tür einer Kabine hinter sich und atmete tief durch. Unsicher las sie noch einmal über die Nachricht und hielt sich an der weißen Wand fest, um nicht umzukippen.

Wieso nur hatte er sie derart im Griff, dass sie auf eine Nachricht von ihm alles andere stehen und liegen ließ? Ihr Herz schlug bis zum Hals. Sie hatte weiß Gott gerade andere Sorgen als ihre Beziehung zu dem großen Unbekannten, der es nicht einmal für nötig hielt, sich nach ihrem Befinden zu erkundigen. Cunninghams Job sollte alles sein, das in ihrem Kopf zu sein hatte, ganz einfach. Er vertraute auf ihre Arbeit und bezahlte sie, und sie hatte einen Ruf zu verlieren.

Die Stille um sie herum drang langsam zwischen ihre Poren. Die Waschräume lagen auf derselben Ebene wie der Besprechungsraum, in dem sie gerade Walcott und sein Anwaltsteam getroffen hatte. Jederzeit konnte irgendeine Kollegin hereinkommen, das war das eine. Das andere war, dass Cunningham jetzt ihre Unterstützung brauchte. Ihn alleine zu lassen war leichtsinnig, selbst wenn Yannek bei ihm bleiben würde. Aber Yannek hatte keinerlei Erfahrung in diesen Dingen. Sie bezweifelte stark, dass er das Rückgrat hatte, um ihren Mandanten notfalls unter Kontrolle zu halten.

Auch wenn sie selbst gerade nicht besser war. Wie konnte sie noch von sich behaupten, über irgendetwas die Kontrolle zu haben, wenn sie auf eine simple Textnachricht hin alles stehen und liegen ließ? Norina atmete tief durch und legte ihr Handy auf den kleinen Mauervorsprung oberhalb der Toilette. Nach dem ersten Moment der Überraschung setzte ihr Verstand wieder ein.

Sie machte sich gerade bestenfalls lächerlich. Trotzdem schaffte sie es nicht, einfach die Räume zu verlassen, nach unten zu gehen und Cunningham zu treffen. Wieder blinkte ihr Handy, und sie brauchte gar nicht auf den Absender zu sehen, um zu wissen, wer es war.

Und? Tust du es schon? Ich hoffe für dich, dass du meinem Befehl gehorchst. Falls nicht, werde ich es dich bei unserem nächsten Treffen spüren lassen. F.

Seine Worte schalteten ihren Verstand aus. Stattdessen übernahm das Pulsieren in ihrem Unterleib das Kommando, das Verlangen nach ihm und seinen Spielen, die Angst vor einer Strafe, die Angst davor, nicht gut genug für ihn zu sein. Er hatte sich bislang zurückgehalten, das spürte sie, auch ohne ihn zu kennen.

Norina schloss die Augen und blendete ihre Umgebung aus. Sie öffnete nur den Reißverschluss ihrer Hose, ließ ihre Hand hineingleiten und tastete sich unsicher zu ihren Schamlippen vor. Klebrige Feuchtigkeit bedeckte ihre Fingerspitzen. Sie konzentrierte sich auf ihre Aufgabe, rieb zärtlich über ihren Kitzler und biss die Lippen aufeinander, um sich nicht aus Versehen doch durch ein Stöhnen zu verraten.

Die Aufregung schoss durch ihren Körper. Die Lust überfiel sie schnell und ohne jede Vorwarnung, baute sich in ihrem Unterleib auf und schickte kleine Schauder durch sie hindurch. Norinas Herz schlug schneller, und für einen Moment fürchtete sie, den Halt zu verlieren. Doch dieser Höhepunkt war genauso schnell vorbei wie alles andere, und im Vergleich zu dem, was Brian mit seiner Zunge angerichtet hatte, fühlte es sich schwach an.

Geradezu vernachlässigbar. Sanfte Lust trieb die Anspannung aus ihr und umfing sie. Ihr Unterleib zog sich zusammen, verlangte nach mehr, und doch hielt sie sofort inne, nachdem das Hochgefühl verklungen war.

Ein Foto, hatte er gesagt. Ihr Magen flatterte. Ihre Finger zitterten, und sie schaffte es gerade so, die Kamera ihres Smartphones zu bedienen. Schwarze Flecken tanzten vor ihren Augen. Sie drückte auf Senden, bevor ihr Verstand sich einschalten konnte, und löschte das Foto sofort wieder.

Ein unerklärliches Glücksgefühl rauschte durch ihre Adern, einfach weil sie es geschafft hatte, allen seinen Befehlen zu gehorchen. Keine Minute später blinkte seine Antwort auf.

Mein süßes Kleines, du bist wirklich unübertroffen. Ich bin stolz auf dich. Und ich freue mich darauf, diese niedliche Möse in Besitz zu nehmen. Bis bald, F.

Norina musste unwillkürlich lächeln. Es kam ihr so unwirklich vor, was sie gerade getan hatte. War das wirklich geschehen? Sie glaubte nicht einmal mehr das, und dennoch war ihr zum Tanzen und Jubeln zumute.

Die kurze Pause hatte wirklich gutgetan. Mit der Anspannung war auch der Stress aus ihrem Körper verschwunden. Seltsamerweise fühlte sie sich, als ob sie nun wieder klar denken konnte. Norina brachte eilig ihre Kleidung in Ordnung und überprüfte vor dem Spiegel noch rasch ihr Make-up.

Schwungvoller als zuvor nahm sie den Aufzug nach unten und fand Cunningham, der wie verloren vor der Empfangstheke herumstand. Er hatte die Hände in den Taschen und starrte stumpf auf einen ausliegenden Flyer.

»So, da bin ich auch schon. Tut mir leid, aber das war wirklich wichtig.« Norinas Wangen glühten. Hoffentlich schob er es darauf, dass sie sich beeilt hatte. Von Yannek war weit und breit nichts zu sehen. Sie nahm sich vor, ihm spätestens im Büro gehörig dafür die Leviten zu lesen, dass er ihren Mandanten auch nur eine Sekunde aus den Augen gelassen hatte. »Wollen wir in das Café gegenüber gehen, Mister Cunningham?«

Er warf ihr einen Blick zu, der zwischen interessiert und belustigt schwankte. Das dumme Gefühl, dass er sehr genau wusste, warum sie die Pause gebraucht hatte, beschlich sie. Unter ihrem Blazer brach ihr der Schweiß aus.

»Gerne, Miss Thompson. Darf ich Ihnen ein Kompliment machen? Sie kämpfen wirklich wie eine Löwin. Mein tiefster Respekt. Ich kenne nicht sehr viele, die unter Walcotts Blick nicht erzittern.« Er ließ ihr den Vortritt und schloss dann wieder zu ihr auf. »Aber meinen Sie nicht, dass es wirklich besser wäre, wenn wir die Sache im Sinne der Bank lösen?«

»Vergessen Sie es, Mister Cunningham. Das wollen Sie doch gar nicht, oder?« Norina öffnete die schwere Tür zu dem kleinen Café auf der gegenüberliegenden Straßenseite und deutete auf einen freien Zweiertisch. Ungeduldig, wie er war, holte er ihnen am Tresen zwei Tassen Kaffee. »Sie sagen mir jetzt alles, was man Ihnen schon angeboten hat. Ich mag es nicht, wenn man mir Dinge verheimlicht.«

»Meinen Sie nicht, es wäre besser, wenn wir uns möglichst einvernehmlich trennen?« Er blickte stur aus dem Fenster und schien dabei weit weg. »Besser für alle Beteiligten?«

»Noch halten sich die Medienberichte in Grenzen, Mister Cunningham, das stimmt. Noch könnten Sie es geheim halten und möglichst still beenden.« Norina hätte zu gern gewusst, was in seinem Kopf vorging. »Haben Sie schon einmal daran gedacht, die Flucht nach vorne anzutreten? Nicht in der Sache mit dem Strafverfahren, das meine ich nicht. Ich denke, dass das auch nicht Ihre Hauptsorge ist.«

»Nein. Das wird sich klären.« Er sprach vollkommen tonlos. »So etwas kommt vor. Wenn es erst mal eingestellt wird, weiß jeder, dass nur irgendein Neider dahintersteckte. Aber der Rest ...« Jetzt drehte er sich doch zu ihr. »Sie wissen, wovon ich spreche. Und Sie verstehen, was das Problem ist, nicht wahr?«

Plötzlich schlug ihr Herz wie wild. »Ja, doch.«

Sein Blick war durchdringend und klar. »Dann sagen Sie mir, Miss Thompson – meinen Sie wirklich, man würde mich noch ernst nehmen, wenn irgendwer davon wüsste? Bei Tony sieht die Sache ganz anders aus.«

»Inwiefern?« Norina schnappte hilflos nach Luft. Wenn sie diese Sache mit dem Lord weiterspielte, würde sie über kurz oder lang vor derselben Entscheidung stehen. Irgendwie würde es immer Thema sein, selbst wenn es im Grunde genommen niemanden etwas anging, was sie zu Hause tat. Aber wer wollte schon eine Anwältin, die sich heimlich von einem Mann herumkommandieren ließ?

»Tony ist eben Tony. Aber Sarah und ich ...« Er winkte hilflos ab und schaute dann wieder aus dem Fenster, als könnte er dort draußen die Lösung für all seine Probleme finden. »Sarah stammt aus einer alten Familie. Sie hat einen Ruf zu verlieren.«

»Es geht hier nicht um Sarah, Mister Cunningham, sondern um Sie. Wenn es besser für Ihre Karriere wäre, dieses Thema offen anzugehen, würde Ihre Verlobte Sie sicherlich unterstützen.«

»Das führt zu nichts, Miss Thompson. Versuchen Sie einfach alles, um den Ball flach zu halten, verstanden?« Er winkte ab und zuckte dann mit den Schultern. »Wir sollten wieder, denken Sie nicht? Zu spät kommen, wenn der Chef da ist, ist nicht unbedingt ratsam.«

»Sie haben mir noch nicht gesagt, was man Ihnen alles angeboten hat«, erinnerte sie ihn. Es musste einiges sein, was die Bank hinter den Kulissen versucht hatte, so deutlich wie er unter Druck stand.

»Weil es keine Rolle spielt. Kommen Sie?«

»Wie Sie meinen, Mister Cunningham. Aber wenn ich diese Sache für Sie durchfechten soll, erwarte ich Ehrlichkeit. Melden Sie sich, wenn Sie mir etwas zu sagen haben.« Norina griff nach ihrer Handtasche und schloss zu ihm auf. Er war bereits halb an der Tür und schlug draußen einen noch schnelleren Schritt an.

Sie musste zusehen, dass sie diese Sache vom Tisch bekam, das spürte sie nur zu deutlich.

Kapitel 14

Norinas Füße baumelten von dem wackligen Küchentisch. Brian hatte ihr zwar versichert, dass das Ding seit Jahren hielt, aber so ganz traute sie den losen Füßen doch nicht. Überhaupt war die Küche ein Sammelsurium nicht zusammenpassender Möbel. Dazwischen standen Öle und Essigflaschen herum, Gewürzdosen und Kräutertöpfe. Kein Fleck blieb ungenutzt, und auch die beiden Stühle dienten als Ablage für Töpfe und Schüsseln.

Es war ein absolut unbeherrschbares Chaos, und wie Brian hier den Überblick behielt, war ihr mehr als schleierhaft. Er hatte sich mit einem Schulterzucken dafür entschuldigt und auf die Größe der Küche hingewiesen. Oder besser auf die fehlende Größe. Sie passten zu zweit kaum hinein, und neben Kühlschrank, Herd und Geschirrspüler blieb wirklich kaum Platz für mehr Schränke.

»Nett hier. Wirklich.« Die Wahrheit war, dass sie sich unwohl fühlte, seit sie das kleine Reihenhaus betreten hatte. London war teuer, keine Frage, und im Vergleich zu vielen anderen Wohnungen war diese hier wahrscheinlich immer noch Luxus. Auch wenn das Viertel wirklich nicht das beste war, das Äußere des Hauses dringend nach einer Renovierung schrie und dem Inneren anzusehen war, dass Brian offensichtlich an allen Ecken und Enden sparte, um die Raten zu bedienen. Alles hier war ihr zu voll, zu chaotisch und zu provisorisch. Es war ewig her, seit sie das letzte Mal in einer WG gewesen war. Zu Studienzeiten bei Freunden – es kam ihr vor wie Erinnerungen aus einem anderen Leben.

»Nein, ist es nicht, du musst nicht lügen. Es ist okay, aber nicht nett.« Er grinste ihr über die Schulter hinweg zu und gab das Hackfleisch in den Topf. Er hatte das mit dem irischen Abend wirklich ernst genommen. Whisky und Cider standen bereit. »Ich weiß genau, was du denkst, da brauchst du mir nichts vorzumachen, Baby. Ich mag es so. Ich wohne nicht gerne allein. Hier ist wenigstens immer etwas los, und billiger ist es auch. Das Haus ist immerhin meines oder wird es in ein paar Jahren sein. Und bis dahin vermiete ich eben die Zimmer, die ich nicht brauche.«

»Ist das nicht schrecklich unpraktisch?« Zu ihren Studienzeiten hatte sie im Wohnheim gewohnt, in einem Minizimmer, gegen das selbst die Küche hier luxuriös groß war. Sie hatte sich das Bad mit dem ganzen Stockwerk geteilt. »Was machst du, wenn du mal jemanden kennenlernst?«

»Dann habe ich den Klub. Oder suche mir Frauen mit einer eigenen Wohnung.« Er lachte herzlich auf und rührte das Fleisch um, ehe es anbrennen konnte.

»Idiot. Das meinte ich nicht.« Oder vielleicht doch? Der Lord hatte jedenfalls ein großes Haus zur Verfügung, ganz für sich allein. Das sprach wiederum sehr gegen ihre These, dass Brian und Lord Fergus ein und dieselbe Person waren. »Was wird das, wenn es fertig wird?«

»Shepherd's Pie.« Brian grinste sie breit an. »Und keine Sorge. Ich habe meine Mitbewohner heute rausgeworfen. Wir sind also vollkommen ungestört, Baby.«

»Du solltest etwas mehr Rotwein zum Fleisch geben.« Hitze stieg in Norinas Wangen. Sie wollte den Hinweis nicht verstehen und versuchte, ihn so abzulenken. »Parmesan macht sich übrigens gut dazu. Im Kartoffelbrei, meine ich.«

Brian antwortete ihr mit einem düsteren Blick, der alles bedeuten konnte. »Raus aus der Küche, Baby. Wenn wir bei dir sind, darfst du dich austoben. Hier koche ich. Du kannst dir inzwischen mein Zimmer ansehen und dir überlegen, wie genau du diesen frechen Kommentar wiedergutmachen willst. Oben rechts neben dem Bad. Zieh deine Unterwäsche aus. Und komm erst wieder, wenn du feucht bist.«

Ob Brian merkte, dass er diese andere Seite an sich herauskehrte? Norina kniff die Augen zusammen. Er schien ganz vertieft in das Kochen zu sein, also sprach einiges dafür, dass ihm dieser Kommentar nur so herausgerutscht war. Aufregung schoss in ihren Unterleib, während sie die schiefe Treppe nach oben stieg und die Tür zu seinem Zimmer aufschob. Auch hier herrschte das Chaos. Es passte zu Brian, dass er sich nicht einmal die Mühe gemacht hatte aufzuräumen, obwohl er Besuch erwartete.

Brian kümmerte sich nicht darum, was andere von ihm dachten, so viel hatte sie schon gelernt über ihn. Ganz automatisch begann Norina, die Bücher in das Regal zu sortieren und nach Themen zu ordnen. Brians Büchergeschmack war ungeordnet wie sein gesamtes Leben. Marx stand neben Shakespeare, dazwischen versteckten sich Fachbücher über Soziologie und Geschichte, und neben Thomas Morus' Utopia hatte er tatsächlich erotische Literatur untergebracht.

Hektisch stellte sie diese Bücher zur Seite, ehe sie der Versuchung erlag, in eines davon hineinzulesen. Die Bücher waren der letzte Beweis dafür, dass Brian nicht aus Zufall in einem SM-Klub arbeitete. *Tess von den d'Urbervilles. Die Geschichte der O. Venus im Pelz.*

Ganz unten auf seinem Schreibtisch fand Norina eine Mappe aus edlem Leder, die eigentlich viel zu teuer war für seine Verhältnisse. Sie schlug die Mappe auf und hielt unwillkürlich den Atem an. Eine ganze Reihe Zeichnungen lag darin, mit feinem, kaum sichtbarem Strich skizzierte Aktbilder. In den Gesichtern der Frauen konnte sie all das lesen, was sie selbst spürte, wenn Brian die Kontrolle übernahm. Angst vor dem Schmerz, Hoffnung auf Erfüllung und Vertrauen. Brian hatte Talent, ganz eindeutig.

Neugierig geworden hob Norina den Deckel einer Kiste auf seinem Schreibtisch nach oben. Brian war ja selbst schuld, wenn er sie allein in sein Zimmer ließ, beruhigte sie sich. Die Kiste war bis zum Rand gefüllt mit Fotografien. Die meisten davon waren schwarz-weiß, nur ein paar wenige in Farbe. Die farbigen Bilder mussten sein Zuhause zeigen. Ein schmuckes, fast schon biederes Haus inmitten grüner Landschaft. Eine bildhübsche Frau, dem Alter nach seine Mutter. Ein paar Schafe.

Ein versonnenes Lächeln schlich sich auf Norinas Gesicht. Brian hatte ein Händchen für den richtigen Winkel und die Komposition der Bilder. Trotz der klassischen Motive war nicht eines der Fotos langweilig. Und die Schwarz-Weiß-Bilder waren schon aufgrund ihrer Motive nicht langweilig. Wieder zeigten sie ausschließlich Frauen, in Seilen, mit Kerzen in den Händen oder Striemen auf der Haut. Norinas Mund wurde trocken. Als sie schließlich fand, wonach sie suchte, wusste sie nicht, ob sie jubeln sollte oder doch lieber nicht.

Kein einfaches Polaroid, sondern eine gestochen scharfe Aufnahme mit einer Digitalkamera, mit einer Beleuchtung, die ihr Gesicht verschwimmen ließ. Dennoch hatte sie keinen Zweifel. Brian hatte Bilder von ihr. Von jedem einzelnen Treffen zwischen ihr und dem Lord.

Ihre Vermutung war also wahr, und Brian spielte ihr seit ihrem Kennenlernen etwas vor. Norina zwang sich zur Ruhe. Er musste einen Grund dafür haben, und sie würde diesen Grund garantiert noch herausfinden. Mit zittrigen Fingern ging sie die Bilder weiter durch, ignorierte das Grummeln in ihrem Magen, sobald sie sich selbst erkannte. Diese Bilder lagen fast ganz unten, als wollte er sie so vor einem neugierigen Blick schützen.

Und tiefer lagen nur noch Aufnahmen, die ihr von der gesamten Machart her verdammt bekannt vorkamen. Das *Violetts*, daran hatte sie keinen Zweifel. Cunningham, seine Verlobte und dieses Zwielicht, das alles ein wenig geheimnisvoll erscheinen ließ.

Bilder, wie Cunningham eines erhalten hatte. Norina biss sich auf die Lippe, bis es schmerzte, und zwang sich zum klaren Denken. Brian hatte sie also nicht nur in einer Hinsicht angelogen. Aus irgendeinem Grund hatte er Bilder ihres Mandanten in seinem Zimmer. Er wusste von Cunninghams Beziehung, weil er im Klub arbeitete. Er spielte aus irgendwelchen Gründen ein doppeltes Spiel, verheimlichte ihr mehr schlecht als recht, dass er hinter der Maske des Lord Fergus steckte. Er konnte ein bisschen Geld ganz gut brauchen, vermutete Norina. Vielleicht hatte das alles auch nichts mit dem Strafverfahren zu tun?

Es konnte aber auch alles nur ein dummer Zufall sein. Schließlich hatte sie an dem Tag, an dem sie Brian kennengelernt hatte, noch nichts von Cunningham und seiner Verlobten gewusst – und Brian damit ebenso wenig.

Norina lachte leise auf und legte die Bilder zurück. Sie begann eindeutig, Gespenster zu sehen. Sicherlich gab es einfache Erklärungen dafür, dass Brian nicht zugeben wollte, hinter dem großen Unbekannten zu stecken. Auch dafür, dass er Bilder von ihrem Mandanten und seiner Verlobten hatte. Und dafür, dass er ausgerechnet in dem Moment, in dem sie dieses Mandat übernahm, in ihr Leben getreten war.

Es war höchste Zeit, seinem Befehl zu gehorchen und zu ihm zurückzukehren.

* * *

Falls der Wein ihr zu billig war, ließ sie es sich nicht anmerken. Überhaupt wirkte sie erstaunlich gelassen dafür, dass sie eigentlich anderes gewohnt war.

»So viel gibt es über mein Leben gar nicht zu erzählen, wirklich. Ich war immer eine Musterschülerin. Ich wusste, dass mich nur eines aus Belfast wegbringen würde, nämlich Leistung. Ich habe das Studium mit einem Stipendium finanziert und durchgezogen, um meinen Eltern nicht auf der Tasche zu liegen. Ich habe dann ein Auslandssemester in Spanien gemacht, einfach um noch etwas anderes zu sehen. Ich wollte immer die Welt sehen. Und so war ich wenigstens mal in Salamanca.«

»Du hast meinen absoluten Respekt. Ich war nie so zielstrebig wie du, Baby.« Seine Eltern hatten auch keinen allzu großen Wert darauf gelegt, was er leider zu spät erkannt hatte. »Bei uns zu Hause gab es immer nur Irland, Irland, Irland. Und dass früher sowieso alles besser war, also ehe die Engländer kamen. Dass wir keine Chance haben, dass es immer noch die Oberschicht ist, die die guten Jobs hat, solche Dinge eben.«

Norina lachte hell auf. »Aber du hast doch studiert, oder? In Dublin.«

»Ich habe angefangen zu studieren, ja. Industriedesign.« Er konnte nur hoffen, dass eine Frau wie sie ihm das nicht negativ auslegte. Ob sie überhaupt Verständnis dafür hatte, wenn jemand etwas nicht durchzog?

»Warum hast du abgebrochen?«

Da war sie also, die Frage aller Fragen. Sie hatte den Kopf leicht zur Seite geneigt und spielte mit dem Finger am Rand ihres Weinglases herum. »Dumme Geschichte.« Brian spürte, dass er rot anlief, und senkte die Stimme. »Damals, als ich nach Dublin kam ... ich war jung. Jung und unerfahren. Die absolute Unschuld vom Lande.«

Ein zynisches Lächeln spielte um ihre Lippen. Ihre Augen funkelten. Überhaupt hatte sie wunderbar lebhafte Augen, die von einer undefinierbaren Farbe waren. Meeresgrau vielleicht. »Das kann ich mir nicht vorstellen.«

»Oh, doch. Ich war in der Schule immer viel zu schüchtern, um die Mädels anzusprechen. Also, ich kam nach Dublin und traf mein Verhängnis. Sie war Dozentin, irgendwas Mitte vierzig, aber verdammt sexy. Keine zwei Wochen, und wir hatten eine recht stürmische, heimliche Affäre.« Wenn er schon dabei war, sich in ihren Augen lächerlich zu machen, konnte er es auch gleich vollenden. Dann würde er wenigstens wissen, woran er bei ihr war. »Sie hatte eine sehr dominante Ader. Sie war es, die mich in die Szene gebracht hat, allerdings auf der falschen Seite, im Nachhinein gesehen.«

Ihre Augen weiteten sich ungläubig. Ihr Mienenspiel dagegen verriet gar nichts. Natürlich, sie war Anwältin, sie musste ihre Gefühle irgendwie zurückhalten können.

»Ich habe mich zunehmend unwohl gefühlt in meiner Rolle. Ich bin kein Stück weit devot. Ich habe es in mich hineingefressen, weil ich es nicht wahrhaben wollte. Weil ich sie nicht verlieren wollte. Ich habe sie geliebt, verdammt noch mal.«

Jetzt stützte sie ihr Kinn auf die Hand. Noch wirkte sie nicht, als wollte sie weglaufen und ihn für alle seine Unzulänglichkeiten verachten. Eher schien sie interessiert. »Und dann?«

»Dann kam es zur Katastrophe. Ich wollte meine Abschlussarbeit bei ihr schreiben. Sie bat mich zu einer Besprechung, doch statt über das Thema zu reden, wollte sie Sex. Mir ist der Kragen geplatzt. Ich habe sie verletzt, statt mit ihr zu reden. Unschöne Sache, und ich bin wirklich nicht stolz darauf. Danach wollte ich nie wieder an die Uni. Ich konnte ihr nicht mehr unter die Augen treten. Also bin ich nach London geflogen, habe mir einen Job an einer Bar gesucht und angefangen zu lernen. Ich wollte nie mehr so einen Ausbruch erleben.«

»Das ist heftig.« Sie trank einen Schluck und ließ ihn dabei nicht aus den Augen. »Du hast wegen einer Frau alles zurückgelassen?«

Brian zuckte mit den Schultern und erwartete, dass sie es jetzt sagte. Dass sie jetzt einen Schlussstrich zog, ehe es wieder passierte. Schließlich war sie die Vernünftige von ihnen beiden.

»Du hast gesagt, du spielst nicht«, warf sie ihm stattdessen vor. »Du hast mich angelogen, Brian.«

»Du wolltest den Lord. Und im Vergleich zu ihm spiele ich auch nicht.«

»Vielleicht hätte ich ja dich gewollt, wenn ich gewusst hätte, dass du auch spielst?« Die anwaltliche Zurückhaltung verschwand aus ihrem hübschen Herzchengesicht und machte einem freudigen Glanz Platz. Sie war wirklich süß, ein kleines, weiches Persönchen mit Rundungen an den richtigen Stellen. Sie war eine Frau mit allem, was man sich als Mann wünschen konnte. Eine Frau, die danach schrie, beschützt zu werden.

Aber nicht von ihm. Er hatte ein einziges Mal in seinem Leben Gefühle investiert, und dieses eine Mal hatte nicht gut geendet. Für ihn nicht, aber auch für Riccarda nicht. Auch wenn sie nur mit ihm gespielt hatte und eigentlich er derjenige war, der deswegen verletzt sein sollte – schließlich war er es gewesen, der sie verletzt hatte. Und das nicht nur im übertragenen Sinne. Immer noch sah er sie vor sich, die Lippen aufgeplatzt, weil er wirklich zugeschlagen hatte, die Tränen in ihren Augen, ihre zerrissenen Kleider. Ihr Schluchzen und Wimmern, von dem er bis heute nicht sagen konnte, ob es lustvoll oder schmerzhaft gewesen war.

Riccarda war eindeutig überrascht gewesen darüber, dass ihr treues Schoßhündchen sich wehren konnte. Dass sie selbst zu spüren bekam, was sie sich sonst so selbstverständlich einfach nahm. Und darüber, dass er wirklich dazu in der Lage war, eine Frau zu verletzen.

Brian wusste einfach, zu was er fähig war, wenn er Gefühle mit ins Spiel brachte und zu weit ging. Er hatte seine Ansprüche an sich selbst, die er nie würde erfüllen können, also blieb er besser bei dem, was ungefährlich war.

Keine Gefühle, wenn es um Sex ging.

»Mach dich nicht lächerlich. Was er dir gibt, werde ich dir niemals geben können, Baby. Ich will mich um meine Partnerin kümmern, nicht sie verletzen.« Ehrlichkeit war die Grundvoraussetzung, das hatte er seinen Subs immer und immer wieder gepredigt. Brians Herz schlug schneller. Ehrlichkeit war aber auch verdammt schwer. »Ich träume davon, eine Frau zu haben, der ich die Welt zu Füßen legen kann. Aber wie es aussieht, bin ich nicht mal in der Lage, für eine Frau zu sorgen.«

»Was für ein Unsinn, Brian. Heutzutage können Frauen auch für sich selber sorgen. Du musst nicht für alles verantwortlich sein, nur weil du ein Mann bist.«

»In meiner Welt schon«, würgte er sie knapp ab und griff nach dem Wein, um ihnen nachzuschenken.

»Was wird das zwischen uns, Brian?«

»Ich weiß nicht. Du hast den Lord, nicht wahr? Und du lebst ein Leben, in das jemand wie ich nur schwer hineinpasst.« Brian brauchte ihr nicht zu sagen, dass er ein Problem damit hatte, nur der hübsche Mann an der Seite einer erfolgreichen Frau zu sein. Das hatte sie sowieso schon verstanden, das sah er an dem Ausdruck in ihren Augen. Er war froh, gute Gründe dafür zu haben, Gründe dafür, dass Norina nicht weiter nachhakte und seine Zurückweisung akzeptierte.

Klare Verhältnisse von Anfang an waren besser und ersparten später jede Menge Schmerz.

Kapitel 15

Norina rieb sich fröstelnd über ihre bloßen Schultern und verfluchte sich stumm dafür, keine Jacke mitgenommen zu haben. Ihr Blick glitt zu Brian. Es wäre verführerisch, sich jetzt an ihn zu schmiegen und seine Wärme zu genießen. Er hatte die Hände fest in seinen Hosentaschen vergraben und starrte vor sich hin auf den Gehsteig. Sein Verhalten war ihr immer noch ein Rätsel, selbst nach den drei Monaten, die sie jetzt schon zusammen verbracht hatten.

»Ich war seit Ewigkeiten nicht mehr im Kino«, gab sie schließlich zu. »Danke, Brian.«

»Genauso, wie du seit Ewigkeiten nicht mehr Eisessen in der Mittagspause warst, keinen Ausflug ans Meer mehr gemacht hast und auch nicht mal eben so in einem Pub abgestürzt bist. Und Karaoke hast du noch nie in deinem Leben gesungen«, fügte er hinzu. Ein Lächeln tauchte auf seinem Gesicht auf. »Du hast ein echt scheiße langweiliges Leben, weißt du das?«

»Manchmal.« Sie zuckte mit den Schultern und verschränkte die Arme vor der Brust. »Du kannst eben nicht alles haben. Und ich finde mein Leben nicht langweilig. Ich mag meine Arbeit sehr, sehr gerne. Ich habe dort Abwechslung genug.«

»Workaholic«, grummelte er und grinste sie dann doch an. Plötzlich blieb er stehen und zog sie in seinen Arm. Norina keuchte überrascht auf. Ihre Blicke trafen sich.

»Darf ich noch mit zu dir kommen?«, fragte er schließlich und streichelte über ihre Wange. »Norina, wir sehen uns so selten. Das muss anders werden.«

»Nein«, erwiderte sie atemlos. Das Grün seiner Augen wurde etwas dunkler. Hastig blickte sie zur Seite. »Ich meine, das geht nicht. Nicht jetzt. Ich kann nicht.«

»Wieso?«

Unsicher wedelte sie mit ihrer Hand in der Luft herum. Dann atmete sie tief durch. »Ich habe meine Tage. Deshalb«, flüsterte sie schließlich.

Er starrte sie an, als hätte sie gerade eine Sprache gesprochen, die er nicht verstand. »Und?«

»Nun ja ... es geht nicht, verstehst du. Kein ... du weißt schon.« Wieso machte er es ihr so schwer? Er wusste doch, wie schwer es ihr fiel, über diese Dinge zu reden!

Frustriert stöhnte er auf. »Du willst nicht ernsthaft sagen, dass du unsere einzige Verabredung in den letzten zwei Wochen jetzt schon wieder beenden willst, nur weil du deine Tage hast?«

»Ich kann nichts dafür«, verteidigte sie sich. »Das ist eben so bei Frauen.«

»Weiß ich«, erwiderte er und wirkte für einen Augenblick enttäuscht. Von ihr? Nur weil sie die Natur eben nicht ganz abschalten konnte? Unsicher biss Norina sich auf ihrer Lippe herum. »Ich meinte ja nur. Entschuldige, Baby, ich wollte dir nicht zu nahe treten. Ich habe einfach nur Sehnsucht nach dir.«

Ganz konnte sie den dunklen Ausdruck in seinen Augen nicht deuten, was vielleicht auch an dem schummerigen Straßenlicht lag, das sie einhüllte. Londons Nächte waren zwar hell, aber eben nicht hell genug, um solche Feinheiten lesen zu können.

»Ich doch auch«, erwiderte sie. Röte stieg in ihr Gesicht, bis sie glaubte, stärker zu glühen als die nächste Straßenlampe. »Bringst du mich noch heim? Und wenn du willst ... ich kann die Pille auch durchnehmen. Ich glaube, dann dürfte uns das nicht mehr dazwischenkommen.«

Er lachte leise auf. »Nein, schon gut, Süße. Mach dir darum keinen Kopf. Ist schon in Ordnung. Mein Fehler, Kleines, absolut mein Fehler.«

Unsicher suchte sie in seiner Miene nach irgendeinem Anzeichen dafür, was er damit meinte. Sie wünschte sich so sehr, dass zwischen Brian und ihr mehr sein könnte als nur eine herrlich erfrischende Freundschaft mitsamt dem Vorteil, dass dieser Freund auch gut im Bett war.

»Darf ich trotzdem mit dir nach Hause kommen? Ich weiß da rein zufällig, wie wir trotzdem Spaß haben könnten. Sex besteht ja glücklicherweise nicht nur aus rein und raus.« Jetzt tauchte dieses schelmische Grinsen wieder auf seinem Gesicht auf, hinter dem er alle seine Gefühle verstecken konnte. »Ich verspreche dir auch, dass du etwas davon hast. Du benutzt doch sicher Tampons, Baby. Und zum Rest sage ich nur eines: Zunge.«

Norina verschlug es förmlich den Atem. Sie deutete unsicher die Straße hinunter in Richtung des nächsten U-Bahn-Eingangs. Der Gedanke, er könnte sie trotzdem in seinen Armen halten wollen, war verlockend.

»Süße, du bist so verdammt sexy, dass ich nicht von dir lassen kann, also mach dir darum keinen Kopf«, wiederholte er und grinste sie selbstsicher an. »Und ich verspreche dir, dass du auch zum Orgasmus kommst. Deal?«

»Deal.« Und schon waren sie wieder auf sicherem Terrain. Brian benahm sich entweder wie ein guter Freund – oder sie beschränkten sich auf bloßen Sex, in dem er sein größtes Vergnügen daran zu haben schien, sie zu befriedigen. Gegen nichts davon hatte sie etwas einzuwenden, aber im Grunde genommen sehnte sie sich nach mehr. Nach einer richtigen Beziehung, in der er mehr war als nur ihr guter Freund, der eben ab und zu mit ihr schlief.

Nur würde sie das von Brian nicht bekommen, wenn sie ihn da richtig verstand.

***

»Lass mich noch eben nach der Post sehen. Ich war heute noch gar nicht daheim.« Norina wand sich aus Brians Arm und kramte den richtigen Schlüssel hervor. Sie spürte seine Präsenz hinter sich, schützend und vielversprechend und ein wenig drohend. Sie konnte es kaum erwarten, nach oben zu kommen, und dennoch nahm sie sich die Zeit, die Briefe und Werbepost durchzusehen und auszusortieren. Werbung, Werbung, Werbung, eine Rechnung und ein Brief ohne Absender. Sie nahm die Post an sich und öffnete den absenderlosen Brief im Aufzug nach oben. Brian beobachtet sie schweigend, hielt sich offensichtlich zurück, um ihr die Zeit zu geben, die sie für ihre Arbeit brauchte.

Ein einfaches Papier, Kopierpapier, wie es sich in jedem Drucker finden würde. Norina runzelte die Stirn und faltete das Papier auf. Immer noch keine Adresse und kein Name. Die schlichte Schrift zeichnete sich leuchtend auf dem weißen Papier ab.

Sie machen gute Arbeit. Viel zu gute Arbeit. Das wird mich nicht davon abhalten, mein Ziel zu erreichen. Als echter Gentleman ist es jedoch meine Pflicht, Sie zu warnen. Ich würde mir nie verzeihen, wenn ich eine Dame verletzen müsste, nur weil sie mir im Weg steht.

»Stimmt etwas nicht?«, fragte Brian leise und klang dabei besorgt. Norina schüttelte den Kopf und öffnete einfach nur ihre Wohnungstür, warf die Werbung zum restlichen Altpapier und zog ihre Schuhe aus, wie immer. Ihr Herzschlag hatte sich verlangsamt, sie hatte das Gefühl, dass ihr die Farbe aus dem Gesicht gewichen war. Aber von solchen Briefen würde sie sich sicherlich nicht einschüchtern lassen.

»Du siehst nicht gut aus.« Brian nahm ihr einfach ohne zu fragen das Schreiben aus der Hand und folgte ihr in einigem Abstand in die Küche. »Norina ...«

»Nimm es nicht zu ernst. Ich bin Strafverteidigerin, Brian, da hat man eben mit solchen Personen zu tun. Kriminellen, meine ich.« Sie bemühte sich um einen festen Tonfall, auch um sich selbst zu beruhigen. »Jeder Idiot kann so einen Quatsch schreiben. Ich habe mir mit meiner Arbeit schon das ein oder andere Mal Feinde gemacht.«

Zu gerne hätte sie sich jetzt an seine Brust geflüchtet, in seine Arme, die Stärke und Schutz versprachen. Stattdessen öffnete sie eine Flasche Rotwein und schenkte sich großzügig ein. »Auch etwas?«

»Danke, nein«, antwortete Brian mechanisch und las den Brief nochmals. »Sprich mit deinem Chef darüber, versprichst du mir das?«

»Mit Pete?« Sie lachte hell auf und trank das Glas in einigen wenigen Zügen aus. Brian verwirrte sie, dieser Brief verwirrte sie. Alles verwirrte sie und überstieg ihren Horizont. »Komm schon, Brian, das ist doch absoluter Unsinn. Wegen so etwas mache ich mir keine Sorgen.«

»Ich aber. Du weißt nicht, wozu manche Menschen fähig sein können«, warnte er düster und legte den Brief auf ihren Küchentresen. »Nimm es nicht zu leicht, Kleines.«

»Hmpf«, antwortete sie nur und schenkte sich nach. Zugegeben, so einen Brief hatte sie in ihrem ganzen Leben noch nicht bekommen. »Ich kenne die dunklen Seiten meiner Mandanten, Brian, also weiß ich, wozu Menschen fähig sind, keine Sorge. Sogar solche, die ganz normal aussehen. Die vor allem.«

»Süße ...« Unsicher hob er die Arme an, als wollte er sie an sich ziehen, hielt dann jedoch inne und kniff die Augen zusammen. Nur einen winzigen Augenblick lang hatte sie das Gefühl, hinter seine Maske aus Leichtherzigkeit zu blicken und dahinter wirklich tiefe Sorge um sie zu sehen. »Stell den Wein weg. Ich will nicht, dass du betrunken bist, wenn ich dich zum Schreien bringe.«

»Jetzt?«, erwiderte sie und schob auch noch den letzten Gedanken an diesen Brief zur Seite. So etwas war es wirklich nicht wert, sich davon ablenken zu lassen. Sie wollte lieber Brian genießen und die viel zu kurze Nacht nutzen, um sich zu erholen. Und um morgen ihren Job noch ein klein wenig besser zu machen.

***

Norina war blass, ihre Lippen zitterten, und ihre Stimme war brüchig, nicht so fest, wie er es von ihr gewohnt war. Ihr war deutlich anzusehen, wie nah ihr dieser Brief ging, egal, was sie behauptete. Brian verbiss sich nur mühsam den Drang, sie in seinen Armen zu halten und vor all dem Schmutz zu schützen, mit dem sie jeden Tag zu tun hatte. Sie wollte seinen Schutz nicht, sie brauchte ihn nicht, und er tat besser daran, ihre Beziehung auf der freundschaftlichen Ebene zu belassen, auf der sie sich offiziell befanden.

Das war gesünder für sie beide.

»Zieh dich aus, Baby. Ich gebe dir zehn Minuten, dann bist du aus dem Bad zurück«, befahl er stattdessen und zog sich in ihr Schlafzimmer zurück, ehe er seinen Gefühlen nachgeben konnte. Dieser Raum war ebenfalls typisch Norina – nüchtern und schlicht und unaufdringlich. Er suchte in ihrem Schrank nach geeigneten Schals und fand einen ganzen Haufen von Seidentüchern in allen möglichen Farben. Grün würde sich gut an ihr machen, beschloss er, Grün und Blau. Er legte die Schals zurecht und zog sich sein T-Shirt aus. Er wollte sie spüren, möglichst nah, auch wenn er sich vornahm, heute nicht mehr zu tun, als ihr ein paar schöne Augenblicke zu schenken. Er musste sich einfach selbst beweisen, dass er nicht zu stark an ihr hing.

»Brian, wirklich, du musst das nicht tun«, hörte er ihre unsichere Stimme von der Tür her.

»Solange du dich gut fühlst?«, fragte er und suchte ihren Blick. Röte lag auf ihren Wangen. Sofort wich sie ihm aus und zuckte mit den Schultern. Ihr war anzusehen, wie unangenehm das hier alles war, auch wenn sie so tat, als würde es ihr nichts ausmachen, nackt vor ihm zu stehen. Beim Anblick ihrer großen Brüste leckte er sich zufrieden über seine Lippen. »Komm her, Baby, du bist zu angespannt. Lass mich dafür sorgen, dass du dich entspannst.«

Er griff nach ihrer Hand und führte sie zu ihrem Bett. Ihr Blick flackerte unruhig. »Brian, bitte, es ist mir wirklich unangenehm. Tut mir leid«, protestierte sie noch einmal.

»Lass das alles meine Sorge sein, Baby.« Sanft drückte er sie auf den Rücken und fesselte ihre Arme am Kopfteil des Bettes, damit sie ihm nicht würde entkommen können. Er verband ihr die Augen und streichelte über ihre nackte Haut, bis er fühlte, wie sie nachgab. Mit einem Seufzen entwich ihr die Anspannung. Sie wurde weicher unter seinen Händen, schob ihm bald ungeduldig ihre Hüften entgegen und hatte ihre Einwände offenbar vergessen.

Brian tastete zwischen ihre Beine. Sie konnte nicht verbergen, dass die Situation sie anmachte, egal was ihr Verstand behauptete. Während er mit der linken Hand weiter über ihre nackte Haut streichelte und dafür sorgte, dass sie sich entspannte, spielte er mit der rechten an ihrem Kitzler. Ihr Verlangen zeigte sich deutlich an den Falten um ihren Mund, an ihrem heiseren, niedlichen Stöhnen, an dem leisen Wimmern, mit dem sie nach mehr bat. Sie musste schon im Kino heiß auf ihn gewesen sein, beschloss Brian und fühlte sich bei diesem Gedanken zutiefst zufrieden.

Er war der Grund, warum sie innerhalb von Augenblicken all ihre Vorsätze vergaß und die gute Erziehung hinter sich ließ. Ihr Körper strahlte Hitze aus. Sie roch nach Lust und Sehnsucht nach ihm.

»Beine breit. Und nicht bewegen«, befahl er ihr und spielte weiter an ihr. Ihr Atem ging immer schneller, ein Zucken ging durch ihren Körper, während sie versuchte, seinen Worten zu gehorchen.

Es war Zeit, diesem Spiel ein Ende zu machen. Er streichelte hart über ihren Kitzler, bis sie schließlich mit einem unterdrückten Schrei kam und auch noch der letzte Funken Anspannung aus ihr wich.

»Baby, darf ich zwischen deinen Brüsten kommen?« Er

streichelte zwischen den prallen Erhebungen hindurch und hielt die Luft an, als sie nickte. Er musste wahnsinnig geworden sein, weil er sich nicht mehr unter Kontrolle hatte und sie auch noch fragte, ehe er sich nahm, was er wollte. Nur sein Körper schien anderer Meinung. Beinahe wie im Fieber zog er sich die Hose aus, kniete sich über sie und streichelte über ihre schweren, vollen Brüste. Ihre harten Nippel reckten sich ihm entgegen. Er vergaß seinen Vorsatz, er vergaß alles um sich herum, drückte mit seinen Händen ihre Brüste zusammen und rieb seinen harten Schwanz daran. Norina bog sich ihm entgegen, so weit ihre Fesseln es zuließen. Sie bettelte leise wimmernd nach mehr, nach viel mehr, und es dauerte nicht lang, bis er zwischen ihren Brüsten zum Höhepunkt kam. Fasziniert beobachtet er, wie sich sein Sperma auf ihrer Brust und ihrem Hals verteilte, an ihr hinunterlief, wie sie sich versteifte und ihr Mund sich angewidert verzog.

Dennoch hielt sie still und wartete ab, was er tun würde.

»Du bist der reine Wahnsinn«, flüsterte er an ihrem Ohr und berauschte sich an ihrem Duft, an dieser herrlichen Mischung aus Sex, Jasmin, Salz und Mango. Dann erst löste er ihre Fesseln und lächelte verständnisvoll, als sie sofort aufstand, um im Badezimmer zu verschwinden.

Natürlich würde seine Norina niemals seine Spuren an ihrem Körper länger ertragen wollen als notwendig. Sie würde auch nie wieder davon sprechen, nahm er an. Sie war so wunderbar einfach zu durchschauen und zugleich so faszinierend, dass er ihrer nie müde wurde.

Und genau das war die Gefahr an der Sache.

Kapitel 16

Ihr Mandant war ganz offensichtlich ein Kunstsammler. Jedes Bild hatte seinen wohldurchdachten Platz an den hohen Wänden, während die Einrichtung im Übrigen eher schlicht und modern gehalten war. Norina setzte sich auf das Sofa und wartete, bis Sarah mit zwei Teetassen aus der Küche herauskam. Die Verlobte ihres Mandanten trug ein eng sitzendes Kostüm, das ihre weibliche Figur unterstrich. Ihre Nägel glänzten in strahlendem Rot. Nur die Augenringe, die sie auch mit noch so viel Make-up nicht überdecken konnte, zeugten von ihrer Anspannung.

»Tut mir wirklich leid, dass Sie warten müssen. Danny wollte eigentlich schon lange zurück sein.« Sarah stellte die Tassen ab und verschwand dann wieder in der offenen Küche, um den Tee zuzubereiten. Ihre Handgriffe wirkten nervös.

»Ist schon okay, wir hatten ja keinen Termin vereinbart.« Norina lächelte beruhigend und schaffte es damit, auch ihr wild schlagendes Herz zu beruhigen. Sie war nicht ohne Grund hier, und wenn sie ehrlich war, dann würde sie am liebsten weglaufen, solange es noch ging. Sie hasste solche Gespräche. Die Sache begann, außer Kontrolle zu geraten. Sie hatten den ersten großen Bericht in einem Börsenmagazin, und dieser Bericht ließ wenig Zweifel daran, woher ihr Mandant Beziehungen zu Tony Miller und ihrem Ehemann hatte. Wer wollte, konnte alles zwischen den Zeilen herauslesen.

»Zitrone? Milch? Zucker?« Sarah rutschte mehrmals fast das Geschirr aus der Hand, während sie die Dinge aus den Schränken holte, noch ehe Norina auch nur die Chance hatte zu antworten. »Schwarzer Tee ist doch in Ordnung, oder? Ich habe hier einen wunderbaren Earl Grey. Klingt sehr banal, ich weiß, aber der Tee ist wirklich wunderbar.«

Sarah schien ihr eigentlich nicht der Typ, der sich über den Tee Gedanken machte. Norina kniff die Augen zusammen.

»Hier, bitte.« Sarah stellte die Kanne auf einem Stövchen ab und eilte in die Küche zurück, um den Rest auf einem Tablett herbei zu balancieren. »Möchten Sie noch etwas essen? Ich müsste noch Teeplätzchen haben, denke ich.«

»Setzen Sie sich. Ich bin wirklich versorgt, danke. Sagen Sie mir nur, was Ihnen Sorgen macht, davon habe ich mehr.«

Sarah Forsythe lächelte unsicher und schenkte dann die erste Tasse Tee aus. Sie schüttelte dabei leicht den Kopf. »Zitrone? Danny hat die schreckliche Angewohnheit, sich Zitrone in den Tee zu kippen, darum habe ich das hier.«

»Nur Milch, danke.« Norina suchte ihren Blick. »Also, was genau verschweigen Sie mir gerade?«

Sarah errötete und drehte den Kopf zur Seite. Ihr Mandant hatte voll und ganz recht damit, dass Sarah eine schlechte Lügnerin war. »Raus mit der Sprache«, forderte Norina sie auf.

»Nichts. Nur Tony, meine ich. Tony Miller. Sie hat mir geschrieben, dass sie einen anonymen Brief bekommen hat. Sie hat mich gestern angerufen, ob ich auch etwas in der Richtung bekommen habe. Irgendwer ist wohl sauer wegen des Deals. Tony nimmt es auf die leichte Schulter, aber ich finde es ... beunruhigend? Ich weiß nicht, ob ich es Danny sagen soll. Dieser Jemand will wohl alles an die Medien bringen. Das ganze … Privatleben, meine ich.« Sarah legte ihre zittrigen Hände um die Teetasse und blickte auf die herumschwappende Flüssigkeit. »Haben Sie mit Jon Leister gesprochen?«

»Habe ich, und ich denke, er hat damit nichts zu tun. So kommen wir einfach nicht weiter. Ich muss sehen, dass ich mich auf unser eigentliches Problem konzentriere.«

»Das sagt Tony auch. Glauben Sie wirklich, dass das eine mit dem anderen zu tun hat?« Sarah biss auf ihrer Unterlippe herum und trank einen Schluck Tee. Ihre Hände zitterten sichtlich.

»Ich vermute es. Und die Staatsanwaltschaft hält es auch für wahrscheinlich.« Norina zuckte mit den Schultern. »Aber es hat wenig Sinn, im Dunklen herumzustochern.«

Sarah seufzte leise auf. »Tony meinte auch, dass Sie mit Brian zusammen wären. Oder zumindest miteinander ausgehen würden.«

Im ersten Augenblick glaubte Norina, sich verhört zu haben. »Ich vergaß, Sie gehen ja ab und an ins *Violetts*«, erwiderte sie dann und wünschte sich, auf der Stelle im Boden versinken zu können.

»Auch, ja. Aber Brian ist vor allem mein bester Freund.« Sarah lachte leise auf, nicht wirklich gelöst, aber doch erstaunlich heiter. »Wir waren auch mal so etwas wie ein Paar, aber es hat nie so ganz gestimmt. Der letzte Funken hat dann doch gefehlt.«

Wenn sie nicht schon sitzen würde, sie würde eindeutig zu Boden gehen. Norina starrte in Sarahs tiefgründige Augen und brauchte einige Sekunden, um die Information zu verdauen. »Sie und Brian waren ein Paar?«

»Ja, so etwas Ähnliches jedenfalls. Aber es hat sich schnell zu einer Freundschaft entwickelt. Ich bin wirklich froh, wenn

Brian endlich eine Frau finden würde, die zu ihm passt. Er ist etwas eigen in seinem Weltbild. Tony hatte doch recht damit, oder?«

Wenn Sarah wissen wollte, ob sie eine Beziehung hatten, dann musste Norina sie eindeutig enttäuschen. Das wusste sie ja selbst nicht! Ihr Mund wurde trocken. Hastig trank sie einige Schlucke Tee.

Brian und Sarah. Er stand offenbar wirklich auf feminine Frauen, das war das Erste, das ihr in den Sinn kam. Und dann setzte ihr Verstand wieder ein.

Ob es wirklich Zufall war, dass er etwas mit ihr angefangen hatte? Er arbeitete im *Violetts* und hatte Zugang zum ganzen Klub. Er war einer der wenigen, die wussten, was sich zwischen ihr und dem Lord abspielte. Der Einzige, um genau zu sein, abgesehen von dem geheimnisvollen Lord selbst, und die Briefe, die sie erhalten hatte, die waren ganz eindeutig voll von Anspielungen auf den Lord gewesen.

Und dann waren da noch die Fotos, die sie bei ihm gefunden hatte. Das waren ein paar Zufälle zu viel für ihren Geschmack.

»Wenn Sie und Brian ein Paar waren ... wie steht er dann zu meinem Mandanten?«, fragte sie schließlich und schob krampfhaft den nagenden Verdacht beiseite, der sich in ihrem Kopf ausbreitete.

»Geht so. Brian ist Kommunist, aus ganzem Herzen. Das reicht doch schon, oder?« Sarah umfasste das Wohnzimmer mit einer hilflosen Geste und zog die Augenbrauen nach oben. »Aber sonst? Er hat mir seinen Segen gegeben, auch wenn die zwei versuchen, sich aus dem Weg zu gehen.«

»Haben Sie schon einmal darüber nachgedacht, dass er doch eifersüchtig sein könnte?« Norina bemühte sich darum, ihren Verdacht in so harmlose Worte wie möglich zu fassen. Sie konnte es sich nicht wirklich vorstellen, aber sie konnte sich eine ganze Menge nicht vorstellen.

»Haben Sie jetzt etwa Brian mit auf Ihrer Liste?« Sarah rümpfte ihre Nase. »Streichen Sie ihn gleich wieder. Brian würde niemals etwas tun, das mir wehtun würde. Er weiß, dass ich Danny über alles liebe.«

Norina verzichtete darauf, ihr Gegenüber darüber zu belehren, was Eifersucht mit einem Menschen alles anstellen konnte. »Ich habe prinzipiell jeden auf meiner Liste, Miss Forsythe«, entgegnete sie ruhig und deutete mit einem Kopfnicken in Richtung Tür. »Ich habe gerade einen Schlüssel gehört, wenn mich nicht alles täuscht. Lassen Sie mich reden, okay? Und mit Miss Miller telefoniere ich, versprochen. Ich kümmere mich darum.«

Die Schritte ihres Mandanten klangen eindeutig zornig. Er polterte durch den Flur, warf irgendeinen Gegenstand gegen eine Wand und riss die Tür zum Wohnraum auf. Seine dunklen Augen funkelten wütend.

»Sarah!«, rief er und hielt nicht inne, als er Norina bemerkt hatte. Er knallte eine zerknüllte Ausgabe des Magazins auf den Tisch, in dem der Bericht erschienen war. »Schau dir das an, Sarah, verdammt. Wenn ich das Arschloch erwische, das so etwas schreibt!«

Sarah griff wortlos nach dem Magazin. Er ging in die Küche, riss einen Schrank auf und goss sich dann großzügig Whisky ein. Norina hielt seinem prüfenden Blick stand.

»Ihr Job war es eigentlich, genau das zu verhindern!« Seine Augen blitzten. Er deutete einen Toast an. »Miss Thompson, was meinen Sie, können wir dagegen unternehmen?«

»Gar nichts, wenn Ihnen Ihr Ruf irgendetwas wert ist. Wir

gewinnen einfach diesen Prozess und lassen es unkommentiert im Raum stehen. Das ist wirkungsvoller als jede Gegendarstellung.« Norina ließ ihre eigene Ausgabe des Magazins in der Handtasche und richtete sich noch etwas mehr auf. »Es sei denn, Sie haben Ihre Meinung geändert und wollen nun doch in die Offensive gehen. Dann sollten Sie aber besser Tony Miller fragen, sie hat das schließlich schon durchgemacht.«

Er schnaubte und trank einen großen Schluck. »Miss Thompson, sparen Sie sich diesen Unterton. Wissen Sie, was das für mich bedeutet? Ich kann es nicht einfach im Raum stehen lassen, verdammt.«

»Wieso nicht?«, provozierte sie ihn.

»Weil das gelesen wird, dieser Quatsch. Und weil mich soeben jemand angerufen hatte. Jemand, der mir eigentlich schon einen Job angeboten hatte. Einen echt guten Job. Und der jetzt natürlich anders darüber denkt.« Er leerte das Glas und schenkte sich nach. »Haben Sie es gelesen? *Der tiefe Fall des einstigen Goldjungen und heimlichen Kronprinzen der Wall Street ist vorprogrammiert, wenn die Vorwürfe sich als richtig erweisen sollten. Noch hält die Bank an ihm fest*«, zitierte er und schlug mit der flachen Hand gegen den Küchenschrank. »Die Kollegen zerreißen sich bestimmt schon das Maul über mich!«

Norina nickte verständnisvoll. »Mister Cunningham, ich verstehe voll und ganz, dass die Situation schwer für Sie ist. Aber noch steht da nur, dass Sie mit Mikael Wertinger befreundet sind und ihn wohl von früher kannten. Kein Wort von der Szene.«

»Noch nicht. Und wer doof genug ist, um das nicht zu verstehen, der verdient es nicht anders. Jules hat es jedenfalls verstanden, und er meinte, er könnte keinen Manager brauchen, der ein zweifelhaftes Privatleben führt.« Wieder leerte er das Glas in einem Zug und griff erneut zur Flasche.

Wer auch immer Jules war, das Jobangebot musste gut gewesen sein, wenn es Cunningham derart schmerzte, es verloren zu haben. »Mister Cunningham, das wird sich alles finden. Ich kann Ihnen nur raten, einfach darüber hinwegzugehen, wenn Sie meinen, die Wahrheit nicht ertragen zu können.«

»Grandios, wirklich! Für was bezahle ich Sie eigentlich? Dafür, dass Sie nichts tun?«

»Beruhige dich!« Sarah stand auf und trat zu ihm. Sie griff nach seiner Hand, und sofort versuchte er, sie abzuschütteln. Norina griff nach ihrem Handy und begann damit, die Nummer einzutippen. Sie kannte diese Stimmung von ihren Mandanten, und mehr als einmal war es in solchen Szenen schon zu kleineren Handgreiflichkeiten gekommen. Wenn ein Mensch unter Druck stand, konnte man nie wissen, was er tun würde.

Unwillkürlich hielt sie die Luft an, als Sarah nun in einer fließenden Bewegung vor ihm auf die Knie sank. Er funkelte sie zornig an, und einen Augenblick lang wirkte es, als wollte er wirklich zu einem Schlag ausholen. Norinas Daumen schwebte bereits über dem Handy, bereit, jederzeit die Polizei zu rufen. Sarah senkte ergeben den Kopf.

»Hör auf damit«, knurrte Cunningham und ließ ihre Hand los. Er trat einen Schritt zurück, als wüsste er, dass er gerade die Welt vor sich selbst schützen musste. »Sarah! Steh sofort auf und lass das, verdammt!«

»Nein, Sir.« Ihre Antwort kam klar und fest und ohne jede Spur von Unterwürfigkeit. »Bitte, Sir. Ich möchte in Ruhe darüber sprechen. Ich will alles wissen. Und dir helfen.«

»Ich sagte, du sollst damit aufhören, Sarah!« Er trat noch einen Schritt zurück und verschränkte seine Arme auf dem Rücken. »Du spielst mit dem Feuer, wenn du das tust.«

»Und du bist gerade ungerecht, zu dir und zu Miss Thompson. Sie tut, was sie kann, Danny. Statt auf sie solltest du lieber auf den sauer sein, der diese Geschichte aufgebracht hat.« Sarahs ruhige Stimme legte sich sanft über Norinas schnell schlagendes Herz. »Daniel, bitte, ich möchte doch nur, dass du einen kühlen Kopf behältst. Nur weil Jules ein verstockter Snob ist, heißt das doch nicht, dass du nie mehr einen Job bekommst. Ich wette, es gibt mehr als genug Auftraggeber, denen dein Sexleben egal ist, solange die Kohle stimmt.«

Er schnaubte hörbar auf, stellte das Glas auf dem Küchentresen ab und vergrub seine Hände in den Hosentaschen. »Gut, wie du willst, Sarah.«

Noch immer machte Sarah keine Anstalten, sich zu bewegen. Auf einmal schoss Daniels Hand nach vorne. Er griff unter ihr Kinn und hob ihren Kopf an. Blicke schossen zwischen den beiden hin und her.

»In Ordnung, du hast gewonnen, Prinzessin.« Er ging an ihr vorbei, ließ das Magazin in der Küche liegen und griff in absoluter Selbstverständlichkeit nach Sarahs Teetasse. »Also, Miss Thompson, abwarten, sagten Sie?«

Erleichtert ließ Norina ihr Handy sinken und rutschte auf dem Sofa etwas zurück. »Ja, abwarten. Wenn Sie sich wehren, bedeutet das erst recht, dass es die Wahrheit ist, Mister Cunningham. So wird es vergessen sein, sowie Sie den Prozess gewonnen haben.« Jetzt erst stellte sie fest, dass sie unter ihrem Blazer geschwitzt hatte und dass es eigentlich schon viel zu spät war für ihre Verabredung mit Brian. Nun, der musste eben warten. »Es ist nur ein Nebensatz, den man so verstehen kann, wenn man möchte.«

»Noch.« Cunningham legte seine Hände ineinander und ließ den Kopf sinken. »Ich will einfach nicht zusehen, wie irgendein eifersüchtiges Arschloch mir alles kaputt macht. Können Sie das nicht verstehen?«

»Und wie, glauben Sie mir. Aber Sie müssen mir vertrauen, wenn Sie wollen, dass es gut ausgeht.«

Es klang wohl überzeugender, als sie sich anfühlte, denn er nickte schicksalsergeben. Norina wartete, bis er einige Schlucke Tee getrunken hatte und Sarah zu ihnen zurückgekehrt war. Dann informierte sie ihn über all die anderen Dinge, die sich in der Zwischenzeit getan hatten.

Viel war es leider nicht.

***

Brian saß auf den Treppenstufen vor ihrer Wohnung und spielte mit dem Handy. Er blickte erst auf, als sie unmittelbar vor ihm stand. Norina schnaufte heftig und strich sich die Haare aus der Stirn. Wahrscheinlich war sie die vier Stockwerke hinauf in ihre Wohnung gerannt, um noch etwas Zeit wiedergutzumachen.

»Tut mir wirklich leid.« Sie schnappte nach Luft. »Ich stand im Stau. Ich dachte, Taxi wäre schneller ...«

»Hab ich mir schon gedacht«, unterbrach er sie und blickte sie weiter von unten her an. Schweiß stand auf ihrer Stirn, und beinahe konnte man ihr abnehmen, dass sie einfach nur im Stau gestanden war. Beinahe. »Eine kurze Nachricht wäre trotzdem nett gewesen. Außerdem ist die Ausrede wirklich durchsichtig. Du hättest geschrieben, wenn es wirklich

Stau gewesen wäre. Du warst bei einem deiner Mandanten, stimmt's?«

Sie zuckte mit den Schultern und schwieg. Umständlich öffnete sie ihre Tür.

»Brian?«, fragte sie schließlich und versuchte es mit einem schüchternen Lächeln. »Die Sache ist eben komplizierter als gedacht.«

»Und dir ist die Arbeit wichtiger als ein Treffen mit mir? Wir sehen uns sowieso so selten bei meinem Job und deinen Arbeitszeiten.« Brian konnte nun nicht mehr verhindern, dass sein Tonfall eine gewisse Schärfe annahm. Die Beziehung zu Norina raubte ihm zunehmend die Nerven. Oder eher die Tatsache, dass er keine Ahnung hatte, ob er die unregelmäßigen Treffen mit ihr als Beziehung ansehen durfte. »Wenigstens eine SMS wird doch drin sein? Du musst mir ja auch nicht verraten, bei wem du gerade steckst!«

»Das war wichtig! Und ja, ich kann nicht mitten im Gespräch aufstehen und mal eben eine SMS schreiben!«

Er schnaubte zornig auf und schob das schlechte Gewissen zur Seite. Sie sah wirklich fertig aus, das stimmte schon. Es war sicher ein anstrengendes Gespräch gewesen. Er hatte ja auch fast damit gerechnet, nach Sarahs Anruf heute morgen. Sie hatte am Telefon geweint, weil der schlimmste aller denkbaren Fälle eingetreten war, jedenfalls in Daniels Weltbild. Langsam erhob Brian sich und folgte Norina in die Wohnung.

»Hast du Hunger? Ich bestelle mir was. Um die Ecke ist ein netter Asialaden, das Zeug schmeckt und ist in zehn Minuten da.«

»Ich sitze hier seit drei Stunden rum. Natürlich habe ich Hunger, verdammt!« Er riss ihr den Bestellzettel aus der Hand und deutete wahllos auf eine Nummer. »Bestell das für mich mit.«

Sie telefonierte und öffnete dann zielstrebig eine Flasche Rotwein. Schweigend schenkte sie zwei große Gläser ein und schob ihm eines hin. Im Grunde genommen wollte er sie einfach nur in den Arm nehmen und dafür sorgen, dass sie alles vergessen konnte, was ihr Alltag mit sich brachte. Nur musste er auch auf sich selbst aufpassen.

»Du verteidigst einen ganz speziellen Freund von mir, kann das sein? Daniel Cunningham? Mister Superwichtig von der Wall Street?«

»Woher willst du das wissen?« Sie setzte das Glas an und trank einen großen Schluck. Die Farbe verschwand endgültig aus ihrem Gesicht.

»Ich bin nicht dumm, Norina. Außerdem ist Sarah Forsythe eine alte Freundin von mir. Sie hat mich angerufen.« Er verschränkte die Arme vor der Brust. »Norina, ich meine das ernst. Wir müssen reden. Über uns und darüber, was das hier wird.«

»Müssen wir das?« Sie blickte ihn über den Rand ihres Weinglases hinweg zweifelnd an. »Woher kennst du Sarah Forsythe?«

»Wieso?« Sie hob nur die Augenbrauen und bedachte ihn mit einem herausfordernden Blick. »Wir kennen uns eben aus dem Klub. Sie ist Stammgast bei uns im *Violetts*. Was den Rest angeht: Ich fürchte, ich bin besser informiert, als ich sein dürfte. Sie hat mich heute angerufen und mir die Ohren vollgeheult wegen dieses Artikels.«

»Du bist eifersüchtig«, stellte sie dann ruhig fest. Er hatte das ekelhafte Gefühl, gerade von ihr analysiert zu werden. Ihr klarer Blick fuhr an ihm auf und ab. »Auf Daniel Cunningham. Weil er dir Sarah weggeschnappt hat.«

»Was für ein Unsinn. Sarah und ich hatten etwas miteinander, aber das ist Jahre her.« Er zuckte mit den Schultern. »Ich mag Daniel nicht, weil er glaubt, ihm würde die Welt gehören, nur weil er Kohle hat, das ist richtig. Aber er kümmert sich gut um Sarah. Er ist der Richtige für sie. Ich war es nicht. Damit kann ich leben.«

»Du hast ein Problem mit Bankern?«

»Sicher. Parasiten. Heuschrecken. Sinnloses Gesindel.« Er musste über sich selbst lachen. »Norina, Baby, nur falls du es noch nicht gemerkt hast, aber ich bin das, was man wohl einen Kommunisten nennt. Zumindest im Herzen. Inzwischen habe ich mich mit der Realität angefreundet.«

Sie zog die Augenbrauen hoch und schüttelte verwirrt den Kopf. »Ernsthaft?«

»So wahr ich hier stehe. Kommunist, irischer Patriot und ab und an als Dom unterwegs. Falls du unbedingt Schubladen brauchst.«

In diesem Moment klingelte es an der Tür und ersparte ihm zum Glück weitere Ausführungen über seine politische Einstellung. Dass ihr das nicht gefallen würde, war ihm auch klar gewesen.

»Das Essen«, sagte sie überflüssigerweise und ging an die Tür. Wenige Augenblicke später hatte sie die Bestellung auf Teller umgefüllt und auf den Tisch gestellt. »Kommst du?«

Er setzte sich zu ihr und schob das ungute Gefühl zur Seite, weil sie ihn immer noch mit diesem prüfenden Blick musterte. Für einige Momente breitete sich Schweigen zwischen ihnen aus, während Norina hastig das Essen in sich hineinschlang.

»Wie geht es eigentlich voran mit dir und dem Lord? Hast du immer noch Angst, dass du deine Grenzen nicht findest?«

Brian drehte das Glas in seiner Hand und beobachtete sie von der Seite. Sie aß einfach weiter und tat, als hätte sie seine Frage nicht gehört.

»Doch, weiß nicht«, murmelte sie schließlich und nahm noch einen Bissen. »Keine Ahnung.«

»Wollen wir wetten, dass du Grenzen hast?« Er versuchte, einen leichten Tonfall beizubehalten, auch wenn ihm innerlich ganz anders zumute war. Er war weit gegangen bei ihr, ohne sich danach versichert zu haben, dass es ihr wirklich gut ging. Sie hatte es gebraucht, das hatte er gespürt, nur konnte sie damit umgehen? »Urin, zum Beispiel? Oder andere körperliche Ausscheidungen?«

Ihre Augen wurden groß. Endlich ließ sie die Gabel sinken und blickte kurz auf. »Spinnst du, Brian?«

»Es gibt nichts, das es nicht gibt in der Szene.« Er zuckte mit den Schultern und grinste sie breit an. »Siehst du, Grenzen. Tabus, würde ich sogar sagen. Wie gut, dass wir uns da einig sind.«

»Brian!«, widersprach sie und errötete dabei mehr als nur vorteilhaft. Diese zierliche, niedliche Frau mit ihren perfekten Rundungen weckte in ihm immer wieder das Bedürfnis, sie einfach über das Knie zu legen. »Du nimmst mich doch auf den Arm.« Ihre Hände zitterten. »Brian, bitte, das ist wirklich nicht lustig.«

»Nein, ist es auch nicht.« Er kniff die Augen zusammen. »Im Ernst, Norina – ich wette mit dir, dass es Dinge gibt, die du nicht machen würdest. Süße, du bewegst dich absolut im Rahmen, also mach dir keinen Kopf darum.«

»Das ist es ja auch nicht. Nicht nur.« Sie schob den Teller von sich und stützte müde ihren Kopf in die Hände. »Ich fühle mich zu gut dabei. Ich fühle mich gut, wenn wir miteinander schlafen. Ich fühle mich gut, wenn der Lord mich benutzt. Ich liebe es, wenn ich ... wenn ich einen Höhepunkt habe. Du weißt schon.« Sie verstrickte sich in ihren eigenen Worten und sprach nun so leise, dass er sie kaum verstehen konnte. »So sollte es nicht sein. Ich denke dabei nicht einmal daran, Kinder zu zeugen. Und ich würde es einfach ständig tun wollen. Das ist doch nicht normal! Und es ist doch auch nicht gesund!«

»Norina ...« Er brach ab und streichelte über den Tisch hinweg zärtlich über ihr Gesicht. »Wer zur Hölle hat dir das eingeredet?«

»Niemand«, beharrte sie und schloss die Augenlider, um seinem Blick zu entkommen. »Es ist einfach die Wahrheit.«

»Wenn ich das gewusst hätte, Baby!« Das erklärte so einiges, vor allem den Unterschied zwischen den beiden Frauen, die er kennengelernt hatte. In ihrem Alltag würde Norina sich niemals hemmungslos hingeben. Sie brauchte die Entschuldigung, die Zwang ihr gab, um loszulassen und zu genießen. »Das klingt nach einem weiten Weg, den wir beide vor uns haben. Glaubst du mir, wenn ich dir sage, dass guter Sex nichts Verwerfliches ist? Und Spaß beim Sex auch nicht?«

Zögerlich schüttelte sie den Kopf und murmelte dann doch eine kaum verständliche Zustimmung.

»Ich kann dir versichern, dass ich kein Problem damit habe, es dir jeden Tag wieder zu zeigen, wie schön Sex sein kann.« Er zwinkerte ihr aufmunternd zu. »Was hältst du von morgen Abend?«

»Nein, da habe ich ein Date mit dem Lord.«

Das wäre wohl die Gelegenheit, um auch das endlich anzusprechen. Andauernd verlangte er von ihr Ehrlichkeit, aber selbst log er sie immer noch an. Nur war Brian sich beinahe sicher, dass sie es nicht verstehen würde. In ihren Augen war er wahrscheinlich sowieso ein Versager, ohne Geld und Karriere und große Träume, der die falsche politische Richtung vertrat und noch dazu nicht in ihr Weltbild passte. Konnte man sich in eine noch unpassendere Frau verlieben? Das ungute Ende war schon an allen Fingern abzuzählen, dazu brauchte es nicht viel Vorstellungskraft.

»Zu schade.« Er stupste mit dem Zeigefinger ihre Nase an und grinste schelmisch. »Du wirst ihm bestimmt wieder etwas beichten müssen, nehme ich an?«

»Nicht, wenn du jetzt gehst«, schlug Norina vor.

»Und was ist mit letzter Woche? Und der Woche davor? Und dem einen Mal, an dem ich dich auf dem Sofa genommen habe?«, zählte er auf und entlockte ihr damit ein Lächeln. »Weißt du was, Baby? Ich will dich schmecken. Und danach möchte ich dich gerne noch einmal zum Orgasmus bringen. Damit es sich auch lohnt, wenn du deinem Herrn etwas beichtest, was hältst du davon?«

Sie nickte nur zustimmend. Er musste sich unbedingt überlegen, wie er ihre Gefühle in ihr Spiel einbauen konnte. Und er hatte da auch schon Ideen.

Falls er es schaffte, diese tief sitzende Überzeugung irgendwie zu lösen, die man ihr wohl anerzogen hatte.

Kapitel 17

Die vertraute Stille des Hauses wirkte beruhigend, wie immer. Norina schaffte es, alle anderen Gedanken aus ihrem Kopf zu verbannen, während sie auf ihn wartete. Die Frage, wie Brian zu diesem Haus kam, wenn er doch in der WG wohnte. Die Angst davor, dass Brian noch ein ganz anderes Spiel spielte mit ihr und Cunningham. All die Kleinigkeiten, die auf ihrem Schreibtisch warteten und unbedingt erledigt werden mussten. Die Fantasien darüber, wofür sie ein Abendkleid benötigte. Vorsichtshalber hatte sie auch Make-up und Schmuck mitgenommen und in einem kleinen Samtbeutel auf dem Kleid niedergelegt. Ihr dunkelblaues Abendkleid und die passende Unterwäsche lagen ordentlich zusammengefaltet neben ihr auf dem Boden. Nach der Arbeit nach Hause zu hetzen, sich umzuziehen und hierher zu kommen war mehr als nur stressig gewesen. Aber es hatte sich gelohnt.

Allein die Ruhe, die er ihr schenkte, war das bisschen Hetze wert. Endlich hörte sie seine Schritte, spürte den sanften Luftzug auf ihrer Haut.

»Heute werde ich deinen hübschen Arsch entjungfern.« Das, was da rau über ihre Haut strich, erkannte sie als Spitze einer Reitgerte. Norina schauderte und hielt unwillkürlich die Luft an. »Langsam nähern wir uns dem, was ich von dir verlange, Kleines. Ich bin stolz auf dich, das will ich dir nicht verheimlichen.«

Das Glücksgefühl, das ihren Körper in Beschlag nahm, überdeckte alles Weitere in diesem Augenblick.

»Ich habe herausgefunden, dass du sehr erregbar bist und hinreichend masochistisch veranlagt und dass du offenbar Gefallen daran findest, wenn ich dich teile. Du gefällst mir, Kleines.« Den Schritten nach zu urteilen ging er um sie herum. Die Spitze der Reitgerte streichelte über ihre Haut, ohne sie wirklich zu berühren. Vor ihr blieb er stehen und nahm die Gerte von ihr. Ihr Körper spannte sich an, in Erwartung eines Schlages. »Ich habe etwas für dich.«

Irgendetwas raschelte. Seidenpapier? Norina hielt den Atem an und versuchte, möglichst still zu halten. Ihre Nippel stellten sich erwartungsvoll auf. Gänsehaut breitete sich auf ihrer Haut aus.

»Ich bin wirklich stolz auf dich«, wiederholte er und streichelte sanft über ihre Wange. »Daran solltest du immer denken. Alles, was du tust, tust du für mich. Du gehörst mir, Kleines.«

Etwas Steifes legte sich um ihren Hals. Steif und ein wenig kühl. Erst als er es verschloss und enger zog, wurde ihr klar, dass er ihr soeben ein Halsband umgelegt hatte. Aufregung schoss durch sie hindurch. Es fühlte sich gut an, ihm zu gehören und sein Zeichen tragen zu dürfen.

»Steht dir.« Sein Lächeln war deutlich aus seinen Worten herauszuhören. »Das nächste Mal, wenn wir beide ausgehen, kann ich dich an einer Leine herumführen, was denkst du?«

Ihr blieb die Luft weg. »Ja, Herr«, antwortete sie dankbar und genoss das herrliche Gefühl, von ihm umsorgt zu werden und geborgen zu sein. Er wusste ganz genau, was er tat, und nahm ihr alle Verantwortung ab, für alles, das geschah. Er konnte ihre Gefühle lesen, besser als sie selbst, schien zu wissen, was sie brauchte, ehe es ihr selbst klar wurde. »Danke, Herr.«

»Süßes Kleines.« Die Reitgerte legte sich unter ihr Kinn. »Aufstehen und mitkommen. Wir haben noch etwas mehr vor uns, das kann ich dir versprechen. Du erinnerst dich hoffentlich daran, dass du eine Strafe offen hast?«

»Ja, Herr. Darf ich Sie darum bitten?«

»Nachher, vielleicht.« Er bedeutete ihr mit der Reitgerte, endlich aufzustehen, und griff dann nach ihrem Handgelenk, um sie zu führen. Er schlug einen schnellen Schritt an und brachte sie in das Innere des Hauses.

Heute roch es nach Vanille und Sandelholz. Duftkerzen? Norina schauderte bei der Erinnerung daran, wie Wachs sich auf ihrer Haut anfühlte. Sie traute ihm alles zu, auch dass er aus Gertenschlägen etwas ganz anderes werden ließ, nur weil es ihm gerade in den Sinn kam. Er dirigierte sie zu einem Sofa und ließ sie mit dem Rücken zu ihm auf die Sitzfläche knien. Ihre Arme sollte sie auf der Rückenlehne ablegen. Ihr wurde kalt bei dem Gedanken daran, dass er so alles sehen konnte. Dass ihm nichts verborgen blieb. Sie spürte, wie sich Röte auf ihren Wangen ausbreitete.

»Nicht, Süße. Du schämst dich schon wieder?« Amüsiert ließ er die Reitgerte über ihren Rücken gleiten. »Wieso das denn? Wir sind allein, Kleines, und ich kenne dich bereits. Die Beine breiter auseinander.«

Sie gehorchte ihm sofort.

»Ich mag deine Brüste, mein Kleines. Verführerisch. Aber dein Hintern ist gleich noch besser.« Die Spitze der Reitgerte glitt über ihre Haut, wanderte die Innenseiten ihrer Oberschenkel entlang und blieb schließlich auf ihrem Kitzler liegen. »Du hast wirklich Glück, Süße. Schläge mit der Reitgerte würden meine Pläne für heute durcheinanderbringen. Ich werde dir stattdessen ein nettes Spanking verpassen, wenn das für dich in Ordnung geht.«

Es klang überhaupt nicht nach einer Frage und schon gleich gar nicht beruhigend. Sein Tonfall war vielmehr bedrohlich und sagte ihr, dass ein paar Schläge mit der Reitgerte wahrscheinlich nicht halb so schlimm sein würden wie das, was er vorhatte.

»Danke, Herr«, antwortete Norina und konnte sich nicht mehr dagegen wehren, dass die Anspannung ihren Körper übernahm und sie erzittern ließ.

»Nun, dann komm mal her.« Sein einladender Tonfall war mehr als abschreckend. Die Reitgerte verschwand von ihrem Kitzler. Er setzte sich neben sie auf die Couch und zog sie dann besitzergreifend über seine Knie. Er trug eine dünne Stoffhose, deren raue Textur sich deutlich auf ihrer Haut abzeichnete. Es war seltsam, über seinen Oberschenkeln zum Liegen zu kommen. Seine Muskeln unter ihren weichen Formen zu spüren, seine Kraft und seine Stärke, die ihr weit überlegen war. Und seine Erregung. Sie konnte sein hartes Glied mehr als nur deutlich spüren. Sofort griff die Beklemmung wieder nach ihr. Brian ließ ihr dazu jedoch keine Chance und schob sie sich zurecht, bis ihr Hintern nach oben zeigte.

»Ein wunderbarer Anblick, Kleines.« Er musste sich tief über sie gebeugt haben, denn sein Atem strich über ihre Wirbelsäule, als er sprach. »Mein kleines Spielzeug, jetzt will ich deine Tränen sehen. Ich gebe dir nur diese eine Aufgabe: Sag mir, wenn es genug für dich ist und ich deinen niedlichen Arsch ficken soll. Und zwar mit genau diesen Worten. Hast du das verstanden?«

Die Antwort fiel ihr schwer. Allein der Gedanke daran ließ

ihr ganz schwindlig werden. Sie sollte ihn darum bitten? Das überstieg ihre Vorstellungskraft bei Weitem. »Ja, Herr«, murmelte sie trotzdem undeutlich und hoffte, dass er es einfach vergessen würde. Dass er einfach tun würde, was er wollte, ohne ihr noch mehr abzuverlangen.

Ohne auf ihre Antwort einzugehen streichelte er zärtlich über ihre Pobacken. An seiner Berührung spürte sie seine Gefühle, seine Sehnsucht nach mehr. Langsam wurde die Berührung fester, bis sie schließlich in ein leichtes Schlagen überging. Wärme breitete sich auf Norinas Haut aus, ganz leicht am Anfang, dann immer tiefer gehend. Sie breitete sich aus, bis es zu einem angenehm warmen Ziehen wurde. Norina beschränkte sich darauf, ruhig weiter zu atmen, in dem Takt zu bleiben, den er mit seinen Schlägen vorgab. Die Schläge wurden stärker, schneller, wechselten in ihrem Rhythmus ab, bis sie endgültig den Überblick verlor und aus dem Ziehen ein tiefes Brennen wurde.

Es schmerzte nicht, bei Weitem nicht so, wie es die Schläge getan hatten, die er ihr bei ihren bisherigen Treffen gegeben hatte. Dennoch war es auf eine ganz besondere Art berührend. So nah bei ihm zu sein, ihm ausgeliefert über seinen Knien zu liegen, während er nichts weiter nutzte als seine flache Hand, überwältigte sie.

Überrascht schmeckte sie Salz auf ihren Lippen. Die Augenbinde fühlte sich feucht an. Es war, als berührte er sie irgendwo ganz tief in ihrem Inneren, in den Ecken ihres Herzens, die sie vor allen anderen verborgen hielt. In den tiefen Winkeln, die nur ihr gehörten, in die sie selber nicht mehr blicken wollte, in all den Bereichen, die sie in ihrem Alltag nicht brauchen konnte. Wirre Gefühle jagten über sie hinweg. Sie konnte nichts davon wirklich fassen, sondern ließ diesen Strom einfach zu. Er machte weiter, ließ sie alles auskosten, bis irgendwann nur noch Lust übrig blieb. Lust, die er mit seinen Schlägen weiter anfachte und hervorlockte unter all der Verwirrung, die er angerichtet hatte.

Sein Rhythmus wurde langsamer, bis er schließlich zu dem sanften Streicheln zurückkehrte, mit dem er begonnen hatte. Sie hatte sich niemals zuvor einem Menschen so verbunden gefühlt wie ihm, obwohl sie nichts miteinander verband außer ein paar netten Treffen.

Seine Finger glitten zwischen ihre Oberschenkel. Zielstrebig kreisten sie um ihren Kitzler und fachten ihre Lust weiter an. Das warme Brennen auf ihrem Hintern verband sich mit dem Pochen in ihrem Unterleib. Er drang spielerisch leicht in sie ein und verteilte ihre eigene Feuchtigkeit auf ihren Schamlippen.

»Du hast etwas vergessen, Baby«, sagte er schließlich und wirkte dabei sehr zufrieden.

Im ersten Augenblick wusste sie nicht, was er meinte, ehe es ihr dämmerte. »Ich habe noch nicht genug, Herr«, erwiderte sie und erschrak über ihren eigenen Wagemut.

»Nicht frech werden.« Er stieß kräftig mit seinen Fingern in sie. »Du hattest mehr als genug, Süße.«

»Nein, Herr.« Sie wusste nicht, was genau sie gerade antrieb. Vielleicht die Hoffnung, dass er es irgendwann übertreiben würde? Dass sie irgendwann doch noch den Weg aus diesem Verlangen herausfinden würde? Dass sie noch nicht ganz verloren war?

»Oh doch, Kleines. Mehr als nur genug. Dein hübscher Arsch leuchtet feuerrot. Morgen wirst du kaum sitzen können, das kann ich dir jetzt schon versprechen. In meinen Augen ist das mehr als genug.«

Und schon wieder fiel Brian aus der Rolle. Der Lord würde mit Sicherheit erst dann aufhören, wenn er selber genug hatte, nicht dann, wenn seine Partnerin es brauchte. Oder? Norina räkelte sich auf seinem Schoß. Dabei spürte sie seine Härte zu deutlich. Das war nicht der Grund für seine Zurückhaltung.

»Kleines, ich meine es ernst. Wenn ich dir die Aufgabe gebe, mich um irgendetwas zu bitten, weil du genug hast, dann solltest du auch das tun.« Mühelos hob er sie nach oben und drehte sie herum. »Du hast mich gerade enttäuscht, das ist dir hoffentlich klar.«

Seine Predigt kühlte ihre Lust für den Augenblick wieder ab. Norina biss die Lippen aufeinander und setzte einen zerknirschten Gesichtsausdruck auf. Es stimmte, er hatte ihr eine Aufgabe gegeben. Aber was konnte sie dafür, wenn es ihr zu gut gefiel?

»Deinen süßen Hintern brauche ich heute noch. Aber deine niedlichen Brüste – die nicht. Schläge oder Klemmen? Bitte mich um eines davon, mein Kleines.«

Sofort reckten sich ihm ihre Nippel entgegen. Norina schüttelte den Kopf und brachte kein Wort heraus. Wieso entschied nicht einfach er für sie?

»Gar nichts? Gut, dann eben nicht.« Er nahm sie auf seine Arme und stand auf. »Du willst es wohl nicht anders. Strafe muss sein.« Er stellte sie ab, offenbar mitten im Raum. »Beine breit. Arme hinter den Kopf. Schultern zurück«, befahl er hart. »Wenn du es unbedingt auf die harte Tour lernen musst, dann eben so.«

Selten hatte sie sich so entblößt gefühlt wie in diesem Moment. Er ging um sie herum, langsam, bedächtig, als müsste er überlegen, was er nun mit ihr tun sollte. Ob er endlich zu Schlägen greifen würde? Zu echten Schlägen, nicht zu diesem besseren Streicheln? Norinas Atem beschleunigte sich. Ihre Lippen zitterten erwartungsvoll.

Er blieb vor ihr stehen. Seine Hand legte sich an ihren Hals und schien ihren Puls zu fühlen. »Du erinnerst dich doch daran, dass ich nur zu meinem Vergnügen spiele? Und vielleicht ist das der geeignete Moment, um eines richtigzustellen: Es macht mir keinen Spaß, deine Grenzen zu überschreiten und dabei keine Reaktion von dir zu bekommen. Weißt du, was du gerade getan hast?«

Die Ruhe in seiner Stimme konnte sie nicht darüber hinwegtäuschen, dass er ernsthaft enttäuscht war. Von ihr? Nur weil sie bereit war, alles für ihn zu tun? Das war doch absurd! Unsicher schüttelte Norina den Kopf.

»Ich will klare Antworten!«, herrschte er sie an. »Also, weißt du, was du gerade getan hast?«

»Nein, Herr. Ich dachte ... es würde Ihnen gefallen, wenn Sie mich ... wenn Sie alles tun können«, stammelte sie und hoffte, damit ihr Verhalten zu erklären.

»Sicher. Aber du hast mein Vertrauen missbraucht. Ich habe dir die Aufgabe gegeben, dich zu melden, wenn du genug hast. Du hast nicht einmal versucht, das zu tun!« Die Hand entfernte sich von ihrem Hals und hinterließ ein Gefühl gähnender Leere. »Eigentlich sollte ich dich dafür nach Hause schicken, damit du darüber nachdenken kannst.«

»Es tut mir leid«, flüsterte sie erstickt. Wirklich schlau wurde sie nicht daraus. Wieso gefiel es ihm nicht, wenn sie einfach tat, was er wollte? Wenn er mit ihr machen konnte, was ihm in den Sinn kam? War es nicht gerade das, das ihm den Kick gab?

»Ich will, dass du das nie wieder tust. Ich spiele ohne Safeword, das ist richtig, aber wenn ich von dir wissen will, wann es genug ist – dann hast du das zu sagen. Und mich nicht infrage zu stellen. Also? Können wir weitermachen?«

Sie nickte heftig. »Ja, Herr.«

»Dann bitte mich darum! Du bist doch sonst nicht auf den Kopf gefallen, Kleines!« Ungeduld schwang in seiner Stimme mit.

Er legte also wirklich Wert darauf und ließ sie nicht entkommen. Sternchen tanzten vor ihren Augen. Ihre Stimme brach. »Bitte, Herr …«, setzte sie an, nur um sofort den Faden zu verlieren. Kein Schlag schmerzte so sehr wie diese paar Wörter. »Bitte, Herr. Bitte … ficken Sie … meinen … meinen Arsch.«

»Das üben wir noch, keine Angst. Aber nicht mehr heute. Für heute bin ich damit zufrieden.« Wieder nahm er sie ohne Weiteres auf seine Arme und trug sie dorthin, wo er sie haben wollte. Seine Umarmung war schützend und beängstigend zugleich. Er würde sich nehmen, was er wollte, aber nur, wenn sie damit einverstanden war. Und das war das wirklich Beängstigende an der Sache.

***

Brian legte sie über die Lehne eines Sessels und beugte ihren Rücken nach vorne. Innerhalb von wenigen Augenblicken hatte er ihre Handgelenke irgendwo festgebunden, wahrscheinlich an den Füßen des Sessels. Energisch schob er ihre Beine weiter auseinander und schlang auch hier kühle Seidenschnüre um sie, bis sie sich nicht mehr bewegen konnte. Noch immer pulsierte der Schmerz, den er ihr zuvor geschenkt hatte, in ihrem Körper.

»Entspann dich.« Es klang so einfach, wenn er es sagte.

Norina schniefte. »Ich werde dir nicht wehtun, wirklich nicht. Wenn doch, dann sag es bitte. Sobald es zu unangenehm wird, meldest du dich. Spiel bloß nicht die Heldin. Du hast heute schon einmal versagt, Kleines. Wenn du es noch einmal tust, dann breche ich wirklich ab.«

Dass er ihr einen Ausweg anbot, dass er von ihr verlangte, es selbst zu wollen, war tausendmal schlimmer. Hätte er sie einfach gepackt und genommen, sie hätte alles ertragen. Norinas Herz raste. Seine Hände streichelten beruhigend und warm über ihren Rücken. Er massierte ihre verspannten Muskeln, verteilte warmes Öl auf ihrer Haut. Der schwere Duft des Sandelholzes hüllte sie ein. Seine Energie schien sich auf sie zu übertragen, wo immer seine Fingerspitzen sie berührten.

Etwas Dünnes, Hartes berührte ihre Pobacken. Er streichelte über ihre Haut mit diesem Gegenstand, kreiste sanft um ihren Hintern und drang ein kleines Stück in sie ein. Norina biss die Lippen zusammen und versuchte, das ungewohnte Gefühl zur Seite zu schieben. Langsam schob sich dieses harte Ding tiefer in sie. Der ungewohnte Druck trieb ihr die Röte in die Wangen. Scham und Reue wallten in ihr auf und vertrieben die Lust. Wieso ließ sie zu, dass er das mit ihr tat?

»Ein Plug, um dich vorzubereiten«, erklärte er. Das Ding ruhte nun fest in ihr. Wieder streichelten seine Hände beruhigend über ihre Pobacken und gaben ihr Zeit, bis sie sich an den Druck gewöhnt hatte. Ihr Atem beruhigte sich etwas, und auch ihr wild schlagendes Herz kam zur Ruhe. Das vertraute Klicken der Polaroidkamera konnte daran nichts ändern.

»Kleines, vertrau mir. Für heute gebe ich dir die Erlaubnis, mich jederzeit darum zu bitten aufzuhören. Und wenn du mich darum bittest, werde ich es auch tun, darauf hast du mein Wort.«

Am liebsten hätte sie ihm erklärt, dass sie genau das nicht wollte. Er sollte für sie entscheiden. Er sollte ihr die Gefühle abnehmen, es ihr erleichtern, ihr keine Wahl lassen. Norina schluckte diese Antwort hinunter und nickte nur stumm.

»Du siehst verdammt geil aus, Kleines. Wenn ich dich nachher nehme, versuche, dich zu entspannen. Nichts weiter. Alles andere übernehme ich.« Wie beiläufig glitten seine Finger zwischen ihre Oberschenkel. Immer wieder kehrte er zu ihren Schamlippen zurück. Er umkreiste ihre Perle und lockte die Lust wieder hervor, die sich irgendwo tief in ihr hinter dem altbekannten Gefühl der Scham verborgen hatte. Geschickt spielte er mit Norina, entlockte ihr ein wohliges Stöhnen. Er drang leicht in sie ein, liebkoste sie und schickte erste Wellen der Lust durch sie hindurch. Unsicher wollte sie sich ihm entziehen, doch das ließen die Fesseln nicht zu. Er hatte dafür gesorgt, dass sie ihm nicht entkommen konnte.

Solange sie ihn nicht darum bat. Norina keuchte auf, spürte Schweiß auf ihrer Haut und das Zittern ihrer Muskeln. Sein Spiel wurde fordernder, bis sich ihr Unterleib verlangend zusammenzog und sie dieses Ding in ihrem Hintern nahezu ganz vergessen hatte. Ihr ganzes Denken kreiste um das herrliche Spiel seiner Finger an ihrem Kitzler. Die Lustwellen wurden geradezu schmerzhaft stark, doch er gab ihr nichts, an das sie sich klammern konnte.

»Bitte, nimm mich«, flehte sie. Ein Schlag direkt auf ihren Kitzler erinnerte sie daran, dass sie die Anrede vergessen hatte, und trieb sie weiter auf den Orgasmus zu.

»Noch nicht. Und nicht kommen, Kleines.« Trotz dieser Worte spielte er weiter an ihr, bis ihr Stöhnen zu einem verzweifelten Flehen wurde. Wie sollte sie sich nur zurückhalten, wenn sein Spiel dort doch so verlockend war?

Diesen Augenblick nutzte er, um sie an den Plug in ihrem Hintern zu erinnern. Nun bezog er auch dieses Ding in sein Spiel ein, drehte es sanft hin und her, zog es heraus und stieß wieder in sie. Norina schwebte längst auf den lustvollen Empfindungen, die dadurch nur verstärkt wurden. Ihr Körper wurde zu einem Instrument, auf dem er spielte, wurde zu einem Gegenstand, der nur ihm gehorchte.

Sie verlor jedes Zeitgefühl. Irgendwann zog er den Plug aus ihr heraus. Ein kalter Schauder lief über ihren Rücken, denn das konnte nur eines bedeuten. Er meinte es ernst mit seiner Ankündigung, sie heute voll und ganz für sich zu erobern.

Dieses Gefühl war wunderbar. Norinas Herz schlug bis zum Hals. Seine Finger tanzten über ihr Rückgrat und verstärkten den kalten Schauder.

»Bitte«, brachte sie hervor. Es fühlte sich in diesem Moment vollkommen natürlich an, ihn darum zu bitten. »Bitte, Herr, nimm mich. Nimm meinen Hintern.«

»Du bist süß«, antwortete er und klang dabei sichtlich zufrieden. »Wirklich niedlich. Ich werde deinen Arsch ficken, nicht dich nehmen. Das ist ein Unterschied, Kleines. Irgendwann wirst du das verstehen, das verspreche ich dir. Und etwas mehr Respekt, wenn ich bitten darf.«

Wieder lief ein kalter Schauder durch ihren Körper. Sie wollte es so sehr! Sie wollte sein Spielzeug sein, nur noch seinem Willen gehorchen, nicht mehr nachdenken müssen. Er wartete auf etwas, das spürte sie. Er wartete darauf, dass sie ihn darum bat. Sie wollte nichts mehr, als ihm gefallen und ihm gehorchen.

»Bitte, Herr, ficken Sie mich«, bat sie mit brüchiger Stimme. Ihre Wangen glühten vor Scham, und zugleich wurde das Pochen in ihrem Unterleib unerträglich verlangend.

»Endlich, Baby.« Laut klatschend traf seine Handfläche auf ihre Pobacken. Stolz lag in seiner Stimme, Stolz und Anerkennung. Ungeduldig schob Norina sich ihm so weit entgegen, wie ihre Fesseln es zuließen. Doch es dauerte, bis er den Reißverschluss seiner Hose geöffnet hatte und sie die Spitze seines Glieds spürte. Erregung jagte durch ihren Körper, allein von dieser Berührung.

»Himmel, Baby, du fühlst dich gut an.« Endlich verschwand die Ruhe aus seiner Stimme. Er klang heiser und erregt. Sein harter Schwanz zeugte von seinen Gefühlen und seiner Sehnsucht nach ihr. Vorsichtig drang er in sie ein. Norina konzentrierte sich darauf, sich zu entspannen und es einfach zuzulassen. Besitzergreifend und fürsorglich zugleich nahm er sie in Besitz und begann erst dann mit sanften Stößen, als sie sich an seine Härte gewöhnt hatte. Elektrischen Strömen gleich pulsierte die Lust durch ihren Körper. Norina schien ihn in ihrem Po noch mehr zu spüren als sonst, als wären ihre Nerven dort empfindlicher als ihr Kitzler. Eine Hand legte sich auf ihren Rücken. Mit den Fingern der anderen Hand spielte er weiter an ihrem Kitzler, sanft und verlangend.

Seine Stöße wurden immer schneller und stärker. Er verlangte nach mehr, er verlangte alles von ihr. Norina ließ los und gab sich ihm hin, ließ zu, dass er tat, wonach ihm war, dass er alles von ihr bekam.

Ihn tief in sich zu spüren war mehr als verrucht. Er kam, und auch Norina fühlte einen zaghaften Orgasmus, der ihren Körper erfasste. Noch war das Wissen, dass sich so etwas nicht gehörte, zu stark, aber dennoch – es fühlte sich gut an. Gut genug, um dieses Erlebnis zu wiederholen und es dann vielleicht auch ganz genießen zu können. Beinahe hätte sie ihn schon darum gebeten, als er sich aus ihr zurückzog.

Brian kam ihr jedoch zuvor. Wieder stieß er den Plug in sie, hielt damit seinen Samen in ihr gefangen. »Meines«, erklärte er besitzergreifend. »Ganz allein meines.«

Zwei harte Schläge auf jede Pobacke holten sie ganz in die Wirklichkeit zurück. Er löste ihre Fesseln, half ihr auf und zog sie neben sich auf den Sessel. Seine Nähe umfing sie und gab ihr Halt. Norina rutschte unruhig herum. Dieses seltsame Ding in ihrem Hintern erinnerte sie daran, was sie gerade getan hatten.

Liebevoll öffnete er den Verschluss des Halsbandes und nahm es ihr ab. Ihr Inneres fühlte sich seltsam leer an, ein wenig verlassen, beinahe so, als hätte er sie in der Dunkelheit alleine stehen lassen. Norina seufzte sehnsüchtig auf, wagte jedoch nicht, ihn darum zu bitten, ihr das Halsband zu lassen. Sie konnte sein zufriedenes Lächeln geradezu sehen, obwohl doch die Augenbinde ihr immer noch Blindheit schenkte.

Er entschied, wann sie so weit war, es zu sehen. Es vielleicht sogar dann zu tragen, wenn er nicht bei ihr war. Er allein, und egal was sie tat, sie würde es nicht ändern.

»Geh duschen, meine Süße. Was meinst du, wie lange brauchst du, bis du wieder präsentabel aussiehst?« Er strich verschwitzte Haarsträhnen aus ihrer Stirn. Hauchzart berührten seine Lippen ihre Stirn.

»Halbe Stunde?«, murmelte sie kraftlos und hatte das Gefühl, dass er bei dieser Antwort lächelte.

»Nimm dir Zeit, Kleines. Ich hole dich in einer Stunde ab, was hältst du davon? Du solltest alles im Bad finden, das du brauchst. Das Kleid bringe ich dir gleich. Ich erwarte eine wunderschöne Dame im Abendkleid.« Er zog sie noch fester in seine Arme. »Vergiss die Augenbinde nicht. Die brauchst du noch eine Weile.«

Dann hieß das, dass der Abend noch nicht vorüber war? Dabei fühlte sie sich schon jetzt am Ende ihrer Kräfte. Norina schluckte. »Ja, Herr.«

Sein Atem strich heiß über ihr rechtes Ohr. »Und, Süße … komm bloß nicht auf die Idee, den Plug drin zu lassen. Das wäre noch zu viel für dich, wirklich.«

Schon wieder hatte er ihre Gedanken gelesen. Norina errötete und hauchte ihm einen Kuss auf die Wange. »Bis gleich, mein Herr.«

»Bis gleich, süße Sub. Und wehe dir, du siehst nicht absolut umwerfend aus.«

Kapitel 18

Brian – oder der Lord – führte sie mit absoluter Selbstverständlichkeit am Arm. Obwohl sie nichts sah, fühlte Norina keinerlei Unsicherheit. Auch dass man sie bestimmt neugierig beäugte, machte ihr nichts aus. Sie befanden sich irgendwo in der Öffentlichkeit, an einem Ort mit gediegener Atmosphäre. Leise Gespräche, der Geruch nach Kräutern und Gewürzen, dazu dezente Klaviermusik von einem echten Piano und klapperndes Besteck. Das klang ganz nach einem Restaurant. Brian bedeutete ihr, sich zu setzen, und schob ihr elegant den Stuhl zurecht. Norina lauschte seinen Schritten, bis auch er endlich saß.

»Hör mit dem Versteckspiel auf, Brian. Das war gut, aber langsam habe ich es durchschaut.« Wenn das nicht der perfekte Augenblick war, wann dann? Sie musste einfach Gewissheit haben. Und wissen, wieso er dieses Spiel spielte.

»Du bist dir deiner Sache sehr sicher. Was bringt dich dazu, solche Vermutungen anzustellen, kleine Sub?«

Norina verdrängte das Gefühl, von allen angestarrt zu werden. Brian wusste hoffentlich, was er da tat. »Jedes Mal, wenn wir uns treffen, erkundigst du dich danach, was mir an dem Lord gefällt und was nicht. Wieso solltest du das tun, wenn du eigentlich eifersüchtig wärest? Du hast Zugang zum Klub. Du wusstest, dass ich suche, du wusstest, was ich will.«

»Was immer noch nicht erklärt, wie du zu diesem Schluss gekommen bist, Kleines.«

»Deine Stimme. Dein Geruch. Dein Akzent.« Norina hielt kurz inne und schüttelte dann leicht den Kopf. »Und dein Lächeln. Ich kann hören, wenn du lächelst, Brian.«

Sie hörte leise Schritte. Jemand griff an ihre Augenbinde und öffnete sanft den Knoten. Vorsichtig ließ er die schwarze Seide über ihr Gesicht nach unten gleiten. Norina blinzelte gegen das helle Licht einer einzelnen Kerze. Das Kerzenlicht brach sich in zwei Gläsern Weißwein, der von einer intensiven, absolut faszinierenden Farbe war.

Sie befanden sich in einem nobel aussehenden Restaurant, vor einem perfekt eingedeckten Tisch mit roter Rose und Kerze – allem, was es für einen romantischen Abend brauchte. Schlanke Finger streichelten über ihr Dekolleté nach unten. Sie seufzte erleichtert auf. Brians Finger.

Er ließ sich Zeit damit, wieder um sie herum zu gehen und sich auf seine Platz zu setzen. Brian trug einen Smoking und sah darin noch atemberaubender aus als sonst. Nur das übliche Grinsen fehlte, stattdessen wirkte er ernst und zurückgenommen.

»Das war ziemlich gut, Norina.« Dass er auf einmal ihren Namen benutzte, verstärkte das Gefühl der Distanz zwischen ihnen. »Und?«

»Was, und?« Sie griff nach ihrer Serviette und beschäftigte sich damit, die Falten herauszustreichen und den Stoff ordentlich über ihre Knie zu legen. Ihre Hände waren schweißnass. Wirklich zu wissen, dass derselbe Mann, der sie im Arm hielt und mit ihr lachte, auch dazu fähig war, ihr Schmerzen zuzufügen, war doch etwas ganz anderes, als es nur zu vermuten.

Er kniff die Augen zusammen und starrte für einen Moment auf seine Finger. »Norina, das hier ist alles andere als alltäglich für mich. Denkst du, wir könnten es auf eine andere Basis stellen? Den Lord vergessen? Nur du und ich?«

»Wie meinst du das?«

Er holte Luft, schluckte, wirkte, als müsste er sich selbst dazu zwingen, es auszusprechen. »Ich will dich nicht länger anlügen, Norina. Es gibt keinen Lord. Nur mich.«

»Ich habe es vermutet«, gab sie leise zu und strich sich unsicher durch die Haare. Am liebsten wäre sie jetzt aufgesprungen und hätte sich auf seinen Schoß gesetzt, ihn an sich gezogen und ihn mit einem Kuss getröstet. Er wirkte irgendwie verloren auf sie. »Warum?«

»Es hat sich so ergeben, wirklich. Ich wollte es nur ein einziges Mal durchziehen, aber dann … du warst so glücklich, wenn du dich fallen lassen konntest. Das Haus gehört einem Bekannten von mir. Ich kümmere mich darum, wenn er nicht in London ist. Ich wollte …« Er strich sich über das Gesicht und wandte den Blick ab. »Du warst so besessen von der Idee, diesen Lord zu haben, also habe ich ihn dir eben gegeben.«

Sie wollte etwas sagen, doch er hielt sie mit einer herrischen Geste davon ab. »Ich weiß, Kleines, das mit uns beiden, das würde nie etwas Richtiges werden. Das brauchst du mir nicht zu sagen. Du lebst in einer ganz anderen Welt als ich. Wir haben ja noch nicht mal wirklich Zeit füreinander.«

»Du hast das alles für mich gemacht?« Sie verstand nur in Teilen, warum er es nicht schon früher gesagt hatte. Aber es passte dazu, dass er ein Problem damit hatte, nicht so erfolgreich zu sein wie sie. »Brian, du bist verrückt, weißt du das? Und ich liebe es, dass du so bist.«

»Norina, das ist genau der Punkt, den ich meine. Du und ich, wir müssen darüber reden, was wir hier haben. Du bist immer noch vernarrt in den Lord. In einen Menschen, den es nicht gibt. Und du bildest dir ein, dich in mich verliebt zu haben.« Ein harter Unterton schlich sich in seine Stimme. »Aber alles das kann ich dir nicht geben, Kleines. Ich bin nicht der richtige Mann für dich.«

»Dann willst du nur Sex?« Ihre Stimme brach, und das nicht nur, weil es ihr schwerfiel, das auszusprechen. Sie suchte in seinem Gesicht nach einem Anzeichen dafür, dass er das nicht ernst meinte, dass er vielleicht doch mehr von ihr wollen könnte – und fand einen ganzen Haufen Zweifel in seinen grünen Augen. »Ist es das, was du sagen willst?«

»So ungefähr.« Er zuckte mit den Schultern. »Norina, du bist wirklich wunderbar. Ich habe noch nie eine Frau erlebt, die sich meiner Führung so bedingungslos anvertraut hat wie du. Aber mehr als das … Süße, glaub mir, es würde nicht gut gehen.«

Inzwischen hatte sie die Serviette mehrmals zerknüllt und damit ihre Bemühungen, die Falten herauszustreichen, endgültig zunichte gemacht. »Wer sagt das? Sollten wir es nicht wenigstens versuchen?«

»Nein, Kleines. Lass uns die Gefühle raushalten. Ich genieße den Sex mit dir, wirklich.« Er schloss kurz die Augen und schüttelte dann den Kopf. »Ich habe dir doch schon gesagt, dass ich nicht dafür geschaffen bin, der *Mann an ihrer Seite* zu sein, oder? Glaub mir einfach. Es würde nicht gutgehen. Ich will nicht riskieren, alles zu verlieren, was wir jetzt haben. Guten Sex. Und eine wunderschöne Freundschaft.«

»Brian, bitte …« Norina stockte der Atem. Der harte Zug

um seinen Mund und das Funkeln in seinen Augen waren verführerisch. Sie wollte ihn in den Arm nehmen und ihm seine Zweifel ausreden, auch wenn sie wusste, dass es nichts helfen würde.

»Ich würde dir nur im Weg stehen. Du brauchst deinen Job wie die Luft zum Atmen. Du bist so grandios gut darin, dass ich dir jeden Erfolg gönne. Aber ich passe da einfach nicht rein.« Er straffte seine Schultern, als müsste er sich selbst zur Ruhe rufen. »Ich will nicht, dass du dir Hoffnungen machst oder du einen falschen Eindruck bekommst, Norina. Es ist besser so. Für uns beide.«

»Brian …«

Wieder hob er nur die Hand und brachte sie damit zum Schweigen. »Norina, ich hätte das ganze Spiel schon sehr viel früher beenden sollen. Glaub mir, es ist zu deinem Besten, wenn wir jetzt klare Verhältnisse schaffen. Du bist nicht die Einzige hier, die von Dingen träumt, die man besser nicht tun sollte.«

Ein kalter Schauder lief über ihren Rücken. Norina blickte ihn fragend an. Ihr Mund fühlte sich viel zu trocken an, um noch zu sprechen.

»24/7, Norina. Ich träume schon immer davon. Eine Frau, die sich mir in jeglicher Hinsicht unterwirft. Kein Safeword oder sonstige Absprachen. Ich könnte dich verletzen, dich zerstören. Ich könnte nicht mit dir zusammen sein und das alles von unserem Spiel trennen.«

»Hast nicht du mir gesagt, dass Träume und Fantasien wichtig sind?« Die Aufregung, die nun durch ihren Körper jagte, war eine ganz andere als während des Spiels. Die Sehnsucht in ihr war immer noch nicht gestillt, ganz im Gegenteil. Sie sehnte sich nach ihm, nach den Spielen zwischen ihnen, nach der Angst und dem Gefühl, ihm vertrauen zu dürfen.

Der Plan, sich von diesen Neigungen zu kurieren, war gehörig falsch gelaufen. »Ich vertraue dir, Brian.«

»Aber ich mir nicht. Hör auf damit, Norina. Ich gebe zu, ich empfinde auch viel für dich. Aber lass uns das nüchtern angehen. Gefühle alleine reichen nicht für eine Beziehung.« Er bedachte sie mit einem warnenden, harten Blick. »Norina, ich hätte es dir schon sehr viel früher sagen sollen, ich weiß. Alles. Aber irgendwie hatte ich immer die Hoffnung, dass es sich einfach alles findet.«

Es fühlte sich an, als würde er ein Messer in ihrem Herzen umdrehen. Er meinte es nicht wirklich so, das spürte sie, und sie konnte in seinen Augen sehen, wie weh es ihm selbst tat, sie zurückzuweisen. Gleichzeitig konnte sie seine Angst nur zu gut verstehen. »Was schlägst du vor?«

»Eine Spielbeziehung. Es ist nicht ungewöhnlich in der Szene. Und daneben – nun, wir können natürlich gern weiter Dinge zusammen unternehmen. Wie Freunde eben. Aber nichts, was darüber hinausgeht.« Jetzt endlich suchte er ihren Blick. Die Falten in seinen Augenwinkeln waren tiefer als sonst. Er wirkte nicht wirklich glücklich damit. »Norina, das ist alles, was ich dir geben kann. Um deinetwillen.«

Alles kam ihr unwirklich vor, er, das Brennen auf ihrer Haut, die flackernde Kerze, die gediegene Umgebung. Dafür, dass alles so verdammt falsch war, fühlte es sich einfach zu gut an. Es war wenigstens ein Anfang, und vielleicht würde Brian sich eines Tages doch noch eines Besseren besinnen. Ihre nass geschwitzten Hände zitterten. »Brian, ich würde mich geehrt fühlen, wenn wir den weiteren Weg zusammen gehen. Du und ich. Ohne Lord.«

»Norina, du hast keine Ahnung, was für ein Geschenk du mir gerade machst. Ich werde alles tun, um es immer in Ehren zu halten.« Damit hob er leicht die Hand, wohl das unauffällige Zeichen an den Kellner, endlich mit dem Servieren zu beginnen.

»Darf ich zur Verlobung gratulieren?« Der Kellner deutete eine Verbeugung aus der Hüfte an. »Ein Glas Champagner, ehe wir den ersten Gang servieren, Sir?«

»Auf jeden Fall. Danke.« Brian winkte ihn zufrieden fort und wirkte dabei wie ein Lausejunge, dem ein ganz besonderer Streich gelungen war. »Ich musste ihnen doch etwas sagen als Erklärung«, flüsterte er dann. »Und du trinkst doch sicher ein Glas mit mir, oder, meine süße, kleine Sub?«

»O Gott, Brian ...« Norina war kurz davor, laut aufzulachen. Gut, wenigstens wusste so niemand, was wirklich zwischen ihnen vor sich ging. Eine Verlobung war deutlich unauffälliger als eine SM-Beziehung, und was konnte romantischer sein als ein Mann, der seine Freundin mit einem Antrag überraschen wollte?

»Ich habe mir erlaubt, das Menü zu wählen für heute Abend, Kleines. Irlands beste Köstlichkeiten. Irische Muscheln, für den Anfang, danach bestes Rindersteak mit jungen Kartoffeln und Gemüse, und zum Abschluss ... rate?«

»Apple Crumble?« Norina blickte ihn hoffnungsvoll an, und er nickte sofort. »Himmel, Brian, das ist doch Wahnsinn!«

Er hob warnend einen Zeigefinger. »Baby, sag es gar nicht erst. Ich weiß, was ich tue, und ganz so wenig verdiene ich an der Bar auch nicht.«

»Das meinte ich nicht.«

»Das will ich hoffen.« Er schenkte ihr noch einen warnenden Blick und formte mit den Lippen ein einziges Wort: *Peitsche.*

Norina schnappte nach Luft. »Bitte, Herr«, flüsterte sie zurück und setzte sich dann ruckartig auf, als der Kellner mit den Vorspeisen erschien.

***

Mit ihm allein zu sein brachte ihre Unsicherheit zurück. Im Taxi hatten sie beide geschwiegen, das Abendessen selbst war wunderbar normal gewesen, doch nun, an ihrer Wohnungstür, wurde Norinas Mund trocken. Wie sollte sie ihm in diesem Moment gegenübertreten?

Brian griff nach ihrer Hand und führte sie formvollendet an seine Lippen. Elektrische Ströme jagten durch ihren Körper. »Es war mir eine Ehre, Norina.«

Sie hielt sich mit einer Hand am Türrahmen fest und schloss halb die Augen. All das erklärte immer noch nicht, wieso Brian Fotos ihres Mandanten hatte. Und wieso sie sich gerade in dem Moment getroffen hatten, in dem sie den Fall übernommen hatte. »Möchtest du noch reinkommen? Nur auf einen Drink oder so? Ich weiß, es ist schon spät, aber irgendwie ...«

»Du bist es, die morgen früh aufstehen muss«, erinnerte er sie und grinste dann breit. »Aber wenn du möchtest, sage ich nicht Nein.«

Wortlos machte sie ihm den Weg frei und wartete, bis er die Schuhe ausgezogen und es sich auf dem Sofa bequem gemacht hatte. Wieder ließ er das Licht aus. Das schummerige Zwielicht der Großstadt betonte seine markanten Gesichtszüge, die Muskeln, die auch der Abendanzug nicht verbergen konnte.

Sie wusste fast nichts von ihm, und dennoch zerriss allein

der Gedanke, dass er irgendwann nicht mehr dort sitzen könnte, ihr das Herz. Brian passte nicht wirklich in ihre Welt. Er würde sich wahrscheinlich nie damit zufrieden geben, nur der Mann an ihrer Seite zu sein. An all die anderen Dinge wollte sie gar nicht denken. Ihr Vater würde wahrscheinlich auf der Stelle tot umfallen, wenn Brian von seiner Familie erzählte. Ihre Mutter würde mit Sicherheit ein paar Gebete extra sprechen, um sie alle von dem Katholiken zu erlösen. Und mit ihrem eigenen Ruf wäre es dahin, wenn auch nur ein Wort an die Öffentlichkeit käme.

Sie überbrückte ihre Unsicherheit, indem sie ihnen Rotwein einschenkte und im Schrank nach Erdnüssen suchte. Brian machte keine Anstalten, zuerst das Wort zu ergreifen.

»Was ich dich noch fragen wollte«, begann sie dann und schloss dabei die Küchenschränke wieder, »du bist wirklich gut hinter der Bar. Wieso machst du nicht dein eigenes Ding? Eröffnest einen Pub oder so etwas?«

Sein düsteres Schweigen war Antwort genug.

»Wirklich, Brian. Du hast Talent. Wenn du es richtig aufziehst, kann etwas daraus werden«, fuhr sie fort und brachte ihnen Wein und Knabbereien an den Esstisch. Brian saß am Kopfende, beobachtete sie stumm und raubte ihr mit seinem durchdringenden Blick schlichtweg die Nerven. Wieder kam die Beklemmung zurück. Als Brian noch einfach nur Brian gewesen war, hatte sie mit ihm über alles sprechen können. Aber jetzt?

»Weil ich mich nicht als Chef sehe.« Er griff nach einem Weinglas und nickte ihr knapp zu. »Ganz einfach, Baby. Ich wüsste auch gar nicht, wie man das anpackt. Außerdem bin ich glücklich, wo ich bin.«

Das klang nicht wirklich überzeugend. Norina nippte an

ihrem Wein und rutschte unruhig auf dem Stuhl herum. Brians Blick weckte die Erinnerung an diesen ganzen, absolut verrückten Abend in ihr und beschwor viel zu lebhafte Bilder herauf. »War nur ein Gedanke«, entschuldigte sie sich und trank noch einmal, um die Trockenheit aus ihrem Mund zu vertreiben.

»Du musst dich nicht entschuldigen. Was ist los mit dir, Kleines?«, fragte er zurück.

Er wollte ablenken, das war ihr klar. Dennoch lächelte Norina und ließ den Wein in ihrem Glas kreisen. »Wenn du etwas hättest, das dir wirklich Spaß macht, dann könntest du vielleicht eher mit meinem Erfolg leben. Und sag nicht, dass du nicht damit zu kämpfen hast. Das passt nicht in dein Weltbild, gib es ruhig zu.«

Falten tauchten um seinen Mund herum auf. »Komm her.« Er klopfte mit der flachen Hand auf seinen Oberschenkel und rutschte mit dem Stuhl ein Stück zurück. Immer noch fühlte sie sich fremd in ihrem Körper, beklommen und unsicher. Sie umrundete den Tisch und ließ sich von ihm auf seinen Schoß ziehen. Sein Griff hatte nichts von der gewohnten Stärke und Selbstsicherheit verloren. Es fühlte sich richtig an, ganz egal, was ihr Verstand sagte. Norina schloss die Augen. Sie wollte mehr von ihm, aber mehr als das würde er ihr nicht geben. Auch wenn sie nicht ganz verstand, wieso, denn wirklich einfach schien es ihm nicht gefallen zu sein, ihre Beziehung auf bloßen Sex zu reduzieren. Der Alkohol trug sicher dazu bei, dass sie keinen wirklich klaren Gedanken mehr fassen konnte.

Norina seufzte auf und kuschelte sich an ihn. Sein vertrauter Geruch beruhigte sie ein wenig. Seine Nähe legte sich wie Balsam auf ihr Herz, sein ruhiger Atem übertrug sich auf sie. Wenn er etwas sagte, klang alles einfach und logisch. Aber wenn sie darüber nachdachte, kam ihr alles nur noch verrückt vor.

Das laute Klingeln ihres Handys riss sie aus seiner Umarmung. Um diese Zeit gab es genau drei Nummern, die nicht automatisch blockiert wurden. Ihre Eltern, ihre Oma und Pete. Und keiner der drei würde anrufen, wenn es nicht einen verdammt wichtigen Grund dafür gäbe.

Norina wand sich aus seinen Armen und kramte das Handy aus ihrer Handtasche. Natürlich versteckte es sich ganz am Boden, unter all den Dingen, von denen sie glaubte, sie jeden Tag zu brauchen. Es läutete jetzt bereits zum zweiten Mal. Offenbar gab der Anrufer sich nicht mit der Mailbox zufrieden.

»Pete?« Sie bemühte sich darum, ruhig und nüchtern zu klingen, was gar nicht so einfach war nach diesem Abend. Mit fahrigen Händen strich sie sich die Haare aus der Stirn.

»Norina, ich habe einen Anruf bekommen. Die haben deinen Mandanten gerade in Untersuchungshaft genommen«, eröffnete Pete ihr ohne weitere Vorreden.

»Wie bitte?« Pete ersparte sich die Wiederholung, denn er wusste sehr genau, dass sie verstanden hatte. Norina drehte sich zu Brian um und fühlte sich auf einmal wieder sehr, sehr nüchtern. »Gib mir eine Stunde. Dann bin ich im Büro.« Sie legte auf und nestelte in derselben Bewegung schon an ihren Ohrringen herum. Brian verdrehte die Augen, obwohl er nichts von dem Gespräch mitbekommen hatte.

»Wenn du mir eine Hilfe sein willst, Brian – dann geh nach Hause. Und telefoniere bloß nicht mit Sarah Forsythe. Ich habe nämlich das dumme Gefühl, dass mir das meinen Fall kaputt machen könnte.«

»Cunningham?«, knurrte Brian und trank sein Glas mit

einem großen Schluck aus. »Ich werde ihn einfach nicht los, scheint mir. Wenn er Sarah unglücklich macht, dann kann er was erleben.«

Und da war er wieder, dieser ekelhafte Zweifel. Ob Brian wirklich unschuldig war und nichts mit dieser Sache zu tun hatte? Norina schüttelte stumm den Kopf und nahm ihre Halskette ab, während er ihr dabei zusah, wie sie nach ihrer dringend benötigten Fassung suchte.

Kapitel 19

Nachdem Pete sie über die Lage informiert hatte, schwirrte ihr noch mehr der Kopf. Es lag sicher nicht allein am Alkohol, das hoffte Norina jedenfalls.

»Also verstehe ich das richtig, dass irgendein Journalist herausgefunden haben will, dass unser Mandant und Tony Miller so etwas wie eine Beziehung haben? Oder hatten? Und dass die Staatsanwaltschaft darauf reagiert hat, indem sie die Kaution ausgesetzt haben?« Wirklich verstand sie es einfach nicht. »Sorry, Pete, ich habe heute ein bisschen was getrunken, das geht gerade zu schnell für mich.«

»Hab ich schon gemerkt.« Er grinste sie an und lehnte sich in seinem imposanten Lederdrehstuhl zurück. »Das ist die Essenz, ja. Die juristischen Winkelzüge siehst du dir besser in Ruhe an, das sollte mehr Sinn machen.«

Das klang danach, als ob sie heute nicht noch einmal nach Hause kam. Brian würde es sicher verstehen, auch wenn er über das plötzliche Ende des Abends nicht sehr glücklich gewirkt hatte. Norina nickte zustimmend, stellte die Ellenbogen auf seinem Schreibtisch ab und legte ihren schweren Kopf in ihre Hände. »Ich frage mich nur … mal abgesehen von der Begründung, die gerade nur komisch klingt … woher will dieser Journalist das wissen?«

»Nachdem die Staatsanwaltschaft nicht einmal damit herausrückt, woher sie die neuen Infos haben will, werden wir das wohl so schnell nicht erfahren.« Pete stand auf, ging zu der Kaffeemaschine in der Ecke und ließ ihr eine weitere Tasse Espresso heraus. Dazu stellte er kommentarlos ein großes Glas Wasser. »Der Staatsanwalt behauptet, er hätte trotz des Verbots Kontakt mit Tony und ihrem Mann gehabt. Die Info muss aus ihrem Umfeld kommen. Wer sonst könnte so etwas wissen?«

»Oder sie ist schlicht falsch.« Ihr Mund fühlte sich ganz trocken an. Norina trank einen großen Schluck Wasser und schloss die Augen, was nichts gegen das Hämmern in ihrem Kopf half. So viel Alkohol war es doch auch wieder nicht gewesen, oder? Nur der Champagner und die Flasche Weißwein, das war doch schon alles gewesen? »Oder doch jemand aus der Szene? Meine Güte, Pete, wir stochern einfach nur im Nebel. Und solange ich nicht weiß, woher die Verdächtigungen kommen, kann ich nur an den Auswirkungen herumdoktern. Das führt uns nicht wirklich weiter.«

Pete lächelte verständnisvoll. »Auf jeden Fall ist der Zeitpunkt gekommen, an dem ihr eure Strategie überdenken solltet. Geheim wird bald gar nichts mehr sein, das kann ich dir jetzt schon sagen. Vor allem nicht Cunninghams Privatleben. Auf so einen Skandal fährt die Presse doch immer ab.« Er zog ein Schreiben unter den Akten auf seinem Tisch hervor und reichte es ihr. Sorgenfalten tauchten auf seiner Stirn auf. »Hier, das hat uns gestern Abend noch erreicht. Du hast auf jeden Fall recht mit deiner Vermutung, dass mehr dahintersteckt.«

Norinas Hände waren klamm und kalt, als sie es entgegennahm.

Offenbar reichen meine bisherigen Warnungen nicht aus. Es tut mir leid, diesen Schritt gehen zu müssen, aber Sie lassen mir keine andere Wahl, Miss Thompson. Bereiten Sie sich darauf vor, dass in ein paar Tagen die ganze Nation weiß, was Ihr Mandant so treibt. Die Sex-Spielchen des Goldjungen, *wie klingt das in Ihren Ohren?*

Es liegt ganz in Ihrer Hand. Oder auch in der Ihres Mandanten, wie Sie wollen. Geben Sie endlich zu, welches Spiel damals gespielt wurde. Verkaufen Sie die Anteile an der MacMillan-Holding und niemand wird etwas erfahren.

»Hast du zufällig noch Kopfschmerztabletten da?« Das Hämmern in ihrem Kopf würde immer stärker. Die Nachwirkungen der Euphorie? Es fühlte sich wirklich an, als wäre sie aus freiem Fall zu hart auf dem Boden aufgeschlagen. Endlich hatte sie die Bestätigung dafür, dass die Transaktion eine Rolle spielte. Oder war das nur vorgeschoben von irgendjemandem, der sie in diese Richtung treiben wollte?

Pete zog seine Schreibtischschublade auf und kramte darin herum. »Nein, aber ich schaue gleich vorne bei Sammy im Schreibtisch. Sie hat eigentlich immer was da. Ich bringe es dir vorbei, okay?« Er richtete sich wieder auf. »Sag mal, Norina, darf ich indiskret sein? Wo kommst du eigentlich gerade her? Du hast so gestrahlt, als du ins Büro kamst.«

Sie zuckte mit den Schultern. »Ich habe wieder einen Freund. Wir müssen noch ein paar Dinge klären, ehe wir das offiziell machen können. Also sag bitte nichts weiter, okay?«

»Ich weiß von gar nichts.« Er lächelte zufrieden und legte die Finger aneinander. »Clariss hat mir erzählt, dass du einen äußerst schicken jungen Mann dabeihattest auf diesem Wohltätigkeitsball. Ist er der Glückliche?«

Norina zuckte wieder mit den Schultern. »Brian«, sagte sie

dann und seufzte leise auf. Pete war so etwas wie ein Vaterersatz für sie, ein Mentor, ein Wegweiser in allen möglichen Dingen. Früher oder später würde sie ihm Brian sicher vorstellen, und hoffentlich würde Pete ihn mögen.

»Clariss war begeistert von ihm. Sie hat normalerweise ein gutes Auge für die Männer.« Pete zwinkerte ihr schelmisch zu. »Wenn die Sache hier ruhiger wird, stellst du ihn mir mal vor.« Er stand auf und signalisierte ihr damit, dass er die Sache für absolut unbedeutend hielt.

In Norinas Kopf schwirrten immer noch die Gedanken wild umher, ohne dass sie etwas davon klar zu fassen bekam. War es wirklich Zufall gewesen, dass sie Brian an diesem Abend getroffen hatte? Dass er sich um sie bemühte? Dass er einer der wenigen Leute waren, die alles über Cunninghams Privatleben wussten, und einer der wirklich wenigen, die irgendein Interesse daran hatten? Sie konnte sich nur auf ihre Intuition verlassen. Und auf Brians Wort.

»Ich fahre in der Früh gleich zu Cunningham, okay? Lass mich nur erst ausnüchtern und mir die Sache genau ansehen. Bloß keinen Kommentar zur Presse, dass wir uns da richtig verstanden haben. Wenn überhaupt, entscheidet Cunningham selbst, was wir tun. Erpressen lassen wir uns jedenfalls nicht.«

Eines nach dem anderen. Erst einmal musste sie den Schaden begrenzen und Cunningham beruhigen. Dann konnte sie sich um Brian kümmern und darum herauszufinden, ob das wirklich alles nur Zufall war.

Kapitel 20

Den Klub zu betreten mit dem Wissen, dass es Brian war, der auf sie wartete, fühlte sich seltsam an. Norina nickte der Barkeeperin nur knapp zu und nahm sofort die Treppe nach oben. Sie musste ihn einfach sehen, nach dem überstürzten Abschied vorgestern Abend und diesem viel zu vollen Arbeitstag. Ihr Kopf schwirrte, ihre Augen schmerzten von der Arbeit am PC, und zugleich war sie viel zu aufgekratzt, um einfach nach Hause zu gehen und sich schlafen zu legen.

Mit zitternden Händen schob sie die Tür in den Raum auf, den er ihr per SMS genannt hatte. Heimeliges Kerzenlicht empfing sie. Das weiche Licht nahm den Möbeln die Schärfe und wurde von den Spiegeln an allen Wänden reflektiert. Brian saß auf einem niedrigen Hocker und blickte sie von unten her an. Sein Blick hatte etwas Aufforderndes.

Wieder jagte die Aufregung durch ihren Körper. Es fühlte sich beinahe an wie das erste Mal. Zum ersten Mal würde sie Brian sehen können, wenn er spielte. Zum ersten Mal würde sie sich nicht hinter einer Augenbinde verstecken können. Ihre Handflächen waren schweißnass. Norina wischte sie verstohlen an ihrem Rock ab und hoffte, dass ihre Kleidung seinen Geschmack traf. Nach der Arbeit hatte sie nicht viel Zeit gehabt. Es hatte gerade für eine Dusche gereicht, ehe sie wieder ins Taxi gesprungen war, um hierher zu kommen. Sie hatte sich nicht einmal schminken können, und ihre Haare waren immer noch ein wenig feucht.

»Du meinst also, dass es klug ist, mich um eine Session zu bitten?«, begrüßte er sie und sprach dabei so leise, dass sie gezwungen war, ihm ganz genau zuzuhören. »Schon wieder, Kleines?«

Noch immer lag dieses auffordernde Funkeln in seinen grünen Augen. Norina schnappte nach Luft und sank auf die Knie. Sie senkte ihren Kopf und schloss halb die Augen. Er lachte leise auf und machte keine Anstalten, sich ihr zu nähern. Das Schweigen, das sich zwischen ihnen entspannte, war voller Spannung und Vorfreude.

»Bitte, Herr«, brachte sie schließlich hervor. Ihre Stimme zitterte. Ob ihm das reichte? In ihrer SMS an ihn war es bedeutend einfacher gewesen. »Spielen Sie mit mir, bitte, Herr.«

Unsicherheit schwappte über sie hinweg. Er schwieg weiter, wartete offenbar darauf, dass sie etwas sagte. Dass sie das Richtige sagte. Nur was genau erwartete er? Norina wagte einen kurzen Blick nach oben. Er hatte die Hände auf die Knie gestützt, wirkte wie auf dem Sprung und strahlte dennoch absolute Ruhe aus.

Wenn er nur einen kleinen Hinweis geben würde, worauf genau er wartete! Norinas Herz schlug ihr bis zum Hals. Ihre Wangen glühten. Ein verlangendes Pochen breitete sich in ihrem Unterleib aus und übernahm das Kommando über ihren Körper. Die bleierne Müdigkeit verschwand aus ihren Gliedern, und die Gedanken in ihrem Kopf beruhigten sich.

Es war wirklich seltsam, Brian anzusehen. Die Trennung zwischen ihm und dem Lord hatte es auf eine gewisse Art und Weise einfacher gemacht. Brian war der Mann, mit dem sie lachen konnte, der sie festhielt, der ihr Halt und Stärke gab.

Der Lord war der Mann, der die dunklen Flecken in ihrem Inneren kannte, der ihr Verlangen stillte und mit ihrer Lust spielte.

Norinas Lippen bebten. Sie ballte die Hände zu Fäusten und entspannte sie wieder, um irgendwie die Aufregung loszuwerden. Es half nichts.

Sie erinnerte sich daran, was er ihr einmal bei ihr zu Hause gesagt hatte. Er mochte Frauen, die wussten, was sie wollten, die es auch einforderten. Ein kalter Schauder lief über ihren Rücken.

»Bitte, Herr, ich würde Ihnen gern dienen«, flüsterte sie aufgeregt. Sie wagte einen Blick zu ihm hoch. Er schüttelte nur knapp den Kopf, ohne eine weitere Regung.

Es genügte ihm nicht. Natürlich genügte es nicht, denn er wusste ganz genau, wie schwer es ihr fiel, ihre Wünsche zu formulieren.

Nur solange sie schwieg, würde sie überhaupt nichts von dem bekommen, was sie sich für heute Abend wünschte. Vor Norinas Augen tanzten kleine, schwarze Punkte.

»Bitte, Herr«, setzte sie noch einmal an. Es konnte doch nicht so schwer sein, oder? Es waren nur Worte, und eigentlich war sie mit Worten schon immer gut gewesen. Es waren nur Begriffe, die ihr nichts tun konnten. Und doch war es so viel mehr. »Bitte, ficken Sie mich«, brachte sie atemlos hervor und erschrak über ihre eigene Stimme. Hatte sie das wirklich getan?

»Ich habe ja schon fast Angst gehabt, dass das heute nichts mehr wird«, erwiderte er herablassend. »Aber das hast du schön gemacht, Kleines. Du lernst.«

Obwohl es ein Lob war, hatte sein Tonfall etwas Schneidendes. Er klang von oben herab, überlegen. Norina starrte vor sich auf den glatten Steinfußboden und verlagerte leicht ihr Gewicht, denn ihre Knie begannen bereits, unangenehm zu schmerzen.

»Und jetzt das Ganze noch einmal. Sieh mich an. Sag mir, wo du meinen Schwanz spüren willst. Ausführlich und in aller Deutlichkeit.«

Sein zufriedener Unterton machte die Kälte in seiner Stimme wieder wett. Es machte ihm Spaß, mit ihr zu spielen, und es machte ihm Spaß, diese andere Seite in ihr hervorzulocken. Das war genau die Bestätigung, nach der sie gesucht hatte. Norina hob das Kinn, suchte seinen Blick und fand Halt und Unterstützung in seinen Augen.

»Fick mich.« Ihre Stimme zitterte. »Bitte.«

»Mehr«, forderte er sie auf und machte eine herablassende Geste mit der rechten Hand. »Weiter, Kleines.«

»Fick mich. Hart. Wo immer du willst.« Norina fühlte Tränen in ihren Augen aufsteigen, Tränen der Erleichterung, weil sie es schaffte, die richtigen Worte zu finden, Tränen der Angst, weil das sicher noch nicht alles war. »Benutz mich. Wie auch immer es dir gefällt. Bitte.«

Ihre Stimme brach. Sie senkte den Kopf und unterdrückte mühsam das Zittern ihres Körpers. Was hätte sie jetzt darum gegeben, wenn er sie einfach nur berührt hätte! Oder ihr mit der Reitgerte Halt gegeben hätte. Egal was, solange er ihr nur zu verstehen gab, dass sie seine Erwartungen erfüllt hatte!

»Zieh dich aus. Du kannst deine Kleidung hier drüben ablegen, ordentlich, wenn ich bitten darf. Dann kommst du hierher zu mir.« Er deutete auf die entsprechenden Stellen auf dem Steinfußboden und ließ sich weiter nichts anmerken. Norinas Glieder fühlten sich bleischwer an, als sie sich nach oben kämpfte. War das alles, was er für sie übrighatte? Ein paar kurze, knappe Anweisungen?

Sie schenkte ihm einen sehnsüchtigen Blick über die Schultern und ließ dann den Rock herabfallen. Ebenso schnell lagen die Bluse und ihr neuer Spitzen-BH auf dem Boden, aber nicht einmal der neue, halb durchsichtige Tanga entlockte ihm irgendeine Regung. Sein Blick wanderte prüfend über ihren Körper, und seltsamerweise hatte sie nun mehr als jemals zuvor das Bedürfnis, sich vor seinem Blick zu schützen.

»Komm her«, wiederholte er, ehe sie ihre Arme vor die Brust heben konnte. Unsicher tapste Norina zu der Stelle, die er ihr bedeutete. Der Steinfußboden war eisig kalt unter ihren Fußsohlen. Sie biss die Lippen zusammen und blieb stehen. »Die Beine etwas weiter auseinander. Nimm die Hände hinter den Kopf.«

Seine Stimme schaltete das Denken in ihrem Kopf aus, ganz so, wie er es auch getan hatte, als er sich noch hinter dem Lord versteckt hatte. Norina hielt den Atem an, während sein Blick weiter über ihren Körper glitt. Noch immer setzte er nicht an, sie zu berühren. Ihre Haut brannte. Das Pulsieren in ihrem Unterleib sehnte sich danach, endlich von ihm berührt zu werden. Doch er tat einfach gar nichts.

»Du bist wunderschön«, sagte er schließlich ernsthaft. Ein sanftes Lächeln huschte über sein Gesicht. »Ich liebe die Rundungen deines Körpers. Du bist perfekt, Baby.«

Sie schaffte es, ihre Mundwinkel zu einem angedeuteten Lächeln hochzuziehen, auch wenn sie sich inmitten all der Spiegel an den Wänden und unter seinem strengen Blick nicht unbedingt schön fühlte. »Danke, Herr.«

»Solltest du jemals in Versuchung geraten, etwas anderes von dir zu denken – dann erinnere dich daran, dass ich dich schön finde. Wenn du dich selbst infrage stellst, dann stellst du auch mich infrage. Und das möchtest du sicher nicht, oder?« Er streckte eine Hand nach ihr aus und streichelte anerkennend über ihren Bauch. Gänsehaut breitete sich auf ihr aus. Norina hielt die Luft an und zog den Bauch ein, was er mit einem knappen Kopfschütteln kommentierte. »Eine niedliche Frau mit perfekten Kurven. So etwas habe ich mir immer gewünscht.« Seine Hand glitt weiter nach unten zwischen ihre Beine. »Und ich will, dass du das auch siehst. Setz dich.«

In einer einzigen fließenden Bewegung stand er von dem niedrigen Hocker auf, tauschte den Platz mit ihr und drückte sie nach unten. Sie kam am Rand des weichen Hockers zum Sitzen. Er trat hinter sie, legte seine Hände an ihren Hals und massierte sanft die Verspannungen aus ihrem Nacken, so lange, bis die Aufregung aus ihrem Körper verschwunden war.

»Spreiz die Beine«, befahl er schließlich und hielt in seiner Bewegung inne. »Lehn dich etwas zurück. Und dann machst du es dir selbst.«

Aufregung und Lust schossen durch ihren Körper. Ihre Beine zitterten, und nur noch seine Hände hielten sie aufrecht, als sie tat, was er verlangte.

***

Norina senkte den Blick, um sich selbst nicht im Spiegel zu sehen. Sie öffnete ihre Beine, ließ ihre rechte Hand zwischen ihre Schenkel gleiten und streichelte kaum spürbar über ihre Schamlippen. Wie stellte er sich das vor? Von jetzt auf gleich umzuschalten? Sich vor seinen Augen selbst zu befriedigen? Er wusste doch ganz genau, dass sie das nicht mochte!

An ihren Fingerkuppen spürte sie Feuchtigkeit, die ihre

Gedanken Lügen strafte. Ein Teil von ihr sehnte sich danach, jetzt aufzublicken, die Feuchtigkeit zu sehen, bewusst zu genießen, was er von ihr verlangte. Aber das gehörte sich einfach nicht. Eine anständige, wohlerzogene Frau spielte nicht zwischen ihren Beinen herum, so einfach war das. Und wenn sie sich danach sehnte, dann nur, weil sie diese lüsterne, dunkle Seite nicht unter Kontrolle bekam. Weil sie schwach war.

Brian kniete sich hinter sie auf den Hocker, zog sie an seine Brust und ließ seine Finger von ihrem Hals hinab zu ihren Brüsten wandern. Schauder jagten durch ihren Körper. Es war falsch, obwohl es sich doch so gut anfühlte! Norina legte den Kopf in den Nacken, an seine Brust und atmete seinen herrlichen Duft tief ein.

»Sieh dich an, Baby.« Sanft griff er zwischen ihre Oberschenkel und zog ihre Beine weiter zur Seite. Ganz langsam spreizte er sie, bis Norina leise aufkeuchte. Seine muskulösen Arme hielten sie gefangen, spielten beiläufig an ihren Brüsten, streichelten über ihre Arme, legten sich um ihren Bauch. »Ich wünschte, du würdest sehen, was ich sehe. Eine faszinierende Frau. Eine unbeschreiblich schöne Frau. Eine Frau, die ihre Lust genießt.«

Die Finger wanderten ihren Körper entlang zwischen ihre Beine. Er griff an ihr Handgelenk, führte damit ihre Hand zurück zu ihren Schamlippen, legte sie sanft auf ihrem Kitzler ab.

»Du schaffst das, Kleines.« Sein Atem strich warm über ihren Hals. Seine Lippen schlossen sich um ihr Ohrläppchen. Liebevoll saugte er daran, während ein Arm sie hielt und die andere Hand zwischen ihren Beinen ruhte.

Norina hörte seinen lauten Herzschlag, als wäre es ihr eigener. Das Blut rauschte in ihren Adern. Sie fühlte sich wie erstarrt, und zugleich jagte die Aufregung weiter durch ihren Körper. Sie versuchte es mit einem leichten Kreisen ihrer Finger, das er sofort unterband.

»Nein. Sieh dich an dabei.« Sein Tonfall ließ keinen Widerspruch zu. »Komm schon, mein Kleines.«

Ihre Augenlider flatterten. Mühsam schaffte sie es, ihre Augen zu öffnen. Sie blickte in den Spiegel und sah sich selbst in seinen Armen, geschützt von ihm, festgehalten von ihm. Er würde sie nicht entkommen lassen. Er hatte alle Zeit der Welt. Und früher oder später würde sie tun, was er verlangte, das wusste sie jetzt schon.

Trockenheit breitete sich in ihrem Mund aus.

»Nimm deine andere Hand zur Hilfe. Sieh dich selbst an. Sieh dir an, wie die Feuchtigkeit sich zwischen deinen Schamlippen sammelt. Wie dein Kitzler rot wird und anschwillt. Wie deine kleine Möse pulsiert und nach mehr verlangt.«

Er flüsterte es in ihr Ohr, als wäre es ihm selbst zu unanständig, und klang dabei doch so selbstbewusst, dass Norina diesen Gedanken sofort verwarf. Mit den Fingern ihrer linken Hand spreizte sie ihre Schamlippen leicht, um ihm einen besseren Blick zu ermöglichen. Ihm und ihr selbst auch. Brian küsste sich ihren Hals hinab, vergrub seine Zähne liebevoll in ihrem Nacken und schenkte ihr mit seinem Biss einen sanften Schmerz.

»Mach schon, Kleines. Ich helfe dir nicht. Wenn du heute einen Orgasmus erleben willst, dann musst du ihn dir selbst verschaffen.«

Norina tat alles, um ihren Verstand zu ignorieren, der ihr wieder einmal vorbetete, wie schlecht das alles war. Sie fokussierte sich stattdessen auf das Verlangen in ihrem Körper, das immer stärker zu werden schien. Sie tippte mit dem Zeigefinger gegen ihren Kitzler, stöhnte leise auf und widerstand dem Drang, die Augen zu schließen.

Es war auf eine befremdliche Weise erregend, ihre Lust zu sehen und dabei zuzusehen, wie ihr Körper immer mehr zu einem willenlosen Ding in seinen Armen wurde. Ihre Bewegungen wurden selbstsicherer. Ein sanftes Kreisen auf ihrem Kitzler ließ die Lust wärmer werden. Wenn sie gegen die empfindliche Stelle zwischen den Beinen klopfte, wurde die Lust verlangender. Mit jedem Augenblick wurde sie wagemutiger, probierte etwas mehr aus, ließ sich von ihrem Verlangen leiten. Die Hitze in ihrem Körper wurde beinahe unerträglich.

»Ja, ganz genau so. Mach die Augen nicht zu. Sieh dir zu! Sieh dich an, wenn du kommst!«, forderte er sie auf. Seine Finger halfen ihr dabei, auch wenn er vorher behauptet hatte, dass er genau das nicht tun würde.

Seine Bewegungen waren viel zielgerichteter als ihre. Er wusste, was er tun musste, um die Erregung hervorzulocken und zu purer Lust werden zu lassen. Fasziniert beobachtete Norina, wie zwei seiner Finger in sie eindrangen, sanft in sie stießen und sich wieder zurückzogen. Er verteilte die Feuchtigkeit auf ihrer Haut, kehrte dann zwischen ihre Beine zurück, drang wieder in sie ein.

Ihre Bewegungen wurden hektischer, je näher der Orgasmus kam. Brians Küsse schickten weitere elektrische Wellen durch sie hindurch, die sich mit dem Pochen in ihrem Unterleib verbanden. Zusammen wuchsen sie zu einer Welle an, der sie nicht mehr länger widerstehen konnte.

Krampfhaft, beinahe schmerzhaft, zogen sich die Muskeln in ihrem Unterleib zusammen. Sie verlangten nach etwas, das sie umklammern konnten. Nach seinem Glied. Nach Brians

Nähe. Nach seinen heftigen Stößen, nicht nur nach dem liebevollsanften Streicheln, zu dem er jetzt übergegangen war.

Norina warf den Kopf in den Nacken und stöhnte ihre Lust hinaus. Brian hielt sie, blieb in ihr, bis die Wellen schwächer wurden und ihre Sicht wieder klar wurde. Hastig setzte sie sich auf, wand sich aus seinem Griff und schloss ihre Beine.

Doch damit hatte sie die Rechnung ohne Brian gemacht. Wütend funkelte er sie an, und sie brauchte keine Worte, um zu verstehen, dass sie dies niemals ohne seine Erlaubnis hätte tun dürfen.

»Schmeck dich selbst.« Hart umfasste er ihr Handgelenk und hob ihre Finger an ihren Mund. »Los, Kleines!«

Hektisch leckte sie nur mit der Zungenspitze über ihre Finger, in der Hoffnung, dass ihm das genug war. Er lachte amüsiert auf.

»Du bist niedlich, Kleines. Für den Anfang reicht mir das. Aber ich verspreche dir jetzt schon, dass du mich irgendwann darum anflehen wirst, dir deinen Saft von den Fingern lecken zu dürfen. Und zwar ohne rot zu werden.« Damit ließ er sie allein, stand auf und holte etwas aus dem rückwärtigen Teil des Raumes. Als er zurückkam, zeigte er ihr im Spiegel ein schwarzes Lederhalsband. Ihr Herz überschlug sich vor Freude.

Betont langsam legte er das Lederband um ihren Hals und verschloss es in ihrem Nacken. Das Schwarz stand in einem krassen Kontrast zu ihrer blassen Haut. Gerade weil es einfach und schmucklos war, wirkte es noch schöner. Edler.

Norina schluckte und griff reflexartig danach. Ihre Fingerspitzen glitten andächtig über das glatte Leder. Langsam glitt ihr Blick von dem Halsband weg. Die Frau dort im Spiegel, das konnte nicht sie sein, oder? Diese roten Wangen? Die glänzenden Augen? Die Feuchtigkeit zwischen den Beinen?

»Danke, Herr«, brachte sie hervor und suchte im Spiegel nach seinem Blick. Er lächelte ihr knapp zu, beugte sich dann zu ihr, um ihre rechte Schulter mit Küssen zu bedecken. Jede Berührung seiner Lippen nahm ihr die Anspannung, jeder einzelne Kuss war wie eine Verbeugung vor ihr. Sie ließ sich in diese Sicherheit sinken und konzentrierte sich ganz auf die warmen Ströme, die seine Lippen durch ihren Körper hindurchschickten.

Wohlig seufzte sie auf, als er damit aufhörte. Er blickte hoch und grinste sie breit an. Dieses Grinsen verhieß nichts Gutes und schickte eine Mischung aus kalter Angst und Vorfreude in ihren Magen.

»Und jetzt gehst du nach unten und suchst dir einen Mann aus. Du bittest ihn darum, dich zu ficken, und zwar mit genau diesen Worten. Du hast fünfzehn Minuten. Dann bist du wieder da. Mitsamt des Mannes.«

Ihr verschlug es den Atem. Wie ferngesteuert stand sie auf, drehte sich hilflos zu ihm, doch er schickte sie mit einer knappen Handbewegung davon. Was blieb ihr anderes übrig, als zu gehorchen?

Kapitel 21

Norina saß zusammengekauert auf der letzten Treppenstufe und drückte sich an die Wand, als wollte sie dadurch möglichst unsichtbar werden. Kurz hielt Brian inne, um sie zu betrachten. Sie zitterte, und so blass wie jetzt hatte er sie selten gesehen. Sie rang sichtlich mit sich selbst, kämpfte gegen das übermächtige Gefühl von Scham und Angst an und schaffte es trotzdem nicht aufzustehen.

Genau damit hatte er gerechnet und ein bisschen sogar darauf gehofft. Brian brachte die letzten Treppenstufen hinter sich. Sie zuckte zusammen, als sie seinen Schatten bemerkte, und drehte sofort das Gesicht zur Wand. Tränen liefen über ihre Wangen.

Wortlos hakte er die Metallkette an ihrem Halsband ein. Sie schloss die Augen, machte sich noch kleiner und schluchzte unterdrückt auf. Es war genau diese Mischung, die es wunderbar einfach machte, mit ihr zu spielen. Die perfektionistische Seite an ihr wollte gehorchen. Die wohlerzogene Seite an ihr schämte sich und leistete allen Widerstand, den sie nur aufbieten konnte.

Und genau dieser Widerstand gab ihm das Gefühl tiefer Zufriedenheit. Brian zog gebieterisch an der Kette, zwang Norina dazu aufzustehen. Sie hangelte sich an der Wand entlang nach oben, schwankte kurz und senkte sofort wieder den Blick.

»Ich liebe deine Angst, Baby. Und ich verspreche dir, dass

du nicht umsonst zitterst.« Er zog sie noch enger an sich, bis er ihre Wärme spüren konnte. Ihr Duft vernebelte ihm die Sinne, diese Mischung aus verschiedenen Früchten und einem Hauch von Salz. Wortlos zwang er sie vorwärts, durch den Barraum hindurch in den rückwärtigen Teil des Klubs. Anders als die Räume im Obergeschoss waren die Räumlichkeiten hier öffentlich zugänglich – und er hatte sich schon darum gekümmert, dass jeder wusste, was er tun würde.

Es war lange her, dass Brian zum letzten Mal öffentlich gespielt hatte. Entsprechend groß war das Interesse. Norina würde mit Sicherheit fast sterben vor Scham, und genau das war es, was heute den ganz besonderen Reiz seines Spiels ausmachen würde.

Brian packte sie hart am Oberarm und schob sie vor sich in den nur schummerig erleuchteten Raum. Unter seinem Griff fühlte sie sich an wie erstarrt. Ein gut gepolsterter Strafbock bildete den Mittelpunkt des Raumes. Die beiden Stufen des Strafbocks waren perfekt dazu geeignet, um sie in kniender Position zu fesseln. Brian drückte sie hinunter, bis ihr Oberkörper auf dem weichen Leder auflag. Breite Manschetten umfingen ihre Handgelenke. Er zog die Fesseln zu, verschloss auch das zweite Paar Manschetten an ihren Oberarmen. Dann schob er ihre Beine auseinander, fesselte auch sie mit Manschetten an das Möbelstück. Ihr fülliger Hintern reckte sich ihm verführerisch entgegen, zwischen ihren Beinen pulsierte die Feuchtigkeit.

Er drängte seine eigene Erregung zurück, blickte kurz auf und stellte zufrieden fest, dass sich schon ein paar Neugierige eingefunden hatten. Genug Menschen jedenfalls, um Norinas Schamgefühl auf die Probe zu stellen.

»Kleine Sub, du hast mich enttäuscht. Du hast dich gegen meine Befehle aufgelehnt. Grundlos.« Er betonte jedes Wort, während er durch den Raum zu den Werkzeugen ging, die er zuvor ausgewählt hatte. Reitgerte und Rohrstock, schätzte er, würden bei ihr die erhoffte Wirkung zeigen. Dennoch griff er zunächst zu einem dicken Flogger. Er trat vor sie und hielt ihr das Schlaginstrument vor das Gesicht. Ihre Augen waren angstgeweitet, erste Tränen liefen über ihre Wangen.

»Ich habe dir Schmerz versprochen, Kleines. Und genau das bekommst du jetzt auch von mir. Kein Safeword. Keine Gnade. Nur Schmerz.« Er ging vor ihr in die Hocke und streichelte sanft über ihre Wange. Ein Schauder lief durch seinen eigenen Körper. Er spürte ihre Energie, ihre Angst, die ihm Kraft gab.

Seine Lippen glitten über ihre Ohrmuschel, während er weitersprach, diesmal so leise, dass es nur für sie bestimmt war. Er schmeckte das Salz auf ihrer Haut. »Baby, ich höre erst auf, wenn du es ohne jedes Zögern schaffst, uns allen hier deine Lieblingsfantasie zu schildern. Und wehe, du versuchst, mich oder unsere Zuschauer zu belügen.«

Sie schluchzte heiser auf, starrte ihn an, als könnte sie nicht ganz glauben, was er von ihr verlangte. Er griff unter ihr Kinn, drückte einen harten Kuss auf ihre zitternden Lippen. Ihre Wangen waren knallrot, was selbst in dem schummerigen Licht gut zu erkennen war. Sie war einfach faszinierend.

»Schrei, Baby. Ich liebe dich«, gab er ihr noch mit. Dann stand er auf, strich mit dem Flogger über die Länge ihres Körpers, während er sie umrundete. Gänsehaut breitete sich auf ihrem Körper aus, ihr Zittern war für jeden Zuschauer deutlich zu erkennen.

Sie war einfach ein absoluter Traum.

***

Die Schläge ließen sie jeden Bezug zur Realität verlieren. Ihre Haut brannte. Er wechselte vom Flogger zur Reitgerte, griff schließlich zu einem Rohrstock, und jeder Schlag fühlte sich ein klein wenig anders an. Mal war der Schmerz brennend und tief, dann wieder dauerte es, bis sie überhaupt fühlte, wo er sie getroffen hatte. Brian spielte auf ihrem Körper, er spielte mit ihrem Schmerz, und er spielte verdammt gut. Norina hatte es längst aufgegeben, gegen die Tränen anzukämpfen. Sie schrie ihren Schmerz hinaus, wenn er hart schlug, sie schluchzte und wimmerte, wenn er ein sanftes Brennen in ihren Körper schickte. Der Raum und vor allem auch die Zuschauer verschwammen vor ihren Augen. Die sanften Streicheleinheiten zwischen seinen Schlägen nahmen ab. Schließlich prasselten harte Schläge ohne jede Pause auf sie ein. Die Tränen benetzten ihre Lippen.

Das Denken fiel ihr zunehmend schwer. Die Reizflut überwältigte sie. Alles schien ineinander zu verschwimmen. Die Schmerzen stiegen bis an den Punkt, an dem sie glaubte, nicht mehr ertragen zu können. Doch Brian hielt nicht inne, sondern schlug unerbittlich weiter, härter noch als zuvor.

Wenn sie wollte, dass er aufhörte, gab es nur eine einzige Möglichkeit. Sie verschwendete nur einen kurzen einzigen Gedanken an die Zuschauer, sammelte alles an Klarheit, das sie in ihrem Kopf noch finden konnte, und tat, was er verlangt hatte.

»Bitte, ich kann nicht mehr, Herr«, begann sie. Die Worte kamen stockend und rau. Ihr trockener Mund machte das Sprechen schwer. Brian hielt sofort inne. Erwartungsvolle Stille senkte sich über den Raum. Sie spürte, dass sie diesen einen Versuch nicht vermasseln durfte. »Herr, ich wünsche mir … ich träume davon, von fremden Männern genommen zu werden. Sie nehmen mich, hart und erbarmungslos. Überall. Und machen auch dann weiter, wenn ich längst nicht mehr kann. Sie nehmen keine Rücksicht auf mich.«

Ihre Stimme brach. Wie krank mochte das klingen? Diese Bilder waren viel zu machtvoll, um sich dagegen zu wehren.

»Gut gemacht, Baby. Ich bin stolz auf dich«, lobte er. Sie hörte seine Schritte, als er den Rohrstock wegbrachte. Sein Lob beruhigte sie ein wenig. Unsicher senkte sie den Blick. Was mochten die Zuschauer nun von ihr denken?

Seine Polaroidkamera gab ihr einen Augenblick, um durchzuatmen und ihre Fassung wiederzufinden. Diesmal schoss er mehrere Bilder hintereinander, ehe er sich wieder ihrem Körper widmete. Seine Hände waren überall, warm und zärtlich zugleich. Sie verstanden es, ihren Körper in Lust zu baden und sie damit in einen Zustand zu schicken, in dem ihr alles egal wurde. Die Zuschauer, deren Anwesenheit sie nur am Rande wahrnahm. Die unbequeme Haltung auf diesem Möbelstück. Die Aussicht auf Strafe, die er ihr angekündigt hatte.

Sanft drang er in sie ein, spielte an ihrem Kitzler, bis heiße Wellen durch ihren Unterleib liefen, und ließ sie den brennenden Schmerz vergessen, den die Gerten und Peitschen ihr geschenkt hatten. Plötzlich wurde sein Griff grob. Er veränderte ihre Lage auf diesem Möbelstück, als wäre sie eine willenlose Puppe. Nur noch an ihren Hüften lag sie jetzt auf der Unterlage auf. Ihre Arme wurden ein Stück nach oben gezogen. Ihre Brüste reckten sich nun keck nach vorne. Der Zug auf ihre Schultern war jetzt schon unerträglich. Norina brauchte keine weiteren Worte, um zu verstehen, dass jetzt der wirklich interessante Teil des Abends beginnen würde. Sie suchte Brians Blick und versicherte ihm mit einem knappen

Lächeln, dass sie bereit war. Der leichte Schweißfilm auf ihrer Haut ließ sie frösteln.

Brian griff hart an ihre Brüste, streichelte ohne jede Zärtlichkeit über ihre Nippel, bis sie sich unter seinem Griff aufrichteten. Aus seiner Hosentasche holte er metallisch glänzende Klemmen hervor. Norina hielt die Luft an. Er kündigte es nicht groß an, sondern setzte eine der Klemmen auf ihre rechte Brustwarze. Ein stechender Schmerz schoss durch ihren Körper, der schnell zu einem Pochen im Hintergrund wurde. Sie atmete durch, dann setzte er auch auf ihren linken Nippel eine Klemme. Das Funkeln in seinen Augen gefiel ihr. Er liebte den Schmerz, den sie für ihn ertrug, das war Belohnung genug.

»Weißt du, was ich mir für dich ausgedacht habe, kleine Sub?« Er hob mit der rechten Hand ihr Kinn an und musterte sie eindringlich. »Wir werden jetzt deine Lieblingsfantasie wahr werden lassen. Ich gebe dich nur zu gerne frei. Jeder, der möchte, kann dich heute benutzen. Ob du es willst oder nicht.«

Ihr blieb kurz das Herz stehen. Er wollte diese Fantasie also wirklich wahr werden lassen? Deshalb die Zuschauer? Ihr wurde ganz anders bei dem Gedanken. Fantasien waren das eine, die Realität war dann doch etwas anderes. Ein Anflug von Panik rollte über sie hinweg und vertrieb die Lust aus ihrem Körper, die er zuvor geweckt hatte.

Scheinbar nachdenklich umrundete er sie und musterte sie dabei intensiv. Seine Ruhe bewirkte bei ihr das genaue Gegenteil. Ihr Herz schlug rasend schnell. Die Striemen auf ihrer Haut brannten sich immer tiefer in sie ein. Norinas Augenlider flatterten.

»Ja, genau, das fehlt dir noch«, beschloss er schließlich, als habe er sich wirklich erst jetzt darüber Gedanken gemacht.

Sein Lächeln bekam etwas Teuflisches. Er verschwand nach hinten aus ihrem Blickfeld, kam nur kurz darauf wieder. In der Hand hielt er mehrere Verpackungen. Mit einem zufriedenen Grinsen zog er eine davon hervor und hielt sie ihr vors Gesicht. »Nadeln«, erklärte er seelenruhig, während ihr bei diesem Anblick beinah schlecht wurde. »Ich möchte in dich eindringen. Dich spüren, wo niemand sonst je war«, flüsterte er in ihr Ohr und schickte ihr damit einen warmen Schauder, auch wenn die Angst vor diesen Nadeln ihr schwarz vor Augen werden ließ.

Er kümmerte sich nicht um ihre Gefühle, sondern nahm ein Stück Haut an ihrem linken Oberarm zwischen seine Finger. Ein kurzes Pieksen, mehr war es im Grunde genommen nicht, und trotzdem schrie Norina auf. Es schmerzte mehr als alle Schläge zuvor. Die Panik wurde zu einer Welle, gegen die sie sich nicht mehr wehren konnte. Ein kalter Klumpen sammelte sich in ihrem Magen. Sie glaubte zu fallen, obwohl die Fesseln sie doch fest hielten.

»Nein, Brian. Hör auf.« Ihr Widerspruch kam leise und kaum hörbar. Die Angst vor den Nadeln trieb sie weiter, auch wenn sie wusste, dass es nichts bringen würde. »Nein, bitte nicht!«

Er lachte nur, nahm die zweite Nadel aus ihrer sterilen Verpackung und zog ein wenig an der ersten Nadel in ihrer Haut. »Vertrau mir, Kleines. Es wird dir gefallen.«

»Brian ... bitte ...« Sie keuchte auf und schloss entmutigt die Augen. Ihre Gedanken rasten wie wild. Er schob die zweite Nadel quer unter der ersten hindurch. Die Gefühle überschlugen sich, die Panik, der Schmerz, seine Macht über sie. Ein einzelnes Wort blinkte dazwischen auf. »Bitte nicht«, stieß sie hervor und hoffte, dass er verstand, was sie damit sagen wollte.

»Kein Safeword, Kleines«, erinnerte er sie mit einem Grinsen im Gesicht. Er beugte sich zu ihr hinunter und küsste sie auf die Lippen, ein kurzer, harter Kuss, ehe er sich wieder aufrichtete. »Und kein Widerspruch. Du machst es nicht besser.«

Er zog eine dritte Nadel aus ihrer Verpackung und streichelte sanft über ihre Wange. Norina schluchzte unterdrückt auf. Aus den Augenwinkeln bemerkte sie eine Bewegung. Eine auf den ersten Blick erstaunlich zierliche Frau trat aus der gesichtslosen Zuschauermenge heraus und auf Brian zu. Ihre Kleidung unterstrich ihre Figur perfekt. Sie schien sorgfältig ausgewählt worden zu sein bis hin zu den weißen Spitzenhandschuhen, die ihre dunkle Haut perfekt zur Geltung brachten. Norina glaubte, unter ihren Tränen die Inderin von der Theke zu erkennen.

»Brian, ich denke, dass dein Mädchen genug hat«, sagte sie sanft und klang zugleich unwahrscheinlich resolut.

»Das entscheide immer noch ich«, widersprach Brian und hob die Hand, als sie noch näherkommen wollte. »Du bist viel zu sanft, Sunny.«

Ihre weiche Stimme wirkte einlullend, ihr Lachen dagegen perlte wie feinster Sekt. »Brian, deine Kleine ist halb ohnmächtig vor Panik. Es reicht. Sie hat genug.«

»Hat sie das?« Er zog beide Augenbrauen nach oben und drehte sich wieder zu ihr. Norina hielt den Atem an und versuchte gleichzeitig ein Lächeln, um sich bei dieser fremden Frau zu bedanken. »Misch dich nicht ein, wo es nichts einzumischen gibt«, erklärte er dann fest und schüttelte den Kopf.

»Hast du genug, kleine Sub?«, sprach er nun sie direkt an. Er ging vor ihr in die Hocke, als wollte er sie genauer betrachten, und stieß dabei wie unabsichtlich gegen die Klemmen an ihren Brüsten.

»Brian …«, war alles, das sie noch hervorbrachte. Norina spürte den wachsamen Blick der Frau auf sich. Es war seltsam beruhigend, dass irgendeine wildfremde Frau sich um ihr Wohl kümmerte, mehr als Brian, mehr als sie selbst.

»Nun, Kleines, lassen wir es für den Augenblick. Nicht, dass du mir umkippst.« Wieder lachte er auf, rau und kein bisschen liebevoll. »Ich habe ja noch mehr mit dir vor. Was meinst du?« Er trat ein Stück zur Seite und umfasste mit einer einladenden Geste den Raum. »Dein hübscher, kleiner Arsch zuerst?«

»Bitte, Brian. Bitte! Ich will das nicht«, stammelte sie. Nein, sie wollte es wirklich nicht. Es war egal, dass es ihre Fantasien waren, aber in der Wirklichkeit wollte sie diese wunderschönen Augenblicke für sich und Brian reservieren. Sie wollte es nicht auf diese Art. Nicht, wenn sie sich überhaupt nicht mehr wehren konnte, weil er ihr gezeigt hatte, wie groß seine Macht über sie war.

»Baby, wie oft hatten wir das schon?« Er hob abermals die Hand, als diese fremde Frau nähertrat.

Norina wusste, dass sie ihn damit enttäuschen würde. Es schmerzte. Es schmerzte mehr als die brennenden Striemen auf ihrer Haut oder die Nadeln. Ob es für ihn bedeutete, dass auch ihre Beziehung vor dem Aus stand? »Rot«, flüsterte sie und hoffte, dass irgendwer reagieren würde, auch wenn Brian ihr kein Safeword gegeben hatte.

»Ich dachte schon, du sagst es nie. Sunny, hilf mir bitte.« Das liebevolle Lächeln kehrte zurück, genauso das Funkeln in seinen Augen. Er war bei ihr, löste die Fesseln und hielt sie, während die fremde Frau mit weichen Händen die Nadeln aus ihrer Haut zog. Noch einmal bäumte sich Norinas Körper vor Schmerz auf, als Sunny die Klemmen abnahm. Doch Brian hielt sie fest, flüsterte beruhigende Worte in ihr Ohr und bedeckte ihre Haut mit Küssen.

Was die Verwirrung in ihr perfekt werden ließ. Er hob sie hoch. Hilflos schlang sie die Arme um seinen Hals und schmiegte sich an ihn. Er roch wunderbar nach Brian. Nach dem Mann, dem sie bisher ohne jedes Zögern ihr Leben anvertraut hätte. Er trug sie aus dem Raum in ein kleineres Zimmer, legte sie auf ein weiches Bett und war neben ihr, ehe sie reagieren konnte.

»Ich bin stolz auf dich, Kleines. Ich kann dir gar nicht sagen, wie stolz.« Liebevoll küsste er ihre verschwitzte Haut. »Ich wusste, dass du es kannst. Nein sagen, selbst wenn ich es dir verboten habe.«

»Was meinst du?« Sie konnte einfach nicht fassen, dass er nicht wütend war, ganz im Gegenteil.

»Du hast mir einmal gesagt, dass du Angst hast, keine Grenzen zu kennen. Heute hast du eine Grenze gefunden, nehme ich an. Und du hast es mir gesagt, Kleines. Ich bin so stolz auf dich«, erklärte er langsam und streichelte sie liebevoll, während ihr wild schlagendes Herz sich langsam beruhigte.

Zärtlich schloss er sie in seine Arme. Norina kam sich immer noch vor wie in Trance. Sie spürte seine Erregung. Aufregung schoss durch ihren Körper. Er hatte sich noch nicht an ihr befriedigt. Ob sie es ihm anbieten durfte? Sie tastete nach seinem Hosenbund, aber er griff nach ihrem Handgelenk und zog ihren Arm zur Seite.

»Nein, Kleines«, flüsterte er sanft. »Lass das.«

»Aber …«, widersprach sie brüchig.

»Wenn ich Nein sage, meine ich genau das. Nicht heute. Du bist emotional vollkommen durcheinander. Wenn ich mit dir schlafe, sollst du es genießen können. Ich möchte nicht, dass du beides zu sehr vermischt.«

»Aber ...«, setzte sie noch einmal an. Sein Zeigefinger legte sich auf ihre Lippen.

»Baby, alles ist gut. Mach dir keine Sorgen. Dein Schmerz und dein Gehorsam waren sehr befriedigend für mich. Auf eine andere Weise als Sex, aber nicht weniger gut. Miteinander schlafen können wir morgen oder übermorgen, wenn es dir besser geht. Wenn du jeden Augenblick genießen kannst. Nicht mehr heute«, erklärte er ruhig und zog sie noch fester in seine Umarmung. »Danke, Kleines. Du warst wieder wunderbar. Du bist immer wunderbar.«

Norina schmiegte sich an ihn und genoss seinen herben Duft. Er roch herrlich männlich, ein bisschen nach Tabak und Holz und Moos, und darunter nach Lust. Allein sein Duft ließ sie schwindlig werden.

»Danke, Brian. Ich bin wirklich fertig. Ich habe es gerade so geschafft, für übermorgen eine Anhörung durchzusetzen. Irgendwer will meinem Mandanten ans Bein pissen. Das Ministerium scheint ihm wirklich etwas anhängen zu wollen.«

»Du bist ja schon wieder bei der Arbeit«, rügte er zärtlich und stupste mit dem Zeigefinger gegen ihre Nase. »Aber diesmal sei es dir verziehen. Lass mich raten – du musst jetzt dann auch noch mal ins Büro?«

»Heute nicht mehr. Ich brauche einfach nur Schlaf.« Sie blickte sehnsüchtig zu ihm auf und tastete nach seinem markanten Kinn. Mit den Fingerspitzen fuhr sie den feinen Schwung seiner Lippen nach. »Kommst du mit zu mir? Ich möchte nicht allein sein heute Nacht.«

»Was immer du möchtest, Kleines, solange es dir guttut. Ich

danke dir für alles, das du mir gibst.« Sanft drückte er einen Kuss auf ihren verschwitzten Haaransatz und hielt sie weiter fest im Arm. »Hast du Hunger? Dann nehmen wir uns auf dem Weg noch etwas mit, nicht dass du mir umkippst.«

»Das wäre wunderbar. Ich habe heute nur ein Sandwich gehabt, das war es auch schon. Ich darf das nicht verbocken, weißt du. Ein falscher Schritt, und mein Mandant ist geliefert.«

»Ruhig, Baby, du machst das großartig. Morgen früh kannst du wieder daran denken. Nicht heute. Ich kümmere mich um alles, okay, Kleines?« Sein ruhiger, beschwörender Tonfall beruhigte ihr Herz endgültig.

Mit seiner Stärke an ihrer Seite fühlte sich alles wunderbar leicht an. Selbst dieser Termin übermorgen, der ihr immer noch schwer im Magen lag. Und der Gedanke daran, dass hinter dieser Sache mehr steckte, als sie bisher herausgefunden hatte.

Kapitel 22

Du arbeitest zu viel. Heute, elf Uhr, bekannter Ort. F.

Norina strich über ihren Blackberry und starrte dabei auf die Nachricht. Es kam ihr seltsam vor, dass Brian ausgerechnet heute wieder auf diese alte Maskerade zurückgreifen wollte. Und warum benutzte er ihre offizielle Nummer, nicht ihr Privathandy? Gestern Abend jedenfalls hatte er nichts in die Richtung gesagt. Außerdem wusste er, dass sie heute um drei im Gericht sein musste.

Oder gerade deshalb? Weil er wusste, dass sie vor solchen Terminen gerne nervös wurde, alles immer und immer wieder durchging, um ja keinen Fehler zu machen? Weil er sie von ihrer Aufregung ablenken wollte? Das klang schon eher nach Brian und seiner unbekümmerten Art.

Bislang hatte Brian mit allem recht behalten, was er getan hatte. Er kannte sie in vielerlei Hinsicht besser als sie selbst. Wieso sollte sie gerade jetzt anfangen, an ihm zu zweifeln? Kurz entschlossen warf sie ihr Handy in die Handtasche, schaltete den Computer aus und verließ ihr Büro.

»Ich treffe euch um zwei am Gericht. Bring die Akten mit, liegen auf meinem Schreibtisch«, rief sie in Yanneks Raum und erntete einen verwirrten Blick von ihrem Kollegen. Um sich keinen weiteren Fragen auszusetzen, eilte sie aus dem Büro und nahm ausnahmsweise die Treppen, um niemandem mehr über den Weg zu laufen. Wie sollte sie auch erklären, dass sie ganz entgegen ihrer sonstigen Gewohnheit nicht bis zum letzten Augenblick über den Akten saß, sondern sich stattdessen ablenken wollte?

Sie nahm sich ein Taxi und hielt sich nur mühsam davon ab, an ihren Fingernägeln zu kauen. Im dichten Verkehr schwanden die Minuten nur so dahin. Was auch immer Brian vorhatte, lange würde er dafür nicht Zeit haben. Das elegante Haus mit der roten Backsteinfassade lag ruhig da wie immer. Norina bezahlte den Taxifahrer, atmete noch einmal durch und trat durch die halb offen stehende Haustür hinein. Im Flur lag nichts bereit, keine Augenbinde, kein Zettel und auch sonst nichts.

Unsicherheit breitete sich in ihrem Magen aus. Ob Brian erwartete, dass sie einfach so weiterging? Oder ob er darauf hoffte, dass sie genau diesen Fehler machte? Sie wollte zu gerne wissen, wie es in diesem Haus eigentlich aussah, aber damit würde er rechnen. Norina legte ihre Handtasche zur Seite, ging auf die Knie und schloss die Augen. Brian würde schon früh genug sagen, was er von ihr wollte.

Leise Schritte näherten sich ihr, Ledersohlen auf Steinfußboden, so wie damals, als sie das erste Mal hier gewesen war. In diesem anderen Leben ohne Brian. Schweigend zog er ihre Arme nach hinten, legte ein Seil um die Handgelenke und zog es fest zusammen. Ein wohliger Schauer durchlief ihren Körper. Er entlockte ihr ein Stöhnen, indem er die Fesseln noch enger zusammenzog, so eng, dass es in ihren Schultern zu schmerzen begann.

»Wohlerzogen.«

Es war nicht Brians Stimme. Oder etwa doch? Norinas Atem beschleunigte sich. Oder hatte Brian irgendjemand anderen dazu gebeten? Ihre Augenlider flatterten. Mit aller

Kraft zwang sie sich dazu, nicht aufzublicken und damit alles zu zerstören.

»Du machst es mir fast zu leicht.« Schritte umrundeten sie. Es klang definitiv nicht nach Brian. Das ungute Gefühl in ihrem Magen wurde größer. Sanfte Finger fuhren über ihren Hals und blieben provozierend auf ihren Halsschlagadern liegen. Etwas Kaltes, Gummiartiges legte sich über ihr Gesicht und verdunkelte alles um sie herum. Sie wollte die Augen aufschlagen, nur um festzustellen, dass es sich wohl um eine Maske handelte. Eine Maske, die dieser Unbekannte nun um ihren Hals schloss und irgendwo am Hinterkopf befestigte. Nur ihr Mund war noch vollkommen frei, und selbst das Atmen durch zwei kleine Löcher fiel ihr schwer. Norina hielt die Spannung nicht mehr aus. Sollte er sie doch dafür strafen, wenn er meinte. Aber das hier war definitiv wichtig.

»Brian, bitte, was hast du vor? Du weißt doch, dass ich um drei auf Gericht sein muss?« Ihre Stimme brach.

Sein Lachen schnitt tief in ihr Herz, zynischer als Brian es je gekonnt hätte. »Wieso auch immer du Brian erwartest, Kleine – er ist nicht hier. Ich weiß, dass der Dummkopf sich als Lord Fergus aufgespielt hat. Aber das hat jetzt ein Ende. Dein sogenannter Lord wird schon sehen, was er davon hat, sich mit mir anzulegen.«

Ihr Herz überschlug sich beinahe. Adrenalin schoss in ihren Körper, doch der Unbekannte war schneller. Handschellen schnappten zu, ehe sie auch nur daran denken konnte, sich zu wehren.

»Tut mir wirklich leid, Kleine, aber du wolltest ja nicht hören. Diesmal stehst du mir einfach im Weg.« Ein süßlicher Geruch stieg in ihre Nase. Norina hielt verzweifelt die Luft an, versuchte aufzustehen, doch sein Griff an ihren Armen wurde einfach nur etwas härter.

Dann schwanden ihr die Sinne.

* * *

Langsam nur setzten sich die Bilder vor ihren Augen wieder zusammen. Dunkle, schwere Möbel. Raumhohe Fenster. Porträtbilder an der Wand. Holzvertäfelte Wände. Der Geruch von Zigarren. Ein Landhaus?

Ihr erster Versuch, sich zu bewegen, endete bereits nach ein paar Millimetern an hartem Metall. Sie versuchte es noch einmal, mit genau so geringem Erfolg.

»Da ist mein kleines Dummerchen ja wieder. Etwas naiv, die Kleine, das habe ich Brian gleich gesagt.«

Sie kannte diese Stimme. Norina zwang sich dazu, ihren Blick auf ihn zu fokussieren, und zwischen den vagen Eindrücken aus ihrer Umgebung schälte sich langsam ein einzelnes Bild heraus.

»George?«, murmelte sie und zuckte zusammen, als er drohend eine Pistole hob.

»Ich frage mich wirklich, womit du dir deinen Ruf erarbeitet hast, Schätzchen. Und jetzt wirst du genau das tun, was ich dir sage.«

»Was wird das?« Sie hob ihre Hände an, nur um festzustellen, dass ihre Arme mit Handschellen verbunden waren und ihr kaum Bewegungsmöglichkeiten ließen. Sie riskierte einen Blick nach unten. Ihre Füße waren an einem Stuhl festgebunden, und auch um ihre Hüfte lag ein Seil. »George, das ist nicht lustig!«

»Du brauchst wohl für alles eine Extraeinladung?« Er legte

den Kopf leicht schief und lächelte sie charmant an. Dazu hob er die Pistole noch ein bisschen mehr.

»Nur eine Erklärung.« Ihre Stimme zitterte. Zeit. Sie musste Zeit gewinnen. Etwas anderes konnte sie sowieso nicht tun.

Er lachte leise auf. »Eine Erklärung? Bitte, Dummerchen, die kannst du gerne haben. Du stehst mir im Weg. Cunningham hat mir den Deal meines Lebens versaut. Dafür will ich ihn leiden sehen. Aber du hattest wirklich das Zeug dazu, ihn da rauszuhauen. So einfach ist das. Nichts gegen dich persönlich, wirklich nicht, Schätzchen. Im Grunde genommen tut es mir sogar ein klein wenig leid um dich. Du hättest mir wirklich Spaß machen können.«

»Das ist krank, George!« Sie leckte sich über ihre spröden Lippen und zwang sich dazu, ruhig zu atmen. Panik würde ihr jetzt gar nichts helfen.

»Jetzt schreibst du ihnen eine nette Erklärung, dass du das Mandat niederlegst, weil du von seiner Schuld überzeugt bist. Du wirst wissen, wie man das formuliert.«

»Tut mir leid, aber das nimmt mir keiner ab, wenn es nicht den Briefkopf der Kanzlei trägt.« Norinas Kopf fühlte sich immer noch schwer und vernebelt an. Sie wollte gar nicht daran denken, was dieses Arschloch alles hatte tun können in der Zwischenzeit. »Nicht in einer solchen Sache.«

Wortlos griff er unter seinen Schreibtisch, holte ihre Handtasche hervor und schob sie ihr über den Tisch hinweg zu.

»Und?« Zeit gewinnen. Irgendjemandem würde sicher auffallen, dass es nicht ihre Art war, einfach zu verschwinden. Yannek. Cunningham. Brian. Brian auf jeden Fall.

»Dein Blackberry, junge Dame. Ich habe mir sagen lassen, dass man damit so ziemlich alles schicken kann, auch eine schnöde E-Mail. Stell dich nicht dümmer, als du bist.«

Die Klein-Mädchenmasche. Die hatte schon immer gezogen. Norina setzte ein möglichst kindliches Lächeln auf und blickte ihn von unten her an. »Mein Kopf«, flüsterte sie entschuldigend. »Ich bin nicht ganz so schnell gerade.«

»Mach einfach!«, knurrte er und warf einen bedeutungsvollen Blick auf die große, goldene Uhr schräg über seinem Schreibtisch.

Halb drei. Cunningham würde sich sicherlich schon fragen, wo sie gerade blieb. Yannek war bereits bei Gericht. Und Brian? Gestern Abend hatte sie mitbekommen, wie er mit Sarah Cunningham telefoniert hatte – und ihr versprochen hatte, dabei zu sein, egal was sie davon hielt.

Wenn einer verstehen würde, was hier gerade passierte, dann Brian. Norinas Finger zitterten und rutschten immer wieder ab, während sie den Verschluss ihrer Tasche aufnestelte und nach ihrem Handy kramte. Ob sie damit unauffällig Hilfe rufen konnte? George sah ja kaum, was sie tippte, oder? Außerdem konnte man ein Handy immer orten. Warum gab er ihr das Gerät dann in die Hand?

»Und denk gar nicht dran, etwas anderes zu tippen als diese Mail. Du gibst mir jetzt dann gleich dein Handy und ich sehe es mir an, Herzchen. Was passiert, wenn ich herausfinde, dass du mich gerade angelogen hast, willst du wirklich nicht wissen.«

Zeit schinden, das war alles, was sie tun konnte. Und irgendeinen Hinweis in den Text einbauen, den Brian verstehen würde. Der Brian sagen würde, dass sie keineswegs freiwillig verschwunden war. Und dann musste sie darauf hoffen, dass Brian sich zusammenreimen konnte, wer hinter dieser Sache steckte.

Hinter ihr wurde die Tür aufgeschoben. George sprang auf

und zog nervös die Pistole nach oben. Norina schnappte nach Luft und versuchte, sich möglichst klein zu machen. Er war nicht mehr ganz bei Verstand. Und solchen Menschen war alles zuzutrauen.

»George, verflucht …«

»Was denn? Komm mir nicht mit moralischen Bedenken, Jon. Dafür ist es wirklich zu spät.« Für einen Irren klang George erstaunlich gelassen. »Überlass das mir, okay?«

»Du übertreibst. Was macht sie hier?« Eine sportliche Gestalt trat in ihr Blickfeld. Norina wandte den Blick sofort wieder ab. Wenn sie nichts sah und so tat, als würde sie nichts mitbekommen, hatte der andere Mann auch keinen Grund, ihr etwas zu tun. Hoffte sie jedenfalls. »Das ist Wahnsinn, George!«

»Halt die Klappe, Leister. Das kleine Flittchen hier hat mir einmal zu oft meine Pläne durchkreuzt. Wir hatten das Arschloch fast im Knast, und was macht sie? Die gesamten Ermittlungen stören! Ich habe deiner Ex mehr als genug Warnungen geschickt. Aber sie wollte nicht hören.«

»George!«

»Ruhe! Du steckst da genauso drin wie ich. Und du weißt doch – dein süßes kleines Geheimnis ist bei mir in guten Händen, Jonnylein.« George grinste selbstzufrieden. »Pass auf, es ist alles ganz einfach. Wenn überhaupt irgendwer nach ihr sucht, werden sie diesen irischen Abschaum ins Fadenkreuz nehmen. Der Junge ist der Sohn eines IRA-Terroristen, der könnte jeden verschwinden lassen. Und er ist nachweislich Sadist. Du steckst ihnen das, und da niemand von unserer Verbindung weiß – nun ja, sie werden dir glauben, nicht wahr?«

»George, wolltest du mich deshalb heute sprechen?«

Jetzt riskierte Norina doch einen Blick zur Seite. Es war

wirklich Jonathan Leister, der dort stand, elegant-lässig gekleidet wie immer. Nur sein blasses Gesicht passte nicht zu der akkuraten Erscheinung des britischen Gentleman.

»Ihr Mandant hat mir das Geschäft meines Lebens versaut, und sie wollte die Warnungen einfach nicht hören. Sie hat es sich selbst zuzuschreiben.« George fuchtelte wild mit der Pistole herum. »Und ja, deshalb wollte ich dich sehen. Du hast das bisher alles sehr, sehr gut gemacht. Die Staatsanwaltschaft frisst dir aus der Hand. Ich bin wirklich stolz auf dich. Und die niedliche Misses Leister wird von mir sicher nicht erfahren, wieso du so wenig Wert auf ehelichen Verkehr legst. Jon, ich fürchte, aus dieser Nummer kommst du anders nicht mehr heraus. Und du, tipp endlich!«

Er hatte sie also nicht vergessen. Mit zittrigen Fingern tippte Norina auf der Tastatur herum, verschrieb sich andauernd und wurde mit jedem Wort nervöser. George kam halb um den Schreibtisch herum und beugte sich über sie. Der Lauf der Pistole näherte sich dabei ihrem Gesicht. Viel zu nah.

Schwarze Flecken tanzten vor ihren Augen.

»Beten? Willst du mich verarschen, Kleine?«, knurrte George, nachdem er den Text durchgelesen hatte.

»Keinesfalls.« Sie bemühte sich um einen möglichst festen Tonfall. »Alle meine Kollegen wissen, dass ich sehr religiös bin.«

»Stimmt das, Jon?«

Sie warf einen flehenden Blick zu ihm hinauf. Jon starrte an die Wand, blass und die Lippen fest aufeinandergepresst. »Keine Ahnung, George, ich arbeite nicht bei ihr in der Kanzlei, das solltest du doch wissen. Aber wenn sie es sagt …«

»Ich bin in Belfast geboren und aufgewachsen. Natürlich bin ich religiös«, fügte Norina hinzu. Wieso tat Jon nichts?

Auch wenn George eine Pistole hatte, irgendetwas würde Jon doch sicher tun können?

George schnaubte abschätzig auf. »Irischer Abschaum, überall. Das wäre doch nichts geworden mit dir und mir, Schätzchen. Na gut, meinetwegen. Jetzt mailst du das nette Schreiben noch an das Gericht, und dann können wir uns darüber unterhalten, wie es weitergeht mit uns beiden.«

Ihre Finger waren eiskalt und wollten sich kaum bewegen. Norina hatte das Gefühl, unendlich lange zu brauchen, bis sie die Mail auf den Weg gebracht hatte.

»Schätzchen, Schätzchen, ich danke dir. Wenn Cunningham erst seinen Job und seinen ach so tollen Ruf verloren hat, kann ich endlich wieder ruhig schlafen.« George ging um sie herum und öffnete die oberste Schublade seines Schreibtisches. »Ich bin mir leider noch nicht ganz sicher, was jetzt aus dir wird. Oder besser – wie genau wir dich zum Schweigen bringen sollen. Einstweilen ist es wohl besser, wenn ich dich ein wenig ruhigstelle. Ich hoffe, du hast keine Angst vor einem alten Keller?«

Er holte ein dunkles Tuch heraus und kam damit zu ihr zurück. »Und, Schätzchen, versuch bitte gar nicht erst zu schreien. Ich habe sicher noch irgendwo einen passenden Knebel für dich.«

Dunkelheit legte sich über ihre Augen. Sie warf ihren Kopf zur Seite, in dem vergeblichen Versuch, ihn zu treffen, und entlockte ihm damit nur ein amüsiertes, eiskaltes Lachen.

»Ach, und nur falls du es wissen willst – Brian hat nicht gelogen, wenn er dir Geschichten über den Lord erzählt hat. Seine erste Sub hat tatsächlich Selbstmord begangen. Und du, kleines Dummerchen, du wirst die nächste sein. Es tut mir wirklich leid, aber du weißt einfach zu viel. Genieß die Zeit, die dir noch bleibt, dumme kleine Subbie. Wenn Brian meint, dass er es mit mir aufnehmen kann, hat er sich getäuscht. Der Junge wird schon noch lernen, dass man sich niemals als jemand aufspielen sollte, der man nicht ist. Und ich werde diese Chance hier nicht vorbeiziehen lassen, wo sie sich so schön anbietet. Du wolltest Lord Fergus – und die gute Nachricht für dich ist: Er ist zurück. Nur für dich, kleine Sub, wie klingt das? Diese Ehre wird nicht vielen zuteil, Dummerchen.«

Er klang eindeutig selbstzufrieden und vollkommen ruhig. Viel zu ruhig. Norinas Herz raste.

»Sie sind Lord Fergus, George?«, fragte sie mit belegter Stimme und versuchte, einen klaren Gedanken zu fassen.

»Ich war es, bis es mir langweilig wurde. Immer diese Mädchen, die zu mir kamen und dazu bereit waren, alles zu geben. Aber du bist anders, mein Herzchen. Ich fand dich damals im Klub schon nett. Aber jetzt, da ich weiß, dass du eigentlich gar nicht mich willst, jetzt finde ich dich wirklich interessant. Und ich kann dir versprechen, dass du bekommst, was du brauchst. Selbstaufgabe. Schmerz. Und keinen Ausweg. Das wolltest du doch, nicht wahr, kleines Dummerchen? Du und ich, wir werden eine Menge Spaß miteinander haben. Und ich will nicht so sein, Herzchen, ich gebe dir eine faire Chance. Solange du es schaffst, mich zufriedenzustellen, so lange lasse ich dich am Leben. Mehr als nur fair, findest du nicht?«

Ihr Herzschlag setzte für einige Sekunden aus. »Jon«, flüsterte sie dann mit letzter Kraft und hoffte, dass Jon Leister in irgendeiner Form Ehre im Leib hatte. Und dass er, wie auch immer er in diese Sache verstrickt war, wusste, wo die Grenzen waren.

»Du sollst still sein, Dummerchen, das habe ich doch gesagt.« Finger streichelten über ihren Hals. »Sei es drum. Du wolltest es ja nicht anders.«

Eine Hand legte sich über ihre Nase und drückte ihr die Luft ab. In dem Augenblick, in dem sie nach Luft schnappte, drückte er ihr ekelhaft scharf schmeckendes Plastik in den Mund.

»Schon besser, Dummerchen, schon besser. Und jetzt bringe ich dich wirklich in den Keller. Du bist mir hier nur im Weg. Wie immer eigentlich.«

Sein Griff blieb hart und zielgerichtet und ließ ihr keine Möglichkeit, auch nur nach ihm zu treten, während er ihre Fesselung veränderte und sie schließlich hochhob, als wäre sie wirklich nur ein lästiges Möbelstück, das ihn in seinem Arbeitszimmer störte.

Sie musste darauf vertrauen, dass Brian sie rechtzeitig fand.

Kapitel 23

Brian saß in einem Café schräg gegenüber dem Gerichtsgebäude. Sarah hatte ihm verboten, sie zu begleiten, warum auch immer. Norina hatte er gar nicht erst fragen wollen. Je weiter die Uhr schritt, umso nervöser wurde er selbst. Sarah würde sicherlich vor Nervosität sterben. Norina würde grandios sein. Und dann hätten sie diese Sache endlich überstanden.

Dort drüben war ein ständiges Kommen und Gehen. Er hatte nicht damit gerechnet, dass es an einem Gericht so zuging. Jedes Mal, wenn die Tür sich öffnete, schlug sein Herz schneller, und jedes Mal wieder wurde er enttäuscht. Bis er endlich Sarahs roten Haarschopf erkannte.

Sarah. Und ein Anwalt. Keine Spur von Norina. Sarah sah selbst über die Straße hinweg blass aus, als würde sie jederzeit zusammenbrechen. Brian warf achtlos einen Geldschein auf den Tisch und sprang auf, eilte über die Straße, ohne auf die Fahrzeuge zu achten. Irgendetwas stimmte hier nicht.

Er griff nach Sarahs Arm und streckte dem Anwalt an ihrer Seite eine Hand entgegen. »Brian Flaherty. Norinas Verlobter. Wie ist es denn gelaufen? Und wo steckt Norina?«, begann er hektisch und bekam von Sarah ein Schniefen zur Antwort.

»O Gott, Brian, was machst du hier? Ich habe dir doch gesagt, dass du nicht kommen sollst. Norina ist nicht aufgetaucht. Und Yannek hier konnte es alleine auch nicht über-

nehmen. Norina hat das Mandat niedergelegt. Und Danny ...«
Was sie sonst noch sagen wollte, ging in Tränen unter. Brian warf diesem Yannek einen düsteren Blick zu, mit dem er ihn aufforderte, etwas genauer zu berichten.

»Miss Thompson hat ein Schreiben geschickt. Sie hat das Mandat niedergelegt, weil sie von der Schuld unseres Mandanten überzeugt ist. Die Kanzlei sieht sich unter diesen Umständen außerstande, die weitere Verteidigung zu übernehmen«, schnorrte Yannek tonlos. »Es wird nun dauern, bis er einen anderen Verteidiger hat. Aber so lange bleibt er wohl in Haft.«

Das klang eindeutig abgefahren. Brian schob Sarah ein Stück von sich und kniff die Augen zusammen.

»Kann ich das Schreiben mal sehen?« Dieser Yannek hatte eindeutig nicht Norinas Format. Er zog ein Blatt Papier aus seiner Aktentasche und reichte es ihm mit zittrigen Händen. Brian überflog den Text, der wohl aus einer ausgedruckten Mail stammte.

... sehe ich mich gezwungen, das Mandat aus moralischen Gründen niederzulegen. Ich kann und will nicht länger jemanden verteidigen, von dessen Schuld ich überzeugt bin. Die Geschäfte der Hochfinanz schaden uns allen. Die Spiele derer, die mit ihrem Geld glauben, die Welt zu beherrschen, müssen ein Ende finden.

Es tut mir leid, wenn ich durch diese plötzliche Wende das Verfahren verzögere. Aber irgendwann ist der Punkt erreicht, an dem ein Mensch umkehren muss. Ich bin in St. Patrick's, um für mein Seelenheil und die Umkehr der Welt zu beten.

Norina Thompson

»Quatsch«, knurrte er und warf einen finsteren Blick auf das Gerichtsgebäude. Er gab Yannek das Schreiben zurück. »Das hat Norina nicht geschrieben. Niemals.«

»Aber sie war nicht hier!« Sarah klammerte sich an seinen Arm. »Brian! Oh, Himmel, Brian!« Wieder schluchzte sie auf und wischte sich dann mit ihrem Ärmel ganz undamenhaft über das Gesicht.

»Norina würde niemals ihren Mandanten im Stich lassen. Das ist für sie eine Frage der Ehre«, stellte er klar. »Außerdem würde sie nie in St. Patrick's beten, weil St. Patrick's katholisch ist. Und Norina würde keinen Fuß in eine katholische Kirche setzen. Sie ist Nordirin und Loyalistin bis ins Blut.«

»Ich kann mir durchaus vorstellen, dass sie das geschrieben hat. Sie hat heute um elf das Büro verlassen, erstaunlich aufgekratzt und ganz entgegen ihrer sonstigen Angewohnheit. Als wüsste sie plötzlich ganz genau, was sie wollte.« Yannek versuchte ein mildes Lächeln. »Es tut mir leid, Mister Flaherty, aber Norina scheint das ernst zu meinen.«

Brian schob Sarah in Yanneks Arm und atmete tief durch. Wenn sie aufgekratzt und fröhlich war, dann gab es ziemlich genau einen Grund, der dafür infrage kam. Ein Treffen mit dem Lord. Und nachdem er ihr nicht geschrieben hatte, war das der erste Ansatzpunkt, um sie zu finden. »Ich glaube, ich weiß, wo sie steckt. Sarah, du hörst von mir.«

Er verzichtete auf eine weitere Erklärung und rannte in Richtung U-Bahn. Es gab genau zwei Orte, an denen sie sein konnte. Einen davon konnte er telefonisch abchecken. Und Georges Haus würde ihm sicherlich auf die ein oder andere Weise verraten, ob sein Bauchgefühl ihm recht gab.

***

Das Haus war vollkommen leer. Brian atmete tief durch und rief sich selbst zur Ruhe. Wenn er doch falschlag? Aber es passte einfach nicht zu ihr.

Brian ließ den Blick noch einmal über das großzügige, klassisch eingerichtete Wohnzimmer schweifen. Der weiße Kamin war kitschig bis zum Erbrechen. Die dunklen Ledermöbel gaben dem Raum die notwendige Schwere. Die Porträts der Familie verströmten das Flair eines altehrwürdigen Hauses.

Es sah alles aus wie immer. Nichts deutete darauf hin, dass Norina hier gewesen war. Oder auch George. Brian zwang sich zur Ruhe und beschwor das Bild des Raumes herauf, wie er ihn das letzte Mal verlassen hatte. Es war alles, wie es sein sollte. Nur die halb herabgebrannte Massagekerze auf dem Sideboard fehlte. Er hatte sie stehen lassen, weil er damit gerechnet hatte, Norina in den nächsten Tagen wieder hierher zu bringen – und weil George am Telefon behauptet hatte, für ein paar Wochen in der Karibik zu sein.

Brian trat an das Kaminsims, auf dem die Kerze hätte stehen sollen, und fand darauf einen kleinen Zettel mit einer Adresse in Haywards Heath, Sussex, und einem einzigen Wort. *Danke*. Der Landsitz, auf dem George seine Tage verbrachte, wenn er nicht in der Stadt war? Sein Magen krampfte sich kalt zusammen.

Brian ballte seine Hand zur Faust. »Ich bringe dich um, wenn du ihr auch nur ein Haar gekrümmt hast, George, du Ratte.« Also steckte wirklich George hinter Norinas Verschwinden. Und wollte, dass Brian davon erfuhr, auch wenn ihm schleierhaft war, was George damit bezweckte. Nur weil er ihm Norina ausgespannt hatte? Das passte gar nicht zu George. Weil Norina ihn abgewiesen hatte? Auch das konnte nicht sein, denn Norina hatte an diesem ersten Abend im Klub sicher alles getan, nur nicht irgendjemanden abgewiesen.

Aber was auch immer George plante, Brian musste schnell sein. Die Polizei würde ihn garantiert allenfalls für verrückt erklären.

Vermutlich war er auch verrückt, aber er hatte einen Plan. Und Norina war alles wert.

Kapitel 24

Ihr Kopf dröhnte immer noch. Die Kälte ließ es langsam besser werden, aber gut war definitiv anders. Norina hatte es mit ein paar Kopfbewegungen auf dem harten Boden wenigstens geschafft, das Tuch von ihrem Kopf zu streifen, nur um sich wirklich in einem dunklen Kellerloch wiederzufinden. Irgendwo tropfte Wasser. Ihre Hände waren auf dem Rücken eng aneinandergefesselt. Jede Bewegung fiel ihr schwer. Mühsam nur richtete sich auf und schaffte es nach etlichen Versuchen endlich aufzustehen.

Eiskalte Schauder liefen über ihren Rücken. Dunkelheit hatte sie schon immer gehasst. Und Kellerräume auch. Mit Sicherheit gab es hier Spinnen. Oder sogar Ratten. Ein weiterer Schauder des Ekels schüttelte sie. Sie presste ihre Lippen aufeinander. Ihr Magen rumorte. Der Knebel in ihrem Mund war immer noch da und schmeckte ekelhaft stechend nach Plastik. Sie versuchte, zu schlucken oder wenigstens so zu tun als ob, um zu verhindern, dass sie sich übergab.

Das alles half nichts. Sie durfte keine Panik bekommen! Ratten und Spinnen würden ihr nichts tun, George dagegen schon. Sie klammerte sich an diesen Gedanken fest, während sie einige Schritte nach vorne machte. Es war wirklich stockdunkel um sie herum. Nicht einmal Konturen konnte sie erahnen. Gab es hier Stufen, über die sie fallen konnte? Möglicherweise vielleicht sogar irgendeinen alten Brunnen? Ein Loch, das unweigerlich in die Tiefe führte? Bilder liefen vor ihrem inneren Auge ab, von einem nicht enden wollenden Abgrund, der sich gerade vor ihren Füßen auftat. Von George, der sie holte, um sie umzubringen. Oder der einfach abwartete, bis sie hier verhungerte.

Das tropfende Wasser bedeutete sicherlich nur, dass es ein Waschbecken oder so etwas gab. Ihre Fantasie spielte ihr zwar sofort wieder Bilder von einem in nackten Fels gehauenen Verlies vor, aber das war zu abgedreht. George stammte aus einem alten Adelsgeschlecht, das war richtig, aber eine Burg mitsamt Kellerverlies musste er deshalb noch lange nicht besitzen.

Sie musste die Tür suchen, beschloss sie, und zog noch einmal vergeblich an den Handfesseln. George wusste, was er tat. Irgendwann würde er sie sicherlich holen kommen. Das wäre ihre Chance wegzulaufen.

Mit den Händen auf dem Rücken gefesselt war es gar nicht so einfach, das Gleichgewicht zu halten. Sie tastete sich Schritt für Schritt nach vorne. Nach einer gefühlten Ewigkeit traf ihre Fußspitze auf einen Absatz. Sie tastete ihn mit dem rechten Fuß entlang. Es war nicht nur eine Stufe, sondern eine Wand. Sie drehte sich mit dem Rücken dagegen, um ihre Finger einsetzen zu können.

Ihre Fingerspitzen trafen auf kalten, rauen Putz. Sie tastete sich daran entlang, bis sie einen Türrahmen fühlte. Die Tür selbst fühlte sich nach Plastik an. Sie fand den Türgriff. Erwartungsgemäß war die Tür abgeschlossen.

Aber irgendwann würde er sicher kommen wollen, um sie zu sehen und irgendwelche Spielchen mit ihr zu spielen. Das war ihre Chance. Vielleicht die einzige, die sie bekommen würde. Norina sank neben der Tür auf den Boden und machte sich so klein wie möglich, um nicht zu frieren. Sie musste ihre Kräfte sammeln für diesen einzigen Augenblick, der ihr noch bleiben würde.

***

Georges Manor entsprach nicht ganz Brians Vorstellungen von einem englischen Landsitz, aber kam ihnen doch recht nahe. Efeu rankte sich über die Steinmauern. Die weißen Fensterläden passten irgendwie nicht so recht zu der klassisch bräunlichen Fassade, und es fehlte eindeutig an Blumenschmuck. Auch die Auffahrt und der Garten wirkten vernachlässigt. Statt reicher Blumenanpflanzungen kämpfte halbwegs gepflegter Rasen um sein Leben.

Dafür reichte das Geld dann wohl doch nicht mehr. Brian lenkte den Mietwagen direkt vor den Eingang, prüfte noch einmal den Sitz des Holsters und vergewisserte sich zum gefühlt tausendsten Mal, dass er die Waffe auch geladen hatte.

Er hätte merken müssen, dass George ein absoluter Psychopath war. Brian schüttelte den Kopf über seine eigene Naivität, dann trat er an die massive Holztür, die zwischen ihm und Norina stand. Vorsichtig betätigte er den Türgriff und konnte die Tür mühelos aufschieben.

Er wurde also wirklich erwartet, aus welchem Grund auch immer. Der Zettel in London war genauso wenig Zufall wie die offene Tür. George wollte gefunden werden. Brian zog die Pistole aus dem Holster und bemühte sich darum, möglichst leise zu gehen. Dicke Teppiche auf dem alten Steinboden leisteten ihm dabei gute Dienste. Es roch nach Zigarren und altem Holz. Die großen Flügeltüren, die in das Wohnzimmer führten, standen sperrangelweit offen. Brian ließ nur kurz den Blick über die kostbaren Glasarbeiten gleiten. Die Familie hatte wohl schon immer Geld gehabt. Manches änderte sich eben nie.

Er trat über die Schwelle in den hochherrschaftlichen Raum. Licht flutete aus riesigen Fenstern in das Wohnzimmer, das in jedem Detail geradewegs aus dem letzten Jahrhundert zu kommen schien. Lampen aus Messing, Bücherschränke an den Wänden, ein Sekretär mitten im Raum, dazu kitschige Sofas und zierliche Beistelltische sowie schwere Vorhänge, die von ebenso schweren Kordeln zurückgehalten wurden.

George saß in einem altmodischen Ledersessel und sog in aller Seelenruhe an einer dicken Zigarre. Neben ihm saß ein blasser Gentleman, den Brian von einigen Bildern her als Tonys Ex identifizierte. George nickte ihm knapp zu und lächelte dazu sein schmales, zynisches Lächeln, als hätte er damit gerechnet, dass Brian gerade jetzt auftauchte.

»Der strahlende Held. Willkommen, Brian«, begrüßte er ihn und lachte dann leise auf. »Du tust genau das, was ich von dir erwartet habe. Sehr vorhersehbar, mein Junge. Geradezu langweilig vorhersehbar.«

George umklammerte mit der Rechten eine Pistole. Viel zu fest. Außerdem würde er einhändig nie zielen können. Brian verkniff sich ein Lächeln. Wenigstens damit lag er nicht falsch. Er hob seine eigene Pistole an. »Runter mit der Waffe, George.«

»Du willst bestimmt dein kleines Flittchen zurück, Junge. Lass uns reden, was du mir dafür geben kannst.«

»Ich sage es nur noch einmal. Ich kann mit dem Ding hier umgehen im Gegensatz zu dir. Ich habe mit einer Halbautomatik geschossen, bevor du überhaupt wusstest, was die IRA ist. Also, wo ist Norina?« Brian legte die zweite Hand an den Griff und nahm George ins Visier.

George kicherte zufrieden auf und rauchte einfach weiter. »Du bist so vorhersehbar, Brian Flaherty. Kaum fasst man deine Angebetete etwas härter an, springst du. Soll ich dir sagen, was ich mit deinem Flittchen getan habe? Du hast sie wirklich gut erzogen, Junge, das muss man dir lassen.«

Er zwang sich dazu, ruhig zu bleiben. Wut im Bauch war selten ein guter Ratgeber. Brian hob den Lauf ein kleines Stück und schoss. Der Knall zerriss die Stille in dem großen Landhaus. »Das war die letzte Warnung, George.«

Damit richtete er die Waffe auf Georges Begleiter. Tonys Ex starrte blass und regungslos auf die Szene, als wüsste er nicht, was er damit tun sollte. »Nun? Kannst du mir sagen, wo sie steckt?«

»Lass den guten Jon aus dem Spiel, Junge. Er ist nur eine Nebenfigur. Genau wie du.« George trank einen weiteren Schluck. Ein paar Schweißtropfen glänzten auf seiner Stirn. »Na los, Kleiner, schieß. Tu dir keinen Zwang an. Und dann wünsche ich dir viel Spaß dabei, deine kleine Schlampe rechtzeitig zu finden. Ein Haus wie dieses hat viele verborgene Türen, Junge. Wie lange überlebt ein Mensch ohne Wasser? Drei Tage?«

George legte es ganz offensichtlich darauf an, ihn zu provozieren. Brian kniff die Augen zusammen und hielt die Waffe weiter auf Jon gerichtet.

»Ich darf dir etwas verraten, Brian. Das hier ist mein absolutes Meisterstück. Zugegeben, der Zufall half ein wenig nach. Die kleine Norina hatte es mir schon in der Bar angetan. Dass nun ausgerechnet sie Cunningham verteidigte, ist ein wunderbares Detail. Wenn Cunningham mir nicht dazwischengefunkt hätte, hätte ich eine wunderbare Firma für eine winzige Kleinigkeit kaufen können. Das Geschäft meines Lebens.«

George spielte auch jetzt wieder ein Spiel. Mit ihm und mit Norina. »Und was willst du jetzt tun, George?«

»Sagen wir, ich habe dir eine ganz besondere Rolle zugedacht. Falls die Polizei jemals nach ihr suchen wird, wirst du derjenige sein, der in ihrem Fokus stehen wird. Dein Vater war Terrorist. Du bist irischer Abschaum. Die Kleine mit ihrem bedauerlichen Hang zur Religion kommt aus Nordirland. Herrlich, findest du nicht auch? Und jetzt warst du auch noch hier. Hier an diesem Ort, an dem deine hübsche kleine Sub in den Fängen eines Perversen gelitten hat. Dummerweise bin ich seit zwei Wochen schon offiziell auf St. Barths. Wie konnte ich auch ahnen, dass mein netter Kumpel, der auf mein Haus aufpasst, derart abgedreht ist? Alles, aber auch alles deutet auf dich, Brian. Und für den Rest wird Jon sorgen.«

»Das ist abartig, George. Gib mir Norina und wir hauen ab, so einfach ist das.«

»Sonst passiert was? Sonst schießt du? Du machst es damit nicht besser, Kleiner. Wirklich nicht. Noch mehr Beweise dafür, wie durchgedreht du bist. Brian, Junge, ich hätte nicht erwartet, dass du so gut mitspielst.«

Damit hatte George vermutlich sogar recht. Brian hatte gehofft, die Pistole nicht einsetzen zu müssen. Das hier passte gar nicht in seinen Plan. Er kniff die Augen zusammen und musterte Tonys Ex eingehend. »Jon Leister, richtig? Ich nehme mal an, dass Sie mir auch nicht helfen wollen?«

Jon Leisters Lippen zitterten. Er war blass und wirkte, als würde er jeden Moment umkippen. Dass er ein Feigling war, hatte Brian schon aus Tonys seltenen Kommentaren über ihren Ex geschlossen.

»Halt einfach die Klappe, Jon. Der Junge sorgt nur dafür, dass er definitiv in den Knast wandert und dort nicht mehr rauskommt. Wie fühlt sich das an, Brian Flaherty, wenn man genau weiß, dass man nichts, aber auch gar nichts mehr tun kann?«

»George, das ist doch Wahnsinn!« Rote Flecken zeigten sich an Jons Hals. Der Whisky tanzte in seinem Glas auf und ab. »Du wolltest Rache an Cunningham. Von einem Mord war nie die Rede.«

»Ich spreche nicht von Mord, Jon. Die Kleine will es so. Sie wird mich darum bitten, ihr Härte zu zeigen und absoluten Gehorsam. Nur zu deiner Beruhigung.« George lachte zufrieden auf. »Ich verspreche dir, dass nichts gegen ihren Willen geschehen wird. Rein gar nichts.«

»Du bist krank, George.« Brian konnte die Wut kaum noch kontrollieren. Er glaubte ihm sogar, dass er Norina ohne seine Hilfe niemals finden würde. Einen Versuch war es jedoch wert. Er schluckte seinen Stolz hinunter und gab diesem Verrückten hoffentlich das, was er wollte. »Lass sie gehen. Bitte.«

George lachte leise auf. »Wenn du wirklich den Helden spielen willst, dann solltest du doch an dieser Stelle anbieten, dass es dir vollkommen egal ist, was mit dir passiert, solange sie sicher ist, nicht wahr?«

»Fick dich.« In diesem Augenblick war es ihm vollkommen egal, dass Wut ein schlechter Ratgeber war. Brian drückte ein zweites Mal ab, und diesmal zielte er nicht zu hoch. George zuckte kurz zusammen, als der Schuss in sein Bein traf. Dann richtete er den Lauf auf Jon. »Jon, Sie ...«

Ein Schuss zerriss seinen Satz. Intuitiv riss Brian seine Pistole herum und gab einen Schuss zurück, ohne wirklich zu sehen, wohin er zielte. In derselben Bewegung zog er Jon aus dem Sessel nach oben, nutzte dessen Körper als Deckung und stolperte rückwärts. Zwei, drei Schritte, ehe er sich wieder gefangen hatte. Ein weiterer Schuss ging knapp an ihm vorbei. Wenigstens war George ein denkbar schlechter Schütze.

»Lauf!«, schrie er Jon an, schubste ihn zur Seite und feuerte sein Magazin leer, in der Hoffnung, George damit abzulenken. Und nicht tödlich zu treffen.

Der Lärm schmerzte in seinen Ohren. Zwei weitere große Schritte später war er aus der Tür und gab ihr einen Fußtritt. Krachend fiel sie ins Schloss. Ein weiterer Schuss ließ das feine, bunte Glas in ihrer Mitte splittern.

»Scheiße, Arschloch!« Brian steckte seine leere Waffe weg und packte Jon am Arm. »Du bringst mich jetzt zu Norina, klar?«

Dass George ihnen nicht gefolgt war, konnte nur bedeuten, dass er getroffen hatte. Brian ließ sich seine Verunsicherung nicht anmerken, verbog Jons Arm auf den Rücken und ignorierte dessen wehleidiges Wimmern.

Das hier war alles nicht ganz so gelaufen, wie er sich das vorgestellt hatte. Aber was sonst hätte er tun sollen, wenn er wusste, dass Norina in Gefahr war?

Kapitel 25

Auch wenn die Kellertür die Geräusche dämpfte, klang es nach Schritten. Norina schob sich an der Wand nach oben. Ihr Herz raste. Das Adrenalin schärfte ihre Sinne. Das jahrelange Wing-Tsun-Training musste sich doch für etwas gelohnt haben! Sie kämpfte gegen die Aufregung an, versuchte einen sicheren Halt zu finden. Hastig schlüpfte sie aus den unbequemen Pumps, um wenigstens etwas mehr Sicherheit zu bekommen. Ihre auf dem Rücken verbundenen Hände machten ihr alles doppelt schwer.

So etwas hatte man natürlich in keinem Selbstverteidigungskurs der Welt geübt! Norina schloss halb die Augen, um nicht durch helles Licht geblendet zu werden. Sie vermutete, dass die Tür nach außen aufging. Das gab ihr hoffentlich die Möglichkeit, zwischen George und der Tür hindurchzuschlüpfen. Und dann einfach nur zu rennen.

Ein kalter Luftzug streifte über ihr Gesicht, als die Tür geöffnet wurde. Sie spürte einen Menschen vor sich, die Wärme, die von einem großen Körper ausging. Helles Licht flutete in den Raum und blendete sie, ganz wie sie es erwartet hatte. Norina wartete nicht ab, bis ihre Sicht sich geklärt hatte. Sie nutzte die Wand als Rückhalt, setzte einen halbwegs gezielten, beherzten Tritt in Hüfthöhe und rannte los. Er krümmte sich zusammen, schnappte deutlich hörbar nach Luft. Das war ihre Chance.

Sie drückte sich zwischen ihm und dem Türrahmen hindurch und trat im Vorbeilaufen noch einmal nach ihm. Er stöhnte auf. Das Geräusch gab ihr ein tiefes Gefühl der Genugtuung.

Norina kam genau zwei Schritte weit. Dann packte jemand sie hart am Oberarm und zog sie zu sich. Verzweifelt trat sie nach dem dunklen Schatten vor dem viel zu hellen Licht. Davon ließ er sich überhaupt nicht beeindrucken. Finger gruben sich in ihren Arm. Eine zweite Hand legte sich in ihren Nacken. Er drückte gegen einen Punkt hinter ihrem Ohr und schickte damit einen stechenden, geradezu lähmenden Schmerz durch ihren Körper.

Er nutzte ihre Lähmung aus, um sie an sich zu ziehen. Der Finger in ihrem Nacken schien auszureichen, um alle ihre Gegenwehr zu ersticken. Er wusste, was er tat. Ob George damit gerechnet hatte? Tränen schossen in ihre Augen. Wie hatte sie nur glauben können, klüger zu sein als er?

»Baby, ich bin es. Komm her, Baby. Beruhig dich.« Seine sanfte Stimme drang nur mühsam durch die Mauer aus Panik und Wut. Sein fester Griff hielt sie aufrecht. Jemand fummelte an dem ekelhaften Knebel in ihrem Mund herum und befreite sie endlich davon. Der Griff um ihren Oberarm löste sich nicht. Er hielt sie weiter geborgen.

Sie musste es sich einbilden. Der Duft war herrlich vertraut. Er roch nach Liebe, nach Meer und nach seinem feinen Aftershave, das er bisher nur in ganz seltenen Momenten getragen hatte. Der herbe Duft übertönte den muffigen Geruch des Kellers.

Zielstrebig löste er die Fesselung. »Baby, alles wird gut. Hab keine Angst, Süße«, flüsterte er in ihr Ohr. Seine Lippen berührten zärtlich ihre Haut, als könnte er kaum glauben, sie wirklich im Arm zu halten.

Ihr Mund war schrecklich trocken nach der langen Zeit mit dem Knebel. Norina leckte mit ihrer tauben Zunge über ihre Lippen. Die Haut fühlte sich gesprungen und rau an.

»Ich bin okay, wirklich«, murmelte sie hektisch. Ihre Stimme überschlug sich. »Ich bin absolut okay. Lass mich los! O Gott, Brian! Wie kommst du hierher?«

Liebevoll streichelte er über ihren Rücken. »Ruhig, Süße, keine Panik. Ich passe auf dich auf.«

Ihr Blick war immer noch verschwommen. Brians Gesicht schien vor ihren Augen zu tanzen. Der sorgenvolle Ausdruck in seinen Augen. Das Lächeln, das ihr sagte, dass er ihr noch längst nicht alles verraten hatte. Die Sommersprossen auf seiner Nase.

Norina tastete nach seinem Gesicht, traf sein Kinn und streichelte über die rauen Bartstoppeln. »Musst du nicht. Kann ich selber«, murmelte sie. »Jetzt hilf mir auf, verdammt. Ich muss dringend etwas klären, ehe mir der ganze Prozess den Bach runtergeht.«

»Baby!«, widersprach er leise, aber vehement. »Du musst jetzt gar nichts. Wir rufen jetzt nach einem Krankenwagen und dann sehen wir weiter!«

»Unsinn. Ich bin nicht aus Zucker!« Sie wollte sich aus seinen Armen winden, doch er hielt sie einfach nur fest. Sein Herz schlug beinahe schneller als ihres. Hatte er sich tatsächlich Sorgen um sie gemacht? »Und hör auf, mich vor anderen Menschen Baby zu nennen. Ich habe einen Ruf zu verteidigen!«

Wieder drückten seine Finger in ihrem Nacken zu. Zugleich zog er schützend an seine Brust.

»Norina!« Seine Stimme ließ keinen Widerspruch zu. Die Erkenntnis, dass er sie im Arm hatte, dass sie in Sicherheit war, dass er sich um sie kümmern würde, sickerte langsam in ihren Körper. Die Erleichterung ließ ihre Glieder schwer werden. Sein harter Griff um ihre Taille hielt sie aufrecht. »Komm mit. Erst mal einen Tee, was hältst du davon? Und, Süße … mach die Augen zu. Ich trage dich, okay?«

Widerspenstig versuchte sie einen Schritt. Ihre Knie gaben unter ihrem Gewicht nach. Brian fing sie einfach nur auf, hauchte einen Kuss auf ihre Stirn und barg ihr Gesicht an seiner Schulter.

»Baby, wenn du noch einmal widersprichst, lernst du mich kennen«, murmelte er und klang dabei weniger drohend als ehrlich besorgt. So oder so wollte sie nicht wirklich wissen, wieso er das von ihr verlangte.

Brian würde schon wissen, warum er das forderte. Also schloss sie die Augen und kuschelte sich an ihn.

***

»Polizei!«, riss eine laute Stimme sie aus dem wohligen Gefühl an Brians Schulter. Brian fluchte, drückte sie enger an sich und blieb stehen.

»Meine Verlobte braucht einen Krankenwagen, verdammt!« Wenigstens war Brian schlau genug, um stehen zu bleiben. Norinas Kopf schwirrte, und im ersten Moment wollte sie ihm widersprechen.

Sie waren ja gar nicht verlobt!

»Halt den Mund, Brian. Einfach ruhig sein«, flüsterte sie und zwang sich dazu zu denken. Was gar nicht so einfach war. Was überhaupt nicht einfach war. Am liebsten hätte sie sich einfach nur irgendwo verkrochen.

»Waffe weg!«

»Baby, kannst du eben?«, fragte er und Norina verstand. Mit zittrigen Fingern griff sie an seine Seite, zog die Pistole aus ihrer Halterung und warf sie auf den Boden. Warum um alles in der Welt trug Brian eine Waffe mit sich herum? Er trat zwei Schritte zurück, offenbar um jedem klarzumachen, dass er kein Interesse mehr an der Waffe hatte.

»Immer mit der Ruhe.« Der Polizist kam langsam näher, bückte sich nach der Waffe und hob sie auf. »Wissen Sie, was Sie da haben, Sir?«

»Eine Glock 29, halbautomatisch«, entgegnete Brian erstaunlich selbstsicher. Norina blickte hoch zu ihm und sah ein Grinsen in seinem Gesicht. Dieser Idiot nahm noch nicht einmal das hier ernst. »Ehe Sie fragen, ja, ich habe einen Waffenschein.«

»Halt endlich die Klappe, Brian«, wiederholte sie, etwas fester diesmal. »Wenn du aus der Nummer wieder rauskommen willst, dann sei einfach ruhig. Sofort.«

Er blickte sie zweifelnd an und deutete einen Kuss an. Zum Glück beugte er sich ihren Worten, während der Polizist die Waffe begutachtete und sie dann aus dem Keller hinauf in das Arbeitszimmer führte.

* * *

Je länger es her war, dass sie diesen Keller verlassen hatten, umso schwächer fühlte Norina sich, als würde die Erkenntnis nur langsam in sie einsickern. Man hatte ihr eine Decke um die Schultern gelegt und ihr Tee gemacht, und einer der Sanitäter hatte sogar davon geschwafelt, sie wirklich ins Krankenhaus mitnehmen zu wollen, weil sie angeblich unter Schock stand.

Was wahrscheinlich sogar stimmte, aber einfach nichts half. Da musste sie jetzt durch. Norina fixierte den älteren Polizisten über den Rand ihrer Tasse hinweg.

»Er hatte eine Waffe, Miss Thompson, und er hat geschossen, das sollten wir festhalten.« Offenbar funktionierte wenigstens ihr einschüchternder Blick noch, denn der Polizist rutschte unruhig nach vorne. Vielleicht lag es aber auch nur daran, dass er hier auf dem Land nicht allzu oft mit Schießereien zu tun hatte.

»Nur für's Protokoll: George auch«, grummelte Brian.

»Es mag schon sein, dass mein Verlobter etwas überreagiert hat«, gab sie zu. »Aber Sie müssen doch zugeben, dass Sie ihm die Story nie abgenommen hätten. Selbst wenn Sie hier nach mir gesucht hätten, Sie hätten den Keller nie gefunden.«

Der Polizist nickte ernsthaft und seufzte dann deutlich hörbar. Offensichtlich war das sein erster Einsatz seit Jahren, der über Supermarktdiebstahl und die übliche Straßenkriminalität hinausging.

»Miss Thompson, ich fürchte, ich muss mich bei Ihnen entschuldigen«, begann er und starrte dabei angestrengt auf das handschriftliche Protokoll, das er in der Zwischenzeit angefertigt hatte.

»Lassen Sie das.« Sie ärgerte sich darüber, wie schwach ihre Stimme klang. »Sorgen Sie lieber dafür, dass diese Sache sofort an die Staatsanwaltschaft weitergegeben wird. Mister Harris mag schwer verletzt sein, das ändert nichts daran, dass er mich betäubt und entführt hat.«

»Eines nach dem anderen, Miss Thompson, bitte. Wissen Sie das denn alles wirklich sicher?« Der Polizist schüttelte den Kopf.

»Verdammt noch mal! Haben Sie sich den Keller angesehen, Sir?« Brian hob die Stimme und bedeutete dem Polizisten wütend zu schweigen, als dieser zu einer Verteidigungsrede ansetzen wollte. »Was meinen Sie, wollte der feine Mister Harris da unten mit meiner Verlobten machen? Geht das überhaupt in Ihr kleines Hirn? Stecken Sie den Mann lieber gleich in die Geschlossene, verdammt!«

Norina lief ein eiskalter Schauder über den Rücken. Alle Anwesenden sprachen immer nur von dem Keller, ohne wirklich ins Detail zu gehen.

»Mister Flaherty, Ihre Aufregung in Ehren, aber George ist ein sehr angesehener Mann hier in der Umgebung. Niemand kann sich vorstellen, dass er wirklich ... so etwas tun würde, wissen Sie?« Der Polizist wirkte dabei unglücklich und schien in sich zusammenzusinken. »Miss Thompson, nicht, dass ich Ihnen unterstelle zu lügen!«

»Und wie meinen Sie, ist Norina dann in seinen Keller gekommen? Der Typ ist krank. Sehen Sie sich die Räume noch mal an, wenn Sie es unbedingt wissen müssen!« Sie hatte Brian noch nie so wütend erlebt. »Sollen wir noch mal runtergehen? Soll ich ihnen erklären, was man dort alles hätte anstellen können? Ein Folterkeller ist ein Witz dagegen!«

»Dazu werden wir George mit Sicherheit befragen, wenn er wieder genesen ist. Der gute Mann steht unter Schock, was ja auch kein Wunder ist. Und jetzt beruhigen Sie sich bitte, Mister Flaherty. Es geht alles seinen Gang.«

Verzweifelt schnaubte Norina auf. Wenn der Polizist so weiter machte, würde sie irgendwann wirklich noch selbst glauben, dass sie sich das alles nur eingebildet hatte. Dennoch legte sie beruhigend ihre Hand auf Brians Oberschenkel. Niemand hatte etwas davon, wenn er sich in seiner Wut um Kopf und Kragen redete.

»Jetzt lassen Sie die Dame endlich in Ruhe!« Es war Jon Leister, der ihr zur Hilfe kam. Er zog nervös an seiner Zigarette und war immer noch leichenblass. Ob das die Nachwirkungen ihres Schlags waren? Brian hatte ihn vorgehen lassen, so viel hatte sie schon herausgehört. »Die Dame steht unter Schock, Sir. Was auch immer Sie jetzt aufschreiben, ist das Papier nicht wert, auf dem es steht.«

»Nimm mir nicht den Job weg, Leister«, murmelte Norina schwach. Er lächelte ein trauriges Halblächeln, drehte sich um und starrte durch die großen Fenster in den Garten hinaus.

»Ich würde vorschlagen, Sie geben den Fall nach London ab, Sir. Mister Harris hat dort einen Wohnsitz, das lässt sich sicher machen«, schlug Norina vor und legte ihren Kopf leicht schief. Jetzt endlich hellte sich die Miene des Polizisten etwas auf. »Dann können wir alles andere in Ruhe klären. Aber wenn Sie mich jetzt entschuldigen – ich habe eigentlich noch etwas zu tun heute.«

»Ja, in der Tat, es klingt danach, als wäre London eher zuständig«, stimmte der Polizist ihr zu. »Ich kann Sie ja jederzeit erreichen, nicht wahr? Dann leite ich das alles in die Wege. Nur Ihren Verlobten, Madam ...«

»Nichts da.« Norina kniff die Augen zusammen. »Denken Sie nicht mal dran. Keine Fluchtgefahr. Er hat alles freiwillig gestanden. Und wenn Sie wirklich darauf bestehen – sagen Sie dem Gericht gleich, dass wir eine Kaution stellen.«

Es reichte schon, wenn ihr Mandant in Untersuchungshaft saß, nur weil George Harris ihm ans Bein pissen wollte! Ihre Hände zitterten bedenklich, also stellte sie die Tasse lieber auf dem niedrigen Couchtisch ab. Der Polizist zuckte unter ihrem Blick zusammen.

»Ich denke, Ihre Arbeit hier ist getan, Sir.« Damit stand sie auf und schwankte kurz, bis Brian neben ihr hochkam und seine Hand stützend um ihre Taille gelegt hatte »Wir werden dann gehen. Sie haben ja meine Karte. Rufen Sie an, wenn irgendetwas ist. Mister Flaherty erreichen Sie über mich.«

Damit nickte sie ihm knapp zu und strebte auf die Tür zu. Sie wollte so schnell wie möglich aus diesem Zimmer verschwinden, ehe die Erinnerungen sie übermannten und sie noch einmal zusammenbrach. Jon Leister folgte ihnen und zündete sich noch in dem opulenten Hausflur eine weitere Zigarette an.

Das Sonnenlicht schmerzte in ihren Augen. Norina hob schützend die Hand an die Stirn und atmete tief den frischen Geruch von Stein, Gras und Land ein, der über dem Manor hing. Ein grauer Vauxhall stand vor der Tür.

»Ich gehe dann lieber. Brian, Sie können doch fahren, oder?« Leisters Blick zuckte nervös zwischen ihnen beiden hin und her.

»Hauen Sie endlich ab, Leister. Das alles hätte Ihnen etwas früher einfallen können. Hätte uns ein bisschen was erspart.«

»Tut mir leid, Miss Thompson.« Er schluckte sichtbar und zuckte hilflos mit den Achseln. Der Eindruck des britischen Gentleman war dahin. »Ich wusste nicht, dass er so weit gehen würde. Und außerdem ...«

»Außerdem sollten Sie sich überlegen, ob es nicht sinnvoller ist, reinen Tisch mit allen Beteiligten zu machen, ehe der nächste feine Herr auf die Idee kommt, Sie mit Ihrem kleinen Geheimnis zu erpressen«, unterbrach Brian ihn und funkelte ihn zornig an.

Er ging nicht darauf ein, sondern lächelte unverbindlich. »Wenn Sie meine Aussage wirklich noch brauchen, Miss

Thompson, dann melden Sie sich. Ich kann das gerne noch einmal vor Gericht aussagen.«

»Werden Sie wohl nicht drum herumkommen.« Norinas Kopf schmerzte zu sehr, um wirklich nachvollziehen zu können, was genau Leister, George Harris und Cunningham verband. Aber Brian würde sie sicher aufklären. Sobald sie sich ausgeschlafen und den Schock überwunden hatte.

Brian starrte Jon Leister düster hinterher, der zu seinem eigenen Wagen, einem dunkelblauen Coupé, hinüberschlenderte und dabei alles daransetzte, lässig und ruhig zu wirken. Auch wenn er das nicht war.

»Wenn Tony das erfährt, bringt sie ihn um. Dieser Feigling! Nur weil George irgendwie herausgefunden hatte, dass er schwul ist! Meine Güte, und darum spielt er da mit und streut für ihn falsche Informationen?«

Norina strich sich über das Gesicht und schnitt eine Grimasse. Ihre Haut fühlte sich klebrig und feucht an. Sie wollte gar nicht wissen, wie sie aussah. »Damit ist es jetzt zu Ende. Wenn er reinen Tisch macht, hat er gute Chancen, wenigstens straffrei davonzukommen. Aber dazu muss er die Hosen runterlassen, das kann ich dir sagen. Irgendwie tut er mir leid.«

»Mir nicht«, schnaubte Brian. »Wenn ich nicht gekommen wäre, er hätte zugesehen, wie George dich umbringt. Da kenne ich kein Mitleid.«

Daran wollte sie lieber nicht denken. Norina schüttelte sich, als könnte sie so die Erinnerungen loswerden. »Schon davon gehört, dass man die Polizei rufen kann, du Held?«

»Britische Polizei. Bis die ihre Ärsche hochbekommen hätten, wäre Gott weiß was passiert.« Brian winkte ab und deutete auf das Haus hinter sich. »Außerdem hätten die dich da drin nie gefunden.«

»Spürhunde?« Norina verdrehte die Augen und schüttelte gleichzeitig den Kopf. »Die sind bei Weitem nicht so unfähig, wie du denkst, kleiner Revoluzzer.«

»Das habe ich anders in Erinnerung.« Sanft streichelte er über ihre Haare und zog sie dann in seine Arme. »Jetzt komm erst mal zur Ruhe, mein Kleines. Dann können wir reden. Falls die Polizei mich noch mal gehen lässt. Könnte nämlich gar nicht so einfach werden.«

»Für was hast du dir denn die beste Strafverteidigerin angelacht, die es in London gibt?«, schnaubte sie. »Mister Flaherty, wenn Sie erlauben, dann übernehme ich das von jetzt an.«

»Kommt auf dein Honorar an, Baby.« Er blickte sie treuherzig von unten her an.

»Ich glaube, das geht pro bono«, erklärte sie. »Du kannst dich ja auf die ein oder andere Weise revanchieren. Da bin ich für alles offen.«

Ein zaghaftes Grinsen kehrte auf sein Gesicht zurück. »Ich nehme dich beim Wort, Baby.«

Kapitel 26

Das luftige, helle Ambiente wollte nicht recht zu den Fotografien passen, die die Wände zierten. Zugleich ergab die Spannung aus Architektur und den Bildern genau jenen Reiz, den es brauchte, um die Werke in Szene zu setzen – hatte der Galerist behauptet, und nachdem er der Fachmann dafür war, glaubte Norina ihm in dieser Hinsicht.

Brian war ebenfalls begeistert gewesen. Also würde es schon passen. Sie gab gerne offen zu, dass sie von Kunst nicht wirklich viel Ahnung hatte. Vom Geschäftlichen dagegen umso mehr. Brians Fotografien schlugen auf dem Londoner Kunstmarkt ein wie die sprichwörtliche Bombe. Dass er selbst sich beharrlich weigerte, auf die Vernissage zu gehen oder auch nur seine Identität offenzulegen, gab dem Ganzen genau den Touch an Verruchtheit und Geheimnis, den es für eine gute Story brauchte.

Grund genug also, um gute Laune zu haben. Norina hob ihr Sektglas an die Lippen und brauchte sich das Lächeln nicht einmal aufzuzwingen, als wieder irgendein Reporter zu ihr trat, um sie mit unvermeidlichen Fragen zu quälen.

»Miss Thompson?« Sie nickte knapp. »Jeff Richards. Ich bin für die *Art in the City* hier.«

Etwas in seinem Tonfall verriet ihr, dass er eher von der snobistischen Sorte war. Die leicht nasale Aussprache, die Art, wie er seine Hipsterbrille zurechtrückte und an ihrer Schulter vorbei auf das Foto hinter ihr starrte.

»Sie vertreten also den Künstler? Darf man fragen, wie Sie dazu kommen?«

»Nicht ich persönlich. Die Kanzlei. Yannek Westhues ist dafür federführend. Der Kunstmarkt in London bietet uns gute Möglichkeiten. Die Kanzlei war schon immer an allem interessiert, das mit Wirtschaft zu tun hat«, erklärte sie ruhig und ignorierte den abfälligen Unterton, der in der Frage mitschwang. Dass nicht jeder begeistert sein würde, war auch klar. Aber wieso ging man auf eine Vernissage mit Fotografien, die als *harter SM* angekündigt waren, wenn man damit nicht klarkam? »Yannek musste leider zu einem wichtigen Termin nach Brüssel, also bin ich heute hier.«

Dafür würde sie Pete definitiv noch den Hals umdrehen, wenn sie ihn zu fassen bekam. Norina war sich sicher, dass Yannek den Termin nicht ohne Grund aufgedrückt bekommen hatte. Eigentlich hätte sie genauso gut nach Brüssel fliegen können, schließlich war das hier wirklich Yanneks neues Steckenpferd. Aber Pete schien der Meinung zu sein, dass sie unbedingt dabei sein sollte, wenn ihr Freund seinen ersten großen Erfolg auf dem Kunstmarkt feierte.

Einen vernünftigen Grund, um sich dagegen zu wehren, hatte es nicht gegeben. Sie konnte Pete ja schlecht auf die Nase binden, dass Brian nicht ihr Freund im landläufigen Sinne war und der Abend für sie zur Qual werden würde, weil sie ständig mit den Fotos konfrontiert sein würde.

»Können Sie mir dann mehr dazu sagen? Wer steckt dahinter? Wieso ist er heute nicht hier?«

Sie bedachte den Reporter mit einem kühlen Blick. »Der Künstler möchte anonym bleiben. Ich bin nur hier, um die finanziellen Interessen zu wahren. Sollte es Ihnen um den künstlerischen Aspekt gehen, wenden Sie sich bitte an Josy. Er ist dafür der Experte.«

»Ein paar der Bilder sehen nicht so aus, als ob die Mädchen glücklich wären. Meinen Sie, es geschah wirklich alles einverständlich, wie es in der Beschreibung heißt? Will er darum nicht erkannt werden?«

»Wenn es das ist, was Sie denken, dann schreiben Sie das gerne.« Sie zwinkerte ihm zu und verbiss sich ein Lachen darüber, wie sehr diese vertrauliche Geste ihn irritierte. Egal, was er nun schreiben würde, seine Leser würden kaufen. Sex und Crime verkauften sich immer. »Wenn Sie mich nun entschuldigen.« Norina deutete vage in die entgegengesetzte Richtung des Raums und ließ diesen Snob einfach stehen.

Brians Fotos waren auch ohne Sex und Crime gut, das erkannte selbst sie mit ihrer absolut fehlenden Ahnung von Kunst und Fotografie. Was sie schon an den Bildern in seinem Zimmer erkannt hatte, bewahrheitete sich in diesen Fotografien. Er hatte verdammt viel Talent – und die richtige Ausrüstung hatte sie ihm einfach zu Weihnachten geschenkt, samt Mietvertrag für ein Atelier und den Kontakten zu passenden Models. Dieser Abend war also ein bisschen auch ihr Abend, und Norina konnte sich gegen ihr Triumphgefühl nicht wehren.

Dennoch vermied sie jeden Blick an die Wände. Es war schon Qual genug, hier zu sein ohne Brian an ihrer Seite, zu tun, als ob sie einfach nur die finanziellen und rechtlichen Interessen irgendeines unbekannten Künstlers wahrnehmen würde. Ihre Rettung war Daniel Cunningham, zusammen mit seiner atemberaubend schönen Sarah, die viel zu eng an ihm klebte und seinen Arm nicht loslassen wollte. Ihr Kostüm war ein wenig zu grell für diesen Anlass, aber eben nur ein wenig. Bester Rockabilly-Stil, für den sie genau die richtige Figur hatte.

»Mister Cunningham, schön, dass Sie kommen konnten.« Im Vorbeigehen nahm Norina ein Glas Sekt von einem umherlaufenden Kellner entgegen und trank einen Schluck gegen die Aufregung.

»Ich habe einen Ruf zu verlieren. Man sagt mir einen gewissen Kunstgeschmack nach. Da muss ich doch sehen, was sich auf dem Markt tut.« Cunningham nickte anerkennend und deutete auf die Bilder. »Brian wollte also wirklich nicht vorbeikommen? Nicht einmal inkognito?«

»Ist nicht seine Welt. Brian ist da manchmal etwas eigen. Keine Chance, egal wie.« Norina zuckte mit den Achseln, auch wenn es in ihr ganz anders aussah. Dieses Spielchen ging nun schon fast ein Jahr so. Brian war der Meinung, dass er nicht in ihre Welt passte, und entzog sich ihr, so gut es nur ging. Er hatte den Job im Klub aufgegeben, das immerhin, aber selbst der Erfolg mit seinen Bildern änderte nichts daran. Er wohnte mehr oder weniger bei ihr in der Wohnung, aber er verschwand, sobald sie Kollegen mitbrachte. Sie hatte ihn niemandem als ihren Freund vorgestellt, nicht einmal in ihrem engen Freundeskreis, weil Brian der Meinung war, dass eine Beziehung zwischen ihnen nicht gut gehen würde. Er bestand darauf, dass es nur Sex war, trotz allem, was er für sie getan hatte.

Sie hatte sich vorgenommen, dass heute der Tag war, um das zu ändern.

»Schade. Ich hätte ihn gern heute Abend gesehen. Die Bilder sind faszinierend. Wobei mir das dort am besten gefällt.« Er deutete großzügig durch den Saal hinüber zu dem Herzstück der Ausstellung. Anders als die Models auf den anderen Bildern war die Frau drauf nur schemenhaft zu erkennen. Ihr Körper verschmolz mit dem schwarzen Hintergrund. Weiße

Engelsflügel zogen die Blicke auf sich. Und auf die Reihe von Nadeln in ihrer Haut, die auf ihrem Rücken zusammen mit einer seidenen Schnur ein Muster bildeten wie bei einem geschnürten Korsett.

»Alle anderen Bilder sind verdammt gut. Das da hat Gefühl.« Cunningham zwinkerte ihr verschwörerisch zu. Norina fühlte die Hitze in ihren Wangen. Gut, bei ihm und seiner Frau war klar, dass sie es sich zusammenreimen würden. Dennoch wünschte sie sich, im Boden versinken zu können. »Dieses Muster gefällt mir.«

»Autsch«, kommentierte seine Frau nur und verzog das Gesicht. »Komm bloß nicht auf Ideen.«

Seine Hand glitt in seine Hosentasche, und Norina hatte für einen Moment den Eindruck, als würden Sarahs Augen sich weiten, ehe sie sich wieder gefangen hatte. Irritiert trank sie einen Schluck Sekt. »Nun, ich werde es ihm ausrichten, dass es Ihnen gefallen hat.«

»Ich wusste nicht, dass er das kann«, mischte Sarah sich nun ein und schenkte ihrem Mann einen entrüsteten Blick. Immer noch hatte er die Hand in seiner Tasche. Ein Hauch von Röte tauchte auf ihren Wangen auf. »Dabei dachte ich, ich kenne Brian. Aber ich bin wirklich froh, dass er endlich etwas gefunden hat, das ihn glücklich macht. Und jemanden, der ihm die Freiheit dazu gibt.« Sarahs prüfender Blick glitt über ihren Körper und blieb bei ihren Augen hängen. Nur für einen Moment, dann senkte sie den Blick und kniff die Lippen zusammen, während Cunningham breit grinste. »Sagen Sie ihm, dass die Bilder toll sind. Mit einem besonderen Gruß von mir«, fuhr sie dann fort. Sarah atmete tief durch, als müsste sie sich selbst zur Ruhe zwingen. Wieder warf sie einen wütenden Blick zu ihrem Mann. Einen von der ganz besonders tödlichen Sorte, was Cunningham nicht sonderlich zu stören schien. »Und falls er irgendwann einmal Zeit findet, würde ich gern auch ein paar Fotos von mir haben. Falls ihm das in sein Konzept passt, oder wie auch immer man nun einem Künstler gegenüber sagt.«

»Prinzessin, ich glaube, er wird sich schon bei dir melden, falls er dich fotografieren will.« Sarah wusste also nichts von den Bildern, die Brian von ihr und Cunningham geschossen hatte. Cunningham hatte Brian darum gebeten, aber das Projekt war irgendwo mittendrin stecken geblieben, aus Zeitmangel und weil die Beleuchtung im *Violetts* nicht zu Cunninghams Bondage passen wollte. Und Brian hatte sich beharrlich geweigert, bei Cunningham zu Hause zu fotografieren, aus Angst, dass Sarah etwas merken konnte.

George musste es an dem Abend im *Violetts*, an dem Brian fotografiert hatte, irgendwie geschafft haben, mit dem Handy Bilder zu machen, jedenfalls war das die Erklärung, die Cunningham und Brian sich zusammengereimt hatten. George wollten sie lieber nicht dazu befragen, auch wenn das bedeutete, dass er nicht dafür belangt werden würde. Cunningham wollte kein Risiko eingehen, dass alles doch noch bekannt wurde.

»Miss Thompson, dann wollen wir Sie mal nicht von der Arbeit abhalten. Ich wollte die Gelegenheit auch nur noch einmal nutzen, um mich bei Ihnen zu bedanken. Sie waren wirklich großartig. Sie haben mehr riskiert, als ich von Ihnen hätte erwarten können. Wenn Sie nicht herausgefunden hätten, dass George Harris damals Tonys Firma hatte kaufen wollen ... die Sache hätte ganz anders ausgesehen.«

»Bedanken Sie sich bei Jon Leister für das Rückgrat, doch noch eine Aussage zu machen«, wiegelte sie ab. Jon hatte sie erstaunt mit seiner Bereitschaft, wirklich alle Details aufzuklären. Schon damals hatte George ihn in der Hand gehabt und über die Lage von Tonys Firma besser Bescheid gewusst als jeder andere. Dass Cunningham ihm zuvorgekommen war, hatte in ihm wohl alle Sicherungen durchbrennen lassen. Das war wirklich Stoff für eine gute Story, und es hatte zumindest dabei geholfen, den Richter davon zu überzeugen, dass Cunningham nichts getan hatte.

Der Rest war natürlich harte Arbeit gewesen und sie rechnete es ihm hoch an, dass er sich dafür noch einmal persönlich bedanken wollte.

Cunningham zog missbilligend die Augenbrauen nach oben. »Sie reden Ihren Verdienst klein, Miss Thompson. Da entgehen Ihnen sicher ein paar aufregende Mandate.«

»Danke, im Moment habe ich erst einmal genug von aufregenden Mandaten. Jetzt brauche ich erst mal Urlaub. Das letzte Jahr war ziemlich anstrengend. Brian und ich fliegen übermorgen auf die Malediven und sind dann erst einmal für niemanden mehr zu erreichen.«

Cunningham lachte leise auf. »Ich schulde Ihnen so einiges. Ihr Umgang mit den Medien war sagenhaft. Sie haben ihnen genau das hingeworfen, was sie wollten, und das Entscheidende dabei doch ausgelassen.«

»Das ist mein Job, Mister Cunningham. Ich hätte ihn wirklich verfehlt, wenn ich das nicht könnte. Außerdem hatten wir Glück. Die Story von George und mir hat die Medien ziemlich von Ihnen abgelenkt. Das war ein gefundenes Fressen, tausendmal besser als ein langweiliger Banker, der ein paar Millionen herumgeschoben hat.«

»Touché.« Cunningham zog seine Frau noch enger an sich und nickte Nolina knapp zu. »Ich wünsche Brian und Ihnen wirklich alles Gute, Miss Thompson. Auch wenn Sie ihn sicherlich in die Verzweiflung treiben.«

»Das beruht auf Gegenseitigkeit.« Sie musste einfach das letzte Wort haben. Sosehr sie Cunningham nach der Zusammenarbeit auch schätzte, er war und blieb ein Mandant. Und wenn sie auf eines Wert legte, dann das: in ihrer Rolle als Anwältin nahm ihr so schnell niemand die Butter vom Brot.

***

Der Raum, in dem sie spielen wollten, war hell erleuchtet mit elektrischen Kerzen und versteckt angebrachten LEDs, die insgesamt ein wunderbar weiches Licht ergaben. Brian hielt es auch nach einem Jahr noch für klüger, auf alles zu verzichten, das sie in irgendeiner Weise triggern konnte. Keine Dunkelheit. Keine Augenbinde. Keine Fesseln an ihren Handgelenken. Sie hielt es ein klein wenig für übertrieben, und dennoch beruhigte es ihr wild schlagendes Herz, den hellen, freundlichen Raum zu sehen.

Nicht einmal der Strafbock oder das Andreaskreuz an der Wand waren in dem sonst im Klub üblichen Rot und Schwarz gehalten. Stattdessen wirkte alles verspielt und märchenhaft lieblich, fast wie aus Zuckerwatte. Sogar das Bett mit dem traumhaften Betthimmel wirkte wie in einem rosafarbenen Mädchentraum.

Nur Brian passte nicht ganz hinein. Er trug heute ein locker sitzendes Hemd und darüber eine Weste, ein wenig im Stil der 20er-Jahre. Es stand ihm ausgezeichnet, unterstrich sein markantes Kinn und diese herbe Kraft, die ihm innewohnte. In der rechten Hand hielt er einen zusammengerollten Ledergürtel. Norina leckte sich über die Lippen. Er sah so verdammt gut aus. In den letzten Monaten hatte sie herausgefunden, dass er wahnsinnig viel Sport trieb, nur wenig Alkohol trank und auch sonst in allen Belangen eitel war. Er brauchte sogar länger im Bad als sie, womit sie ihn immer wieder aufzog. Brian hatte ihre Neckereien mit diesem ganz bestimmten Ausdruck in den Augen hingenommen, der ihr sagte, dass irgendwann der Tag seiner Rache kommen würde.

»Komm her.« Er deutete auf den Boden vor sich und hielt sie mit einer energischen Geste davon ab, vor ihm auf die Knie zu gehen. Ihr Herz schlug bis zum Hals. Als er noch der Lord gewesen war, war es einfach gewesen, sich in das Spiel hineinzufinden. Die Momente im Hausflur, ihre Nacktheit, die Augenbinde, das alles hatte dabei geholfen, den Alltag hinter sich zu lassen.

»Himmel, du siehst scharf aus, Kleines.« Norina konnte an ihrem Bleistiftrock samt Bluse nichts sexy finden, also lächelte sie nur. »Niemand würde glauben, dass hinter diesem braven Outfit ein kleines Flittchen steckt. Wie fühlst du dich?«

»Ich soll dich von Mister und Misses Cunningham grüßen. Die Ausstellung lief großartig. Du bist jetzt so etwas wie der Shooting Star der Londoner Kunstszene«, wich sie aus und senkte ganz automatisch den Blick. Sofort fuhr seine Hand unter ihr Kinn und hob ihr Gesicht wieder an.

»Du solltest meine Fragen beantworten, Kleines«, ermahnte er sie mit einem Lächeln und streichelte dabei so zart über ihre Wange, dass er seine Mahnung sofort wieder vergessen ließ. »Also, wie fühlst du dich?«

»Gut, wirklich. Ein wenig nervös, das ist alles. Ich weiß, dass du dich um mich kümmern wirst.« Sie schluckte, um die Trockenheit in ihrem Mund loszuwerden. »Brian, bitte, du weißt doch ganz genau …«

»Dass du es nicht magst, wenn ich dich um Erlaubnis frage, ich weiß. Aber trotzdem. Hast du keine Angst, Baby?« Vielsagend legte er seine Hand an ihren Hals. »Immerhin ist dein Herr und Meister ein hochoffiziell vorbestrafter Waffennarr, der in einem SM-Klub hinter der Theke steht und Drinks mixt.«

»Sollte ich?«, fragte sie zurück und merkte an dem amüsierten Funkeln in seinen Augen, dass sie für diese freche Antwort büßen würde. »Und der zweite Teil ist glatt gelogen, Mister Flaherty. Sie sollten besser bei der Wahrheit bleiben.«

Dass Brian sich mit der Aktion in Georges Landhaus eine Bewährungsstrafe eingefangen hatte, hatte sie leider nicht verhindern können. Er hatte es mit einem Schulterzucken hingenommen und nur den Verlust seiner Pistole samt Waffenschein bedauert – nur um ihr danach zu sagen, dass er wenigstens die Waffe seines Vaters noch hatte, die zu Hause in seinem Kinderzimmer herumlag. In der Hinsicht war er unverbesserlich.

»Kleiner Frechdachs.« Er ließ sie los und umrundete sie mit langsamen Schritten. Jeder Schritt brachte die Ruhe auch etwas mehr zu ihr. »Mein süßes Kleines, ich gebe dir heute ein Safeword, ob du es haben willst oder nicht. Wenn du dich auch nur ein klein wenig unwohl fühlst, dann meldest du dich, hast du das verstanden?«

»Brian!«, protestierte sie und streckte ihm die Zunge heraus, als sie glaubte, er würde nicht hinsehen. »Behandle mich nicht, als wäre ich aus Zucker! Ich fühle mich gut.«

Die Worte sprudelten immer hektischer aus ihrem Mund, während er absolute Ruhe bewahrte und weiter um sie herumging. Unsicher blickte sie sich im Raum um. Nicht einmal Peitschen hingen offen herum und störten den Anblick eines mädchenhaften Prinzessinnenzimmers.

Brian blieb unvermittelt vor ihr stehen. Wieder griff er unter ihr Kinn. Diesmal war sein Griff weniger zärtlich. Die Finger gruben sich in ihre Haut. »Kleines, das war kein Vorschlag, sondern ein Befehl. Du wirst dich melden, wenn dir etwas nicht passt. Du wirst mir sagen, wenn es dir zu viel wird. Wir benutzen ganz simpel den Ampelcode. Wenn du abbrechen willst, dann sag *rot*. Oder auch *mayday.* Ich werde auf beides hören, versprochen.«

Sie verdrehte genervt die Augen. Ihr Herz schlug immer schneller, so laut, dass sie glaubte, auch er könnte es hören. Sie provozierte ihn, das war ihr klar. Und er würde das kaum auf sich sitzen lassen. »Du kennst mich, Brian, ich würde es sowieso nicht benutzen. Schon vergessen?«

Er lachte amüsiert auf. »Glaub mir, Kleines, du wirst dir noch wünschen, das nicht gesagt zu haben. Wir sprechen uns noch.«

Das klang gut. Sie hatten ihre Absprachen für heute, ja. Aber wenn Brian eines war, dann kreativ. In jeder Hinsicht.

»Jetzt zieh dich erst einmal aus. Ich erwarte einen sinnlichen Strip von dir, Kleines. Nur für mich.« Er ließ sie endgültig los und setzte sich in den Clubsessel, der mitten im Raum stand. Herausfordernd streckte er die Beine von sich und lehnte sich bequem zurück. »Mach mich scharf, Baby.«

»Als ob das nötig wäre!« Sie konnte es einfach nicht lassen. Er zog einfach nur die Augenbrauen hoch und schwieg dazu, und im selben Moment erschien ihr ihre Reaktion sehr kindisch. Unsicherheit stieg in ihr auf. Sie nestelte an den kleinen Knöpfen ihrer Bluse herum und brachte sie nur mühsam auf. Ebenso schwer fiel es ihr, den Stoff zu Boden gleiten zu lassen und dann den Reißverschluss des Rockes zu öffnen. Ihre Finger waren auf einmal schweißnass, während sein klarer Blick auf ihr ruhte und jede Kleinigkeit zu bemerken schien.

Sie hatte eigentlich geglaubt, das Schamgefühl Brian gegenüber inzwischen abgelegt zu haben. Und trotzdem kam es jetzt wieder in ihr hoch, diese Angst, ihm nicht zu genügen, das Wissen, wie unanständig das alles war. Sie brauchte gefühlte Ewigkeiten, um ihren BH zu öffnen und auch den dünnen Seidentanga über ihre Beine zu streifen.

»Lass die Strümpfe und die Heels an«, befahl er ruhig. »Und das nennst du sinnlich? Baby, du enttäuschst mich. Du hast dich ausgezogen. Ein Strip ist etwas ganz anderes.« Er beugte sich nach vorne und stützte sich auf seine Knie, betrachtete sie eingehend.

Die Aufregung brachte Norina unwillkürlich zum Kichern. Die Gefühle waren einfach zu viel auf einmal, und sie hatte nichts, hinter dem sie sich verstecken konnte. »Brian, sag mal, wer hat dieses Zimmer dekoriert? Märchenland pur, oder? Ich hoffe mal, du hast deinen Zauberstab dabei.«

Sein Lachen kam aus tiefstem Herzen. »Dafür ist Sunny verantwortlich gewesen, wenn du es wissen willst. Und du, meine Kleine ... du wirst schon sehen, was du von meinem Zauberstab zu erwarten hast. Erst mal nämlich nichts, wenn du weiter so unkonzentriert bist.«

Sie versuchte es, aber sie kam nicht gegen das Kichern an, das sich einfach seinen Weg nach oben bahnte. »Brian, wirklich!«

»Habe ich dir nicht schon ganz am Anfang gesagt, dass ich nur zu meinem Vergnügen spiele? Dass ich dir gebe, was ich will, wann ich es will?« Er blieb einfach sitzen und blickte sie von unten her an. »Bleibt es bei unseren Absprachen für heute Abend?«

»Ja, definitiv.« Bei seinem Anblick wurde ihr Mund ganz trocken. Er saß breitbeinig in dem Sessel, scheinbar entspannt zurückgelehnt und doch ständig auf dem Sprung. Norina fühlte ein leichtes Schwanken in ihrem Körper. Ihr war auch ohne Aufforderung klar, was er von ihr erwartete. »Bitte, Brian. Gib mich an andere Männer weiter. Bitte.«

Er hatte es ihr vorgeschlagen. Er wollte ihr den Wunsch erfüllen, den sie schon so lange mit sich herumtrug. Unsicher versuchte sie, an seiner Miene eine Reaktion zu erkennen. Ob es ihn dennoch schmerzte, dass sie andere Männer wollte?

»Du bist eine Hure, Kleines. Nichts weiter als eine billige Hure.« Sein harter Tonfall schnitt in ihr Herz, weil er nur aussprach, was sie selbst von sich dachte. »Sag mir, was meinst du, würde irgendein Mann dafür geben, dich ficken zu dürfen?«

Ihre Stimme brach. »Ich weiß nicht.«

»Was bekommst du denn sonst so in der Stunde?«

»Je nachdem. Um die 400 Pfund im Schnitt. Je verzweifelter die Mandanten, umso höher der Preis.« Sie schnappte hektisch nach Luft. Er wollte es also wirklich durchziehen?

»Dann wollen wir sehen, ob du hier mehr oder weniger machst.« Er lachte leise auf. »Ich gebe dir zwei Stunden. Wenn es danach weniger sind als achthundert Pfund, dann solltest du dir besser etwas überlegen.«

Jetzt schlug ihr das Herz endgültig bis zum Hals. Dass er das wirklich tun wollte, war unerhört. Er beugte sich vor. Sein Duft umhüllte sie und gab ihr Sicherheit. »Und, Süße – du wirst niemals wissen, wer dich gefickt hat. Nur ich werde es definitiv nicht sein. Du weißt, dass ich niemals mit einem anderen Kerl gleichzeitig an dir spielen würde.«

»Danke, Herr«, flüsterte sie und folgte dann ohne weiteres Zögern seinen angedeuteten Befehlen. Er zeigte stumm auf das Bett. Das kalte Laken schenkte ihr neuerliche Gänsehaut.

Ein kaltes Tuch legte sich über ihre Augen und raubte ihr die Sicht. Er schenkte ihr nicht einmal ein anerkennendes Streicheln, sondern ließ sie mit der Kälte und ihrer Angst allein. Und mit ihrer Sehnsucht nach mehr. Aus Richtung der Tür hörte sie Schritte, ein Luftzug strich über ihre Haut. Nur Augenblicke später beugte sich ein Mann über sie und schob ihre Oberschenkel auseinander. Sein Griff war grob und ohne jede Zärtlichkeit.

»Deine kleine Hure ist noch nicht mal feucht, Brian«, kommentierte er nach einem prüfenden Griff zwischen ihre Schenkel. Norinas Herz schlug bis zum Hals. Brians sanftes Lachen tönte in ihren Ohren. Auch die Stimme half ihr nicht dabei, den Mann zuzuordnen. Sicherlich gehörte er irgendwie in das Umfeld des Klubs, dafür würde Brian schon sorgen. Sie spürte, dass sie ihm vertrauen durfte. Was das anging, würde Brian sicherlich kein Risiko eingehen.

Und dennoch würde er immer ein Fremder für sie bleiben. Ein Fremder, für den sie nur eine Hure war, nichts weiter.

»Ist sie nicht? Wie schade für sie. Bedien dich ruhig«, kommentierte Brian in aller Ruhe. »Und warte nicht darauf, dass sie es sich selbst macht, das kann sie gar nicht.«

Unwillkürlich stiegen ihr Tränen in die Augen. Sie hatten es so abgesprochen, ja, und das war genau das, was sie sich gewünscht hatte. Dennoch schmerzte es.

»Nichtsnutzige Hure.« Der Fremde streichelte trotz seiner Worte erstaunlich sanft über ihre Brust und ihren Bauch nach unten. Seine Fingerkuppen waren wie Schmetterlingsflügel, die über ihre Haut tanzten. Zärtlich teilte er ihre Schamlippen und kreiste um ihren Kitzler. »Und dafür soll ich auch noch zahlen?«

Norina stöhnte leise auf und warf den Kopf zurück. Sie bog

sich ihm entgegen, als seine Bewegungen zielstrebiger wurden. Sie ließ zu, dass er sie zielstrebig und zärtlich zugleich in die Richtung schob, in die er sie haben wollte.

Noch weit vor ihrem Höhepunkt hielt er inne und kniete sich über sie. Von Vorsicht war nun nichts mehr zu spüren. Langsam und genüsslich drang er in sie ein. Norina versuchte, sich allein auf die aufkeimende Lust zu konzentrieren, auf das herrliche Gefühl, endlich ihre Wünsche erfüllt zu bekommen.

Benutzt zu werden. Zufriedenheit breitete sich in ihr aus. Der Fremde stieß schneller in sie, als würde auch ihn die Vorstellung erregen, einfach so eine willige Fremde zu ficken. Wieder hörte sie Schritte. Kurz stieg Scham in ihr auf, als ein weiterer Mann sich über ihr Gesicht beugte und ihr wortlos sein Glied an die Lippen hielt.

Sie hatte es nicht anders gewollt. Norina ließ sich in diesen herrlichen Zustand sinken, in dem alles seine Bedeutung verlor. Sie achtete nicht mehr darauf, wer sie fickte und wie viele Männer es waren, sondern ließ sich nur noch treiben, von ihrer eigenen Lust, zu einem Höhepunkt nach dem anderen. Bald kam zu der Lust leichter Schmerz dazu, als ihr überreizter Kitzler eigentlich eine Pause gewollt hätte, die Brian ihr aber nicht gönnte.

Sie verlor jeden Bezug zur Wirklichkeit um sich herum. Sie glaubte zu fliegen, während die Männer sich an ihrem Körper bedienten und dabei keinerlei Rücksicht auf ihre Empfindungen nahmen.

Ganz genau so, wie sie es sich immer vorgestellt hatte in ihren Fantasien.

Kapitel 27

Erst die Kälte weckte sie aus diesem Traum, die Kälte, die über ihren verschwitzten Körper strich, weil niemand mehr sich über sie beugte. Brian zog das Tuch von ihren Augen. Norina blinzelte gegen das Licht und zuckte zusammen. Die lederne Spitze einer Reitgerte streichelte über ihre linke Brust.

»Du bist eine gierige, kleine Schlampe.« Sie glaubte, Stolz in seinen Worten zu hören. Aber wie konnte das sein? Ob er tatsächlich nicht eifersüchtig war? Im Vorfeld hatte er gesagt, es würde ihm nichts ausmachen – schließlich war es ihr sehnsüchtigster Wunsch. Aber mit anzusehen, wie sie von fremden Männern zum Orgasmus gebracht wurde, das musste doch irgendetwas mit ihm gemacht haben, oder? Angst jagte durch ihren Körper und holte sie schneller als gedacht zurück auf den Boden der Tatsachen. Der erste Schlag mit der Reitgerte war noch sanft, der zweite dagegen mit voller Kraft ausgeführt. Mit kalter Präzision bearbeitete er ihre Brüste, entlockte ihr Schreie und Tränen und machte jeden klaren Gedanken unmöglich.

»Aufstehen«, befahl er schließlich. Unsicher kam Norina hoch und stakste auf wackeligen Knien hinter ihm her. Ihr Unterleib brannte. Ihre Kehle war schrecklich trocken.

»Weißt du, wie viele Männer dich gerade gefickt haben?«, fragte er und deutete energisch auf die Griffe in der Wand. »Gesicht zur Wand«, knurrte er nur, als sie zögerte.

»Nein, Herr«, antwortete Norina wahrheitsgemäß und schmiegte sich eng an die raue Wand.

»Acht. Mehr wollten dich nicht.« Norina biss die Lippen zusammen, als der erste Schlag auf ihre Pobacken traf. »Aber du kannst von Glück reden, kleine Hure – deine achthundert Pfund sind wohl zusammengekommen.«

Ob es stimmte? Sie suchte nach einem Anzeichen in seinem Gesicht dafür, dass er log oder übertrieb, aber er hatte wieder dieses verdammte Pokerface auf. Sie schluchzte auf. Wahrscheinlich würde sie nie erfahren, wie viele Männer es wirklich gewesen waren. Er konnte ihr alles erzählen. »Brian, bitte, es tut mir leid.«

»Durst, Kleines?«, fragte er und schmiegte sich schützend an sie. Er wartete ihre Antwort gar nicht ab, sondern entfernte sich von ihr, hielt ihr ein Glas mit Strohhalm hin und ließ sie trinken, bis das Wasser leer war. Seine Fürsorge verwirrte sie nur noch mehr. Er spielte, keine Frage, und zugleich hörte sie an seinem Tonfall doch heraus, wie ernst es ihm war. »Du bist eine Hure, Baby. Was, meinst du, sollte ich mit dir machen für diese Frechheit?«

»Bestraf mich. Bitte«, bat sie flüsternd und meinte es aus ganzem Herzen ernst. Sie war verdorben, eindeutig. Er küsste sie auf den Nacken, dann traf ein erster Schlag sie. Er raubte ihr damit jeden Gedanken an Scham und Reue, vertrieb ihre Ängste und brachte sie bis an den Rand des Zusammenbruchs. Norina schrie ihren Schmerz, ihre Angst und ihre Scham über sich selbst in den Raum, während er unerbittlich weitermachte und sie weiter auf den Rand zutrieb.

»Kleines, ich will deine Schreie hören. Umdrehen!« Mühsam folgte sie seinem Befehl. Der Raum um sie herum schien zu schwanken. Für den Augenblick ließ er von ihr ab, zog eine

Truhe unter dem Bett hervor und nahm etwas heraus, ohne dass sie es sehen konnte. Erst als er wieder vor ihr stand, die Hand öffnete und sie die kleinen Nadeln in der sterilen Verpackung erkannte, stockte ihr der Atem.

»Vier reichen für den Anfang.« Er streichelte mit der freien Hand einmal über ihren Hals und zwischen ihren Brüsten hindurch nach unten, kam zwischen ihren Beinen zum Liegen und schenkte ihr Wärme.

»Bereit?«, fragte er mit einem schelmischen Grinsen und streichelte über ihre linke Brust, bis ihre Nippel hart wurden. Ohne ihre Antwort abzuwarten, nahm er die erste Nadel aus der Verpackung, griff sich ein kleines Stück Haut über ihrer linken Brust und stach zu.

Ihr Geist verbannte alle anderen Gedanken, ihr Denken reduzierte sich auf den Schmerz, die Welt um sie herum wurde klein und bestand nur noch aus seinem prüfenden Blick und der Sehnsucht nach ihm.

Die vier Nadeln waren schnell gesetzt. Je zwei Nadeln steckten nun kreuzweise untereinander in ihrer Haut. Norina suchte Halt in seinem dunklen Blick. Er gab ihr einen Moment, um das Adrenalin zu genießen, das durch ihren Körper rauschte. Dann erst glitt seine Hand nach unten zwischen ihre Beine. Spielerisch leicht drang er in sie ein. Seine Finger kreisten um ihren Kitzler, brachten sie zielstrebig bis kurz vor den Orgasmus, nur um dann wieder aufzuhören. Frustriert stöhnte Norina und schob sich ihm ein kleines Stück entgegen. Er setzte das Spiel an ihrer Scham fort, wurde härter und fordernder in ihren Bewegungen, so lange, bis sie glaubte, vor Lust zu vergehen. Nur die Erlösung gewährte er ihr nicht, egal, wie sehr sie ihn darum anbettelte.

»Weißt du, was ich immer wieder schade finde?« Das freche

Funkeln in seinen Augen gefiel ihr gar nicht. Norina schüttelte stumm den Kopf. »Dass ich es beim besten Willen nicht schaffe, dich an einem Tag so richtig durchzuficken. Ich kann mich einfach nicht entscheiden, ob ich in deinem süßen Mund kommen will, in deiner feuchten Möse oder doch lieber in deinem verführerischen Arsch.«

Wie nebenbei schob er weiter seine Finger in sie. Norina kämpfte gegen den Drang an, die Augen zu verschließen. Die Berührung schmerzte, was kein Wunder war, wenn sie daran dachte, wie viele Männer sie gerade genommen hatten.

»Was hättest du denn gerne, Kleines?«, fragte er schließlich mit so zuckersüßer Stimme, dass es nur Schlechtes verheißen konnte.

Er mochte es, wenn sie ihn mit ihrem Mund verwöhnte. Das hatte sie in den letzten Monaten herausgefunden. Und bei dem Gedanken, dass er endlich einmal wieder ihren Hintern nehmen könnte, wurde ihr ganz anders. »Was immer du möchtest«, antwortete sie ausweichend.

Er zwirbelte hart ihren Kitzler zwischen seinen Fingern und entlockte ihr einen leisen Schrei. »Das war nicht meine Frage, Baby. Ich will wissen, was du gerne hättest.«

Egal, was sie sagen würde, er würde es sicherlich doch so hindrehen, dass er das tat, worauf er Lust hatte. Dennoch wollte sie ihn nicht enttäuschen. »Darf ich zuerst … dir einen blasen? Und dann würde ich gerne …« Er wusste ganz genau, wie schwer es ihr immer noch fiel, Ausdrücke zu verwenden, die ganz eindeutig vulgär waren. Ihr Mund wurde trocken. »Mein Hintern, Brian.«

»Kleines, bitte mich ordentlich um etwas, wenn du etwas von mir willst.« Er schüttelte scheinbar enttäuscht den Kopf und ließ dann von ihr ab. Die plötzliche Leere zwischen ihren

Beinen war geradezu schmerzhaft. »Und was ist mit dir? Du hast dann ja fast nichts davon?«

Ob es eine Fangfrage war? Sie konnte sich beim besten Willen nicht vorstellen, was er damit bezweckte. »Mir reicht es, wenn ich weiß, dass du glücklich bist. Ich will dir dienen. Nur das, Brian. Dann bin ich glücklich.«

Er drückte gegen die Nadeln in ihrer Haut und schickte damit einen stechenden Schmerz durch ihren Körper, der ihr beinahe die Sinne raubte. Er verband sich mit ihrer pochenden Lust, wurde zu einem Verlangen, das alles andere überdeckte.

»Ich aber nicht. Ich will, dass mein hübsches kleines Spielzeug sich vor Lust windet und nicht mehr weiß, wo ihr der Kopf steht.« Er drückte einen harten Kuss auf ihre Lippen. »Dich vorher zu sehen, gefiel mir schon ganz gut, meine kleine Lieblingshure. Ich gebe dir ein wenig Zeit, um abzukühlen. Bleib so. Die Beine gespreizt. Ab jetzt bist du still. Ich will gar nichts mehr von dir hören, verstanden? Und nicht bewegen.«

Er streichelte wie zum Abschied über ihre schweißbedeckte Haut, drückte noch einmal gegen die Nadeln und setzte sich dann in aller Ruhe auf das Bett, um sie zu betrachten.

Norina biss die Lippen zusammen, um nicht verzweifelt und lustvoll aufzustöhnen. Sie warf den Kopf in den Nacken und gab sich ganz dem verlangenden, unerfüllten Pochen in ihrem Unterleib hin.

***

Sie hatte jedes Zeitgefühl verloren, als er endlich aufstand. Seine Hände legten sich auf die Nadeln in ihrer Haut. Der Schmerz war beinahe unerträglich stechend. Sie konnte sich der Tränen nicht mehr erwehren. Brians Hände suchten sich ihren Weg, ihren Körper hinab zwischen ihre Beine. Er streichelte über ihre Schamlippen und hob dann die Hand wieder nach oben. Ihre Feuchtigkeit glänzte auf seinen Fingern.

»Schlampe«, kommentierte er zufrieden. »Du bist feucht und bettelst förmlich nach mehr. Unanständiges kleines Mädchen.« Seine Lippen glitten über ihren Hals. Er küsste zärtlich ihr Ohrläppchen, biss sie in den Nacken und spielte zugleich an ihren Brüsten. »Mein ungezogenes, unanständiges kleines Mädchen. Möchtest du mehr?«

»Ja, Herr«, flüsterte sie. Seine Stimme klang so herrlich rau und erregt, dass sie gar nicht anders konnte.

Hart zog er an ihren aufgerichteten Nippeln. Als er damit fertig war, holte er Klemmen aus seinen Hosentaschen und ließ sie ohne jede Vorwarnung zuschnappen. Norina atmete tief ein. Der Schmerz schoss durch ihren Körper und ließ sie ein Stück mehr aus der Wirklichkeit verschwinden.

»Hatte ich dir nicht gesagt, dass ich nichts hören will? Kleines, das wusstest du ganz am Beginn unserer Beziehung besser.« Wieder ließ er sie alleine, um etwas aus der Truhe zu holen. »Ich mag es nicht, wenn meine kleine Sub unaufmerksam ist.«

Er zeigte ihr eine massiv wirkende Kette, in deren Mitte ein Knebelball eingearbeitet war. Fragend blickte er sie an, und sie erkannte in seinen Augen, dass er die Frage wirklich ernst meinte.

Norina nickte sofort. Er hakte die Enden der Kette an den beiden Klemmen ein. Sie öffnete ihm bereitwillig den Mund. Er schob den Ball hinter ihre Lippen und brachte Zug auf die beiden Klemmen. Es war ein angenehmer, pochender Schmerz, nicht beißend wie das Zuschnappen zuvor.

Ein ungutes Gefühl rauschte über sie hinweg. Das letzte Mal, als sie einen Knebel getragen hatte, war sie allein in einem dunklen Keller gewesen. Verzweifelt versuchte sie, den Gedanken beiseitezuschieben.

»Du kannst den Knebel jederzeit ausspucken«, erinnerte er sie. Er legte sanft seine flachen Hände auf ihre Wangen. »Könnte nur ein klein wenig schmerzhaft für deine Nippelchen werden. Aber das überlasse ich dir. Du bist es, die darüber entscheidet, Kleines. Niemand sonst.«

Seine Ruhe übertrug sich auch auf ihre wirbelnden Gedanken. Er gab ihr gerade die Macht, ihre Erinnerung wieder selbst zu kontrollieren. Dankbarkeit überflutete sie, verdrängte den Schmerz und das sehnsuchtsvolle Brennen in ihrem Körper.

Bis er sie losließ.

Kapitel 28

Angst und Scham krochen Norinas Wirbelsäule entlang nach unten. Sie wartete sehnsüchtig darauf, dass er sie endlich erlöste, doch Brian schien Gefallen daran gefunden zu haben, sie einfach nur zu betrachten. Ob er sie dafür verachtete, dass sie nichts weiter war als eine Hure? Sein Blick brannte wie Feuer auf ihrer Haut. Sie hörte seine Schritte und schloss automatisch die Augen.

»Baby, ich entferne jetzt die Nadeln. Könnte wehtun«, kündigte er ihr nicht ohne Genugtuung in der Stimme an. Seine Finger trafen auf ihre Haut. Sofort schoss ein elektrischer Strom durch ihren Körper bis in ihren Unterleib. Etwas, das sich wie ein Wattepad anfühlte, drückte auf ihre Haut und die Nadeln und schenkte ihr wieder einmal das Gefühl, vom Schmerz überwältigt zu werden. Ein immer stärker werdendes Brennen breitete sich an den Stellen aus, an denen die Nadeln ihre Haut durchstochen hatten. Der scharfe Geruch eines Desinfektionsmittels stieg in ihre Nase. Sie hielt die Luft an und schrie verzweifelt in den Knebel, als er die erste Nadel aus der Haut zog. Brian ließ ihr nicht lange Zeit, wieder zur Besinnung zu kommen, sondern entfernte auch die zweite Nadel mit einer schnellen Bewegung. Auf der anderen Seite verfuhr er genauso. Norina ertrank beinahe in den stechend scharfen Schmerzen, die ihren Körper schüttelten. Gänsehaut breitete sich auf ihr aus.

»Auf alle viere. Auf das Bett. Und beeil dich.«

Hart kam sein Befehl und riss sie aus dem Schmerz. Sie hatte nicht einmal mehr Kraft dazu, sich wirklich darüber Gedanken zu machen, wie das aussehen mochte. Bei jedem Schritt zogen die Klemmen an ihren Nippeln. Norina bemühte sich dennoch um einen aufrechten Gang und hob das Kinn an. Tränen liefen über ihre Wangen. Sie widerstand dem Drang, sich die Spuren ihres Schmerzes vom Gesicht zu wischen. Davon hatte er nichts gesagt. Und wahrscheinlich weidete er sich an dem Schmerz, den sie ertrug. Für ihn.

Das Bett schien ihr wie eine rettende Insel inmitten des viel zu hellen Raumes. Ihre wackeligen Knie trugen sie gerade so noch die wenigen Schritte dorthin. Erleichtert sank sie nach unten. In dieser Position zog die Kette noch stärker an ihren Brüsten. Brian trat hinter sie und legte seine beiden Hände auf ihre Pobacken.

»Fünf Schläge. Wenn du durchhältst, ohne zu schreien, schenke ich dir nachher einen Orgasmus. Wenn nicht, ficke ich einfach nur deinen Hintern. Klar so weit?«, knurrte er.

Sie nickte knapp. Seine Hand griff hart in ihre Haare und zog ihren Kopf zurück, bis sie schmerzerfüllt aufkeuchte. Mit dem Schmerz flutete Erleichterung ihren Körper, Erleichterung und Freude darüber, dass Brian das harte Spiel nicht verlernt hatte. Außerdem meldete sich unter all dem Schmerz ihre Lust stärker als jemals zuvor.

Ohne jede Vorwarnung landete der erste Schlag quer über ihrem Hintern. Norina tippte auf die Reitgerte, wagte jedoch nicht, sich umzusehen. Brian las ihren Körper, setzte die Schläge immer genau dann, wenn der erste Schmerz nachgelassen und auch die zweite Schmerzwelle verklungen war. Rechtzeitig, um den Schmerz langsam anwachsen zu lassen.

Norina konzentrierte sich auf ihren Atem, darauf, zwischen den Schlägen Luft zu holen. Sein Schweigen hüllte sie ein. Tränen rannen über ihr Gesicht, gegen die sie nichts tun konnte. Er hatte beschlossen, mit ihr zu spielen, und das tat er, nach genau seinem Willen.

Provozierend rieb er die Reitgerte an ihrer Scham und ließ sie damit den Schmerz vergessen. Das raue Leder streichelte ihren Kitzler, zuerst zart, dann stärker und fordernder.

»Baby, du bist faszinierend«, lobte er und glitt mit der Hand zwischen ihre Beine. Die Reitgerte legte er neben sie auf das Bett, immer noch griffbereit. Norina verstand die Geste und hielt einfach still.

Was nicht einfach war. Seine Finger verstanden etwas von ihrer Aufgabe. Er weckte ihre Lust, fachte ihre Sehnsucht nach ihm weiter an, und schenkte ihr das Verlangen nach seinem Glied. Aus dem Schmerz wurde ein alles beherrschendes Pochen, das ihren ganzen Unterleib einzunehmen schien. Beinahe liebevoll drang er in sie ein.

Dieses Spiel war mehr Qual als alles zuvor. Sie war gezwungen, es still zu ertragen. Sich nicht zu bewegen, wenn sie ihn nicht provozieren wollte.

»Gutes Mädchen.« Er streichelte über ihren Rücken und brachte damit die Striemen erneut zum Brennen. Endlich nahm er eine Hand von ihr und öffnete den Reißverschluss seiner Hose. Norina zuckte zusammen, als kaltes Gel auf ihren Hintern tropfte. Er verrieb es mit groben Bewegungen, drang nur ganz leicht mit dem Daumen in sie ein.

»Komm her, meine kleine Hure.« Unvermittelt hielt er inne und zog sie an sich. Sein herrlicher Duft umfing sie und spendete so etwas wie Trost. »Stell dir nur vor, keiner wollte deinen niedlichen Arsch.«

Sie zitterte am ganzen Körper. Immer noch sprach so viel Wut aus seiner Stimme, dass es mehr als nur überwältigend war.

»Dein süßer Arsch gehört nur mir. Heute jedenfalls.« Hart schlug er mit der flachen Hand auf ihren Hintern. »Baby, du bist nicht gedehnt. Das wird wehtun.« Sanft berührte er sie mit seiner Eichel. Ein kalter Schauder lief über ihren Rücken. Seine andere Hand ruhte nun auf ihrem Kitzler. »Nicht bewegen!«

Als ob sie das tun würde! Wohlige Angst schenkte ihr einen Schauder. Er drang langsam in sie ein, hielt immer wieder inne, wenn der Schmerz drohte, zu stark zu werden. Anfangs protestierte ihr Verstand. Dann jedoch gewöhnte ihr Körper sich langsam an den Eindringling. Als Brian schließlich zu sanften Stößen überging, überrollte die Lust sie. Zu viele Empfindungen auf einmal jagten durch ihren Körper.

Seine Finger nahmen ihre Arbeit an ihrem Kitzler wieder auf. Er spielte mit ihr, während er in sie eindrang und ihr ungeahnte Lust schenkte. Zusammen mit dem Verlangen nach ihm wurde es zu einer Welle, der sie nichts mehr entgegensetzen konnte. Norina überließ sich ganz seinem Rhythmus, passte sich nur seinen Vorgaben an und ließ sich von ihm tragen. Seine Stöße waren voller Verlangen und Gier. Auch er nahm keine Rücksicht auf sie.

Diesmal war sie froh darum, denn sie war längst viel zu müde, um noch etwas zu empfinden. Dafür war es umso schöner, seine Lust zu spüren, seine Sehnsucht nach ihr und ihrer Nähe. In dem Moment, in dem der Höhepunkt ihren Körper schüttelte, griff er um sie und entfernte die beiden Klemmen von ihren Brüsten. Schmerz schoss durch sie hindurch und verband sich mit der Lust. Norina schrie auf. Der Knebel fiel aus ihrem Mund. Sie warf ihren Kopf in den Nacken, stöhnte auf und schrie, ließ ihn ihre Lust hören. Seine Finger krallten sich in ihre Schultern. Er ließ alle Vorsicht fahren und nahm sie, so wie er es jetzt brauchte.

Sie liebte das Gefühl, von ihm nur noch als Instrument seiner Lust benutzt zu werden. Tiefe Zufriedenheit ergriff sie, und als sie endlich seinen Höhepunkt spürte, wusste sie nicht mehr, ob sie weinen oder lachen sollte vor Freude über seine Hingabe.

Er blieb noch einen Augenblick in ihr und streichelte sanft den Schweiß von ihrem Rücken. Ihre Muskeln begannen, unkontrolliert zu zittern. Mit letzter Kraft hielt sie sich aufrecht, brach erst auf der Matratze zusammen, als er sich aus ihr zurückzog und ihr damit den Halt nahm.

***

Das wohlige Gefühl, von ihm gehalten zu werden, erfasste ihren ganzen Körper. Die Anspannung verschwand aus ihren Muskeln. Sein gleichmäßiger Atem und das zärtliche Streicheln beruhigten ihren Herzschlag. Seine Finger fuhren durch ihre nass geschwitzten Haare, legten sich warm auf ihren Rücken und gaben ihr Halt, während sie das Gefühl hatte, aus einem Traum aufzuwachen. Norina bewegte sich unruhig, was ihn dazu verleitete, den Griff um ihre Taille noch zu verstärken.

»Brian?« Unsicher streichelte sie über sein Gesicht und versuchte ein Lächeln. »Alles okay bei dir?«

»Du warst fantastisch, Süße.« Er drehte den Kopf und da war es endlich wieder, sein amüsiertes Lächeln. »Hey, was ist los, Kleines?«

Sie schüttelte den Kopf und biss die Lippen aufeinander. Schon wieder stiegen die Tränen in ihr auf. »Sag es«, flüsterte sie dann. »Dass ich eine Hure bin. Los, sag es!«

»Meine Hure, wenn überhaupt.« Er griff hart in ihren Nacken und zwang sie dazu, ihn anzusehen. »Norina, Baby, komm her.«

Ihre Augen brannten noch schlimmer als ihre Haut. Seine Schläge würden deutliche Spuren hinterlassen. »O Gott, Brian, du musst mich hassen!«

»Wieso das denn?« Er streichelte beruhigend über ihren Hinterkopf. »Du warst großartig, Süße. Und fang nicht wieder damit an. Ich habe gesagt, dass es okay für mich ist, wenn andere Männer dich vögeln. Willst du wirklich an meinem Wort zweifeln?«

Es fühlte sich unwirklich an. Norina schüttelte stumm den Kopf und schniefte. Alles in ihr war vollkommen durcheinander. Ihre Fantasien zu erleben, war wunderschön gewesen, so schön, dass es fast beängstigend gut gewesen war. Was, wenn Brian wirklich nicht damit klarkam, egal, was er jetzt sagte?

»Hey, Süße, da drüben liegen knappe achthundert Pfund. Statt zu heulen solltest du dir Gedanken machen, was du mit dem Geld anfangen willst.« Er strich mit dem Daumen die Tränenspuren von ihren Wangen.

»Scheiße, Brian ...« Sie wusste nicht, ob sie lachen oder heulen sollte, also tat sie beides gleichzeitig. »Du hast nicht ernsthaft Geld genommen, oder?«

Er zuckte mit den Schultern und grinste sie so schelmisch an, wie nur Brian es tun konnte. »Du wolltest es doch so.«

»Seit wann interessieren dich meine Wünsche?«, gab sie zurück und schlug schwach gegen seine Brust. »Du hast das Geld dorthin gelegt, gib es ruhig zu!«

Er zuckte wieder nur mit den Schultern und streichelte über ihre Wangen. »Meine kleine Hure hat sich das redlich verdient. Die Show war verdammt gut. Noch ein Kerl mehr und ich hätte nicht mehr so ruhig bleiben können.«

Obwohl er sich so leicht gab, spürte sie doch, dass irgendetwas nicht stimmte. »Brian, weißt du, dass ich dich liebe?«, flüsterte sie an seinem Ohr und küsste ihn hastig auf den Hals. Normalerweise hatte er wenig dagegen, wenn sie zärtlich war, aber heute? Ob er sich dadurch in seiner Macht über sie angegriffen fühlte? Oder ob sie sich nicht doch in seinen Gefühlen für sie täuschte?

Er hatte es nur ein einziges Mal gesagt, an diesem Abend im Klub, an dem er sie bewusst bis an ihre Grenzen gebracht hatte. Manchmal hatte sie fast das Gefühl, dass es mehr ein Versehen gewesen war oder sie es sich im Nachhinein einbildete, diesen Satz von ihm gehört zu haben.

»Habe ich mir fast gedacht.« Ein Grinsen glitt über sein Gesicht. »Komm schon her, Baby, du redest zu viel.«

»Ich meine es ernst, Brian«, widersprach sie ein klein wenig beleidigt. Er schnitt ihr nur eine weitere Grimasse. Brian würde niemals zugeben, dass es ihm Angst machte, ihre angebliche *Spielbeziehung* zu mehr werden zu lassen.

»Ruhig, Kleines.« Er spitzte die Lippen zu einem angedeuteten Kuss. »Was auch immer du jetzt sagst, es kann gegen dich verwendet werden. Und du bist wirklich nicht in der Lage, klar zu denken.«

Und wie sie das war! Nach dem Spiel mit ihm fühlte sie sich auf eine seltsame Art frei und unbeschwert, wie nach einer warmen Dusche, die den Schmutz des Arbeitstags mit sich weggetragen hatte. Sie nahm ihre ganze Willenskraft zusammen und stand auf. Er starrte sie ein wenig verdattert an, während sie hinüber zu ihren Kleidern lief und sich wenigstens die Bluse überwarf. So fühlte sie sich gleich ein wenig sicherer.

»Brian, tu nicht so«, begann sie dann und warf ihm über die Schulter einen warnenden Blick zu. Sie verzichtete auf ihre Unterwäsche, schlüpfte in den Rock und knüpfte die Bluse zu. »Ich kenne niemanden, der mich mehr versteht. Der es schafft, mich abends im Arm zu halten und mich all den Stress vergessen zu lassen. Der mich umsorgt und für mich kocht und dennoch keinen Zweifel daran lässt, dass er mich in der Hand hat. Du bist mein Rückhalt, Brian.«

Sie hörte, wie er aufstand und zu ihr hinüberging. Seine Hände griffen ein wenig zu hart an ihre Schultern.

»Sag es nicht, Baby. Ich kann nicht von dir verlangen, meine Launen zu ertragen. Meine Sehnsucht nach deinem Schmerz auszuhalten.« Er sprach leise und schmiegte sich dabei von hinten an sie. »Ich kann nicht mit dir mithalten. Und das weiß ich auch.«

»Brian, du bist ein Feigling. Für mich ist es absolut in Ordnung, wenn du einfach nur so bist, wie du bist. Du tust so viel für mich. Das reicht mir, wirklich.«

Er leckte liebevoll das Salz von ihrer Haut. Sein warmer Atem strich über ihren Nacken. »Baby, was soll das werden? Es ist doch okay, wie es ist. Du bist eine grandiose Anwältin. Hast du schon einmal darüber nachgedacht, was passiert, wenn irgendwer das herausfindet? Oder auch nur was deine Kollegen sagen, wenn sie erfahren, dass dein Partner zu Hause herumsitzt, seine Zeit mit Sport, einkaufen und kochen verbringt und keine fünf Millionen auf dem Konto herumliegen hat?«

»Daran müssen sie sich wohl gewöhnen. Ist bei den meisten Ehefrauen meiner Kollegen auch nicht anders. Außerdem bist du jetzt Künstler.« Jetzt musste sie doch ein wenig lächeln. »Brian, das sind Ausreden. Und erzähl mir nichts davon, dass wir nicht in der Kirche heiraten könnten. Meine Eltern werden zwar tot umfallen, aber ich kann sehr gut damit leben. Solange wir es ernst meinen, reicht mir das.«

Der Griff um ihre Schultern wurde stärker. Er zog sie noch enger an sich. »Norina!«, fuhr er sie beinahe zu scharf an. »Du bist nach dem Spiel durcheinander. Das ist normal. Aber verwechsle da lieber nichts!«

»Das tue ich nicht, Brian.« Sie löste sich aus seiner Umarmung, trat einen Schritt nach vorne und drehte sich zu ihm um. »Ich meine jedes einzelne Wort ernst. Ich habe darüber nachgedacht. Das ist keine Schnapsidee von heute Abend, das verspreche ich dir.«

Brian versteckte sich immer noch hinter der Fassade, die er sich aufgebaut hatte. Norina holte tief Luft. Wenn sie wollte, dass daraus mehr wurde, dann musste sie das selbst in die Hand nehmen. Sie sank an ihm entlang nach unten auf die Knie. Diesmal hielt er sie nicht davon ab. »Brian, darf ich dich noch um etwas bitten?«

Er legte seine Hand unter ihr Kinn und hob zärtlich ihren Kopf an. »Um alles, Baby. Das weißt du doch hoffentlich.«

»Damals, an dem einen Abend … du hast etwas von einer Tätowierung gesagt. Ich habe darüber nachgedacht. Ich möchte es.« Sie wusste nicht, wie sie es sonst umschreiben sollte. Er nickte, um ihr zu verstehen zu geben, dass er wusste, wovon sie sprach. »Ich weiß schon, was ich mit dem Geld anfange.« Schwarze Schatten tanzten vor ihren Augen. Sie glaubte, gleich ohnmächtig zu werden vor Aufregung. »Ich möchte davon eine Tätowierung. Ein Zeichen dafür, dass ich für immer dir gehöre.«

»Baby …« Er streichelte über ihre Wange und zwinkerte, als müsste er Tränen der Rührung zurückhalten. »Du musst das nicht tun!«

»Ich will es aber. Brian, bitte, hör endlich auf, es zu leugnen. Du und ich, wir sind jetzt seit fast einem Jahr zusammen. Das ist nicht nur Sex.« Sie senkte ihren Blick und hoffte, dass sie die richtigen Worte fand. »Sei kein Feigling.«

»Kleines, lass den Quatsch«, knurrte er. »Ich tue dir nicht gut. Nicht auf Dauer.«

»Das kann ich immer noch am besten selbst entscheiden, Brian. Bitte. Ich brauche dich. Deine Liebe. Deine Fürsorge.« Ein Hauch von Zweifel kam über sie. Wenn er so gar nicht eifersüchtig auf die Männer war, die sie gerade genommen hatten, wieso sollte er sie dann lieben? »Brian, komm schon. Du brauchst es nicht abzustreiten. Du stehst darauf, Brian. Ich dachte an so etwas wie *Sein Spielzeug*. Hier.« Sie deutete über ihre linke Hüfte und zog einen Halbkreis nach unten in Richtung ihrer Scham. »Falls du nicht dasselbe für mich empfindest wie ich für dich, dann sag es und ich werde gehen. Wenn du willst, dass das mit uns weitergeht, dann steh dazu, was du fühlst. Du predigst mir, dass ehrliche Gefühle das sind, was du von deiner Sub haben willst? Dann sei auch du ehrlich, verdammt noch mal.«

»Gott«, stöhnte er und wandte sich ab. Er vergrub die Hände in seinen Hosentaschen. »Du bist nicht fair, Kleines. Das ist nicht fair.«

»Nein, ist es nicht. Du bist aber auch nicht fair. Du hast Angst, mich zu zerstören? Dann kann ich dir sagen, dass mich dieses Hin und Her ebenso zerstören wird. Brian, ich habe lange darüber nachgedacht, wirklich. Wenn du mich nicht willst, dann sag es. Dann muss ich damit leben.«

»Norina, ich habe dir doch schon einmal gesagt, was ich mir erträume, oder? Und dass es einfach nicht geht«, widersprach er leise.

»Exakt, Brian. 24/7. Ohne Netz und doppelten Boden. Kein Safeword. Das, was ich immer wollte. Und das, was du immer von einer Frau wolltest.« Ihr verschlug es beinahe den Atem bei diesen Worten. »Ich will nicht länger im Unklaren darüber sein, was das ist zwischen uns. Ich will dich. Ganz.«

»Norina, hör auf damit!«

»Ich will dein sein, Brian. Immer. Ich will, dass du weißt, dass du derjenige bist, der mich stützt und trägt und hält. Jeden Tag.« Das düstere Funkeln in seinen Augen sprach Bände. Er biss die Lippen fest zusammen. Angespannte Stille breitete sich zwischen ihnen aus. Er machte einige Schritte von ihr weg, nur um dann doch umzudrehen und sie mit einem prüfenden Blick zu bedenken.

»Brian, verdammt noch mal, ich liebe dich. Ich kann das nicht länger mitmachen. Entweder du springst über deinen Schatten und lässt deine verdammte Angst vor einer Beziehung hinter dir, oder ich muss Schluss machen, ehe es mich zerstört. Ich ertrage es einfach nicht, dass du mich weiter auf Distanz hältst. Und wenn du dich wohler fühlst, bekommst du einen wasserdichten Ehevertrag. Nicht dass du das Gefühl bekommst, mich auszunutzen.«

Für einen Augenblick begegneten sich ihre Blicke. Norina sah die Verblüffung in seinen Augen, dann konnte sie das Lachen nicht mehr zurückhalten. Auch seine Miene entspannte sich, wurde zu einem gelösten Lächeln. »Du hast keine Ahnung, worauf du dich einlässt, Kleines.«

Diesmal hielt sie seinem Blick stand und schwieg. Sie hatte gesagt, was sie zu sagen hatte. Jetzt konnte sie nur noch abwarten, ob er bereit dazu war, seine Mauer für sie einzureißen.

Schließlich breitete sich das Lächeln bis in seine Augen aus und vertrieb die dunklen Stellen in dem klaren Grün.

»Die Tätowierung bekommst du, Kleines, aber wenn, dann hier. Damit du auch noch einen Bikini tragen kannst im Sommer. Und der Text …«, erwiderte er grinsend und legte ihre Hand noch ein kleines Stück weiter nach unten in Richtung ihrer Scham. Er kniff die Augen zusammen. »*Sein Engel.* Weil du genau das bist, Norina. Mein Engel.«

Er zog sie nach oben in seine kraftvolle Umarmung. Tief atmete sie seinen vertrauten Geruch ein und genoss die Sicherheit, die er ihr gab.

»Mein Engel«, wiederholte er und küsste sich ihren Hals entlang. »Ich liebe dich, Norina.«

»Ich dich auch«, erwiderte sie und zwinkerte ihm zu. Das letzte Wort gehörte immer noch ihr, egal wie oft er es versuchte. Aber er hatte ihn gesagt, den Satz, auf den sie schon so lange wartete.

Statt einer Antwort presste er seine Lippen auf ihren Mund, drang hart mit der Zunge in sie ein und erstickte alles, was sie sonst noch sagen wollte, mit seiner Leidenschaft.